Verlag Bibliothek der Provinz

Axel Ruoff
APATIT
Roman
herausgegeben von Richard Pils
ISBN 978-3-99028-418-6

A-3970 WEITRA 02856/3794
www.bibliothekderprovinz.at
Cover: Johannes Schwartz

Axel Ruoff

APATIT

Roman

I

DAS HOTEL

DER JUSTIZPALAST, HATTE DER PORTIER STOLZ GESAGT, liege nur zweihundert, die Präfektur dreihundertfünfzig Meter vom Hotel entfernt, andere Gebäude von Bedeutung gebe es in dieser Ortschaft nicht, die zwar fast so viele Einwohner wie eine Kleinstadt habe, aber viel zu planlos und weitläufig gebaut sei, um als solche wahrgenommen zu werden, immerhin liege das Hotel am einzigen Platz des Ortes, der, nicht asphaltiert, an den Vorplatz eines Saloons aus den Western erinnere, die dort wirklich einmal gedreht worden seien, eigentlich unterscheide ihn jedoch nichts von einer Straße, nicht einmal Markt finde dort statt, wie überhaupt in der ganzen weiteren Umgebung des Ortes keine Märkte abgehalten würden. Bei ihrer Ankunft mit dem Bus hätten S und R diesen Platz vielleicht gar nicht als solchen erkannt, weil er nur von wenigen Läden, der einzigen Bar weit und breit und ein paar Gebäuden umgeben sei, zu denen eben der Justizpalast in zweihundert und die Präfektur in dreihundertfünfzig Meter Entfernung vom Hotel gehörten, was der Portier mit so übertriebenem Stolz wiederholte, dass sie nicht wussten, ob er sich über sie lustig machen oder sie einschüchtern wollte. Auch wenn er zugeben müsse, dass der Justizpalast geschlossen sei, sehe dieser wie neu gebaut aus und sei jederzeit betriebsbereit, denn die Besatzer hätten voreilig geglaubt, sie könnten bald zu einer zivilen Tagesordnung übergehen, aber solange hier Kriegsrecht herrsche, bleibe der Justizpalast geschlossen und alle rechtlichen Angelegenheiten würden wie die der Verwaltung dem Militär obliegen, Rechtsbeistand würden S und R hier kaum finden, wenn sie solche Unterstützung suchten, und auch in der Präfektur würden sie vergeblich die Verlängerung ihrer Aufenthaltsgenehmigung beantragen, weil das Gebäude in einen Polizeiposten umfunktioniert worden sei, der nichts anderes zu tun habe, als dem Militär zuzuarbeiten. Im Nachhinein schien ihnen die Auskunft des Portiers über die Nachbarschaft des Hotels fast eine Warnung zu sein, als ob die geographische Nähe zu den staatstragenden Einrichtungen Rückschlüsse auf die eigentliche Funktion des Hotelgebäudes zuließe, in dem vorher angeblich ein Krankenhaus untergebracht gewesen war, obwohl die Fassade eher Ähnlichkeit mit einem Justizgebäude oder wenigstens einem verwahrlosten Verwaltungsbau hatte. Vielleicht war das Hotel also zuerst ein Amtsgebäude gewesen und hatte wie der Justizpalast vergeblich auf eine Inbetriebnahme gewartet, bis es während des Krieges oder der anschließenden politischen Unruhen in ein Krankenhaus umfunktioniert worden war, um der Versorgung von Verletzten zu dienen. Die Krankenhauseinrichtung war dann vor der Aufnahme des Hotelbetriebs wieder beseitigt worden, aber ein solch kostspieliger Umbau war dem Gebäude nicht mehr anzusehen, wahrscheinlich weil es bereits in den ersten Jahren der Besetzung und gewaltsamen Befriedung der Region renoviert worden und in den letzten dreißig Jahren so heruntergekommen war, wie sie das Gebäude jetzt vorfanden. Oder es war umgekehrt gewesen, das Hotel war zuerst ein Krankenhaus gewesen, das neben dem Militärlazarett als ziviles Krankenhaus Opfer von Angriffen der Guerilla hatte aufnehmen sollen, und war dann aber, als die blutigen Auseinandersetzungen in anderen Teilen der Provinz stattgefunden hatten, renoviert und in ein amtliches Gebäude umfunktioniert worden, dessen Sicherheit aber nicht hatte garantiert werden können, da sich die politische

Situation nicht endgültig zugunsten des Besetzerlandes geklärt hatte, und deshalb war es bald als Hotel vermietet oder verkauft worden. Auch nach dem Eintreten konnten die Gäste die Ähnlichkeit der Fassade mit einem Justizgebäude nicht vergessen, die sich den Ankommenden in den Kopf setzte und ihnen immer wieder aufstieß, obwohl der verwinkelte Eingangsbereich auch der eines Lagerhauses oder einer Werkstätte hätte sein können. Zwischen zwei großen Trockensträußen aus unbestimmbarem Gestrüpp stand gleich am Eingang ein Computer, der, anstatt Zugang zum Internet zu ermöglichen, nur zur Dekoration diente und auch in ein Provinzpostamt oder Wohnheim gepasst hätte, während die weißen, schwarz gemaserten Kacheln den Eingangsbereich einer Badeanstalt oder eben eines Krankenhauses nahelegten. Dass eine zweckentfremdete Nutzung dieses amtlich anmutenden Gebäudes als Krankenhaus und dann als Hotel ohne Schwierigkeiten genehmigt worden wäre, schien plausibel und war vom Militär wahrscheinlich gewünscht, das im Tourismus eine unauffällige Strategie erkannt hatte, das besetzte Land endgültig einzunehmen, dennoch wohnten nur wenige Touristen in dem Hotel, die anderen Gäste schlurften müde die Gänge entlang und würdigten S und R kaum eines Blickes, sie waren vor allem zum Arbeiten in die Gegend gekommen, hofften aber, diese so bald wie möglich wieder zu verlassen, vielleicht Ingenieure, Landvermesser und Wissenschaftler, offensichtlich vom Staat oder einer Firma in diese Region geschickte Angestellte, denen nicht schnell genug eine Unterkunft zur Verfügung gestellt werden konnte und die in dem Hotel wie in einem Wohnheim lebten. Die wenigen gut gekleideten Gäste, die vielleicht Geschäftsleute auf der Durchreise waren und von denen nicht zu sagen war, womit sie eigentlich Handel trieben, legten abends eine elegante Garderobe in traditionellem Stil an, um sich in dem einzigen Lokal die Zeit zu vertreiben, sie hatten sich in das Hotel einquartiert, weil es an diesem Ort keine andere Unterkunft als dieses ehemalige Amtsgebäude gab, wenn es wirklich einmal eines gewesen war. Da hier keine Unterkunft für Arbeiter benötigt wurde, die direkt bei den Phosphathalden untergebracht waren, und die Arrestzellen in den Kasernen als örtliches Gefängnis ausreichten, bot sich die Nutzung des Gebäudes als Krankenhaus oder Hotel an, wahrscheinlich war es zuerst ein Garnisonskrankenhaus gewesen, das im Gegensatz zu den meisten Krankenhäusern nach der Unabhängigkeit aufgegeben worden war, als man die Kaserne in Grenznähe verlegt hatte, was auch den gleichmäßigen steinigen Untergrund um die Ortschaft erklärte, die dann früher ein Kasernengelände gewesen war. Ein ziviles Kolonialkrankenhaus war kaum wahrscheinlich, hatte es doch an dieser Stelle nie eine größere europäische Siedlung gegeben, und für Expeditionen, die zum Beispiel nach Bodenschätzen geforscht hatten, wäre kein eigenes Krankenhaus eingerichtet worden, auch eine Erholungsstätte zu errichten, um den Unbilden des Klimas zu entkommen, war in einem Landstrich nicht naheliegend, wo die Gefahr gering war, sich mit Malaria, Typhus oder der Schlafkrankheit anzustecken, deren Entstehung, Verbreitung und Behandlung in dem Krankenhaus also gar nicht hätten erforscht werden können. Oder es war eben nie ein Krankenhaus gewesen, wie der Nachtportier behauptete, und eigentlich konnte es den Gästen gleichgültig sein, ob es sich um ein Kolonialkrankenhaus oder überhaupt um ein Krankenhaus gehandelt hatte, abgesehen davon blieb unklar, wer die Information über das

Krankenhaus in die Welt gesetzt und verbreitet hatte, da es nicht im Reiseführer stand, wie S und R fest geglaubt hatten, es gab also gar keinen Grund zu denken, das Gebäude sei einmal ein Krankenhaus gewesen, trotzdem verfielen sie immer wieder dem Gedanken, dass das Hotel irgendwie doch einmal ein Krankenhaus gewesen sein könnte, kamen sogar zu dem Schluss, dass es eigentlich gar nichts anderes gewesen sein konnte, wenn sie die Zimmer betrachteten, die wie auch die Gänge für ein Hotel zu großzügig oder zu unübersichtlich geschnitten waren, obwohl diese räumlichen Eigenschaften auch gerade gegen Krankenzimmer sprechen konnten, für die die Aufteilung der Grundfläche keinesfalls ideal war. Wenn ein Krankenhausbett als Maßstab genommen wurde, war zum Beispiel ihr Zimmer sogar für eine Privatklinik zu großzügig und ungeschickt geschnitten, um ein Mehrbettzimmer einzurichten, dann hätte es ein Armenspital sein müssen, in dem die Betten nebeneinander und hintereinander oder anders als oft üblich im Kreis gestanden hatten, was sie auch für die Bettenordnung einer psychiatrischen Klinik keine befriedigende Lösung fanden, und sie redeten sich so lange ein, dass es doch der beste Grundriss und die geeignetsten Dimensionen für ein Hotel und diese für medizinische Anwendungen ganz und gar ungeeignet seien, bis ihnen wieder das Krankenhaus hochkam, das vielleicht ungeschickt und möglichst billig umgebaut worden war, um den für die Gäste wenig attraktiven, ursprünglichen Gebrauch zu vertuschen, immerhin waren die Wände der Gänge, wie es ein ehemaliges Krankenhaus erwarten ließ, lackiert, außerdem war nicht zu übersehen, dass die Tapeten der Zimmer an manchen Stellen über Kacheln und Lackierung angebracht waren oder etwas anderes verbargen, während die alte Einrichtung mit all der Pflegeausrüstung, den Untersuchungsgeräten und der Operationstechnik entfernt und verkauft worden war oder im Keller und in den fensterlosen Räumen auf der Rückseite des Gebäudes lagerte. Offensichtlich war den Insassen, um sie auf keinen Fall den Unbilden des Klimas auszusetzen, jeder Ausgang verwehrt worden, das Krankenhaus, das weder Hintereingänge noch Hinweise auf Fluchtwege bot, verfügte über keinen Garten, da dessen Pflege und Bewässerung aussichtslos gewesen wäre, auch auf einer Dachterrasse wäre ein Aufenthalt wegen des angewehten Sands und des überhaupt unwirtlichen Wetters nur von kurzer Dauer gewesen, ein Innenhof, wie er in den meisten Häusern des Landes zu finden war, und Balkone fehlten jedoch auch, die Fenster waren zwar nicht vergittert, aber die Läden blieben immer geschlossen, als wäre der bloße Ausblick der Genesung abträglich gewesen und hätte die Krankheit verschlimmern können. Das Gebäude glich eher einer Festung als einem Sanatorium oder einem Kurhotel, an die höchstens die schweren, dicken Vorhänge erinnerten, ein Geflecht aus Samt und Draht, das sich, wenn S und R in ihren tief einsinkenden Betten lagen, in große Höhe erstreckte, als schliefen sie in einem Theatersaal oder einer Kirche, jedenfalls nicht an einem Ort, der für einen längeren Aufenthalt vorgesehen wäre. Die Bettdecken waren aus fast demselben Material wie die Vorhänge und so schwer, dass die beiden Gäste noch tiefer in die viel zu weichen Matratzen einsanken, als würden sie für immer hier bleiben, was R zuwider war und S in endlosen Schlaf versenkte. Die östliche und nördliche Lage der immer angenehm kühlen und trockenen Zimmer musste für die Heilung in dieser südlichen Gegend hilfreich gewesen sein, da keine direkte Sonneneinstrahlung die Zimmer zusätzlich aufheizte, die mit Metallfensterläden gegen die Einflüsse von außen abgeschirmt waren. Geräusche drangen nur so verzerrt in das Gebäude, dass sie dem Echo aus einem anderen Teil des Hotels glichen, das über Leitungen, Schächte oder Gänge in den Zimmern widerklang, selbst wenn der Wind an den Metallschlitzen der Fensterläden pfiff oder der Sand ununterbrochen dagegenschlug, war das Geräusch nicht als eines der Außenwelt zu erkennen, mischte sich mit dem Rieseln des Sands, das hinter den Tapeten zu hören war, und wurde von den Vorhängen und den dicken Bettdecken geschluckt oder so gedämpft, dass an das Ohr nur Laute drangen, die nicht genau zu bestimmen waren. Sobald S und R einmal in dem Gebäude waren, hatten sie die Außenansicht vergessen, ihnen wäre nicht eingefallen, wie die Fassade aussah, die gar nicht mehr existierte. R ging jedes Mal, wenn er ins Zimmer trat, sofort zum Fenster, schob die schweren Vorhänge beiseite, öffnete das Fenster und blickte durch die Lamellen der Fensterläden nach draußen, die sich nur schwer öffnen ließen und wegen des sandigen Winds immer geschlossen blieben, aber kaum hatte er die Fenster zugemacht und die Vorhänge wieder zugezogen, waren die Hotelmauern endlos dick und schlossen nicht von der Außenwelt ab, sondern waren die Außenwelt selbst. S und R waren immer woanders, als sie dachten, wussten nicht mehr, was in der Welt vorging, und die Überraschung war groß, wenn sie vor die Tür traten und wieder in der Gegenwart und vor Ort ankamen. Sie empfanden es als erholsam, ja heilsam, vom Rest der Welt abgetrennt zu sein, selbst wenn es ihrem beharrlichen Gedanken widersprach, dass es besser passe, aus einem ehemaligen Hotel ein Krankenhaus zu machen, als ein Krankenhaus in ein Hotel umzufunktionieren, was ihnen kaum naheliegend und sinnvoll erschien, ohne dass ein solches Für und Wider etwas an ihrem eingefleischten Misstrauen gegen dieses Gebäude änderte.

LANDSCHAFT (1)

SELTEN TRAF DER HIMMEL klar auf die minimalen Erhebungen der endlos verschleierten Erde, nie setzte er sich scharf von der Küstenlinie oder vom flimmernden Horizont ab, der nicht zu orten war, von Wolken, Dunst, Staub, aufsteigendem Sand und der dicken Luft in Augenhöhe war ein Himmel gar nicht zu unterscheiden, die Natur war nicht in ihren Grundformen zu erkennen, eine Sonne ging nicht auf und wieder unter, es wurde nur heller und dunkler, Wind war keine bloße Luftbewegung sondern immer auch eine der Erde, was den Himmel färbte, waren Wolken des Himmels und der Erde, Nebel und Sandstürme, gasförmige Schleier und Windhosen. Unter dem vielgestaltig bewegten gelblichen, rötlichen und bräunlichen Grau färbte sich der Erdboden dunkel, bläulich, grünlich grau, bei hellerem Licht ocker und warf in Wolkenschatten Blasen auf, die Wolken setzten sich gegen keinen Himmel sondern nur gegen andere lichtdurchlässigere, weniger geballte Wolken ab, die sich nicht mit Regen, nur mit Materieniederschlag entluden, durch den sich die Sonneneinstrahlung verstärkte. Manchmal war das Licht so grell, dass alles Gegenlicht war, Straße und Wege verschwanden strahlend, und die Landschaft kippte ins Schwarz-Weiß. In der Nacht ordneten sich die fliegenden Staubmassen in immer feinere Fäden, drehten sich in verschiedene Richtungen, drapierten, legten und scheitelten sich, Büschel von staubigen Schlieren zogen kreisende Bewegungen durch die Luft, wie graues Haar, das die Schuppen abgeschüttelt hatte und sich von ein paar dunkleren, fast noch schwarzen Haaren durchsetzt wieder zurechtlegte. In der Dämmerung bauschte es sich kurz weiß, fast wattig auf, aber bald war diese dicke, sich aufwerfende Mähne wieder von einer Staubschicht schmutzig gelblich überzogen, als schwitzte der Himmel und drohten Salzkrusten herabzufallen, deren matte faserige Farbigkeit an verkratzten Marmor erinnerte. Leuchtend stoben die Schlieren und gewundenen Strähnen in Partikelschwärmen auf und der Himmel war eine Ausdünstung der Erde.

DER NACHTPORTIER

ZU IHRER BEGRÜSSUNG HATTE DER PORTIER GESAGT, dass sie glücklicherweise am richtigen Tag ankämen, da heute Anreisetag sei, als ob es nicht möglich gewesen wäre, an jedem anderen Tag die Zimmer zu beziehen, es wie in einem Krankenhaus Tage der Aufnahme und Entlassung gegeben oder es sich um den ihnen vorherbestimmten Tag gehandelt hätte. Später konnten sie jedenfalls, auch wenn nicht viele Gäste im Hotel wohnten, fast täglich Leute ankommen und abreisen sehen, was bei der Größe des Hotels mit seinen mindestens sechs Stockwerken und seinen langen Gängen nicht weiter verwunderlich war. Wie es mit ihrer Entlassung aussehe, hatte R den Portier lachend gefragt, der seufzend die Augenbrauen hochgezogen hatte, dieser Hotelangestellte, der der Einzige war, der tagsüber am Empfang arbeitete, sich dann also wie der Empfangschef vorkommen konnte und auch so benahm, hatte zögernd gesagt, dass es sich von selbst verstehe, dass eine Abreise nicht an jedem beliebigen Tag möglich sei, und fügte mit seinem nicht musternden, vielmehr durchschauenden Blick hinzu, dass das kein Problem sei, wenn er sich S und R anschaue, da sie hier sicher länger blieben. Was sie bei einem anderen Hotel als Touristenfalle belächelt hätten, glich hier einem Fluch, der die Abreise tatsächlich zu einer in der Macht des Portiers stehenden Entlassung machte, die nicht zwangsläufig gewährt wurde oder eben nicht leicht zu erwirken war. Da ihnen Widerspruch zwecklos und lächerlich erschien, nahmen sie den Fluch hin, der ihnen mindestens einmal am Tag unheimlich wurde, wenn sie an der Rezeption vorbeikamen und einer der beiden Empfangschefs ihnen wohlwollend zunickte, als hätte er sagen wollen: Sehen Sie, heute reisen Sie wieder nicht ab, Sie werden noch einige Zeit bei uns bleiben, aber an diesem Ort kann das nur zu Ihrem Besten sein. Meistens gingen sie nicht auf dieses Nicken ein, ignorierten den Tagportier und lenkten den Nachtportier mit der Frage nach Neuigkeiten ab, schließlich war er, bevor sie ihn nach Informationen über das Gebäude gefragt hatten, von beiden der redseligere und gab gerne Auskunft über alles Mögliche, als sie ihn allerdings fragten, was für eine Klinik vor dem Hotel in diesem Gebäude eingerichtet gewesen sei, antwortete der Nachtportier, der von der Frage wenig überrascht zu sein vorgab, mit der Gegenfrage, wo sie denn so etwas gehört hätten, und als sie sich nicht recht erinnern konnten und laut überlegten, ob sie es in ihrem Reiseführer gelesen hätten, antwortete der Portier, dass sie ihre Quelle noch mal überprüfen sollten, und schob seine Schirmmütze aus der Stirn, als wäre er Schaffner und schickte ihren Zug direkt in die Hölle, er müsse sich über einen Reiseführer wundern, der seinen Lesern ein Hotel empfehle, über dessen ehemalige Nutzung solche Zweifel bestünden, aber noch mehr müsse er sich über Leser wundern, die solche Ratgeber lasen und ihnen auch noch folgten, was solche Leute denn von einem Hotel, was für ein Abenteuer oder welche Art der Unterhaltung sie von einer Unterkunft erwarteten, es sei doch geschmacklos, jetzt durchschaue er ihre Frage, auf diese Weise die Hygiene des Hotels zu beanstanden, solche Formen dürften die Unterstellungen, selbst die bösartigsten nicht annehmen. Sie hätten gar nichts zu beanstanden, wiesen S und R die Vorwürfe zurück, andernfalls hätten sie ihre Beschwerde ehrlich vorgebracht, und übrigens könne sie auch der Nachtportier nicht davon abhalten, das Hotel auf der Stelle zu verlassen. Trotzdem versprachen sie, die Angaben des Reiseführers noch einmal zu überprüfen, die ihnen jetzt auch unwahrscheinlich vorkamen und die sie ja wirklich nicht davon abgehalten hatten, sich hier einzumieten. Er müsse sich über die Herrschaften wundern, welche Art von Kolonialhotel sie sich wünschten, hatte der Portier plötzlich gefaucht, welche exotischen Krankheiten sie sich hier zulegen wollten, Krankheiten in schönen, herrschaftlichen Farben, mit heroisch ausgehaltenen Schmerzen, in was für einer kolonialen Anstalt sie versorgt und aufgemöbelt zu werden wünschten, was für Schönheitsoperationen oder tiefgreifende Veränderungen sie sich leisten wollten. Bevor sie überhaupt einen Gedanken fassen konnten, hatte der Nachtportier seine Ruhe wiedergewonnen, den sie nach diesem Gefühlsausbruch nicht für menschlicher hielten, sondern dem sie mehr zutrauten als je zuvor, sie schauten sich in dem für ein Krankenhaus viel zu kleinen Anmeldungsraum um, ob ihnen jemand bei dem Gespräch zugehört hatte, waren überrascht, wie viel der Nachtportier an einem Stück gesprochen hatte, als wäre er in langem Reden eigentlich viel geübter, als sie es von einem Nachtportier erwartet hätten, auch die Art, wie er sich ausgedrückt hatte, verriet ein gewisses Maß an höherer Bildung, er ließ sich nicht mit ein paar Worten mundtot machen und schien mit der Kontrolle und Beurteilung von Menschen und Orten vertraut. Obwohl sie ihre Überraschung über das Verhalten des Portiers eher ihren beschränkten Vorstellungen von Ausbildung als einem plötzlichen Rollenwechsel zuschrieben, hatten sie, als sie die Treppe nach oben stiegen, das Gefühl, dem Nachtwächter wäre für einen Moment die Maske vom Gesicht gerutscht, was nur eine weitere ihrer häufigen Fehleinschätzungen der Menschen in diesem Land sein mochte, aber S hatte ab diesem Zeitpunkt erschreckt und stolz zugleich behauptet, der Nachtportier habe nicht nur ähnliche sondern genau die gleichen Augen wie ihr Verlobter.

ELEMENTARTEILCHEN (1)

DIE UNZÄHLIGEN FAHRSPUREN, die im sandigen Gelände dicht nebeneinander herliefen, näherten sich einander an und entfernten sich wieder, gingen ineinander über und verwischten eindeutige Fährten, oder sie kreuzten sich plötzlich, als ob sich die Achsen wie Beine übereinandergeschlagen hätten, um den schlingernden Rinnen wechselnder Breite zu folgen, aber leicht ließ sich von einer Bahn zur anderen wechseln, ohne ins Schleudern zu kommen, bis eine Spur versandet endete, andere Rinnen teilten sich oder knickten scharf ab, ohne dass ein Ziel oder eine geographische Notwendigkeit ersichtlich war. Obwohl der Untergrund wie Treibsand aussah, in dem neu gelegte Fahrspuren bald verwehten, waren Fallen einfach zu umfahren, bis das Liniengewirr, das sich hell leuchtend durch den schwärzlichen Untergrund zog, plötzlich auf eine betonierte Brücke zulief, die über das Geröll eines ausgetrocknetes Flussbett gebaut war, wo die meisten aller Fahrspuren jämmerlich endeten. Die weite, gewellte Fläche bot keine Orientierung, alles, was dem Auge Räumlichkeit vorgaukelte, verschwand hinter Aufgewirbeltem, wie Sandvorhänge und Windhosen waren die selten sichtbaren Gebirge und Dünen ohne Zweifel Stauberscheinungen, die starker Wind und Gegenlicht so schnell hervorriefen, wie die verhangene Atmosphäre mit einem Schlag wieder beiseite gewischt war, als ob ein Wunderblock zurückgesetzt würde. Im Fahrzeug stieg der Staub an undichten Stellen stolz wie ein Geist aus der Flasche auf, die Rinnen, denen sich der Fahrer anvertraut hatte, wurden plötzlich wegen Bodenwellen undeutlich, wenn er sich in der Fahrspur irrte, blieb er liegen, wurde geschluckt, zerbröselte samt Gefährt, samt Hilfsmittel und Bekleidung, Metall war dann nichts anderes als Fleisch, Knochen nichts anderes als Plastik, das fein aufwirbelnde trockene Gemisch von Erde, Sand und kleinsten Teilchen drang überall ein, wo Technik und Natur Ritzen, Lücken, Öffnungen und Membranen gelassen hatten, der Staub war feiner als jede Pore der Haut, in die er langsam eindrang. Die Staubgrenze, der Maßstab dieser Landschaft, stieg, die Staubwolken hüllten alles ein, machten alles gleich, unsichtbar oder nur unbestimmt erkennbar, Flecken auf der kargen, weiten Fläche, die Überblick versagte und Inbesitznahme aussichtslos machte, konnten alles sein, seltene grauschwarze Bäume, vielleicht Akazien, deren starre Blätter farblich nicht vom Holz der Zweige zu unterscheiden waren, Menschen, Fahrzeuge, alles verstaubte gleichermaßen, war unterschiedslos der staubigen Trockenheit ausgesetzt, Kanister und Plastikflaschen wurden, einen regelmäßigen, dumpfen Ton anschlagend, wütend durch die Gegend geblasen, bis sie ihre Deckel verloren und mit Gestein gefüllt liegen blieben, nichts als verhärtetes Leben, in dem alles Dasein auf seine Gemeinsamkeit heruntertrocknete. Im Reich des Staubs verwischten die klaren Trennungen zu immer weniger sichtbaren oder greifbaren Übergängen, die Welt stellte sich in Graden des Verstaubens, in verschiedenen Staubarten und ihren Erscheinungsformen dar, die sich je nach Dichte, Ladung, Mischung, Temperatur und Bewegung in ihren Schattierungen unterschieden. Diese mehr oder weniger starke, für das Auge unfassbare Zusammenballung von Staubpartikeln war unter bestimmten Umständen energetisch aufgeladen und leuchtete dann oder drang als Strahlung in die Menschen ein und verwirrte bilderreich ihr Denken, das sie wie entzündet schmerzte. Der alles durchdringende Staub rief in und zwischen allem eine Spannung hervor, die sich nicht wie Elektrizität entlud oder weiterleiten ließ und der sich alles aussichtslos widersetzte, so entstand eine gegen die Übermacht dieser Gegend angestrengte Anspannung, den Körper zu verschließen, die Körperfunktionen zu reduzieren, von Flüssigkeit unabhängig zu werden, das dem Lebendigen Notwendige im eigenen Körper herzustellen und zu bewahren, neue Bedürfnisse zu bilden, anstatt zu vertrocknen oder sich selbst zu vergiften.

DAS KRANKENHAUS

DER GELBGRAUE STAUBSCHLEIER, der über der Stadt und dem ganzen Landstrich hing, legte unmerklich auf alles eine feine Schicht von Sand, der ständig in das Hotel hineingeweht und hineingetragen wurde, von den Decken rieselte, durch das brüchige Linoleum aufstieg, über die Flure vordrang und sich in den Zimmern sammelte, der Staub war so allgegenwärtig, dass es unvorstellbar war, dieses Gebäude könnte einmal Patienten in Krankenzimmern, Untersuchungsräumen und Operationssälen beherbergt haben, die jetzt leer standen oder vielleicht als Lager, Küche oder Waschräume dienten, unvorstellbar, dass den Leidenden heilsame Sauberkeit gewährleistet worden war und ihre Wunden verheilt waren, dass sie nicht unter Atemnot gelitten und ihre Zähne und ihr Zahnfleisch bei den Mahlzeiten keinen Schaden genommen hatten. Ebenso viel Sand wie in das Hotel hineingetragen wurde, gaben die sich auflösenden Wände ab, vom Untergrund drang er durch den Keller in das Gebäude ein, die Kellerräume begann das verwitterte Gestein bereits zu füllen, in dem S und R bei ihren heimlichen Nachforschungen über die Vergangenheit des Gebäudes einmal bis zu den Knöcheln gestanden hatten, das Hotel wurde von Sandkörnern durchdrungen, von ständigem Rieseln, Knirschen, Schmirgeln erfüllt, ungreifbar, unbestimmbar lebendig, ließ das Gebäude weder den Patienten noch den Gästen Ruhe, immer in Bewegung schien es unendlich langsam zu versinken. Die ständige untergründige Unruhe gab dem Gebäude etwas Trügerisches, ja Scheinheiliges, das ganz und gar bedeutungslos, sich auf kindische Art wichtig zu machen schien, von unbestimmtem Baustil wirkte es ebenso banal und geistlos wie ohne jeden Anspruch, obwohl es sich keineswegs um einen Neubau handelte, den sie hätten geschichtslos schimpfen können, ebenso wenig stammte das Bauwerk jedoch aus einer weit zurückliegenden Epoche, keine bestimmte

Zeit, kein bestimmtes Alter konnte dem Gebäude und seiner Innenausstattung, bei der auf jeden lokalen oder traditionellen Schmuck verzichtet worden war, zugeschrieben werden, nicht mal die Armaturen des dürftigen Sanitärbereichs waren von erkennbarem Alter. Von jeher wellte sich in den hohen Empfangsräumen mit schäbiger Einrichtung der Linoleumboden und in den fast leeren, zu großen Zimmern die farblosen Tapeten, schon immer blätterte die Wandfarbe der Gänge ab. Von außen meinten S und R dem Gebäude anzusehen, dass es nach dem Zweiten Weltkrieg gebaut worden war, da sie aber keine besonderen Kenner der Architektur waren, hätten sie auch jemandem geglaubt, der ihnen versichert hätte, dass es in den zwanziger Jahren oder Anfang der dreißiger Jahre gebaut worden sei, es war sogar denkbar, dass das Gebäude noch älter war und man es nur renoviert hatte, so glaubten sie eher, dass der Bau eines Krankenhauses, nachdem die europäische Kolonialmacht abgezogen und das Land durch das nördliche Nachbarland besetzt worden war, der internationalen Öffentlichkeit hatte zeigen sollen, wie verantwortungsvoll die neue Besatzungsmacht die Südprovinz verwalte, womit das kaum dreißigjährige Gebäude nicht mehr aus der Kolonialzeit stammen würde, sondern von der gegenwärtigen Besatzungsmacht erbaut worden war. Mehr über die Geschichte des Bauwerks herauszufinden, war aussichtslos, kein Stadtarchiv oder Katasteramt hätte sie über den Zeitpunkt der Erbauung und die Nutzung dieses Gebäudes in der Vergangenheit informiert, zumindest keines, das zivil verwaltet und öffentlich zugänglich war, schon gar nicht für ausländische Touristen, denen das Militär sofort Spionage unterstellt hätte, wie später der Apotheker bestätigte, existierte so ein Archiv außerdem gar nicht, und höchstens militärische Einrichtungen befassten sich mit der Aufzeichnung der Flächennutzung. Über dieses belanglose, nichtssagende Gebäude wäre sowieso kaum Nennenswertes in Erfahrung zu bringen gewesen, da das Bauwerk ihnen nur vorspiegelte, was sie darin sehen wollten und andere als Hirngespinst belächelt hätten, vielleicht war es nur die Sterilität dieses Vakuums, die sie dazu gebracht hatte, an ein Krankenhaus zu glauben, das sich in ein Hotel verwandelt hatte und dessen perfekteste Dienstleistung es war, alle Spuren der Zeit und gleichgültig welcher Geschehnisse verschwinden zu lassen. Dass Gebäude und Ausstattung im aktuellen Zustand keineswegs neu, sauber und funktionstüchtig waren, musste Tarnung sein, dicke Staubschichten, speckige Beläge, abgenützte, muffige Bettbezüge und Decken täuschten nur vor, dass Zeit überhaupt vergangen war. Sobald sie in das Bauwerk eintraten, stammte es aus einer Epoche, die mit Hammer und Meißel beseitigt worden war, so dass ihnen als Laien keine architektonischen Details einen Anhaltspunkt in der Zeit boten, und sie fragten sich, wie es jemand fertiggebracht hatte, ein Gebäude zu errichten, das so wenig in einer bestimmten Zeit verortet war und in seiner totalen Neutralität gar nicht zu existieren schien, als ob hier nie Zeit vergangen wäre, weil sie nicht einmal begonnen hätte, als ob die Zeit in diesem Gebäude wie ein Sandrutsch ungreifbar, unbestimmbar, keine dem Menschen verfügbare Zeit wäre, die an ihm vorbei, über ihn hinweg oder vielmehr unter seiner Zeit verliefe und ihm den Grund unter den Füßen wegzöge. Für keine Zeit, für keine Menschen vorgesehen, war alles in diesem erschreckenden Gebäude möglich, diesen Räumen war ein jedes Geschehen, zuallererst das schrecklichste zuzutrauen.

NACHFORSCHUNGEN

WÄHREND S UND R DEN FLUR DES HOCHPARTERRES, der an der Rezeption vorbei über ein paar bordsteinähnliche Steinstufen zu erreichen war, in beide Richtungen abgingen, versuchten sie, lautlos alle Türen zu öffnen, die ungepflegter und ramponierter als die belegter Hotelzimmer aussahen, jedes Mal wenn sie vorsichtig so eine Tür öffneten, hatten sie weniger Angst vor dem, was sich dahinter verbarg, als davor ertappt zu werden, sie unterstellten dem Nachtportier nämlich, sie bei ihren Nachforschungen grinsend zu beobachten, im nächsten Moment konnte er aus seinem Versteck heraustreten und sein Lachen unterdrückend so lange warten, bis sie zusammenzuckten und sich erschreckt umdrehten, um in sein Zähne zeigendes Gesicht mit dem Schnauzbart zu schauen, dessen Haare so stark waren, dass sie jedes einzelne rabenschwarz glänzen sahen, als hätte er sie gerade frisch gewichst. Vor diesem Moment der Bloßstellung hatte R noch mehr Angst als S, obwohl sie nur vermuteten, dass es etwas zu entdecken gebe, und selbst wenn es wirklich etwas aufzudecken gab, war noch lange nicht jemand daran interessiert, sie davon abzuhalten. Vor lauter Anspannung, die Angst vor dem Erwischtwerden zu überwinden, konnten sie sich gar nicht auf die eigentliche Schwierigkeit der Nachforschungen konzentrieren, was, wie und wo überhaupt nachgeforscht werden sollte. Als sie aber herausgefunden hatten, dass das Haupttreppenhaus zum Keller zugemauert war, verfielen sie in touristischen Hochmut, dass da, wo sie hinkämen, immer etwas Außergewöhnliches und Lohnenswertes anzutreffen sei, und kundschafteten eine andere Treppe aus, die sie ungehindert in den Keller hinuntersteigen konnten, mittags, wenn die Rezeption geschlossen war, oder am späten Abend suchten sie Türen im Keller, die jedoch alle verschlossen waren, und liefen wirklich bei ihren ersten vorsichtigen Versuchen immer dem Nachtportier über den Weg, der sie dann fragte, ob er ihnen helfen könne, was sie freundlich verneinten, sie hätten sich im Hotel ein bisschen umschauen wollen, worüber der kleine, wohlproportionierte Mann in seinem dunkelgrünen, viel zu großen Mantel aus lodenähnlichem Stoff laut lachte. Da im Ausschnitt des Mantels, der mit länglichen Holzknöpfen an Lederriemen zu verschließen war, nicht einmal der Rand eines anderen Kleidungsstücks zu sehen war, dachten sie zuerst, dass er unter diesem viel zu warmen und für die Arbeit eines Portiers unbequemen und unpraktischen Kleidungsstück unbekleidet wäre, was nicht der Fall war, wie sie sich eines Abends überzeugen konnten, als er den Mantel plötzlich offen trug, als ob er sich über ihre Gedanken lustig machen wollte, und er hatte darunter keinen roten Seidenschlafanzug, sondern eine lange blaue Stoffhose und ein weißes Hemd an, das unter seinen schwarzen, fein gedrehten Dauerwellen und seinem Schnauzer leuchtete. Als es ihnen einmal gelang, unbemerkt in den Keller hinabzusteigen, stießen sie auf eine Metalltür, die sich öffnen ließ und hinter der sich weder ein Heizungskeller noch ein Untersuchungsraum der Strahlenmedizin verbarg, sondern ein kahler, stickiger Raum mit Wänden aus unverputzten, grauen Steinen. Den vorderen Teil füllte ein Felsrücken aus, dessen ins Dunkel abfallende Seite unter Geröll verschwand, das kein liegen gelassenes oder abgeladenes Baumaterial war, sondern wie das begehbare Schauobjekt eines geologischen Museums aussah, in dem der Zustand des Bodens und der Geröllwüste vor dem Bau dieses Gebäudes, ja der menschlichen Besiedelung vorgeführt wurde. S und R fragten sich, ob das Gebäude über dieses Stück Boden gebaut worden war, um ihm vielleicht später eine Funktion zu geben, als Lager hatte es während des Baus kaum gedient, da die Steine und ihre Anordnung einen naturbelassenen Eindruck erweckten, die teilweise großen, schweren Brocken konnten auch nicht im Nachhinein in den Kellerraum transportiert worden sein, dessen vorderen Teil eine Glühbirne auf jeder Wandseite schwach erhellte, aber nicht ausleuchtete. Vergeblich warteten sie darauf, dass sich ihre Augen an das Halbdunkel im hinteren Teil gewöhnten, in dem sie zu erkennen glaubten, dass das Geröll in immer kleineres Gestein und Sand überging, als sie ein paar Meter unentschlossen das abfallende Geröllfeld hinabstiegen und Angst bekamen, ins Rutschen zu kommen. Sie wunderten sich über diesen Raum und waren vor allem enttäuscht, dass sie keine eindeutigen Hinweise auf den Krankenhausbetrieb erhielten, nicht einmal eine Packung Mullbinden, verrostetes Operationsbesteck, eine Röntgenschürze oder eine Metallbahre fanden, denn R hatte nachts davon geträumt, wie sie die Tür dieses Raumes geöffnet und durch den Türspalt den stark hustenden, gut genährten, rosigen Nachtportier in seinem grünen Mantel gesehen hatten, der mit einem viel zu kleinen Messer Narben nachschnitt, während der über seiner Schulter hängende Stutzen immer herabrutschte und gegen die im Sand eingesunkene Bahre schlug, wenn ihn wieder ein Hustenanfall schüttelte oder er sich kurzsichtig so weit nach unten beugte, dass sein Schnauzbart den Mittelfinger berührte, den er auf dem Rücken der Taschenmesserklinge abstützte, die ganz leicht in die Haut des Tagportiers schnitt, der dem Nachtportier auch jetzt wie aus dem Gesicht geschnitten glich, und als sich der

Nachtportier umdrehte, wischte er an seinem wächsernen Schnauzbart seinen blutigen Mittelfinger ab, der aus Versehen mit der Klinge in den Tagportier eingedrungen sein musste.

LANDSCHAFT (2)

DIE LANDSCHAFT WAR GLEICHFÖRMIG und eintönig, die Augen mussten sich anstrengen, um etwas zu unterscheiden und wahrzunehmen, der Staub, der alles in einem gelblichen Graubraun bedeckte, erfüllte nicht nur bei Wind oder Dunst die Luft und färbte sie so ein, dass die Augen keinen Anhaltspunkt fanden, um in die dumpfe Verschwommenheit eine Perspektive zu schlagen, einen Raum vor der Netzhaut zu bilden, Entfernungen zu erkennen. Die Spaziergänger begriffen gar nicht, ob sie irgendetwas sahen oder die durch die verkrampften Augenlider sichtbare Unruhe ein vom Gehirn eingespieltes Störbild war, das auf der Netzhaut verschleiern sollte, dass der Ansturm ununterscheidbarer, aber spürbarer Partikel die Sehkraft außer Kraft setzte, und um angesichts orientierungslos taumelnder Sinne Ohnmacht oder zu großer Angst vorzubeugen, wurden wenigstens farbige, fein gerasterte Bewegungen sichtbar. Die Augen öffneten sich immer wieder vorsichtig mit gesenktem Blick, versuchten erst die auftretenden Schuhe zu fixieren, bis es ihnen gelang, den Boden zu mustern, auf den die Schuhe traten, schließlich musste das, worauf die Füße traten, hart sein, und sie konnten wieder Farbtöne, Strukturen und Materialien unterscheiden, freuten sich über den steinernen Untergrund, konzentrierten sich auf jeden Schrittbreit, ob es nicht etwas gab, was der Betrachter für bemerkenswert hielt, worüber er in die Hocke ging, was er anfasste und aufhob, und solche Ruhepausen mit etwas Festem in der Hand ermöglichten, auch den Blick ein paar Meter weiter nach vorne zu richten. Was S und R vom Boden auflasen, überraschte sie, da sie auf den ersten Blick, beim ersten Anfassen nicht wussten, was es war, es konnte menschlicher Abfall sein oder war vielleicht noch nie in menschliche Hände geraten, manchmal konnten sie bis zum Ende nicht entscheiden, ob ein hartes, geschliffenes Etwas aus Knochen, Stein oder Plastik bestand, von menschlichen Werkzeugen oder von der Verwitterung geformt worden war, ob der überall auf dem sandigen Untergrund verstreute Gesteinsbruch so in der Natur vorkam oder dieser regelmäßig gebrochene und zerstoßene Splitt aus einem Steinbruch stammte. Der Boden war kilometerweit um die Stadt so gleichmäßig davon übersät, dass die Steinchen wie ausgestreut aussahen, stärkerer Wind konnte das gleichförmige Gestein über den Boden bewegen, und es war denkbar, dass der Abfall eines Kieswerks irgendwo abgeladen und vom Wind abgetragen worden war, noch wahrscheinlicher hatten Splitthaufen für Bauarbeiten an mehreren Stellen herumgelegen, und der Wind hatte wegen des verzögerten Baubeginns genug Zeit gehabt, die industriell gebrochenen Steine über die Landschaft zu verteilen, die so lange abgerundet wurden, bis sie in den festen sandigen Untergrund versanken. Wenn sie die Steine aufhoben, schienen ihnen die Kanten aber zu unregelmäßig gewellt, die Größen zu sehr zu variieren, als ob es sich doch nicht um maschinell zerkleinerte Steine handelte, bei denen sie sich jedenfalls sicher waren, dass es sich um Gestein handelte, und die sie gerne als Vergleichsmaterial heranzogen, wenn sie andere Dinge nicht einordnen konnten, und manchmal gerieten sie über diese Fragen in Streit und nahmen die Funde mit sich, um sich noch im Hotelzimmer über deren Herkunft zu ereifern.

GEHÖR (1)

DAS HOTEL WAR AUF SONDERBARE WEISE belebt, was aber nicht hieß, dass Ankommende, Abfahrende und das Hotelpersonal auf dem nicht asphaltierten Platz vor dem Hotel durcheinanderliefen, oder es um die Rezeption großes Gedränge von Gästen gegeben hätte, die Gänge des Hotels erfüllten die Geräusche von Sand und Staub, ein unmenschliches, mineralisches Rauschen wirkte auf das Gehör, schliff es so, dass die Gänge entlanggehende Gäste durch diese raue, poröse Unruhe hindurch in die Vergangenheit hören konnten, plötzlich vernahmen sie das Schaben einer Fäden abstreifenden Pinzette, den hellen Ton einer zu Boden fallenden Injektionsnadel, den dumpfen Klang des nachgebenden Gummis einer Infusionsflasche, das Schleifen eines über steriler Gaze abgenommenen Metalldeckels oder das Reiben eines Wattebauschs auf der Haut. Sobald das Rieseln, Knirschen und Schmirgeln aber lauter wurde, traten die Geräusche der Leitungen von Wasser, Abwasser, Gas und Strom, vor allem letztere zischten, als wären die Kabel feucht und schlügen Funken, in den Vordergrund, bis sie ein zurückgestoßener Stuhl übertönte, von dem jemand bei einer schrecklichen Nachricht aufgesprungen war, das Quietschen einer Bettfeder war zu hören, obwohl die Matratzen aus Schaumgummi und die Bettenroste aus Holz bestanden, Gemurmel, eher ein Selbstgespräch als eine kurze Unterhaltung im Halbschlaf, und eine Unzahl unbestimmbarer Geräusche drängte auf die Gänge. Das Hotel war ständig von Tönen, Lauten erfüllt, nie war es langweilig, über die breiten Treppen, durch die Flure und hohen Gänge zu gehen, die in der Mitte mit Rollteppich aus groben ungefärbten Fasern ausgelegt waren, fast herrschaftliche Läufer mit goldenen Teppichleisten, die allerdings nicht auf Marmor, sondern auf Linoleum verlegt waren und nicht zu dem bräunlich vergilbten Lack bis über Augenhöhe passten. Das Treppenhaus und die Gänge waren keineswegs schnell zu durchqueren, keine lästige Strecke für unwillige Begegnungen, auf der man höchstens stehen blieb, um Kleidung und Frisur zurechtzurücken, was in diesem Gebäude nach Gefühl passieren musste, denn an den Wänden waren keine Spiegel angebracht, sonst hätten die Patienten ihr Vorher und Nachher, ihr Vielleicht Noch oder Fast Nicht Mehr beobachten müssen. S und R konnten nicht widerstehen, mehrmals auf und ab zu gehen, täuschten vor, etwas verloren oder vergessen zu haben, blieben plötzlich stehen, schauten genau auf Boden, Wände und Decken, als ob sie etwas suchten, was sie einmal gesehen hatten und wiederfinden wollten, während sie die Hand hinter die Ohrmuschel legten, um besser zu hören, was sich in dem Hotel abspielte, manchmal horchten sie vorsichtig an den Türen der Zimmer, die sich, sobald die Gäste außer Haus waren, wieder in Krankenzimmer, Räume für Untersuchungen und Behandlungen oder Operationssäle verwandelten, in denen sich das Geschäft des Krankenhauses fortsetzte, als ob dieses Gebäude nie ein Hotel gewesen wäre. Dann beugten sich hinter den Türen Schwestern über Wunden und Verletzungen, um Verbände zu erneuern, verteilten kleine durchsichtige Plastikbecher mit Medikamenten, nahmen Fieberthermometer in Empfang, und das Murmeln bei Visiten,

Beratungen von Ärzten, Konsultationen unter Ausschluss der Angehörigen, Berichte des Personals bei Schichtwechsel, in Diktiergeräte gesprochene Fälle und leises Gerede von Besuchern waren zu hören. Das Gehör bewegte sich in der Zeit, es vermochte zu hören, was an dem Ort einmal vernehmbar gewesen war, und konnte an diesen tönenden Indizien rekonstruieren, was in den Räumen passiert war. Dieses für detektivische Spurensuche einzigartige Werkzeug glich einem Radio, das Tonschichten der Vergangenheit übertrug und manchmal gleichzeitig sendete, so dass das Gehirn nur noch eine Tonstörung meldete und nichts mehr über die Vergangenheit des Ortes heraushören konnte, es musste sich dann über die Maßen konzentrieren, um die tönenden Zeitebenen wie verklebte Häute auseinanderzuziehen, ob nicht etwas von Interesse für den zu lösenden Fall zu erkennen war, ob der wahrscheinliche Tatzeitpunkt schon erreicht war oder noch weiter in der Zeit zurückgedreht werden musste, was keineswegs ein Vergnügen, sondern eine Folter war, denn diese Hörbegabung zwang die Ohren, alle vergangenen Töne eines Ortes zu hören, und keine in die Ohren gestopfte Watte brachte diese Kakophonie der Zeit zum Verstummen.

GEHÖR (2)

DAS GEHIRN VON S UND R SCHIEN schon vor ihnen in diesem Hotel gewesen zu sein und hatte sich ihnen in den Kopf gesetzt, um sich an Gehörtes zu erinnern, das sich anhörte, als ob es schon einmal fremde Gehörgänge passiert hätte, und die Hörorgane ekelten sich vor den Spuren des andern Körpers, dessen Erinnerung ihnen eingepflanzt worden war, als wären sie nicht nur gezwungen, mit anderen deren Erinnerung zu teilen, sondern ihr eigenes Gedächtnis wäre durch ein fremdes ausgelöscht worden. Wenn sie unter den schweren Bettdecken tief in die weichen Matratzen einsanken, hörten sie halbwach ein hohes Sirren, das sie anfangs für eine Irritation ihrer verschlafenen Wahrnehmung und überforderten Einbildungskraft gehalten, dann zu einem Symptom ihres erkrankten Organismus erklärt hatten, schließlich suchten sie es außerhalb ihres Körpers in ihrem Zimmer, in dem es aber außer der nicht funktionstüchtigen Klimaanlage, die so hoch angebracht war, dass sie selbst auf einem Stuhl stehend unerreichbar war, kein Gerät gab, das ein solches Geräusch hätte verursachen können. Sie versuchten deshalb den Ursprung in den umliegenden Räumen zu bestimmen, denn auch eine Leitung war nicht vorstellbar, die beim Transport von irgendetwas so hoch gesirrt hätte, außerdem klangen die Leitungen im Gebäude anders. Ihre Vorstellungskraft blieb dem Sirren auf den Fersen, suchte aufgescheucht nach Bildern, die den Ton eindämmen oder erklären sollten, sie trieb das Gehör an, noch genauer hinzuhören, genauer zu analysieren, in welche Bestandteile dieses Geräusch zu zerlegen war, das Gehör schien das Denken aber an der Nase herumzuführen, indem es Informationen vorenthielt, verfälschte oder im Übermaß übermittelte. Das Geräusch konnte nur von Apparaten kommen, die in diesem Gebäude irgendwo noch benutzt wurden oder unbenutzt weitersirrten, und wenn in dieser umkämpften Provinz mit wissenschaftlichen Geräten experimentiert worden war, hatte die Forschung wahrscheinlich militärischen und nicht medizinischen Zwecken gedient, wofür modernste Technik zur Verfügung gestanden hatte, deren Sirren im Kopf, manchmal im ganzen Körper als ziehender Schmerz zu spüren war. Dieser schmerzhafte Ton kam S und R zwar sehr fortschrittlich vor, erinnerte sie an elektrische Ladung, Schallwellen oder durchdringende Strahlung, die richtig dosiert und angewendet medizinische, sonst vernichtende Wirkung hatte, gleichzeitig erschien ihnen dieser Ton uralt, ausgestoßen von einer riesigen, von Hitze sirrenden Lavablase, auf der das Hotel schwamm, ohne zu verbrennen. Aus diesem dünnen, mehr gasförmigen als festgefügten Erdstreifen unter dem Gebäude stieg geflügeltes Getier auf und näherte sich dem Boden des ehemaligen Krankenhauses, das kein Fundament hatte, sondern dessen Kellermauern direkt auf sandigem Untergrund errichtet worden waren, den zu durchdringen für die Insekten ein Leichtes war. Zwischen diesem unendlichen Wirrwarr unterirdischen Getiers, das aus der Erdkruste austrat, wanden sich plötzlich ineinander verschlungene Gliedmaßen von mikroskopisch kleinen Menschen, aus den Schwärmen von Ungeziefer und Schädlingen quollen sie zerstückelt empor, wimmelnd kamen sie auch aus unterirdischen Gängen hervor, brachen die Erde auf, aus Gebirgen von Schimmel und sporentragenden Gebilden kamen diese Kreaturen zum Vorschein, oder was bei diesem gewaltsamen Aufbruch von ihnen übrig geblieben war, Menschenknäuel drangen aus aufspringenden Samen, klebrig stinkenden Giftpflanzen, geschwollenen schwitzenden Gewächsen, barsten aus Herden unwilligen Nutzgetiers, Scharen von Ziergetier und undressierbarem Gekreuch, aus schäumender Wellenbrandung und steigender Flut spritzte Menschliches auf, das zerrissen von den Wassermassen angespült wurde, aus Gewittergetöse und Sturmböen stoben Menschenleiber und aus Eiskrusten, gewaltiger Hitze, Geröllwüsten und zwielichtig erloschenen Vulkanen wurden sie in die endlosen Staubschleier dieses Landstrichs gesogen und verschwanden, Reste der Körper zerfielen auf der Erde und verwehten. Nicht aus eigener Kraft stießen die Menschen oder diese aus Gliedmaßen zusammengeknautschten Lemuren aus der Landschaft hervor, herausgepresst, ausgespuckt wurde dieser menschliche Auswurf, von sich kräuselnden Oberflächen der Erde ausgeschieden, die sich dieser ineinandergedrückten Menschengebilde entäußerte und Scharen unförmiger Gliederbündel erbrach, Menschliches, das Belebtes und Unbelebtes ausgestopft hatte, verschmierte unansehnlich zu schillernden Bildern. Die Ausbrüche, in denen sich die Natur entlud, waren nicht die Auferstehung, sondern die Austreibung des menschlichen Fleisches, alles entäußerte sich plötzlich, gesprengte und zerwühlte Formen, die das Lebendige festgelegt und dem Menschen einen festen Stand gegeben hatten, gerieten in Bewegung, entluden sich mit solcher Gewalt, dass an den geborstenen Naturdingen keine Fetzen, sondern Dolden, Klumpen, Batzen von Menschlichem hingen, klebten, troffen und tropften. Die Unruhe, die sich in diesem Landstrich allem bemächtigte, bemächtigte sich auch der Luft, die vom scharfen, hohen Ton sich abschleifender Steinchen, Sandkörner und Staubteilchen sirrte, der mineralische Staub legte sich auf die Schallwellen, drang in sie ein, stieg mit ihnen empor oder zog sie zu Boden, eine unübersehbare, gleichzeitig in die Tiefe gehende und in die Atmosphäre aufsteigende Bewegung von immer feiner werdendem Staub, die durch das Krankenhaus hindurchging, in dem sich das Schleifen und Zermahlen in das Sirren sich spaltender radioaktiver Teilchen auflöste, die Bilder vom Inneren des Körpers herstellten, ihn durchleuchteten und in gleißenden Staub auflösten. Dieser hohe Ton drängte von allen

Seiten heran, ging durch die Körper hindurch und brachte sie mit einem leicht schmerzhaften Zittern zum Verschwinden, als hätte sich auch das versandende Hotel, der ganze wüste Landstrich und der alles durchwirkende Staub in dieses mächtige, den Raum zusammenhaltende Sirren aufgelöst und S und R hielten sich nur in deren körperlosem Nachhall auf, in dem hörbar wurde, was dieses Staubreich aufgesogen hatte.

HEIMTÜCKE

DER WIND BLIES IHNEN DEN SAND so scharf ins Gesicht, dass sie sich schützen mussten, mit Tüchern über Mund, Nase und Ohren, Mützen und Brillen vor den Augen, was wenig nützte, der Aufprall des Sandes war so stark, dass das Sehen schwierig, die Orientierung eigentlich unmöglich war, Sand drang durch die Kleidung und setzte sich in ihren Haaren und an ihren Körpern fest, nahm ihre Körperflüssigkeit auf und blieb kleben, bot anderen Körnern Halt und in Minuten bildeten sich kristalline Strukturen in kleinen Falten, zum Beispiel um Mund und Augen, die beim Zwinkern bereits leicht schmerzten, bis die Hände über das Gesicht fuhren, das an den empfindlichen Stellen schnell wund wurde und ausgetrocknet spannte. Der Sand überzog gleich wieder die Winkel von Augen und Mund, der sich zusammenkniff, um keine Körner zwischen die Zähne zu bekommen, die Augenlider schlossen sich fast, um die Augen zu schützen und den Blick auf die Gehrichtung zu konzentrieren, während der körnige Ausschlag unmerklich die Ränder der Lippen, Nasenlöcher und Ohrmuscheln entlang wuchs, die Öffnungen der Sinnesorgane einkreiste und die Härchen mineralisch verlängerte. Wachsende Krusten zogen so gierig Flüssigkeit und körpereigene Mineralien aus der Haut, dass S und R erst glaubten, Sandwürmer wären unter den Hosenbeinen, die sie weit über die Schuhschäfte gezogen hatten, an ihnen hochgekrochen, oder Wüsteninsekten, kleine bissige Käfer wären mit dem Wind in ihre Kleidung geraten, der stakkatoartig blies, aber nicht stürmte, denn bei einem Sandsturm hätten sie sich nicht vor die Tür gewagt, wären gar nicht vor die Tür gekommen, wenn die Windstärke zugenommen und die Sichtweite abgenommen hätte. S fing an, um sich zu schlagen, als verfolgte sie ein Schwarm stechenden Getiers, schlug ihre Arme gegen die Brust und in die Höhe, schnitt unter Tuch und Brille Grimassen, lief mit großen stampfenden Schritten, stieß einen hohen Ton aus, den R von ihr noch nie gehört hatte. Auch ihn ergriff Panik angesichts der Geschwindigkeit, mit der sich die kristalline Struktur über seinen Körper ausbreitete und sich mit spürbarer Kraft sein wässriges Innenleben zunutze machte, er hatte das Gefühl auf dem Rückweg der ausgedehnten Wanderung, die voll Entdeckerfreude begonnen hatte, lebendigen Leibes ausgesaugt und unter Schmerzen in einen sandigen Mineralklotz verwandelt zu werden, was ihm einigermaßen heroisch anmutete, während er sich gleichzeitig einredete, dass es nicht so leicht sein könne, zu Grunde zu gehen, da die Ortschaft noch in Sichtweite war und sie nicht weit in die Wüste vorgedrungen waren. Er spürte nur noch die sich in Hals und Lungen ausbreitende Trockenheit, die Atmung wurde mühsam, die Lungen wurden schwer, die Nase trocken bis in die Mundhöhle, durch die der Schmerz in den Kopf stieg, die Sinne verloren die Lust, auf etwas zu reagieren, die Gelenke wurden immer behäbiger. Plötzlich warfen sich S und

R verschämte Blicke zu und brachen in Gelächter aus, während sie wieder zu laufen begannen, denn ihr Lachen hatte dem versandenden Wetter den Ernst, aber nicht die Heimtücke genommen, und ihre plötzlich fast übermütige Laune, der sie in gespielt gehetzter Gangart mit durchgedrückten Knien Luft machten, vertrieb nicht das Misstrauen gegen diese Landschaft und ihr hinterhältiges Klima.

DIE AUGEN DES VERLOBTEN

WENN SIE DER VERLOBTE aus dem Gesicht des Nachtportiers heraus anblickte, schauderte es nicht nur S, auch R erschienen die Augen misstrauisch, bespitzelnd, ja auf Rache aus, beide fühlten sich von dem Augenpaar des Nachtportiers verfolgt, der seiner eigenen Berufsbezeichnung zum Trotz immer häufiger tagsüber anzutreffen war und sie orakelnd anlächelte, ohne dass sie sagen konnten, was dieses Lächeln zu bedeuten hatte, ob es bedeutungslos höflich oder verlegen war, da er ihnen vielleicht heimlich gefolgt war, schließlich konnte ihm nicht entgangen sein, dass S neugierig, prüfend und erwartungsvoll seine Augen erforschte und gleichzeitig seinen Blicken auswich, außerdem musste ihm aufgefallen sein, dass S immer seltener das Hotelzimmer verließ. Sein Lächeln schien jedenfalls kundzutun, dass er etwas gegen sie im Schilde führe und es in seiner Macht stehe, wie lange ihr Aufenthalt in diesem Hotel dauern werde, sie kamen darin überein, sich seinen Blicken zu entziehen, wurden sie doch das Gefühl nicht los, dass der Verlobte jemanden auf das Paar angesetzt und dem Nachtportier seine Augen geliehen hatte, um durch den Beschatter seine Verlobte und ihren

Geliebten beobachten zu können, ohne selbst vor Ort zu sein, was sich R nicht aus Eifersucht einbildete, da S selbst die Ähnlichkeit der Augen festgestellt hatte, in denen immer ein stiller Vorwurf lag, dass sie dem Hotel misstrauten und den Verlobten hintergingen, und die Trauer über ihre Kleingläubigkeit und ihren Betrug. Manchmal bekam dieser Blick etwas Besorgtes, ja Beschützendes, wollten diese Augen ihnen nichts Böses, sondern waren so beruhigend, ja hypnotisierend, dass R sich fragte, wann sie Macht über S gewännen und ob er sie nicht einfach ausstechen sollte. Aber was hatte er dem Nachtportier vorzuwerfen, wie sollte dieser überhaupt etwas gegen sie ausrichten, auch wenn er ihnen bei ihren unbeholfenen Suchgängen durch das Hotel immer wieder in den Rücken gefallen war, hatte er keinen Grund, die Gäste der Polizei zu übergeben, die über die Vorwürfe lachend S und R zur Abreise geraten hätte, andererseits mussten den Polizeibeamten, die dem Besatzungsmilitär unterstanden, Nachforschungen jeder Art verdächtig sein, vor allem die von Ausländern, die möglicherweise in Kontakt mit der Guerilla standen und für sie als Spione tätig waren, oder für eine der beiden ehemaligen europäischen Besatzungsmächte Wege auskundschafteten, sich an der Ausbeutung der Bodenschätze zu beteiligen, und wer wusste, welche Rolle der Nachtportier spielte, der immer wieder betonte, auf der Seite der einheimischen Bevölkerung zu stehen und nicht die Besatzer zu unterstützen, und mit komplizenhaftem Blick auf ihre Zustimmung zu warten schien, außerdem war die Polizei für ihre Willkür gegen Ausländer bekannt, obwohl die Regierung versuchte, internationales Aufsehen zu vermeiden. Die übertriebene Neugier und die aufdringlichen Fragen von S und R, die sie bei einem Verhör nur schwer hätten begründen können, stellten ihre Unschuld in Frage, und die Beamten würden dem Portier als einem Landsmann glauben, sollte er sie wegen Verleumdung und geschäftsschädigenden Verhaltens angezeigen, sei es aus Eifersucht oder um den Ruf des Hotels zu wahren. Dass er seine Dienstpflicht so ernst nahm, passte jedoch wenig zu seiner selbstbewussten Erscheinung, außerdem blieben ihre Nachforschungen schon in den Ansätzen stecken, und selbstverständlich war der Nachtportier nachts zu beschäftigt und tagsüber zu schlafbedürftig, um sich mit solchen Scheingefechten abzugeben, es sei denn hinter dem Schein des Hotels und des ehemaligen Krankenhauses verbarg sich etwas anderes.

GERÜCHT

VIELLEICHT WEIL SIE DAS VERTRAUEN DES NACHTPORTIERS verspielt zu haben glaubten, gewannen S und R den Eindruck, hinter dem Hotel stehe eine größere Organisation, die eigentlich etwas anderes verwaltete, mit etwas anderem befasst war, ob es um staatliche Belange ging, zum Beispiel um geheime Geschäfte mit der Besatzungsmacht, oder im Gegenteil darum, dem Unterschlupf zu gewähren, was den herrschenden Interessen zuwiderlief, also mit den einheimischen Widerstandstruppen zusammenzuarbeiten, war nicht auszumachen. Ständig hatten sie das Gefühl, das Hotel verberge etwas, verleugne nicht nur seine Vergangenheit, sondern auch Vorgänge hinter der Hotelkulisse, mit der die eigentlichen Geschäfte getarnt wurden, und seien es die Herstellung und der Verkauf von Drogen. Details wiesen darauf hin, dass das Hotel nicht immer ein Hotel gewesen war und jetzt nicht nur als

Hotel diente, obwohl sie für ihr Geld eine Schlafstätte bekamen und ihre Nachtruhe nie gestört wurde. Höchstwahrscheinlich ließ den Nachtportier die Frage nach der Geschichte des Gebäudes stutzen, er hielt sie wohl für eine versteckte Frage nach der Gegenwart des Hotels, das zu verteidigen seine Nachtportiersehre war, oder er dachte, S und R wollten sich über ihn lustig machten und ihm sagen, dass sie schon wüssten, was hier in dem Hotel gespielt werde, dass es nicht sei, was es zu sein vorgebe, und ihr europäisch geschulter Blick den Zauber durchschaut habe, der sie als Touristen eigentlich nichts angehe, aber sie ließen sich nicht für dumm verkaufen. Da sie aus Prinzip hinter die Erscheinungen blickten, sei ihnen nicht verborgen geblieben, was an diesem Hotel touristischer Schein und was Wirklichkeit sei, und solche Überheblichkeit konnte sich nur aus einem Wissen über die wirklichen Geschäfte des Hotels speisen, die eben keineswegs der Vergangenheit angehörten, jedoch nichts mit ihren zwanghaften Phantasien von einem ehemaligen Krankenhaus zu tun hatten. Sollte der Nachtportier ihre Überheblichkeit falsch deuten, ihr Wissen oder ihre Ziele überbewerten, musste er sich wundern, woher sie von den illegalen oder im Gegenteil Staatsgeheimnisse betreffenden Geschäften des Hotels wussten, noch mehr musste er sich über ihre Art wundern, so indirekt, nämlich über die Vergangenheit auf das Thema ihres Interesses zu sprechen zu kommen, und so dreist nach außerhalb ihrer Macht liegenden Machenschaften zu fragen, mit einer Naivität, die auf Dummheit schließen ließ oder eben darauf, dass sie doch nicht so viel wussten, wie sie vorgaben, oder gar nicht vorgaben etwas zu wissen, sondern wirklich einem Gerücht aufgesessen waren und glaubten, dass das Hotel früher ein Krankenhaus gewesen sei.

THEATER (1)

ALS OB ES NUR DARUM GINGE, ihrem Glauben zu widersprechen, belebte sich das Hotel manchmal und der Hotelbetrieb glich zeitweise einem Theaterstück, in dem die Hotelangestellten keine Ahnung zu haben schienen, was sie zu tun hatten und ebenso überfordert wie belustigt wirkten, sie berechneten bevorzugt bei Touristen falsche Preise, seltener bei anderen Hotelgästen, die in große Unruhe gerieten, aber nur vorsichtig, fast unterwürfig reklamierten, als ob sie es nicht mit einem Angestellten, sondern einer Autorität zu tun hätten. Das Hotelpersonal verlud das Gepäck in Autos, die zum Flughafen fuhren, obwohl die Gäste gar nicht dorthin wollten, später kamen die Fahrzeuge mit einem anderen Fahrer leer zurück, der den Wartenden irgendwie bekannt vorkam und beunruhigend vertrauenserweckend aussah. Der Portier zeigte wenig Mitgefühl, höchstens Selbstmitleid, und eine Trauer legte sich in die Falten seines Gesichts, die Generationen zurückzureichen schien, wenn die Gäste den Hoteldirektor verlangten oder drohten, die Polizei aufzusuchen, während die verständnisvollen Blicke des Fahrers und des Zimmerjungen zu sagen schienen, dass so etwas in diesem Hotel ständig passiere, und sie später auf den herrenlosen Koffern der Touristen säßen, die in die Falle gegangen waren, und mit deren gesammelten Mitbringseln und Fotos auf Filmen und Speicherkarten sie nichts anzufangen wüssten. Langsam glaubten S und R zu verstehen, dass sie nur während dieser kurzen, aber regelmäßigen Aufführungen von Geschäftigkeit zahlreiche Gäste trafen, weil die meisten das Verwirrspiel des Personals, das dreist vor ihren Augen ihr Reisegepäck hatte verschwinden lassen, nicht ertragen und die

Fassung verloren hatten. Mit diesen Langzeitgästen, die nach einem Nervenzusammenbruch in ihren Zimmern auf die Rückkehr ihrer Koffer und klarer Verhältnisse warteten, schien dieses Hotel auf eigenartige Weise zu seiner alten Funktion zurückgekehrt zu sein, war nicht nur Klinik sondern Kolonialklinik geworden und heilte die Insassen aufs Schmerzhafteste von ihren Illusionen, die ihnen mit ihrer Selbstkontrolle abhandengekommen waren. Es konnte auch vorkommen, dass in dem Moment, wenn ein Touristenpaar gerade bezahlen wollte, ein junger Mann die Hoteltreppe herabstürzte, dessen Gesichtsausdruck „Haltet den Dieb, haltet den Dieb!" zu rufen schien, der aber so außer Atem war, dass er kein Wort herausbrachte und nur seine Hände drohend nach den Gästen ausstreckte, bis er schließlich immer noch keuchend hervorstoßen konnte, dass diese beiden Gäste auf gar keinen Fall abreisen dürften, da sie das Hotel bestohlen hätten, und wie er gerade festgestellt habe, als er vorschriftsmäßig vor der Reinigung den Zustand des Zimmers überprüft habe, ein Handtuch fehle, das die beiden eingepackt haben müssten, ohne dass er sagen könne, ob sie sich dieses Handtuch vorsätzlich angeeignet hätten, jedenfalls sei es nirgends zu finden. Der Hotelangestellte war so aufgebracht, dass er sich vom Portier kaum beruhigen ließ, der den Gästen einen vorwurfsvollen Blick zuwarf, was sie sich einbildeten, den jungen Menschen in eine solche Gemütslage zu versetzen, sie sollten schnellstens Himmel und Erde in Bewegung setzen, um ihm geordnete Verhältnisse zurückzugeben. Die beiden Gäste sahen sich erstaunt an, konnten gar nicht fassen, welches Vergehen ihnen zur Last gelegt wurde, ob es sich wirklich nur um ein Handtuch handelte, nickten dem Portier aber leicht verängstigt zu, dass sie das Missverständnis sofort aufklären würden, denn sie hätten, wie sie behaupteten, sicher kein Handtuch mitgenommen, sie könnten sich zumindest nicht vorstellen, wie das fremde Stück Stoff zwischen ihre Besitztümer geraten sein sollte, hievten also dem überraschten Portier ihren Koffer und auch noch ihre Reisetasche auf die Theke, um in ihren Sachen zu wühlen und allerlei Bekleidungsstücke und natürlich auch das eine oder andere Handtuch hervorzuziehen, um dann, sichtlich beruhigt und in ihrer Rolle als vorbildliche Gäste bestärkt, bekannt zu geben, dass sich das besagte Handtuch nicht in ihrem Gepäck befinde und dass sie jetzt unverzüglich bezahlen wollten, weil sie sonst ihr Flugzeug verpassen würden. Da hatten sie den Zimmerjungen aber unterschätzt, der zu keuchen anfing, als ob er in der Zwischenzeit noch einmal die Treppe hoch und runter gelaufen wäre, und sagte, dass sich das Handtuch nur in ihrem Gepäck befinden könne, und sie es unverzüglich herausgeben sollten, denn sonst werde die Geschichte an ihm hängen bleiben, bei der es nur um ein kleines Gesichtshandtuch gehe, um das er nicht so viel Aufhebens machen solle, sagte der männliche Gast, dem der Zimmerjunge am liebsten ins Gesicht gespuckt hätte, denn jeder Verlust werde von seinem Gehalt abgezogen, das schon gering genug sei. Der Mann bot sofort an, das Handtuch zu bezahlen, um den Streit beizulegen, was dem Jungen die Tränen in die Augen trieb, da er dann weiterhin des Diebstahls bezichtigt werde, und was sie für schlechte Menschen seien, fragte er, die nicht zugeben könnten, dass sie das Handtuch eingesteckt hätten, und er werde auf gar keinen Fall Geld von solchen Menschen annehmen. Dem Gast blieb also gar nichts anderes übrig, da der Portier seinen Hilfe suchenden Blick übersah, als nach oben zu gehen, um sich zu vergewissern, ob das Handtuch wirklich nicht aufzufinden war, während der Zimmerjunge mit zitternder Unterlippe und starren Augen auf der Stelle stehen blieb, und der Portier, der ihm vorsichtig auf die Schulter klopfte, es werde schon wieder alles gut, schüttelte über so viel Aufregung wegen eines Handtuchs grinsend den Kopf, als der Gast schon wieder mit ausgestrecktem Arm die Treppe herunterkam, an dem das weiße Handtuch voll Staub und Haaren wehte, und es dem Zimmerjungen vorwurfsvoll in die Hände drückte, das nächste Mal solle er mit seinen Unterstellungen weniger voreilig sein und unter dem Bett nachsehen, bevor er die Gäste verdächtige. Den Zimmerjungen schienen diese Vorwürfe gar nicht zu interessieren, sondern er schaute nur strahlend auf das Handtuch, das so schmutzig aussah, wie er sich wohl vorher seinen jetzt geretteten Ruf vorgestellt hatte, und nickte, als hätte er am Ende doch recht behalten, dem Portier zu, der ihm ungläubig, fast ein bisschen besorgt nachsah, wie er wortlos die Treppe nach oben stieg, und schulterzuckend den Gästen die Rechnung vorlegte, die immer ungeduldiger wurden, das Geld auf die Theke knallten und davoneilten. Zu ihrer Überraschung sahen S und R am nächsten Morgen, an dem sie früher als sonst aufgestanden waren, den jungen Mann wieder, den sie vorher noch nie beim Bettenbeziehen und Reinigen der Zimmer gesehen hatten, und wunderten sich, dass er nicht mehr so jugendlich wie am Vortag aussah, als ob er seit der Abreise des Paares gealtert wäre. Am Treppenabsatz stand schon der sich als Sohn des Hotelbesitzers ausgebende Tagesportier und kam ihnen ein paar Stufen entgegen, um sie mit ihnen gemeinsam wieder hinunterzusteigen, und sagte, ihm sei vom Nachtportier gemeldet worden, sie seien mit ihrem Zimmer unzufrieden, und sie sollten ihm genau mitteilen, was sie zu beanstanden hätten, damit er ihren Aufenthalt verbessern könne, worauf sie, von seiner gockelhaften Art angestrengt, kurz antworteten, das würden sie schon mit dem Nachtportier regeln, ihn gehe nichts an, was eine Angelegenheit zwischen ihnen und dem Nachtportier sei und keinesfalls mit dem Tagportier geregelt werden könne, der sich bisher nicht um sie gekümmert hatte und wahrscheinlich nur auf ein zusätzliches Trinkgeld aus war, denn es war unwahrscheinlich, dass der Nachtportier sich von einem Tagportier die Geschäfte aus der Hand nehmen ließ oder ihre Frage für so gewichtig befunden und seiner Ablösung mitgeteilt hatte, und so genossen sie ein wenig ihre Macht als Gäste und wiesen ihn trinkgeldlos in seine Schranken.

ELEMENTARTEILCHEN (2)

DIE DINGE SEIEN IN DIESEM LANDSTRICH weniger fest gefügt, sagte der Apotheker der Ortes, der Abstand der Elementarteilchen größer, die Materie, in die man wie in einen Ameisenhaufen hineingreifen könne, sei unzuverlässig und entziehe sich den menschlichen Absichten, in dieser aufreibenden, konturlosen Landschaft, in der Kanten ihre Härte verlören, Weiches unvorhergesehen erhärte, sei es leicht, verschluckt zu werden. Wenn man sich in diesem Landstrich verlaufe, verschwinde man in Staubwolken, werde von windigen Zusammenballungen verwehender Materie aufgesaugt, man habe den Eindruck, die Welt sei hier zur Auflösung entschlossen, der Staub dringe in Gegenstände und Lebewesen ein, treibe sie als Materiewolken auseinander und mische sich mit ihnen, bis sie ihren Schwerpunkt verlören und in unübersehbaren Staubschleiern verschwänden, irdische Materie balle sich zu schwarzen Löchern zusammen, die schluckten, was als fest, ewig oder artgerecht lebendig gelte. Weder sei hier die Erdanziehung außer Kraft gesetzt, noch habe dieser Teil der Welt eine andere Drehgeschwindigkeit als der Rest des Planeten, atmosphärische Unregelmäßigkeiten bewirkten, dass der Zusammenhalt der Elementarteilchen abnehme, während die Spannung der Materie zunehme, deren flirrende Wolken unterschiedlicher Dichte nur scheinbar feste Formen annähmen, alles, was sich dem menschlichen Auge als fest und dauerhaft darstelle, seien Schwärme von winzigen Staubpartikeln, deren flatternde, gespreizte Flughärchen gegeneinanderschlügen und das Licht reflektierten, sie stellten die Materie dar, indem sie Formationen bildeten und flirrend immer die gleichen Bewegungen und Linien flögen. Auch wenn diese Teilchen immer das gleiche Durcheinander wiederholten, sei das ganze Gebilde ständig in solcher Bewegung, dass es zwar als solches wiederzuerkennen sei, sich aber fortwährend verändere. Wenn das menschliche Auge einen Gegenstand als fest gefügt wahrnehme, sei die Form eigentlich schon wieder am Schwinden, löse sich auf oder gehe in eine andere Form über, während der Betrachter an seiner anfänglichen Wahrnehmung eines Gegenstands festhalte, der ihm zum Gebrauch zur Verfügung stehe, sei dieser längst durch die nachlassende Dichte der Materie verschwunden, der Betrachter glaube eher an eine optische Täuschung, als den Unsinn seiner Sehgewohnheiten zu erkennen, etwas Unbeständiges wahrzunehmen, erfordere ständige und übermäßige Aufmerksamkeit. Auf den ersten Blick wirke dieser Landstrich einförmig und unveränderlich, aber eigentlich sei nur das menschliche Fassungsvermögen den anhaltenden Zumutungen der Materie nicht gewachsen, was dazu führe, dass sich die Menschen in sich selbst zurückgezogen hätten, versteinert wirkten, als ob in diesem Landstrich nur sie die Form bewahrten. Die Bewohner könnten nur unter großer Anstrengung eine innere Bewegung nach außen tragen, sie fürchteten, ihnen könnte jede sichtbare Regung zum Verhängnis werden und sie anfällig für den Verfall machen, manchmal geschähen ihre Gesten, Grimassen, Ausrufe nur um ihrer selbst willen, als ginge es allein darum, sich der eigenen Lebendigkeit zu versichern, nicht darum, sich verständlich zu machen.

THEATER (2)

IN DEM LOKAL, in dem es wie in einem Imbiss nach Frittierfett roch, und das am Nachmittag einem Café, am Abend eher einer Bar glich, war, wie der Apotheker angedeutet hatte, immer ein Theater zu sehen, in dem die einen ausdruckslos versteinerte ins Nichts Gucker darstellten, die anderen, wenn es niemanden zum Ansprechen gab, zur Not auch mit unsichtbaren Tischnachbarn eine Unterhaltung führten, bei der Mund, Hände und Gesichtsmuskulatur im Wettstreit lagen, und den regsten, direktesten Ausdruck suchten, um die sichtbaren Gesprächspartner zu überzeugen, die unsichtbaren in Fleisch und Blut herbeizurufen. Wieder andere hatten sich ihre spitzen Kapuzen über das Gesicht bis zur Brust fallen lassen, sahen aus wie wunderliche Vögel, die sich in die Menschenwelt eingeschlichen hatten und sich schlafend stellten, zu Säcken gewordene Menschen, denen immerhin die Füße geblieben waren, oder Gespenster, die ganz selbstverständlich mit den Menschen verkehrten und friedlich waren, wenn die Untoten wie Menschen behandelt und nicht daran erinnert wurden, dass sie nicht mehr zu den Lebendigen gehörten. R fürchtete sich immer ein bisschen vor diesen riesigen Kapuzen, die etwas anderes als einen Kopf zu verbergen schienen und deren Mäntel vom Träger unsinnige Dimensionen verlangten, dennoch fand er das Treiben unterhaltsam, solange er es aushielt, selbst beobachtet zu werden, denn oft waren es die Versteinerten, die stundenlang vor sich hin gestarrt hatten und plötzlich auf R aufmerksam wurden, den sie dann anstatt der Luft anstarrten, ohne auf seine Blicke, sein Lächeln oder Nicken einzugehen, und schauten manchmal recht unfreundlich, ja böse aus, verabschiedeten sich aber beim Gehen von ihm, als ob er eine gute Projektionsfläche ihrer Gedanken gewesen sei. Hin und wieder kam er mit ihnen ins Gespräch, unterhielt sich auch ab und zu mit dem Personal, und erwischte sich immer öfter dabei, dass er in die Luft starrte und über S oder Äußerungen des Apothekers nachdachte, also anfing zu einem Versteinerten und langsam zu einem Bestandteil dieses Bartheaterstücks zu werden.

SCHABEN

DER SAND RIESELTE HINTER DEN TAPETEN, als ob sich die Mauern auflösten und haltlose Pappgebilde stehen blieben, die der Wüstenwind bald wegtragen würde, wenn die Tapeten nicht schon vorher ins Zimmer stürzten, die in mehreren Schichten übereinandergeklebt waren, wie R festgestellt hatte, als er einmal mit dem Taschenmesser vorsichtig an der Wand gekratzt hatte, ohne bis zur Mauer oder zu den Schaben vorzustoßen, die hinter dem farblosen Papier viel Platz haben mussten und deren Zahl in dieser südlichsten ihrer Unterkünfte übermäßig zugenommen hatte. Sie gediehen hier schaurig groß, keine Justizpalastschaben bevölkerten das Gebäude, sondern nach ihrer Größe und Schamlosigkeit zu urteilen eher Krankenhausschaben als Hotelschaben, die sich reichlich vom Erbe dieses Gebäudes ernährten. Das unmäßige Wachstum mussten auch die in der Region abgebauten Schwermetalle bewirkt haben, da der gewaltige Körperbau so ungenügend ausgebildet war, dass sich aufgeplatzte Tierkörper herumschleppten, ihre larvenähnlichen Eierpakete fallen ließen und verendeten. Selbst wenn das besondere Futter die Konstitution und Dimensionen der Insekten nicht grundsätzlich verändert hatte, wären R, der noch nie so zahlreiche und so große Schaben gesehen hatte, bereits gewöhnliche Tiere unter den gegebenen klimatischen Bedingungen mutiert erschienen, daher nahm er sich vor, seine nordeuropäische Ansicht über Insekten den hiesigen Verhältnissen anzupassen, und schob sich über die Kloschüssel, die so ungeschickt in den Raum eingepasst war, als wäre sie eigentlich für Beinlose montiert, R konnte nur seitwärts bequem sitzen, bestand aber darauf, die Schüssel so zu benützen, wie es vom Hersteller vorgesehen und für ihn normal war, indem er versuchte, seine Beine vor der gekachelten Wand so zu spreizen, dass er sein Gesäß noch über der Kloschüssel platzieren konnte, ohne sich darauf zu setzen, weil eine Klobrille nicht vorhanden war und das beschädigte Porzellan des Schüsselrands wenig einladend aussah. Während er sich eine der in diesem Land viel verbreiteteren Hocktoiletten wünschte, rannten unter ihm auf dem Boden die Schaben hin und her, die überall Ritzen fanden und verschwanden, wo vorher Schatten zu sein schien, und er suchte die größeren nach Sehorganen ab, in die er hätte blicken können, um seine Angst abzulegen, die er bei den kleinen nicht hatte, es ekelte ihn nur, sie mit bloßer Hand zu zerquetschen, ihren Körper sich unter Toilettenpapier regen zu spüren. Alle Angriffe gegen diese Insekten waren sowieso aussichtslos, da der Linoleumfußboden, der in Dreiecken angeordnetes Holzparkett imitierte, Heerscharen verbarg, die mit jedem Schritt hörbar zerquetscht worden wären, wenn sich die lebenden Schaben nicht durch die Schichten der bereits zertretenen Artgenossen Gänge gefressen hätten, um unzertreten bis zu den Rändern des Linoleums zu gelangen und hinter den Tapeten die Wände hinaufzukrabbeln, nach dem ständig rieselnden Sand zu urteilen, zogen Tag und Nacht Unmengen von Schaben umher. Hier müsse man aufräumen, dieses Nest müsse man ausheben, schoss es R durch den Kopf, der gelernt hatte, in greifbarer Gefahr praktisch und ohne Umschweife zu reagieren, und das Entfernen von Fußleisten, Böden und Tapeten wäre so etwas Praktisches gewesen, wenn er gewagt hätte, Hand an den fremden Besitz zu legen, in dem sie sich eingemietet hatten, außerdem hielt ihn die Aussichtslosigkeit, des Getiers Herr zu werden, davon ab, diese zackige innere Bewegung in die Tat umzusetzen. Auch S, die vor Ekel fast die Kontrolle über sich verlor, sagte, dass ihre Reaktion nicht zwangsläufig sei, angesichts dieser Insekten könne sie nicht anders, als ihren Gefühlen auf den Grund zu gehen, aber sie wisse nicht, ob sie sich kontrollieren könne, da sie sich in ihrem Selbstbild von diesen Insekten bedroht fühle, die ihr zuwider seien, und nicht die Angst, sondern die Wut über ihre eigenen ängstlichen Vorbehalte gegenüber dem Lebendigen, das sie nicht durchschaue, ihre Unfähigkeit, sich angemessen zur Wehr zu setzen, treibe ihr die Tränen in die Augen. Einmal hatte sich eine kleine

Kakerlake an ihrem Auge niedergelassen, nicht auf der Hornhaut, sondern auf dem Tränensack, und sie war von den Tritten dieses Insekts erwacht und hatte sich gefragt, ob dieses Untier versucht hatte, aus ihrem Auge zu trinken, ob es wirklich die Füße gewesen waren, die sie gespürt hatte, oder die Zähnchen, die ihr Sehorgan angenagt hatten, um in den Augapfel einzudringen. Seitdem träumte sie von einem dunklen, kleinen krabbelnden Fleck im Mond, je länger sie erschreckt die Verunreinigung auf dem Gestirn fixierte, desto weiter entfernte es sich, und sie erkannte langsam, dass es ihr Augapfel war, in dem etwas Schwarzes auftauchte und verschwand, wie sie im Spiegel manchmal scharf, manchmal schlierig beobachten konnte, dieses Etwas schmerzte nicht, aber setzte den Augapfel unter starke Spannung, der plötzlich blind war, und sie sah mit ihrem anderen Auge, wie dieses Tier den Augapfel unter der Hornhaut ausfraß und die Pupille und die Iris stehen ließ, und je länger sie mit dem Auge, das ihr geblieben war, auf das Spiegelbild ihres toten Auges sah, desto mehr kleine schwarze Punkte tauchten auf, denen der Rest ihres Augapfels als erste Nahrung diente. Jeden Morgen lachte S schrill, und keine Schabe wagte sich aus den Ritzen, sie blieben stehen, waren keines Schrittes mehr fähig und fingen an, über die Wiedergeburt nachzudenken, als ob sie als ihr Lachen wiedergeboren werden wollten. Nach diesem Traum legte sie Fallen aus, da die meisten Tiere auf dem Klebeboden der Fallen zwar hängen blieben, aber stark genug waren, um sich loszureißen, erbeutete sie nur ein paar kleine Insekten und eine reiche Auswahl an Schabenbeinen.

DER ZIMMERSERVICE

IN DEM HOTEL WURDEN KEINE MAHLZEITEN angeboten, nicht einmal Getränke konnten die Gäste bekommen, obwohl es eine Klingel und ein altes graues Telefon gab, war ein Zimmerservice weder angeschrieben noch bei der Ankunft erwähnt worden, und so hatten S und R in der Annahme, dass die Telefonanlage des Hotels und der Schwesternruf des Krankenhauses außer Betrieb waren, aus Übermut die Klingel bedient, und hörten unverzüglich das schwere Atmen einer unvorstellbar dicken, arthritischen Zimmerdame die Gänge erfüllen, obwohl sie kaum ihr Gemach im untersten Stockwerk verlassen haben konnte, es war ein widerwilliges, erschöpftes Schnaufen, herrisch und selbstmitleidig zugleich, als ob sich die bisher unsichtbar gebliebene Hoteldirektorin selbst herbemühte, die niemand anderes als die ehemalige Pflegedienstleitung sein konnte und das Hotel streng wie ein Klosterpensionat für Schwesternschülerinnen zu führen dachte. Als jedoch eine junge, bleiche und vor Anstrengung keuchende Frau in ihr Zimmer trat, in unendlicher Langsamkeit in den Raum vordrang, und anstatt zu ihrem Bett zu kommen, in dem sie lagen, auf den einzigen Sessel zusteuerte, in den sie sich fallen ließ, erschraken sie und dachten, das schwindsüchtige, lungenkranke Zimmermädchen sei wegen ihrer Gedankenlosigkeit gestorben, denn es musste sich zweifellos um die Angestellte handeln, mit der sich Andeutungen des Tagportiers zufolge der Nachtportier vergnügte. Ihnen blieb nichts anderes übrig, als ein weiteres Mal zu klingeln, und nach wenigen Atemzügen, als ob er dem Zimmermädchen gefolgt wäre und vor der Tür gewartet hätte, trat der Nachtportier so hastig ins Zimmer, dass sein Klopfzeichen an der von ihm selbst geöffneten Tür vorbei ins Leere ging. Ohne sie eines Blickes zu würdigen, sah er fast schuldbewusst zu Boden, nahm das kraftlose Zimmermädchen auf seine grünen Lodenarme und trug es aus dem Zimmer, wobei er ihm ins Ohr blies, dass es schrill auflachte und den beiden im Bett liegenden Hotelgästen zurief: „Die Herrschaften wünschen ja gar nichts! Wer andere an der Nase herumführt, ist am Ende selbst der Angeschmierte!", „Fall nicht aus der Rolle!", prustete ihr der Nachtportier in den Ausschnitt.

SCHWARZ (1)

AUF DER LETZTEN IHRER GEMEINSAMEN WANDERUNGEN, für die S das Hotel noch einmal verlassen hatte, nahmen sie, wenn sich der Wind etwas legte, wieder die Fliegen wahr, die hinter ihnen herflogen, ohne dass sie es anfangs bemerkt hatten, obwohl es ein ganzer Schwarm war, der ihnen um den Hinterkopf flog, sich darauf niederließ und erst aufflog, wenn sie den Kopf wendeten, um dann sozusagen pfeifend hinter ihnen herzufliegen, als ob nichts gewesen wäre, zwar pfiffen diese winzigen Fliegen nicht, gaben keinerlei Geräusche von sich, die größere Fliegen von sich gaben, aber sie waren da, wenn sich S und R umdrehten, und flogen auf Hinterkopfhöhe hinter ihnen her, folgten ihnen, auch wenn sie mehrere Stunden umherwanderten, kannten keine Müdigkeit und flogen durch Gegenwind und Staub hindurch, was den Wanderern ganz und gar unmöglich erschien, und sie fuhren sich immer wieder über die Augen, um zu sehen, ob es sich nicht um Staubkörner auf der Hornhaut oder schwarze Punkte auf der überforderten und ermüdeten Netzhaut handelte, aber jedes Mal, wenn sie die Finger von den Augen nahmen, stand der Schwarm noch in der Luft, flog unruhig auf sie zu, entfernte sich wieder auf Schrittweite und ließ keinen Zweifel daran, dass er es auf die beiden Wandernden abgesehen hatte. Nur dass sie sich tragen ließen, konnte die Kräfte begründen, die in diesen schwarzen, nervösen Punkten steckten, keinesfalls konnten sich S und R erklären, was dieses Gefliege anlockte, ihnen über Kilometer und bei dieser Witterung am Hinterkopf zu hängen, auch wenn sich selten Touristen von anderen Kontinenten hierher verirrten, trauten sie Fliegen, die kleiner als Stechmücken waren, keine Neugier zu, höchstens ihr ungewöhnlicher Geruch konnte diese Menge von Insekten anziehen. Da ihnen bei Einheimischen ein solcher Schwarm noch nie aufgefallen war, war es ihnen peinlich, dass ihnen in aller Öffentlichkeit dieses Getier auf die Pelle rückte, das sich sonst über alles Verwesende, Verfaulende, Sterbende, über Abfall und Ausscheidungen hermachte und das die Entgegenkommenden zu übersehen vorgaben, ihnen aber nicht entgehen konnte, auch wenn diese schwarzen Punkte schon aus ein paar Metern Entfernung nicht mehr sichtbar waren, was sie festgestellt hatten, als sie plötzlich losgerannt waren, um dem lästigen, aufdringlichen Schwarm davonzulaufen. Schon nach drei Schritten sahen sie mit umgedrehtem Kopf keine Verfolger mehr, liefen aber weiter, um die Fliegen abzuhängen, und nach zwanzig Metern sahen sie zufrieden keine Schwarmpunkte mehr hinter sich, bis sie sich wieder umdrehten und begriffen, dass der Schwarm sie eingeholt hatte, als wären sie ein Teil des Schwarms und zögen, wie schnell oder wie weit sie auch liefen, diese Fliegen hinter sich her, was sie natürlich auf keinen Fall zulassen konnten, und da hineinschlugen, um diesen

Insektenschwarm zu vertreiben, dessen Ausdauer und Orientierungssinn sie wütender als dessen Anhänglichkeit machte, die ihnen ebenso unerklärlich war, es sei denn diese Miniinsekten litten unter Nahrungsmangel und konnten sich auf eine unklare Weise von ihnen ernähren, ohne Stiche oder Bisse, nicht einmal einen Juckreiz oder ein Kitzeln zu hinterlassen, sie hätten doch spüren müssen, wenn diese Tiere irgendwo von ihnen profitierten oder in sie eindrangen, und dann fingen sie plötzlich an, sich mit der flachen Hand auf den Hinterkopf zu schlagen, als ob sie sich Schuppen oder Staub aus den Haaren klopften, aber an ihren Händen klebte kein einziger schwarzer Punkt mit Flügelchen, der bewiesen hätte, dass diese scheinheiligen, unscheinbaren Flugkörper auf ihnen zwischenlandeten, um sich auszuruhen und aufzutanken. Während sich die Meuten wilder Hunde, die plötzlich aus Mulden, Erdhöhlen und Bodensenken auftauchten, durch Steinwürfe vertreiben ließen, waren die Pünktchenfliegen nicht durch wildes Umsichschlagen zu verscheuchen, denn kaum hörten sie auf, in der Luft herumzufuchteln, bezogen diese kleinen Dickköpfe wieder Stellung und nahmen sichtbar Anlauf, sich den zwei Personen auf ebener steiniger Fläche zu nähern, die zum Meer hin leicht anstieg und scheinbar wahllos von Steinreihen durchzogen war. S und R konnten sich nur um ihren schwarz gepunkteten Heiligenschein, ihre Insektenaureole kümmern, wenn der Wind schwächer wurde, und sie nicht mehr damit beschäftigt waren, sich gegen den heranfliegenden Sand zu schützen, denn ihre Augen hätten nicht vermocht, in diesen Staubschleiern das Fliegenklein zu erkennen, das irgendwo Unterschlupf gefunden haben musste. Vielleicht hatte sich nur ein Insektchen auf ihnen versteckt, um den anderen des Schwarms mitzuteilen, wohin sich die zu umschwärmenden Objekte bewegt hatten, es war lächerlich, wie armselig ihre Vorstellungskraft war, die die Insekten übermächtig werden ließ und gleichzeitig hilflos zu fassen suchte, was die Hände nicht schafften, sollte jetzt im Kopf passieren. Die Kerbtiere ließen nicht von ihnen ab, waren hartnäckig, ohne sie anzugreifen, waren ihnen so zugeneigt, dass S und R sich vor ihrer anhaltenden Annäherung ekelten. Diese Fliegen zogen wohl ihre Wärme und tierischen Ausdünstungen an, die diesen Lebewesen zu genügen schienen, sie einsaugten oder irgendwie aufnahmen, denn die lautlose, kaum bemerkbare, scheinbar anspruchslose Anwesenheit dieser Fliegenwolke hatte nichts mit aggressiven, auf Eiablage und Nahrung ausgerichteten Angriffen von anderen Fliegen zu tun, diesen Schwarm eine Plage zu nennen, wäre ganz und gar übertrieben gewesen, dennoch war vor allem S sehr beunruhigt, denn Größe und Flugweise glichen jenen Fliegen, die bei der Rückkehr in ihr Hotelzimmer die Wände überzogen, und auf sie zu warten schienen, warum würden sie sonst in Scharen da sitzen, ohne sich auf ihrer liegen gelassenen Kleidung, auf ihrem geöffneten Gepäck, nicht einmal auf ihrem benutzten, nicht abgewaschenen Geschirr niederzulassen. Durch kein Fensteröffnen, kein Lichtabschalten, kein Verlassen des Raums ließen sie sich in Bewegung versetzen, verharrten leblos, als wären sie Dekoration, Teil einer Motivtapete, die unvollständig angebracht worden war, Muster von Ventilator oder Lichtschalen, und selbst als S anfing, sie mit einer Zeitung totzuschlagen, auf der sie wie Flecken von Druckerschwärze den Text unleserlich machten und die Fotos verwischten, blieben die anderen Fliegen sitzen und waren von dem Massaker ungerührt, was ihre Wut auf diesen ins Zimmer geworfenen Schwarm so steigerte, dass sie sich vornahm, alle Fliegen in diesem Zimmer zu zerquetschen, bis die Buchstaben nicht mehr zu erkennen und sich ein schwarzes Textgeschwür auf der Zeitungsseite bilden würde, während er ihr anfangs belustigt zuschaute, sich aber dann von ihrer Mordlust leicht erschreckt das Kopfkissen um die Ohren wickelte, um nicht mehr das Aufschlagen der Zeitung hören und sich die daran klebenden Fliegen vorstellen zu müssen. Auch in ihrem späteren Erschöpfungszustand stand sie jeden Abend auf und betrachtete widerwillig die Fliegenscharen, die den oberen Teil der Wände und die Decke besetzt hatten und nicht durch das geschlossene Fenster ins Zimmer geflogen sein konnten, durch Schlitze, Spalten, Ritzen, Löcher und Holzwurmgänge in Fensterrahmen und Tür mussten sie den gleichen Weg wie Sand und Wind genommen haben. Oder diese Insekten waren aus unsichtbaren, im ganzen Zimmer in Stoffen oder porösen Materialien verstreuten Eiern ausgeschlüpft und ruhten sich an Wänden und Decke aus, diese neugeborenen, sich unmäßig reproduzierenden, in ihrer Anzahl und Generationenfolge unübersehbaren, das menschliche Vorstellungsvermögen übersteigenden und die menschliche Hygiene bedrohenden, am ersten Lebenstag herausfordernd leblosen Tierchen provozierten die Jägerin so sehr, dass R über ihre Jagdleidenschaft verwundert sofort eingesehen hatte, dass sie von ihren Tapferes-Schneiderlein-Spielen nicht abzuhalten war, bei denen sie sich strecken, an den Wänden hochspringen, im Zimmer herumlaufen und auf Stühle, das Bett, ja den Tisch steigen musste. Jedes Mal wenn sie so eine Ansammlung von bewegungslos auf dem Wandlack sitzenden Fliegen erlegt hatte, schaute sie mit Genugtuung auf die immer schwärzer werdende Zeitung und die zerdrückten Körper, die ununterscheidbar ineinanderklebten, und wenn sie die Zahl der Fliegen, die sich ohne größere Fluchtversuche zerquetschen ließen, auf wenige dezimiert hatte, fiel sie erschöpfter als zuvor ins Bett, während er schon fest schlief und Briketts von zerquetschtem Schwarz seine Träume erwärmten. S war beunruhigt, da die Tierchen, die sich außerhalb des Zimmers nicht erschlagen ließen und ungestört hinter ihnen herflogen, zu der Schar an Fliegen gehören mussten, die sie jeden Abend erlegte, und die sich vielleicht in ihren Kleidern und Haaren festgesetzt hatten, um aus dem Zimmer zu entkommen, das für Fliegen doch nach Tod riechen musste, und nur hinter ihnen herflogen, um sich tänzelnd ihres zweiten Lebenstags zu erfreuen und sich über S lustig zu machen, die vergeblich versucht hatte, alle Insekten in Druckerschwärze zu verwandeln. Die schwarzen Punkte zogen vor ihren Augen Kreise und Ellipsen, ohne dass zu erkennen war, um welches Zentrum sie sich bewegten, und je länger die Augen auf den Schwarm von vielleicht sechzig Fliegen starrten, desto aufgeregter fingen sie an, Schlieren zu ziehen, ein Geflecht von feinen Flugbahnen in die staubige Luft zu zeichnen, ein Gewirr von Linien, dessen einziger Grund vielleicht die Freude des Fliegens im menschlichen Windschatten war, eine Freude, wie sie Vögel empfinden mussten, wenn sie sich übermütig Aufwinden anvertrauten oder im Schneefall Zickzack flogen, was S den Vögeln selbstverständlich zugestand, aber für diese Insekten ausschloss, da sie auf ihre Angriffe nicht reagierten, keinen Flügelschlag von ihren Ansprüchen zurückwichen, und in keiner Weise ihren Bedürfnissen Ausdruck verliehen. Nur den Raum mit ihr zu teilen und gierig auf sie wie auf eine Tote herabzusehen, war nicht akzeptabel, denn wer konnte sagen, ob die Tote den Fliegenschwarm oder der Fliegenschwarm den

Tod herbeirief, auch die Geier, die sie im Norden des Landes gesehen hatten, waren über Vieh gekreist, das noch auf allen vieren gestanden hatte, und als sie ein paar Stunden später wieder vorbeigekommen waren, hatten die Vögel bereits auf den Rippenbögen und in den Eingeweiden gesessen. Träte S bereits der Gestank des Todes aus dem Leib, würde sie dann nicht noch viel mehr Getier anlocken, wäre ihr sterbendes Stinken nicht stark genug, um Heerscharen aus der Wüste anzulocken und die Wände des ganzen Hauses glänzend schwarz zu färben, was saßen diese Tierchen so ahnungslos herum, wenn sie nicht von S und R profitieren wollten, diesen freudlosen Geschöpfen würde sie die Lust eines gewaltsamen Todes bereiten. Und jetzt tanzten diese Fliegen vor ihrer Nase herum, als wollten sie ihr zeigen, dass freudige Erregung die Natur bis in die kleinsten Punkte durchwirke und sie davon ergriffen, ein ungreifbarer, nicht zu erlegender, sich allen Zugriffen entziehender Schwarm seien, der S so erzürnte, dass sie die kleine Fototasche, die sie immer umgehängt hatte, am Riemen durch die Luft fahren ließ, was die Fliegen mit ein paar Luftsprüngen parierten, als wären sie Pupillen, die da im Staub kreisten und die menschlichen Absichten im Voraus durchschauten, ohne von ihnen durchschaut zu werden, die zwei aufrechten Menschen waren nicht das Gravitationszentrum dieser Fliegenwolke, die nicht schwirrte, sondern ruhig auf und ab flog, nur manchmal ruckartig beschleunigte, in sich kreisend stand sie in der Luft, ohne irgendeinen Bezug zu S und R, und doch folgten die Fliegen den Wandernden und nicht die Wandernden den Fliegen, Nagelköpfe eines rotierenden Sternbilds, das ihnen auf den Fersen war und sich ihren Deutungen und Ansprüchen entzog, in die Staubluft gestochene schwarze Löcher, die ihre Logik und ihr

Denken einsaugten, die vielleicht nahrhafter waren als ihre verschwitzten Ausdünstungen und die Insektenkörper vergnügter im Sandkornhagel aufsteigen ließen als ihr Windschatten oder die Erleichterung, ein paar Eier in ihre Haar gelegt zu haben.

DAS DUELL

S FAND DEN NACHTPORTIER schwer auf den Betten liegend, die sie erst zu einem Doppelbett hatten zusammenschieben müssen und die immer schon für die nächste Nacht im Voraus bezahlt waren, sie wagte sich vor, um die Decke, die er zurückgeschlagen und sogar auf den Fußboden gestrampelt hatte, aufzuheben und über die Bettkante zu legen, während der Eindringling schnarchte, und die Schaben auf seiner Jacke um die Wette liefen, sie fragte sich, wie das Bett wohl riechen werde, und war unschlüssig, wie sie den Mann dazu bringen sollte aufzustehen, vielleicht war es gar nicht mehr nötig, ihn zu wecken, da er gar nicht mehr schlief, sondern sich nur noch schlafend stellte, er hatte nämlich aufgehört zu schnarchen, hielt jedoch den Mund mit den schmutzigen Zähnen immer noch aufgerissen, ihr wurde übel, als sie eine der Schaben sah, die sich bis an die Speichelränder seiner Mundwinkel vorwagte und von Lippenbewegungen nicht verjagen ließ. Da lag er also, der Nachtportier, seine Augen hatten ihr schlaflose Nächte und noch größere Kopfschmerzen bereitet, als sie bei dem ständigen Wind ohnehin hatte, weil sein leicht kurzsichtiger, verschleierter, deswegen sanfter und anrührend melancholischer Silberblick dem ihres Verlobten glich, als ob sich dieser unauffällig ohne Vorwürfe und Drohungen derversprochenen, gemeinsamen Zukunft versichern wollte. Sie fühlte sich von den falschen Verlobtenwimpern dieses Nachtportiers aufgespießt, dessen Augen ein Spiel mit ihr trieben, mit jedem Lidschlag zertrümmerten sie die Freiheit der Gegenwart und fegten sie der Vergangenheit oder der vertanen Zukunft zu, S fürchtete sich vor diesem Mann, dessen Stärke sie auch jetzt nicht als Maskerade zu durchschauen vermochte, denn als Zeichen seiner Niederlage lag er jedenfalls sicher nicht in ihrem Bett, das musste eine List sein, sicherlich folgte sein Gehör jeder ihrer Bewegungen, um ihre Gefühle zu prüfen, ihr Verhalten zu studieren, sie auswendig zu lernen und in ihrer Verführbarkeit zu durchschauen. Wenn der Nachtportier nur eines seiner Verlobtenaugen auf sie geworfen hätte, wäre S ihm erlegen, denn sie hätte darin nicht seine hinterlistige Täuschung, sondern nur die ihrem Verlobten gestohlenen Augen erkannt, für die sich zu entschuldigen der Hotelangestellte kaum auf sie gewartet hätte, Missverständnisse waren aus seiner Sicht sicherlich keine aufzuklären, da seine falschen Augen die Welt klar und eindeutig sahen. Auch um S und R die Wahrheit über dieses Hotel zu erzählen, das doch wie diese Augen eine Täuschung war, hatte er sich bestimmt nicht auf das Bett gelegt, immerhin hatte er die Begegnung für so wichtig gehalten, dass er sogar die Rezeption unbesetzt gelassen hatte und ihre baldige Rückkehr erwartend eingeschlafen war, obwohl er sie auch an der Rezeption hätte abfangen können, oder er hatte seinen Dienst noch gar nicht begonnen, und der Tagportier wachte noch über den Eingang, der von dem Nachtportier nicht zu unterscheiden, wohl sein Zwilling war. Vielleicht war er S so schnell vorausgeeilt, dass er in dem Zimmer angekommen einen Schwächeanfall erlitten hatte, und jetzt am Sterben war, obwohl sich seine Laute ganz und gar nicht nach Sterben anhörten. Andere Ausreden konnte er nicht haben, denn nicht einmal der Zimmerjunge hatte seit ihrer Ankunft ihr Zimmer betreten, was offensichtlich höchstens passierte, wenn jemand auszog, und auch dann wurden die Bezüge nicht unaufgefordert gewechselt. Einen rechten Reim konnte sich S auf den Portier in ihrem Bett nicht machen, der sich gerade zur Seite drehen wollte, um noch mehr Platz auf der Matratze einzunehmen, was doch wirklich zu weit ging, es sich in einem fremden Bett hemmungslos bequem zu machen, da hätte sie sofort einschreiten müssen. Oder sollte sie lieber Platz nehmen und warten, bis R zurückkam, der nur ein paar Kleinigkeiten hatte einkaufen wollen, denn die Mitteilung des Portiers, die nur ein Vorwand sein konnte, musste auch für ihn von großer Wichtigkeit sein, gleichzeitig war R dem Portier aber an Größe und Körperkräften überlegen, was die Eifersucht des Verlobten, der dem Nachtportier seine Augen geliehen hatte, vergrößern würde. Der Tagportier, der ja ebenso gut der Nachtportier selbst hätte sein können, hatte ihnen einmal zugeflüstert, der Nachtportier vergnüge sich in den Betten der Gäste mit dem Zimmermädchen, das sie bereits kreischend in seinen Loden gestärkten Armen gesehen hatten und die sie schamlos an der Nase herumgeführt hatte. Dieses Liebesverhältnis im Dienst hatte der Nachtportier wohl selbst inszeniert, um seine Männlichkeit und Verführungskraft zur Schau zu stellen, S in einen noch größeren Zwiespalt zu treiben, ihr Inneres sollte vor Eifersucht und Wut zerreißen, denn natürlich war dem Nachtportier nicht entgangen, mit was für Augen S ihn ansah, dass seine Blicke innere Stürme bei ihr auslösten, da es ihr unbegreiflich war, wie ein Mann mit den Augen ihres Verlobten zu so einem Verhalten Frauen gegenüber fähig sein sollte. Ihr Ärger steigerte sich zu Hass auf den Nachtportier, den Verlobten und den Geliebten, denn nur allein ihre Liebschaft mit R gab dem Verlobten das Recht, sie als Nachtportier verkleidet zu betrügen, es mit einem Zimmermädchen in Gästebetten, Hotelschränken und in von Schaben wimmelnden Sanitärkammern zu treiben, was sie in ihrer Entscheidung, nach dem Geliebten auch den Verlobten zu verlassen, bestärkte. Dieser Aufschneider wagte wirklich, sich nicht nur in ihr Bett zu legen, sondern es auch noch so ungeheuer zu zerwühlen, dass er es unmöglich allein getan haben konnte, und S dachte, sie werde ihm den Schädel mit ihren gesammelten Steinen zertrümmern, näherte sich zögerlich dem Bett und starrte auf die geschlossenen Augen, zitternd vor Angst mit der Tüte Steine in der Hand fragte sie sich, ob sie, wenn der Portier jetzt die Augen aufschlüge, noch fähig wäre, in ihm den Nachtportier zu erkennen, oder ob sie ihm in Gestalt des Verlobten verfiele, dessen Gesicht sonst nicht viel mit dem des Nachtportiers gemein hatte, obwohl ihr Verlobter auch von Nikotin verfärbte Zähne und vom Alkohol gezeichnete Haut hatte. Ein so niederträchtiges Spiel mit ihr zu treiben und zu glauben, nur weil er die Augen eines anderen trüge, könne er sich ungestraft in ihr Bett legen, machte sie unfähig vor Wut, auf den Eindringling einzuschlagen, der bestimmt gesehen hatte, dass sie ins Hotel zurückgekehrt war, und die Gelegenheit hatte nutzen wollen, ihr allein zu begegnen und zu sehen, ob alles in Ordnung sei, da sie kaum noch das Zimmer verließ. Plötzlich wunderte sie sich, wie wenig sie ihm eigentlich übelnahm, sich in ihr Zimmer verirrt zu haben, sie ließ die Steintüte fallen und ergriff schließlich eine Zeitung, auf der sie beim Zusammenfalten das Farbfoto des Königs des Landes in Schischuhen sah, und wollte zuschlagen, als der Portier die Augen weit öffnete, er hielt sich aber sofort die Hand vor das Gesicht, sprang auf, rief, sich hektisch verbeugend, er habe sich wohl im Zimmer geirrt, und während er hinauslief, sah S, dass aus seiner Manteltasche eine flatternde Frauenstrumpfhose heraushing, die sie in diesem Land noch nie an Frauen gesehen hatte, und hörte vom Gang her, als der Portier die Tür geschlossen hatte, ein rasselndes Frauenkichern. Vergeblich versuchte sie die schwere Bettdecke auszuschütteln, wobei R ihr half, als er ins Zimmer getreten war und sah, wie sie sich mit der schweren Decke abmühte, er überging ihr verstörtes Gesicht und sagte, dass mal gelüftet werden müsse.

HÄUTUNG (1)

ALS R DIE TÜR ÖFFNETE und sie das Hotelzimmer verlassen wollten, stand ein Rollstuhl vor ihnen, in dem ein alter Mann mit europäischen Gesichtszügen saß, sein Kopf lag im Nacken und das hervorstehende Gebiss war zur Decke aufgesperrt, aus dem Mundwinkel floss Speichel herab, den die Hand eines Mannes behände mit einem kleinen hellblauen Taschentuch abwischte, der kleingewachsene, schwächliche Schwarze, der den Rollstuhl schob und kurz danach im Türrahmen erschien, ohne den Kopf nach ihnen umzudrehen, trug wie der Mann im Rollstuhl einen Anzug, jedoch einen zu großen aus ockerfarbenem Wollstoff und keinen dunkelblauen Nadelstreifenanzug wie der Rollstuhlfahrer, dessen zurückgefallener Kopf raue Lacher ausstieß, während sich seine Augen misstrauisch hin und her bewegten, als S und R auf den Flur traten, um nachzusehen, woher diese neuen Gäste plötzlich kamen, erblickten sie eine Prozession von hellhäutigen Männern, die in Rollstühlen saßen und von dunkelhäutigen Männern orientalischer und afrikanischer Herkunft geschoben oder begleitet wurden, und als sie sich fragten, was das für Gäste seien, ob es doch einen Aufzug gebe, der normalerweise den Gästen nicht zugänglich sei, kam ihnen die beunruhigende Ahnung, dass nur ein Teil des Gebäudes in ein Hotel umfunktioniert worden war, während der andere noch Kranke beherbergte, was die missmutigen Antworten des Nachtportiers erklären konnte, der den Ruf des Hotel gefährdet sah, wenn die doppelte Nutzung bekannt wurde. Auch wenn S und R von den Pflegern alles über das Krankenhaus hätten erfahren können, wagten sie keinen anzusprechen, da alle so taten, als wären sie auf dem Gang nicht sichtbar, der nächste Begleiter, der an ihnen vorüberkam, hatte eine Krone aus Goldpapier auf, die ihm wohl der Patient im Rollstuhl gefaltet hatte, denn er hatte noch mehrere Bögen Goldpapier auf den Knien und sein Gesicht tief darübergebeugt, da er gerade versuchte, so etwas wie einen Stern eher zu knüllen als zu falten, den er dem Christuskind als einer der Heiligen Drei Könige bringen wollte, um aus seinem beräderten Zustand erlöst zu werden. Das Gesicht der nächsten Person, die wie ein Stein in ihrem Rollstuhl saß, war auch nicht zu sehen, weil ihr Kopf bewegungslos nach unten hing und nur wässrig grün gefärbte Haare sichtbar waren, die so gar nicht zu dem langen Kapuzenmantel dieses erschöpften Patienten passten, zu dem sich ein großer, kräftiger Schwarzer in dunkelblauem Trainingsanzug und weißen Turnschuhen immer wieder hinunterbeugte, um ihm aufmunternd ins Ohr zu flüstern, während er ihn hinter den anderen den Gang entlangschob, und als sie gerade an S und R vorbeikamen, hörten sie den Heruntergebeugten etwas von dem Stein der Weisen sagen, der sich aus eigener Kraft zum Leben erwecken könne, der sein Wissen teilen und mitteilen müsse. Sie wunderten sich, dass sie die dem Versteinerten zugeflüsterten Worte so gut hören konnten, während sie unter den etwas hochgerutschten Trainingshosenbeinen sahen, dass der Mann keine Strümpfe trug, und zu erkennen meinten, dass die Haut seiner Unterschenkel eher hell und gelblich war und gar nicht zu seiner Gesichtshaut und der Farbe seiner Hände passte, sie konnten ihre Neugier kaum unterdrücken, ihn seiner eigentlichen Hautfarbe zu überführen, der Anblick der Unterschenkel hatte ihre Wahrnehmung geschärft und sie meinten zu sehen, dass die Unregelmäßigkeit der Gesichtshaut von großzügig aufgetragener Schminke kam, und plötzlich waren sie auch beim nächsten Paar nicht mehr sicher, ob die Hautfarbe des Pflegers nur eine Wirkung von aufgetragener Schminke war, was sie irritierte, da sie angenommen hatten, dass in dieser unwirklichen Szenerie Einheimische europäische Patienten durch den Gang schoben, was auch nicht erklärt hätte, woher die Truppe plötzlich gekommen war, selbst wenn es sich um das ehemalige Personal des Krankenhauses und Patienten handeln sollte, jetzt hatten S und R aber eher den Eindruck an einem Maskenball teilzunehmen, da sie im Dämmerlicht zwar den Unterschied von heller und dunkler Haut, jedoch nicht den von natürlich und unnatürlich oder von wirklich und unwirklich erkannten. Sie konnten gar nicht glauben, was sie sahen, ohne darüber nachdenken zu können, denn schon kam das nächste Paar, ein Hinkender bewegte sich fort, indem er den einen verkrüppelt verdrehten Arm kreisen ließ, während der andere an einem Riemen am Gürtel befestigt war, er setzte den linken Fuß schlurfend auf, als ob er einen unsichtbaren Ball oder Stein wegschießen wollte, und zog dann das rechte gebogene Bein wie eine Sense ausholend nach vorne, so dass der Fuß genau an der Spitze des anderen zu Boden kam, während ihm ein stoischer, mehrere Köpfe größerer kurzhaariger Mann dunkler Hautfarbe in weißer Kleidung folgte, die ebenso sommerlich wie krankenhäuslich wirkte. Bei jedem neuen Ausholen des Hinkenden machte er eine verständnisvolle Bewegung und schien zu sagen: „Aber ich bitte Sie! Ich habe alle Zeit der Welt!“, „Übereilen Sie nichts, Sie werden fallen“ oder „Sie gehen mit den Beinen, nicht mit Ihrem Kopf“, was den Hinkenden zu irritieren, ja zu verärgern schien, denn er versuchte, seine Schritte zu beschleunigen, wobei er beinahe gefallen wäre, und der große Weißgekleidete streckte schon seine dunklen Hände aus, ihn im Fall des Falles zu stützen, wessen der nächste Patient ständig bedurfte, denn sein Kopf war im Vergleich zu seinem Körper so groß, dass S und R den Eindruck hatten, der Kopf habe dem Körper einen Großteil des Wassers entzogen, so dass der trockengelegte, steife Rumpf den Schädel kaum in die Höhe zu halten vermochte und aus dem Gleichgewicht geraten wäre, wenn nicht auch ihm ein Helfer zur Seite gestanden und ihm unter den ausgestreckten Arm gegriffen oder seine Hand stützend an eine Seite des Kopfes gelegt hätte, der mit vielen kleinen, sich kreuzenden Falten übersät war, in denen sich die Körperkraft verausgabte, anstatt die Halsmuskulatur in dem lindgrünen Kragen zu straffen. Den Riesenköpfigen mit dürren Beinen, dem eine saubere, eng anliegende Jeans mehr Halt zu geben schien als Muskeln und Knochen, begleitete der

Helfer wie ein Kind, das Fahrradfahren lernte und von dessen Lernfähigkeit er überzeugt war, ein Optimismus, der dem nächsten Begleiter, einem sehr breitschultrigen Mann in weißem T-Shirt und schwarzer Lederhose, auf den ersten Blick zu fehlen schien, denn er versuchte, eine kleine Gestalt mit graubraunem Haar vorwärts zu drücken, als sie zu lange gedankenverloren in eine Richtung starrte und sich der Abstand zu dem Großköpfigen immer weiter vergrößerte, und dieser Halsstarrige setzte sich erst in Bewegung, nachdem er einem nervös Tänzelnden den Vortritt gelassen hatte, dem ununterbrochen etwas auf die Zehen zu fallen schien und der herumsprang, um den andauernden Schmerz abzureagieren und dabei jammernd und gleichzeitig lachend das Gesicht verzog, wie der hinter ihm im Rollstuhl Sitzende, der sich trotz einer Begleitung eigenhändig vorwärts rollte und von Lachkrämpfen geschüttelt wurde, während er auf seinen ausgestreckten Zeigefinger starrte und „Der war gut! Der war wirklich gut!“ zu rufen schien. Sein Begleiter, der mitlachend nach seinem Finger griff, war von stattlicher Größe und hatte sich Stoffe in gedeckten Farben umgehängt, die er mit solcher Würde trug, dass sein Gewand den ganzen Flur ankleidete und in eine menschliche Behausung verwandelte, die dem Leiden dieser Menschen angemessen war. Dieser so aufrecht gehende Begleiter neigte sich trotz seiner Größe zu seinem Schutzbefohlenen hinunter, beweglich genug sich aus solcher Höhe herabzubeugen, seine Zuvorkommenheit erlaubte ihm alle Bewegungen, machte keine Ecke des Raumes unerreichbar, ein sich schlängelndes Wesen, das den Hellhäutigen in seiner Obhut umgarnte, und auch die anderen Aufpasser waren plötzlich gewachsen, so groß, dass sie fast bis zur Flurdecke reichten und ihre Körper sich wie lange Hälse problemlos in alle Höhen und Richtungen bewegten, wobei sie ihre Arme ein- und ausfuhren, je nachdem ob sie sich in die Höhe oder Tiefe streckten. Plötzlich beschleunigten sich alle Bewegungen, der ganze Zug war für einen Augenblick nur verschwommen zu erkennen, dann wanden sich Riesenschlangen um die Teilnehmer dieser Prozession, zumindest war das glänzende, manchmal grob beschuppte Fleisch, das sich baumstammdick um die Patientenleiber wand, wahrscheinlich das von riesigen Kriechtieren, deren Köpfe nicht zu sehen waren, aber diese Reptiliennummer dauerte nicht lange, denn die Patienten verbaten sich solchen Missbrauch als Zirkusattraktion und wurden wie vorher weitergeschoben. Als die letzten an S und R vorüber waren, folgten sie diesem Zug zuerst ohne großen Abstand, blieben dann aber am Rahmen der zweiflügeligen Tür einer Art Essensraum stehen, der ihnen noch nie aufgefallen war und dessen billige, moderne Einrichtung nicht zu der Patientenkantine eines alten Krankenhauses passte, und wurden Zeugen eines Spektakels, in dem sich ihre Vorahnung von unsicheren, unklaren Verhältnissen bestätigte. Als nämlich die Rollstühle an die Tische geschoben worden waren, die Begleiter sich auf Stühle daneben gesetzt und auch die gehenden Patienten Platz genommen hatten, öffnete sich der Rollladen vor der Theke, an der das Essen verteilt werden sollte, aber anstatt nach frisch gekochtem, Appetit anregendem Essen roch es nach Angebranntem, nach leer aufgeheizten Öfen, in denen die Krümel und Krusten der letzten Gerichte schwarz wurden, in Flammen aufgingen und sich in die gelackten Metallflächen brannten, es roch nach Herdplatten, auf denen Spritzer, Tropfen und Flecken verkohlten, rot glühend, dass die Drähte und Leitungen schmorten und schmolzen, was die am Tisch Sitzenden nicht zu stören schien, während sich beide Beobachter die Hände vor die Nase hielten, der beißende Geruch machte sie schwindlig und brannte in ihren Augen, die sie etwas zusammenkneifen mussten, um sehen zu können, dass plötzlich zwei Gestalten hinter der Theke standen, von den Füßen bis über den Kopf in weiße und schwarze Lederanzüge eingeschnürt, die mit kompliziert verflochtenen Lederriemen geschlossen waren, die wie eine nie verheilende Narbe vom Geschlecht über Bauch, Brust und Kopf und den Rücken wieder hinunterliefen, und wenn man sich die Mühe gemacht hätte, die Narbe zu entflechten, wären die Anzüge in zwei Hälften auseinandergefallen, in denen die Formen der Körper keineswegs scharf hervortraten, das Leder stieg von den Schultern schräg zum Kopf an, um den es sich eng genug legte, dass ein Blitzen der Augen zu sehen war. Auch über Brust und Hüften war das Gewand so großzügig bemessen, dass S und R nicht hätten sagen können, ob in diesen Ledersäcken Männer oder Frauen eingeschnürt waren, anfangs hatten sie die Gestalt in weißem Leder für eine Frau gehalten, später meinten sie an ihren Bewegungen erkennen zu können, dass es sich im Gegensatz zu der schwarz gekleideten Gestalt um einen Mann handelte, aber sie hatten nicht viel Zeit, darüber nachzudenken, denn die beiden Ledergeschnürten nahmen je eine mehrere Meter lange Peitsche vom Gürtel, die ihnen vorher wie ein Schwanz über den Hintern zu Boden gefallen war, und die sie jetzt aus ihrem geöffneten Käfig über die Theke in den Essensraum schlugen, dass es knallte und in die pfeifende Luft Bewegung kam. Wer sich aufrichten konnte, drückte sich von Stühlen und Tischkanten ab, um sich der Essensausgabe zu nähern, an der nichts darauf hinwies, dass irgendein Essen zur Ausgabe vorbereitet worden war, nicht einmal Geschirr oder Besteck waren zu sehen, nur orangene Tabletts, die rechts und links auf der blinden Metalltheke gestapelt waren, jetzt aber immer wieder von den eingezogenen und ausfliegenden Peitschen getroffen, in beide Richtungen über die Theke rutschten, in den Essensraum stürzten und über den Boden schossen. Die Gäste in der Kantine trauten sich nur ein paar Schritte vorwärts, wenn die Peitschen zurückschnellten, und wichen zurück, wenn das geflochtene Leder wieder vorschnellte, und bei dieser tänzelnden Bewegung, einem gemeinsamen fast rhythmischen Vorwärts und Rückwärts streckten alle, sogar die im Rollstuhl Sitzenden, die so nah wie möglich an die Peitschen heran- und wieder wegrollten, die Zungen möglichst weit und steil heraus, und bewegten ihr Sprech- und Schmeckfleisch wie motorisiert nach links und rechts, als wollten sie ihre Zungen an dem Leder abwischen oder wenigstens Herunterfallendes auffangen. Als einer vor Aufregung oder Gier in die Höhe sprang, um der Peitsche möglichst nahe zu sein, traf sie ihn im Gesicht, und während der Lederriemen in den Küchenraum gezogen wurde und unter der Lederhaube gedämpfte Laute zu hören waren, die weniger Verärgerung als Freude an der Arbeit auszudrücken schienen, lief Blut aus der aufgeplatzten Haut von Schläfe, Wange und Mund, Blut, das farbige Schlieren bildete und dunkler wurde, je weiter es über Kinn und Hals lief, und so bestätigte sich ihre Ahnung, dass der Mann im blauen Trainingsanzug dunkel geschminkt war, ihm seine natürliche etwas gelbliche Hautfarbe nicht dunkel genug gewesen war. Auch die anderen schienen mit ihrer Hautfarbe unzufrieden gewesen zu sein oder sie zumindest korrigiert zu haben, denn die Aufregung vor der Essensausgabe und das Springen nach den Peitschen hatten sich inzwischen zu wildem Peitschenschnappen gesteigert, die beiden Ledergestalten waren wenig sportlich über die Theke gerutscht und auf zwei Tische gestiegen, bei ihrer Überkopfakrobatik schlugen die Peitschen Kreise, Schlangenlinien, Pirouetten und Loopings, verdrehten sich für Sekunden ineinander, und schnellten, kurz bevor sie auf die Zungen schnalzten, auseinander und gewannen in Windungen und Schlingungen an Höhe. Bei dieser aufgeregten Anstrengung ließ sich das Schwitzen nicht vermeiden, die täuschende Hautfarbe wurde feucht und brüchig und von Schweißtropfen abgewaschen, so dass ein hellerer oder dunklerer Hautton sichtbar wurde, es hatten nämlich nicht nur die Begleitpersonen, die ebenso eifrig wie die Patienten am Peitschenschnappen teilnahmen, ihre Haut geschwärzt, sondern auch die Patienten hatten die Augen der Beobachter betrogen und ihre Haut aufgehellt, sich eine weiße Hautfarbe angedichtet, die ihnen jetzt in ihren dunklen Ausschnitt hineinlief. Die beiden Zuschauer stierten abwechselnd auf die tanzenden Lederriemen und das Gewirr von Brüchen, Linien und Falten auf der Haut der Schwitzenden, um genauer zu erkennen, wer von Natur aus welche Hautfarbe trug, oder wer sie wie bedeckt, aufgehellt oder abgedunkelt hatte, die Augen konnten sich von dem Schauspiel der Zerstörung, das sich auf der Haut abzeichnete, gar nicht losreißen, wollten tiefer in die Wischspuren, Schlieren, Risse und Brüche der zerstörten Schminke und Haut eindringen, dem Schweiß und der Körperhitze behilflich sein und tief in die Poren greifen, um die falsche Haut abzulösen. Wenn eine der Peitschen wieder jemanden getroffen hatte, konnte es passieren, dass sie tief in die aufgesprungene Haut einschlug und anstatt nur der Verkleidung auch die darunterliegende Haut abzog, die S und R im Gemisch der Farben und Flüssigkeiten weder mit ihren Augen unterschieden noch mit ihren Finger erfasst hätten, wenn sie hätten zugreifen können, ihre Ohren hörten aber, wie die Gepeitschten nach einem Aufschrei kurze Zeit wimmerten und jammerten, dann streckten sie schon wieder die Zungen nach dem tanzenden Schwarz und Weiß aus, und wie hätten die Gehäuteten erst aus Leibeskräften geschrien und sie weggestoßen, wenn die gierigen Augen von S und R Finger gehabt hätten, die sich gar nicht entscheiden konnten, ob sie auf die Veränderungen von Farbe und Struktur der gefälschten Häute starren sollten oder auf das sich mit wechselnder Geschwindigkeit in der Luft windende, eindrehende und auswickelnde Leder, dessen Ende über den Zungen tanzte, in der Luft geometrische Formen, Ellipsen und Spiralen darstellte, dann aber Schriftzeichen und Wörter, Abkürzungen von Wörtern und Sätzen, Kürzel schrieb, die S und R angestrengt zu entziffern versuchten, denn sie wollten unbedingt herausfinden, was diese weiße und schwarze Lederpeitsche Süßes, Verführerisches in die Luft zeichneten, was für Halluzinationen sie aus der Luft schnitten, die den Menschen die Zunge so gierig aus den Mündern trieben, dass sie ihre säuberlich geschminkten Gesichter, ihre Verkleidung, ebenso ihren Gesundheitszustand wie ihre berufliche Verantwortung vergaßen. S und R vermochten jedoch diese schwarzweißen Verschlingungen nicht zu entziffern, sie erkannten zwar kurz in der Luft stehende Zeichen, die ihnen allerdings keine Lust machten, sie abzulecken, einzuspeicheln, und auch nicht in ihrem Gedächtnis blieben, zu schnell folgten die Schriftbilder aufeinander, zu wirr und vieldeutig waren diese tanzenden Verflechtungen, die sich mit den Zungen und den zerwühlten Gesichtern mischten, als dass sie einen Sinn darin hätten ergreifen können, was ihre Faszination für diesen Menschenhaufen, dessen Bewegung und Gier noch steigerte, schließlich war ihnen schwer einsichtig, warum die einen sich so erregen ließen und die anderen unbedingt erregen wollten. Obwohl ihnen schon das Zusehen Erniedrigung bedeutete, vermochten sie nicht die Augen von dieser Versammlung zu nehmen, deren Anblick Ekel und mehr Hohn als Mitleid, aber zu ihrer Verwunderung auch Neid auf die Hingabe und Ausgelassenheit erregte, mit denen die Peitschenden und Gepeitschten lüstern einem unerklärlichen, vielleicht vollkommen sinnlosen Bedürfnis folgten, zwar fragten sie sich, ob denn der Anblick, den sie hier ertrugen, noch zumutbar war, aber ihre Sinne waren wohl von dem Herddunst und diesem eigenartigen Spektakel benebelt, keines klaren Urteils fähig, geistesabwesend gafften sie auf die aufgelösten Gesichter und ließen sich von dem Schauspiel so sehr gefangen nehmen, dass es Momente gab, in denen sie die Erregung fast übermannt hätte, und sie beinahe in die Versammlung gelaufen wären, um selbst mit ihren ausgestreckten Zungen nach diesen Lederpeitschen zu schnappen, oder voll aufklärerischer Wut nach ihnen zu greifen und sie den Lederdressierern aus den Händen zu reißen, was sich die Züngelnden kaum hätten gefallen lassen, sie wären zu Boden gerissen und totgetreten worden. S und R beherrschten sich jedoch, und die Verkrampfung ihres Körpers steigerte ihre Konzentration, obwohl der beißende Geruch zugenommen hatte, und es ihnen schien, als stünde ein Rauchschleier im Saal, der aus dem Küchenraum aufstieg, ohne dass sie entscheiden konnten, ob dieser Schleier eine Ermüdung der zusammengekniffenen Augen war oder ob der brenzlige Geruch diesen Schleier hinter sich herzog.

Plötzlich sahen sie etwas, was sie vorher nicht gesehen hatten, dass nämlich die Lederpeitschen glänzten, und als sie noch genauer hinsahen, nahmen sie wahr, dass eine Flüssigkeit an den Peitschen klebte, Fäden ziehend nach unten tropfte, wenn die Peitschen kurz in der Luft standen, oder von den ausschlagenden Lederriemen in alle Richtungen wegspritzte, während die Zungen darauf aus waren, einen Tropfen, einen Faden, wenigstens eine Spur zu erhaschen, und der Dunstschleier trug nur schwach das Aroma der Flüssigkeit zu ihnen, von dem sie in der Luft leckend kaum etwas schmecken konnten, was aber die Lust, mehr davon auf die Zunge zu bekommen, maßlos steigerte und die Gesichtsmuskulatur, die Lippen und Zungen in Zuckungen versetzte, die Aufgebrachten schienen sich in Zungen verwandeln zu wollen, in riesige, sich reckende und anschwellende Zungen, die mit ihrem ganzen Leib die Salbung der Dunstschleier, des Herabtropfenden, Herumgespritzten auffangen, schmecken und in sich aufsaugen konnten, in Amphibienzungen, die als fleischige Peitschen sich streckten, um diesen Lederpeitschen in ihren Bewegungen zu folgen, sie entlangzufahren und anstatt die Flüssigkeit aus der Luft aufzufangen, sie direkt vom Leder abzulecken, diese zuckenden monströsen Zungen saugten nicht nur voller Lust den Saft auf, sondern waren gleichzeitig dazu fähig, die gepeitschten, sich windenden Zeichen leckend zu verstehen, als ob im Saft das Wissen läge, diese in der Luft zuckende Schrift zu entziffern. Den Peitschenden lief diese weißliche, fast transparente Flüssigkeit die weißen und schwarzen Lederarme entlang, ohne dass der unbewegte Blick der beiden Beobachter sehen konnte, woher diese Flüssigkeit eigentlich kam, ob die Peitschen in die Flüssigkeit getaucht wurden oder diese irgendwo aus diesen Ledergestalten austrat, als es den Peitschenden jedoch immer stärker über die Unterarme rann, glaubten S und R zu sehen, dass die Peitschen diesen zähen Fluss absonderten, und als dieser in Richtung Oberkörper rann, rissen die nach der Salbung Bleckenden gierig auch die Nasen auf, um aufzunehmen, was sie vermochten, näherten sich den Tischen, auf denen die in Leder eingeschnürten Einpeitscher standen, und versuchten auch, von den Armen herabtropfende Flüssigkeit aufzufangen. S und R befürchteten schon, dass die Zungen die Tische angreifen, die Peitschenden herunterzerren würden, aber als sich der Begleiter im ockergelben Jackett dem Tisch auf zwei Meter näherte, traf ihn die Peitsche auf die Stirn und er stürzte zu Boden, und sie sahen, dass es sich wirklich nicht um einen Schwarzen, sondern um einen Weißen handelte, dem aus der Platzwunde das Blut und die dunkle Schminke um die aufgerissenen Augen rann, als wäre ihm das Glück sicher, wenn er nur die Augen offen halte und der peinigenden und beglückenden Peitsche weiterfolge, die mit dem Stirnschlag die Erregung in dieser Gruppe so gesteigert hatte, dass S und R den Eindruck hatten, einem schauerlichen Ritual beizuwohnen, in dem in Ekstase geschnappt und gezüngelt wurde und sich die Adepten im Moment der höchsten Erregung in schwellende Zungen verwandelten, den flüssigen Segen zu empfangen, ja kopflose Zungen stießen in die Höhe, gerieten in Aufruhr, verloren die Fassung, krümmten und bogen sich, zuckten besessen, schlugen und schlabberten, geborstene Gebisse, Münder, Kopfhöhlen, Gehirnschalen, die von ihnen abfielen, diese menschengroßen Zungen gebärdeten sich selbst wie allwissende, alles beherrschende, alles umschlingende Peitschen, während das Leder ohne Gnade auf sie niederging und rote Brandmale in die schutzlosen Schleimhäute schlug. Die augenlos irrenden, vor Gier geschwollenen Hautlappen schienen mehr Lust als Schmerz zu empfinden, wenn die Peitschen sie trafen und die getroffenen Geschmacksknospen anschwollen oder aufplatzten, dass die Beobachter sich erschreckt und angeekelt abwendeten oder die Hand vor die Augen hielten. Die Zungengestalten taten so, als öffnete sich ein Mund um sie, um das triefende Manna zu schlürfen, und bei manchen, die sich gierig zu weit vorwagten, war die ganze Zungenspitze aufgerissen und hing in rot gekräuselten Hautfransen herunter, die Geschmacksknospen drehten sich wie Korallen, und die Beobachter dachten einen Augenblick, unter Wasser zu sitzen und Meeresgetier bei Kämpfen und Paarungsritualen zuzusehen, von den Farben und dem sich auftrennenden Fleisch ergriffen erschraken sie vor sich selbst, dass sie hinter einem Türrahmen hervorlugend ein solches Schauspiel genossen und ihre Faszination verhinderte, dass sie eingriffen, den Peitschenden ihre Werkzeuge aus der Hand rissen und sie damit vertrieben, es gelang ihnen nicht, ihren Beobachtungsort zu verlassen, sie wünschten sich immer sehnlicher, dass ihnen das Verlangen der Entfesselten nicht so fremd wäre, dass sie mehr von ihren Lüsten verstünden, sie endlich erführen, was hier für ein Ritus von Erweckung und Heilung aufgeführt wurde, und sie mussten sich fester an den Türrahmen klammern, um nicht loszulaufen und ihren Kopf zu verlieren, als sie plötzlich innehielten, weil sie einen anderen Beobachter bemerkt hatten, der jedoch nicht der Nachtportier war, wie sie im ersten Schreck gedacht hatten, sondern ein großer Schwarzer, der sie mindestens genauso beunruhigte, denn er musste unbemerkt in den Saal getreten sein oder den Zug angeführt haben, und die ganze Zeit sie und den Zungentanz beobachtet haben. Sein breitkrempiger weinroter Hut mit weißen Lederverzierungen, sein knöchellanger, weinroter Mantel und sein viel zu buntes, unruhig gemustertes Hemd lenkten ihre Konzentration ab, von dem weißen Leder der Hose und Schuhe waren sie fast geblendet und schauten besorgt auf die silbernen Kragenecken und die darunter baumelnden Silberspitzen der schwarzen, geflochtenen Kragenschnur aus Leder, die von einer mit Zähnen besetzten Brosche zusammengehalten wurde, und dieser Kragenschmuck, der sie nicht an Hälse von Cowboys und Viehtreibern erinnerte, sondern in dem sie eine Miniatur der durch den Saal zuckenden Peitschen zu erkennen meinten, drohte ihren Sinn für Wirklichkeit endgültig zu erdrosseln, während der Schwarze vorgab, nichts von ihren fassungslosen Blicken zu bemerken, und durch seine leicht getönte Sonnenbrille mit Goldrahmen ungerührt das Spektakel ansah, einige Male lachte er lautlos auf, wobei er den Mund so öffnete, dass nicht klar war, ob er sich verschluckt, es ihm die Sprache verschlagen hatte oder er am Gähnen war, da er nicht aufhörte, seine Koteletten zu kratzen und daran zu ziehen, dachte er wohl nach, schien sich doch etwas zu wundern, als er dann einen Zahnstocher herauszog und anfing darauf herumzukauen, schien er keineswegs gelangweilt zu sein, vielmehr glich diese auffällige Gestalt dem Dompteur von Dompteuren und Dompteirten. Das Wunder vollzog sich in dieser höchsten Zungenerregung, in der seltsamerweise kein Laut zu vernehmen war, vielleicht weil den wie Nacktschnecken zuckenden Muskeln ein Schallraum fehlte, als plötzlich die Einpeitscher von dem unmerklich dichter gewordenen Dunst verschluckt wurden und verschwunden waren, und die zurückgebliebenen Zungen stürzten, zusammenfielen, schwindlig stolperten, sich zu Boden setzten, auf Stühle retteten, und ihre menschlichen Züge zurückgewannen, sobald sie Platz genommen hatten. Wenn sie nicht gesehen hätten, was wirklich passiert war, hätten sie vielleicht gedacht, dass die erschöpfte und zugerichtete Gesellschaft allzu ausgelassen Fasching gefeiert und sich am Ende in die Haare gekriegt hätte, wobei sie nicht nur ihre Kostüme, ihre Schminke sondern auch ihre Gesichter ruiniert hätte, deren Anblick S und R so naheging, dass die Haut ihres eigenen Gesichts ebenso zu brennen anfing wie die ihres Magens, der sich über dem einen oder anderen Gesicht hätte entleeren können, ohne dass es dann viel schlimmer ausgesehen hätte, die Hautfarbe der Gesichter war nicht zu erkennen, weil Blut und Schminke so ineinander verlaufen waren, dass sie sich anstrengen mussten, um ein Stück sauberer Haut ausfindig zu machen, insgesamt schien es ihnen aber so, dass sich die Hautfarben in ihr Gegenteil, dunkle in helle, helle in dunkle Töne verwandelt hatten. Nicht umsonst hatte R sich immer wieder gefragt, ob sich nicht in den Lederverkleidungen Frauen verbergen müssten, als er versuchte, durch die Augen von S auf das Geschehen zu sehen, denn unter den Patienten und ihren Begleitern war niemand als Frau zu erkennen gewesen, und wenn sie sich im ehemaligen Herrentrakt des Krankenhauses befanden, hätten Frauen wenigstens als medizinisches Personal auftreten müssen, auch wenn S es für unmöglich gehalten hätte, dass sich Frauen zu solchen Erniedrigungen herabließen, sich so zurichten ließen. Es stellte sich nämlich heraus, dass sich sehr wohl Frauen in der Gruppe befanden, die aber erst erkennbar wurden, als die Schminke zerfloss und sich auch Strähnen oder Locken aus den weggebundenen, weggesteckten, abgedeckten Haaren lösten, und R erfüllte bei der weiblichen Anwesenheit in diesem züngelnden Fanatismus Genugtuung, er glaubte jetzt auch sicher zu sein, dass zumindest die weiße Peitschende eine Frau gewesen war. Noch verwunderlicher war eine andere Verwandlung oder Verkehrung, die ihnen die Personen trotz ihrer gleich gebliebenen, wenn auch besudelten Kleidung zur Unkenntlichkeit durcheinander brachte, denn die, die vorher die Rolle der Patienten innehatten, waren so gesund, dass sie auf das Personal verzichten konnten, auch wenn ihre Körper von den vorherigen Beschwerden noch gezeichnet waren, und deshalb zögerte das jetzt arbeitslos gewordene Begleitpersonal nicht lange und setzte sich in die Rollstühle, um sich aus der Kantine schieben oder begleiten zu lassen, aus der sich der Dunstschleier verzogen hatte, und in der von den beiden Ledergestalten nichts mehr zu sehen war. So kam der Zug ein zweites Mal an S und R vorüber, die vertauschten Rollen amüsierten die einen sichtlich, und brachten die anderen bei gespielt sportlichem Gebaren und besonders gefühlvollen Zuwendungen ins Schwitzen, die ohne Rollstuhl gekommen waren gingen nebeneinander her, lachend und plaudernd, zeigten sich gegenseitig ihre Verletzungen, reichten plötzlich Desinfektionsmittel und Verbandsstoff herum, mit dem sie sich gegenseitig die Wunden reinigten, um dann in ungeahntem Einvernehmen den Gang zurückzugehen und einander höflich den Vortritt zu lassen. Als Letzter ging in einigen Schritten Entfernung von den anderen der Mann mit dem weinroten Mantel, dessen Hautfarbe gleich geblieben war, wohl kaum weil er eine bessere Schminke als die anderen aufgetragen hatte, sondern weil es seine natürliche war, er lächelte vor sich hin, als sähe er voraus, dass S und R die Bilder und den inneren

Aufruhr nicht mehr loswürden, und als er an ihnen vorüberging, trafen sie seine Blicke schräg durch die etwas über die Nasenflügel gerutschte Sonnenbrille, als ob er gezögert hätte, ihnen über den Brillenrand direkt in die Augen zu schauen, aber dann doch den Kopf erhoben hätte, so dass seine Augen genau in den oberen Winkeln des Brillenrahmens erschienen, und sie wussten nicht zu sagen, ob er sie bösartig verfluchte, anerkennend zu ihrem Durchhaltevermögen beglückwünschte, oder ob er sie wegen ihres Unvermögens belächelte, zu begreifen, wovon sie Zeugen geworden waren, denn als sie sich umdrehten, waren alle verschwunden, und sie sahen nur seine Silhouette den Gang entlanggehen, als ob er die Geister heraufbeschworen hätte und wieder mit sich nehmen würde. Als auch der Dompteur der Dompteure verschwunden war, wussten sie nicht zu sagen, ob sie jetzt einen Beweis, und wenn keinen handfesten Beweis so doch ein Indiz für die Vergangenheit des Hotels hatten, dass es wirklich einmal ein Krankenhaus gewesen war, und wenn es ein Indiz war, was sie mit dem Indiz anfangen sollten, ob die Suche nach Indizien, die rechthaberische, detektivische Genugtuung, das Hotel zu durchsuchen, alles und jeden zu verdächtigen, nicht befriedigender, nicht aufregender war, als Beweise zu haben, und sie fragten sich, auf dem Gang stehend, auf dem die wieder zu Menschen gewordenen Zungen gegangen waren, ob ihnen die Verdächtigungsmomente nicht genügten, selbst wenn damit keine historischen oder kriminologischen Nachforschungen erfolgreich abzuschließen waren, keine stichhaltigen, endgültigen Zusammenhänge anschaulich vorgestellt werden konnten, wenn sie weder einzelne Täter noch eine Gruppe von Beteiligten nennen, nicht einmal die Taten und deren Umstände lückenlos beschreiben konnten, wenn sie keine Hintergründe aufklären konnten, zu denen mögliche Motive hätten gehören müssen, obwohl sich in der gesamten Maschinerie, in der das Gebäude seine Bedeutung und Funktion als Krankenhaus und Hotel erlangt hatte, alle Beweggründe eines Einzelnen ohnehin auflösten. Ihre Zeugenaussagen lieferten keinen Abschlussbericht, der den Fall gelöst und mit seiner Lösung der Erinnerung übergeben, das Hotel zu einem Ort des Gedenkens gemacht hätte, an dem eine Gedenktafel anzubringen wäre, die Hotelgäste verschreckt oder im Gegenteil angezogen hätte, je nachdem wie die Lösung des Falls ausgefallen wäre, was in dem Hotel in der Vergangenheit wirklich passiert war, wie die Vertreter und Landsleute der Kolonialmacht gehandelt und wie sich die Einheimischen verhalten hatten. S und R fragten sich, ob ihnen diese Indizien nicht genügen sollten, die Untersuchung abzubrechen, vorzeitig zu beenden, denn sie fühlten sich den anstehenden Nachforschungen nicht gewachsen, fürchteten, so in sie hineingezogen zu werden, dass sie dem Nachgeforschten erliegen und selbst ein Teil dieses zu Erforschenden würden, denn waren sie nicht am Türrahmen stehend fast einer ungeheuren Anziehungskraft erlegen? Es gab da nichts, was sie zu erklären, aufzuklären, zu beurteilen im Stande gewesen wären, niemanden, den sie hätten verhaften und abführen lassen, den sie an den Pranger hätten stellen wollen, das Zungenspiel löste sich in ihrem Kopf von dem Hotel und dem Krankenhaus und wurde zu etwas Umfassendem, als sie plötzlich auf jemanden aufmerksam wurden, der vielleicht schon lange, möglicherweise die ganze Zeit hinter ihnen gestanden und sie beobachtet hatte, und der niemand anderer war als der Nachtportier, der sie besorgt anschaute, und sie schließlich fragte, als sie nicht wussten, was sie sagen sollten, ob alles in Ordnung sei oder sie Hilfe brauchten, worüber beide herzlich lachen mussten, und er fügte hinzu, er könne seinen Posten am Empfang nicht länger unbesetzt lassen, sie könnten aber jederzeit zu ihm kommen, und als er an ihnen vorbei in die Richtung ging, in die die Truppe verschwunden war, begriffen sie, dass es bereits Nacht sein musste und dass es eine weitere Treppe geben musste, die der Nachtportier heraufgestiegen war, um sich von hinten an sie anzuschleichen. Vielleicht war die Information falsch, dass das Hotel einmal eine Klinik gewesen war, vielleicht war es nur ein Gerücht, an dem bloß richtig war, dass es in diesem Land Hotels gab, die früher Krankenhäuser oder eine Art von hygienischer Anstalt im weitesten Sinn des Wortes gewesen waren, die wie viele öffentliche Einrichtungen und Gebäude unter der Verfügungsgewalt der verschiedenen Kolonialmächte gestanden hatten und schnell die Funktion wechseln und Interessen angepasst werden konnten, Funktionen und Interessen, die in jedem Fall kolonial willkürlich waren. Aber die Argumente überzeugten S und R nicht wirklich, das Gerücht war bereits in ihr Gefühl übergegangen, das dem Hotel misstraute, das Eingeständnis unmöglich machte, dass es sich um ein Hotel, nur und schon immer um ein Hotel und nie um ein Krankenhaus gehandelt hatte, anfangs hatte sie das aufgeschnappte Gerücht nur verunsichert, schließlich waren sie in ein allgemeines Misstrauen verfallen und gefielen sich in einer kritischen, etwas abfälligen, immer zum Verurteilen bereiten Wachsamkeit. Ihre zersetzenden Gefühle trugen das Hotel ab, zerlegten es mit kriminologischem Eifer, zerrieben alles, ihre Gefühle kontrollierten jede Beobachtung oder jeden Gedanken, witterten überall Unklarheiten, Hinterhalte und Gefahren und hielten das Bewusstsein in ständiger Alarmbereitschaft, ihr Argwohn tastete Lebendiges wie Lebloses auf Machtansprüche, Angriffspläne, Unaufrichtigkeiten und versteckte Gefühle ab, ihre vom Verdacht zerfressenen Gefühle ließen keinen Glauben an dieses Gebäude und die hier verbrachte Zeit zu, ihre Gefühle misstrauten sich bereits gegenseitig, gestanden nicht mehr zu, dass es irgendwo einen Schauplatz erfüllter Zeit gebe, sondern setzten alles zu unheilvollen Orten, zu Krankenanstalten unterworfenen Fleisches herab, das vergeblich versuchte, von seiner Nichtigkeit zu genesen. Dieses beherrschende Misstrauen ließ keinen Glauben an etwas zu, das Welt zu nennen gewesen wäre. Mit trockenen Kehlen fassten sich S und R an ihre Gesichter und waren plötzlich so erschöpft, dass sie zurück in ihr Zimmer schlichen, sich auf ihre Betten legten und schliefen. Nach diesen Vorfällen gaben sie ihre Nachforschungen auf.

II

BRUCH (1)

VON DEM BRUCH, der durch ihre Vergangenheit lief, versuchte S sich zu entfernen, tat so, als ob es möglich wäre, außerhalb Europas die Gewalttätigkeit, mit der sich ein Mann an ihr vergangen habe, zu vergessen, was ihr unmöglich erschienen sei, solange sie in der Stadt des Verbrechens gelebt habe, was aber auch nach ihrem Umzug ganz und gar unmöglich geworden sei, als sie von ihrer Anwältin erfahren habe, dass der Täter aus der Strafvollzugsanstalt spurlos verschwunden sei, in der er bereits vor der Urteilsfällung eingesessen habe und mehrere Jahre hätte bleiben müssen. Da die Gefängnisverwaltung behauptete, über keine Vermerke oder andere Anhaltspunkte bezüglich seiner Entlassung oder seines weiteren Verbleibs zu verfügen, sei das Verschwinden nur schwer nachzuvollziehen, könne höchstens durch Korruption oder die ziemlich unwahrscheinlichen Beziehungen der religiösen Organisation, der der Täter angehöre, zur Justiz dieses Landes erklärt werden, so dass der von der Anwältin gestellte Nachforschungsantrag und die aufgegebene Suchanzeige kaum Aufklärung des Falls versprächen, zu dem der Anwältin kein vergleichbarer bekannt sei. Sie habe davon gehört, dass in ihrem Heimatland Unregelmäßigkeiten in der Justiz vorkämen, der man nicht vertrauen könne, der man aber ausgeliefert sei, und es bleibe einem nichts anderes übrig, als sich dem leichtfertigen Umgang mit dem Gesetz zu fügen, das dem europäischen Recht in nichts nachstehe, dessen Deutung und Anwendung jedoch willkürlich seien. In ihrem Land sei sie selbst nie mit der Justiz in Berührung gekommen, sehr wohl habe sie mit der Polizei zu tun gehabt, deren überstürztes Eingreifen schnell zu einer Rechtsangelegenheit, auf ein

Kommissariat oder vor Gericht führe, nie habe sie hingegen mit einer gerichtlichen Instanz zu tun gehabt, deren Urteile nicht immer dem gesetzlichen Maß entsprächen und dann zu Debatten darüber führten, was sich seit der Vergangenheit der Diktatur geändert habe und wie es in der gegenwärtigen Regierungsform um die Rechtsordnung bestellt sei, deren Behörden unter befangenen Rechtsanwälten, Richtern und Justizministern litten, die es nach Macht und Geld verlange. All das habe sie in einem europäischen Land für unmöglich gehalten, vor allem auf der Ebene, auf der man ihre Rechtssache verhandelt habe und die nur die niedrigste sei. Wenn es schon auf dieser Ebene zu Unrecht komme, wie sehe es dann auf all den anderen, sich darüber erhebenden Rechtsebenen aus, die mit viel grundsätzlicheren, viel schwerwiegenderen, viel mehr Menschen betreffenden Rechtsfällen zu tun hätten, auch wenn sie zugeben müsse, dass es sich in ihrer Strafangelegenheit keinesfalls um eine befangene Rechtsprechung gehandelt habe, im Gegenteil sei das Gesetz aufs Genaueste respektiert und auf ihren Fall so angewendet worden, dass das gesetzliche Höchstmaß der Strafe verhängt worden sei. Freilich würde sie zu einem ganz anderen, sicherlich nicht gerechteren Urteil kommen, wenn sie versuchte, das ihr Angetane in Gefängnisjahre umzurechnen oder gar zu einer Frage über Leben und Tod zu machen, denn sie sei unter keinen Umständen in der Lage, den gefühllosen Blick eines Gesetzesspezialisten einzunehmen. Ohne die Gesetzeslage zu kennen, müsse sie zugeben, dass eine solche Tat vom Gesetz zwar unter Strafe gestellt werde, aber eigentlich die Frage von Gerechtigkeit gänzlich hinter sich lasse, also auch selbst keine Frage der Gerechtigkeit mehr darstelle und an Verzeihen nicht zu denken sei. In ihrem Fall liege also keineswegs eine befangene Rechtsprechung vor, unter der sie vielleicht in ihrem Land gelitten hätte, das Urteil sei in aller Genauigkeit erwogen und in aller Härte ausgesprochen worden, es handele sich um kein Problem des Gesetzes oder von dessen Deutung und Anwendung auf die Beweislage, die im Grunde Befangenheit erwarten ließen, denn der Staatsanwalt, die Richter, der Verteidiger und die Beamten der Justiz und Polizei seien fast ausschließlich Männer gewesen. Immerhin habe die von ihr erhobene Anklage eine Rechtsanwältin vertreten, die die Ungereimtheiten, zu denen es gekommen sei, nicht habe verhindern können, wobei der Ausdruck Ungereimtheiten die Vorkommnisse maßlos untertreibe, es müsse eigentlich von einem blinden Fleck gesprochen werden, dem blinden Fleck des Gesetzesvollzugs, der im Grunde ausnahmslos der Ausübung und Kontrolle des Gesetzes, also der Gesetzessprechung unterstehen müsste. Allerdings sei sie der festen Überzeugung, dass die Rechtsprechung und der Gesetzesvollzug nichts voneinander wüssten, bestenfalls voneinander ablenkten, sich gegenseitig Deckung böten, unsichtbar machten, ja dass der Gesetzesvollzug eine vom Gesetz ganz und gar unabhängige Welt sei, denn der Gesetzesvollzug habe eigentlich keine andere Aufgabe, als über den Angeklagten zu wachen, die Strafe an ihm zu vollstrecken und zu garantieren, dass der Verurteilte sie in der verhängten Dauer verbüße, dieser Vollzug der gesetzlichen, rechtskräftigen Strafe sei aber ausgesetzt, der Straffällige an die frische Luft gesetzt, am Abbüßen seiner Strafe gehindert worden, was das Rechtssystem in seinen Grundfesten ins Wanken bringe und in seiner Ganzheit in Frage stelle. Auch wenn der Strafvollzug nicht die Grundfeste des in Europa gesprochenen Rechts sei, sei er immerhin dessen Verwirklichung, die nicht irgendein, sondern der entscheidende Schritt einer Gerichtssache sei, denn es reiche doch nicht aus, den Angeklagten zu verurteilen, sondern er müsse bestraft werden, wenn die Strafe aber ausgesetzt werde, dann handele es sich nicht mehr bloß um eine Unregelmäßigkeit, wie sie in ihrer Heimat vorkomme, auch um keine Ungereimtheit, sondern eigentlich um das Todesurteil der Rechtsprechung, des Urteilsvollzugs und damit des Gesetzes, es sei das Ende des Gesetzes. Wie sei es begreifbar, ja vorstellbar, dass dieses Todesurteil im Rahmen eines Prozesses gesprochen werde, der zwar ein einzelnes, ihr Schicksal betroffen habe und viel über den Zustand der Gesellschaft aussage, jedoch für die allgemein menschlichen Belange unerheblich sei, denn die zu verurteilende Tat sei von einer vollkommen unbedeutenden Person ausgeführt worden, für die der Vollzug der Bestrafung aber ausgesetzt worden sei, so dass sie sich fragen müsse, wo denn die eigentliche Macht in diesem Rechtssystem liege, ob die angebliche Unversehrtheit des hiesigen Rechtssystems eine große Illusion sei. Schließlich sei es ja nicht das Rechtssystem ihres Landes mit seinen Unregelmäßigkeiten, das eigentlich, untergründig herrsche, denn der Angeklagte, der aus ihrem Land komme, sei dort ganz und gar unbekannt und nie im öffentlichen Leben in Erscheinung getreten, selbst wenn er Mitglied einer mächtigen religiösen Vereinigung sei, könne sie keinen Grund erkennen, warum genau in diesem Fall der Strafvollzug wie von göttlicher Hand außer Kraft gesetzt worden sei. Wenn dies auf der unbedeutendsten Ebene möglich sei und wirklich passiere, werde ihr schwindlig, obwohl es unsinnig sei, sich die aufsteigenden Instanzen und ihre Bewandtnis und gleichzeitig die sich mit jeder Instanz steigernde Missachtung, die Auflösung und schließlich das Verschwinden der Gesetze vorzustellen, denn das Gesetz sei bereits auf der untersten Ebene verschwunden, habe sich im Vollzug in Nichts aufgelöst und könne folglich auf anderen Instanzen gar nicht mehr wiederbelebt werden. Diese Gesetzlosigkeit und der daraus folgende rechtlose Zustand lasse sie völlig fassungslos zurück, Gesetze, Rechtsprechung und Strafvollzug hätten nur eine scheinbare Existenz, seien ein gewaltiges Schauspiel, von dem sie in der Kanzlei ihrer Rechtsanwältin einen kleinen Eindruck bekommen habe, ohne ein europäisches Gericht von innen gesehen zu haben, denn sie habe an den Gerichtsverhandlungen nicht teilgenommen, was ihr die Rechtsanwältin freigestellt, eigentlich jedoch geraten habe. Zwar sei dieses Schauspiel gewaltig, aber, wie sie selbst habe feststellen müssen, ein großer Schein, den aufrechtzuerhalten, viele Menschen täglich mit größtem Ernst tätig seien, ohne vielleicht selbst zu wissen, dass sie das gewaltige Theaterstück des menschlichen Rechts aufführten und ihre Geschäfte wirkungslos blieben, denn sie könne ja kein Einzelfall sein, sonst wäre das Aussetzen einer Strafe nicht so reibungslos geschehen. Es sei unmöglich, das ganze Vollzugssystem so umfassend zu bestechen, dass ein verurteilter Angeklagter aus der Strafvollzugsanstalt und deren Archiven vom Erdboden verschwinde, von heute auf morgen einem Häftling nicht nur die Strafe erlassen, sondern ihm die Flucht und das vollständige Verschwinden ermöglicht werde. Wenn S darüber sprach, musste sie sich am Tisch festhalten, an den sie sich gesetzt hatte, um nicht umzufallen, so schwindelte es sie beim Schildern der Rechtslage, die nicht nur vollkommen undurchschaubar sei, wie ihr die Rechtsanwältin bestätigt habe, sondern eigentlich nicht existiere, zumindest nicht in der Form und in dem Maße, dass das gebräuchliche Wort Rechtssystem zutreffe. Ihr sei alles, was mit Recht und Gerechtigkeit zu tun habe, auf dieser Welt in jeder Hinsicht verdächtig geworden, denn ihr Fall sei nicht nur fahrlässig sondern eigentlich gar nicht behandelt worden, als ob ein Schuldiger gar nicht existierte und der Vorfall nur in ihrer Vorstellung stattgefunden hätte. Die Situation habe sich plötzlich umgedreht, als ob der Angeklagte unrechtmäßig verurteilt worden wäre und deswegen das Urteil nicht in Kraft träte, sie ihre Anklage zu Unrecht erhoben hätte, als eigentliche Schuldige eine Strafe verdiente, die zu vollstrecken dem Angeklagten zukomme, der zum Ankläger geworden sei und so unsichtbar und plötzlich wie er sich aus den Bahnen der Justiz davongemacht habe, auftauchen werde, um sich rechtmäßig an ihr zu rächen. Sie könne dann auf keinerlei Rechtsbeistand hoffen, denn der Angeklagte müsse über dem Recht stehen, da er ja der Strafe und damit dem Gesetz enthoben sei, sie sei also eine rechtlose Angeklagte, die sich in die Scheinwelt der Gesetze verstrickt habe und diesem Schein aufs Schändlichste zum Opfer gefallen sei. Dass ihr Verlobter auch Rechtsanwalt und in dieser Scheinwelt des Rechts zu Hause sei, sei ihr seit ihrem Prozess unerträglich, umso mehr als sie ihm selbstverständlich diesen Rechtsstreit verschwiegen habe, aber immer glaube, er könne einen Makel an ihr erkennen, er, der den Unterschied von Recht und Unrecht und die dafür verhängten Strafen genau kenne, müsse ein Auge für die Menschen haben, die aus dem Schutzraum des Rechts ausgestoßen seien. Dieser Verlobte verfüge über die rechtlichen Mittel, an einer Macht teilzuhaben, die gegen S arbeite und gegen ihre Anklage vorgegangen sei, nur scheinbar sei ein Urteil zu ihren Gunsten gefällt, jedoch in Wirklichkeit ein Sumpf angelegt worden, in dem nicht der Verurteilte sondern S versinken solle. Anstatt den Fall der Gerechtigkeit übergeben zu haben, müsse sie ihn mit sich herumtragen und versuche, ihn in ihrem Inneren zu lösen, was eine ganz und gar aussichtslose Angelegenheit sei, denn sie habe sowohl die Scheinwelt der Justiz als auch den Angeklagten gegen sich, der sie verfolge, um sich zu rächen, sie habe ihre Schuld gegen sich, die anzuerkennen sie sich weigere, die sie dennoch vielgestaltig einhole, zuerst habe man sie von Schuld öffentlich freigesprochen, dann sei sie durch die Befreiung des Angeklagten schuldig gesprochen worden. Die Mittel für eine solche vollkommene Rechtsverdrehung, unter dem Vorwand der Rechtsprechung das Recht auszusetzen, müsse auf irgendeine Weise auch ihr Verlobter haben, der zwar nicht auf Strafrecht spezialisiert, aber als Rechtsanwalt bei einer der größten Firmen des Landes tätig sei, die bekanntermaßen ein mächtiges Netz vielfältiger Beziehungen unterhalte, und deren Mitarbeiter in Zweifelsfällen für ihre Befangenheit bekannt seien, die S bisher nur auf höchster Ebene von Politik und Wirtschaft vermutet habe, allerdings müsse sie jetzt feststellen, dass solches Unrecht ihr Leben ganz in seinen Bann zwinge, dem sie zu entkommen versuche, um nicht an dem Druck dieser ihr feindlich gesonnenen Scheinwelt zugrunde zu gehen, nicht bei jedem Rechtsstreit an den ihren erinnert zu werden, von dem sie nicht einmal sagen könne, dass sie ihn verloren habe, sondern nur dass er in der Schwebe geblieben, nie beendet worden sei und nie beendet werden würde, als ob der Angeklagte beim Antritt seiner Strafe gen Himmel gefahren wäre.

FREIWILD

S HABE DEN GLAUBEN an die irdische Gerechtigkeit verloren, sei rechtskräftig Freiwild geworden, über das vor allem Landsmänninnen, die von dem Verbrechen erfahren hatten, in alkoholisiertem Zustand immer wieder Gericht hielten, um zu beweisen, dass S die Schuldige sei, die nicht bedauernswert, sondern der mit Recht angetan worden sei, was sie verdiene, diese gerechte Strafe habe sie so gezeichnet, dass sie ihre Freiheit verloren habe, Gerüchte seien bereits im Umlauf und könnten zu jeder Zeit der Familie hinterbracht werden, jeder könne sich in einen Ankläger oder Zeugen verwandeln, um gegen sie auszusagen, wenn der Fall erneut mit ihr als Angeklagte wieder und wieder aufgerollt werde, alles, was sie tue, könne gegen sie verwendet werden, alle würden dazu beitragen, was sie an Verdächtigem über sie wüssten, dass sie ihren Verlobten betrogen und sich mit einem Geliebten eingelassen habe, sei doch nur der Beweis, dass sie bereits im Voraus für die spätere Untreue bestraft worden sei, und diese Bestrafung ihrer doppelten Schuld sei offensichtlich nicht genug, denn sie habe nichts dazugelernt, wolle ihre Freiheit nicht als verloren hinnehmen. Solange sie sich auf europäischem Boden befunden habe, habe sie in der ständigen Angst gelebt, diesem Mann zufällig zu begegnen, von ihm ausfindig gemacht, trotz rasierten Kopfs wiedererkannt und aufs Neue misshandelt zu werden, dieser Mann müsse sie hassen, weil sie ihn ins Gefängnis gebracht habe, die Beweislage sei jedoch so eindeutig gewesen, dass nicht ihre Aussagen den Ausschlag gegeben hätten, sondern das medizinische Gutachten, die sichergestellten Sachbeweise und die Verhöre des Angeklagten, der jede Schuld von sich gewiesen und behauptet habe, ihren Annäherungsversuchen und ihrer sommerlichen Kleidung erlegen zu sein, er habe keineswegs schlechte Absichten verfolgt, sondern ihretwegen den Verstand verloren, der ihn von einer solchen Tat abgehalten hätte, wenn sie ihn nicht über die Maßen gereizt hätte. Bei der nächsten und letzten Begegnung werde S in seine höhnisch mitleidigen Augen blicken, die gierig darauf lauerten, die einzige Zeugin zu vernichten und seine Unschuld wiederherzustellen, um der Verführerin, die ihn erniedrigt habe, die Kehle zuzudrücken, nachdem er ihr mit Zigaretten das Geständnis aus dem Leib gebrannt hätte, dass sie gewollt habe, was passiert sei, um sie so auf eine Vergangenheit festzunageln, in der er ihr unterlegen, er verführt, nicht sie geschändet worden sei.

BESONDERE KENNZEICHEN

SO LANGE SIE DEN KONTINENT nicht verlassen hatte, auf dem sich der unrechtmäßig befreite Häftling höchstwahrscheinlich noch aufhielt, fürchtete sie diesen Mann, gegen den sie sich mit ihrer ganzen Kraft gewehrt hatte und der jetzt wusste, dass sie schwächer war als er, sie war ihm einmal unterlegen und würde ihm ein zweites Mal unterliegen, weil sie schwächer war als vorher, da sie jetzt wusste, wozu er fähig war, wozu Männer sich treiben ließen, was zwischen Menschen eines Volkes passieren konnte, da sie jetzt für möglich hielt, was ihr vorher undenkbar gewesen war. Dieser Mann hatte Möglichkeiten in die Welt gebracht, die vorher nicht existiert hatten und die es wahrscheinlich machten, dass sich wiederholte, was ihr angetan worden war, weil es wirklich geschehen war, und um zu wissen, dass es wirklich passiert war, musste sie die Narben nicht anschauen, nicht einmal anfassen, sie spürte die verhärtete Haut der vernarbten Verletzungen, das Gedächtnis dieser Narben, des ganzen Körpers war gnadenlos, ein gnadenloses Erinnern von Berührungen und Übergriffen, die sie verzweifelt versucht hatte zu vergessen, sie von Zärtlichkeiten verwischen zu lassen, die den Körper durchdringen sollten, um die Erinnerungen auszulöschen, die Hierarchien des Gedächtnisses zu verwirren und aufzulösen, dass die Leere des Gedächtnisses keine bloße Elimination, kein bloßes Vergessen wäre, sondern der Bruch mit ihrer Vergangenheit, an deren Narben sie sonst ihr Leben lang identifiziert werden konnte, auch wenn sie nicht in ihrem Pass vermerkt waren, auf dessen Foto noch das Muttermal zu sehen war, das sie sich hatte entfernen lassen, nachdem ihre Mutter, die S nie von ihrem Unglück in Kenntnis gesetzt hatte, um nicht in die schändliche Geschichte der Frauen ihres Landes eingereiht zu werden, es immer wieder verlangt hatte, als wollte auch sie, dass besondere Kennzeichen, die ihre Identifizierung erleichtert hätten, beseitigt würden, obwohl das Muttermal so an die Augenbrauen anschloss, dass es R nur auffiel, als es nicht mehr da war. Wenn Zärtlichkeit nicht tief wie plastische Chirurgie griff, die Erinnerungen aus dem Körper entfernte, schien sie ihr nur ein Vorwand zu sein, der zurückgedrängte Trieb, ihr bei lebendigem Leib die Haut abzuziehen, vorgeschoben und ritualisiert, sentimental und kindisch schienen ihr dann Liebkosungen, hinter denen kein Bedürfnis und kein Nutzen, hinter denen kein eigentliches Gefühl stand, die Berührung der Haut durch Rs Finger schien ihr eine Statthaltergeste zu sein, die einfach in Besitz nahm, den unbegreiflichen Drang abreagierte, sich selbst zu erregen und zu befriedigen, als ob sie ihren Körper durch den Fleischwolf gedreht und unter Zuckerguss konserviert hätte, um die Männer daran knabbern zu lassen, als wären ihre Gefühle von körperlicher Empfindung abgeschnitten, deren Bedeutung sie vergessen hätte, bis sie ihr wieder einfiel und sie sich von Rs Streicheleinheiten besetzen ließ, nicht ohne die ihren zu mobilisieren. Erschienen ihr seine Zärtlichkeiten aber tierisch ernst, wehrte sie sich dagegen, denn wohin sollte so viel Ernst bei so viel Zärtlichkeit führen, und sie hatte manchmal gute Lust, ihn in den Streichelzoo zu stecken, wenn er sich zu sehr an ihr verausgabte und kaum bemerkte, wie sie unter seinen Händen erstarrte und er ihr eine jede Empfindung unterstellen konnte, die er wollte. Sie stellte sich lieber tot, als im Kasperletheater der Gefühle den Knüppel aus dem Sack zu lassen, mit dem sie auf alles eingedroschen hätte, was hieß, du gehörst mir. In Gefühlsdingen war sie unberechenbar, ebenso hingebungsvoll wie grausam, da sie ihr zutiefst verdächtig waren, nach dem Aas von hingeworfenen Ködern rochen, deren ausgelegte Gefühlsfallen sie so gar nicht erfreulich, erregend und lustvoll fand.

STUDIENOBJEKT

DASS MÄNNER VORGABEN, freundliche Absichten zu haben, und zu allerlei freundschaftlichen Diensten bereit waren, dass es durchaus amüsant sein konnte, solche angeregten Zuwendungen auszunützen und mit allzu ernsthaft gespielten Gefühlen ein Spiel zu treiben, war S nichts Neues. Da sie gerne Alkohol trank, während die Frauen ihres Landes im Allgemeinen weniger tranken und bei den Alkoholsorten wählerischer waren als die Männer, hatte sie sich regelmäßig in Gesellschaft von trinkfreudigen, mehr oder weniger lustigen Männern wiedergefunden, die ihr vor allem in alkoholisiertem Zustand hervorragende Studienobjekte gewesen waren, ihr Gelegenheit geboten hatten, mehr über die Eigenarten und Manieren männlichen Lebens zu erfahren, was die Männer oft als großes Interesse an ihrer Person und ihnen gegenüber ausgedrückte Wertschätzung missgedeutet und ihr reichlich Heiratsanträge gemacht hatten. Sie sahen in S eine Frau, die ihnen nicht in den Rücken fallen würde, und schickten ihr hunderte von Rosen, obwohl sie keine Schnittblumen mochte, damals hatte sie darüber lachen können, wie leicht es sich die Männer machten, wie ernst sie sich nahmen und wie einfallslos sie nicht nur im Ausdruck ihrer Gefühle waren, daher hatte sie sich auch nicht gewundert, wenn die Zuneigung in Abneigung umgeschlagen war, sich in Beschimpfungen oder der Zerstörung von Gegenständen, jedoch nie in tätlichem Angriff entladen hatte. Sie hatte sich geweigert, ihre eigenen Gefühle an Männern zu bilden, denen gegenüber sie eher einen praktischen Standpunkt vertrat, etwa wie gut sich mit einem Mann die Zeit vertreiben ließ, wie er sich selbst die Zeit vertrieb, wie er darüber berichten konnte, und ob er fähig war, stichhaltig und schlüssig zu erklären und zu argumentieren. Sehr wohl hatte sie ihre Studien der Männer auch deren Schönheit gewidmet, liebte an ihnen alles, was eine Frau nicht hatte, und eigentlich konnte sie von dieser Welt der Männer nicht genug bekommen, denn sie witterte dort das praktische, tätige Leben, über das sie mehr zu erfahren hoffte, wenn sie sich Handwerkern oder Rechtsanwälten zuwandte, denn die Frauen, die sie kennen gelernt hatte, hatten kaum Freude daran, in Baumärkten die besten Werkzeuge auszusuchen und sich über Maschinen zu unterhalten, vielmehr wurde sie von anderen Frauen aus Eifersucht wegen ihrer angeblich männlichen Vorlieben und Eigenschaften, ja ihres angeblich männlichen Aussehens bloßgestellt, was sie tief traf, denn vielleicht wäre sie lieber als Mann zur Welt gekommen, aber in ihrem jetzigen Leben wollte sie die Vorzüge weiblicher Schönheit und Klugheit genießen, die die Männer anzogen und verwunderten, manchmal erschreckten. Misstrauisch lockte S mit ihrer spitzen Zunge die Männer aus ihrem Schneckenhaus, um herauszufinden, was es im Leben zu wollen und zu erreichen gab, denn sicher hatte sie ihr Verlobter gut unterhalten, jedoch eingeengt, sicher hatte sie sich mit ihrem Geliebten viel Freiheit genommen, die aber mehr die seine als die ihre war und die sich mit Glücksversprechen umgab, an die sie nicht glaubte. Das Glück schien ihr eine Falle, aus der nur die Freiheit herausführte, wenn sie ihren Verlobten und ihren Geliebten verließ, es vermied, sich an Männer zu binden. Seit dem ausgesetzten Urteil war sie endgültig von den anderen abgeschnitten, die vorher irgendwie zum gleichen Leib gehört hatte, jetzt genügte es nicht mehr zum Leib der Frauen, zum Leib des Volkes, zum Leib der Menschheit zu gehören, allen Bindungen, die sie vorher als natürlich und lebensnotwendig empfunden hatte, war zu misstrauen, sie war in eine Unabhängigkeit hineingestoßen worden, in der die Männer gern gesehene Unterhalter, Handlanger oder Statisten waren, und die, wenn sie nicht von Albträumen und Schmerzen zerstückelt und von ihren Gefühlen zerfleischt wurde, die Freiheit war, die sie im Ausland gesucht hatte. Sie hatte in einem anderen Land als dem ihren untertauchen wollen, sah sich aber schließlich gezwungen zurückzukehren, da es ihr mehr Sicherheit und Stabilität zu geben schien und sie sich der Unabhängigkeit, in die sie mit Gewalt hineingestoßen worden war, nicht gewachsen fühlte.

FREISPRUCH

R PLÄDIERTE FÜR FREISPRUCH, von dieser fragwürdigen, einsamen Freiheit, den Ereignissen der Vergangenheit, von der Angst, die diese Vergangenheit gegenwärtig hielt, und wenn es sein musste, von ihm selbst, sollte S die Rückkehr in ihr Land und zu ihrem Verlobten, fern von Zeugen und Tätern, Sicherheit und Ruhe zurückgeben, allerdings wollte er nicht ohne Gegenwehr vorzeitig aus ihrem Leben scheiden, was er sie jeden Tag merken ließ, obwohl sie es eigentlich gewesen war, die gehofft hatte, dass er sie alles vergessen lassen oder ihr wenigstens erträglich machen könnte, aber es sei eine Dummheit zu glauben, sie könne ihm ihr Herz ausschütten, die Dinge auszusprechen, erleichtere nichts, das Geschehene könne sie nicht ungeschehen machen, indem sie es benenne, jemandem zu Gehör bringe, der keine göttliche Verfügungsgewalt habe, weder die Vergangenheit ändern, noch ihr Vergessen schenken könne, kein Zuhörer könne alle inneren und äußeren Spuren dieser Vergangenheit tilgen. Daher erzählte sie R nie den Tathergang, redete in Andeutungen, er sollte einerseits wissen, was passiert war, gleichzeitig hatte sie versucht, ihm alles zu verschweigen, aber immer geargwöhnt, dass er bereits von anderen etwas erfahren hätte, sie hatte Angst davor, wie er sie danach ansehen, wie er sie lieben werde, sie fürchtete die Macht, die der Zuhörer über sie gewann, sie zu beurteilen oder zu bemitleiden, ihr Gewissen zu prüfen, sie mit Blicken abzutasten. Gute Ratschläge zu hören, ekelte sie an, bedrängt zu werden, das Geschehene beim Namen zu nennen, die Vorkommnisse genauer zu beschreiben, er war ein aufmerksamer Zuhörer, dem etwas zu erzählen, sie immer gezögert hatte, weil sein gutes Gedächtnis ihr keine Chance geben, ihr nicht das Glück gewähren würde, sich von der Vergangenheit zu entfernen, er hatte sie dazu bringen wollen, preiszugeben, was ihr angetan worden war, weil er sich nicht vorstellen konnte, dass seiner Geliebten so etwas passiert sein sollte, weil er seiner Vorstellungskraft nicht traute, die von ihr angedeutete Wirklichkeit einzuholen, aber sie ließ sich nicht drängen, mehr zu erzählen, ließ sich zu keinem Geständnis zwingen. Er warf ihr wütend Wörter an den Kopf, die sie bejahen oder verneinen sollte, als ginge es nur darum, ein Ereignis der Vergangenheit beim Namen zu nennen, um es zum Verschwinden zu bringen.

SEELENWANDERUNG

IHRE RECHTLOSIGKEIT GEHE SO WEIT, dass S der Geisterwelt überantwortet sei, der grausamsten, überirdischen Gerechtigkeit, in der sich die verfluchten Seelen an den Lebenden rächten. Sie sah sich gezwungen, an einen Geist zu glauben, der sie nachts an den Haaren packte, aus dem Bett zerrte und über den Boden schleifte, mit unendlich langsamen Bewegungen zog er sie die Wände hoch und über die Decke, deren Anziehungskraft verhinderte, dass sie zurück auf den Boden stürzte, während das ganze Gewicht ihres Körpers trotzdem an ihren Haaren riss. Wände und Decke zogen sich in die Länge, als ob die Langsamkeit der Bewegungen sie dehnen würde, während der Geist ihren Kopf gegen die Decke schlug, unendlich langsam, was der Natur eines Schlages hätte widersprechen müssen, aber die Langsamkeit zog auch den Schmerz endlos in die Länge, als sie zu schreien versuchte, war auch ihr Mund der neuen Zeit unterworfen und öffnete sich zuerst nicht, dann unendlich langsam, so langsam, dass nicht abzusehen war, dass sich jemals nur ein Laut aus ihrer Kehle lösen würde, und während der Schmerz des aufgeschlagenen Kopfes andauerte, konzentrierte sich die Brutalität des Geistes längst wieder aufs Schleifen, ohne dass der neben ihr Schlafende in das Geschehen hätte eingreifen können, da R es nicht hören, nicht sehen, sich nicht einmal vorstellen konnte, dass sie die sich endlos hinziehende Folter nicht nur im Traum ertragen musste, sondern diese Misshandlung wirklich geschah, und der einzige Grund, warum ihr Kopf am nächsten Morgen nicht mit Platzwunden und Blutergüssen, ihr Körper nicht mit blauen Flecken übersät war, war die Geschwindigkeit der Folter, die keine äußeren, keine sichtbaren Verletzungen hinterließ. Auch ihr Erwachen vollzog sich in so unendlicher Langsamkeit, dass sie Angst hatte, ihr Leben zu lassen, sie hätte sagen können, sie wäre aus dem Fegefeuer wiedergekehrt, aber sie war keine Christin und war sich über die Identität dieses Geistes im Unklaren, der ein Vorfahre sein konnte, höchstwahrscheinlich ein gestorbener Mensch, auf jeden Fall war diesem bösartigen Wesen nicht mit Gedanken beizukommen. Im ersten Moment nach dem Erwachen hasste sie den Mann, der dicht neben ihr im Bett lag und dessen Ohren nur gewöhnliche Hilferufe, nicht die ihren, die unendlich leisen hörten, die sie doch die ganze Nacht ausgestoßen oder wenigstens auszustoßen versucht hatte, um ihm mitzuteilen, dass ein Geist in sie einzudringen, ihr die Seele aus dem Kopf zu schlagen versuche, deren Platz der gierige Geist einnehmen wollte, der nichts anderes als eine abscheuliche, verfluchte Seele war und Erlösung suchte, ihr wurde übel, der Schmerz in den Haarwurzeln war von dem des aufschlagenden Schädels nicht zu unterscheiden, alles Schmerz, unterschiedslos, kopflos, oben war unten und unten gab es nicht mehr. Keine tote Seele versuchte sich ihrer zu bemächtigen, kein toter Geist verhöhnte sie, die Seele des reuelos flüchtigen Verbrechers fiel über sie her, um sie diesmal für immer zu besitzen, gab nur vor, von ihr Vergebung zu erflehen, im Moment der Schwäche würde er ihr die Seele aus dem Leib hämmern und ihr die seine in den Leib stoßen, um sich wieder in ihr einzunisten. Er hörte nicht auf, ihren Kopf mit unendlicher Langsamkeit gegen die Decke zu schmettern, im höchsten Schmerz spaltete sich die panische Seele vom panischen Körper ab und stürzte die Seelenleiter hinab, ihr Kopf schlug auf jeder Stufenkante auf, bis sie unten lag und der Seelenabschaum um sie herumschlich, sie umschmeichelte wie an einem Kadaver schnuppernd, sie leistete Widerstand, gab ihren leblosen Körper noch nicht an dieses Scheusal verloren, von Wut ergriffen, sank ihre Seele tiefer, ließ sich in einem Stein nieder, um ihren Verfolger zu zertrümmern, entmannte alles, was sich ihrer bemächtigen wollte, denn der Rachedurst hatte diesen Abstieg ins Mineralische überlebt, war im Stein nicht vergangen, gerade in ihrer Wut war die Seele nicht Stein genug, sondern menschlich, mit einem Fuß in ihrem Körper hängen geblieben, und dieser letzte Rest des Menschlichen reichte aus, dass ihr ehemaliger menschlicher Körper sich wiederherzustellen begann, und diese Rekonstruktion geschah unter ungeheuren Schmerzen, sie spürte jeden Meißelschlag, der dem Stein ihre menschlichen Züge zurückgab, als ob ihre verklebten, zusammengeschmolzenen Körperteile wieder auseinandergerissen würden, aus denen sich der mörderische Geist sein Kleidungsstück fertigen wollte. Er stürzte sich von Neuem auf sie, ihr seine Flüche in den Leib zu nageln, um endlich ihre Seele herauszutreiben, aus Kopf und Herz und Hüften zu schlagen, aber der Kopf, ihr sturer Kopf wollte nicht nachgeben, das Fleisch war schwach, bereits vernichtet vor Schmerz, doch der sture Kopf schloss das Fleisch gegen die Außenwelt ab, der Kopf musste ihr eingeschlagen, eingetreten werden. Die Frauen ihres Landes kannten diese Tradition, wer sich nicht fügte, dem wurde die Erniedrigung in den Leib gestochen, geschlagen, getreten, geschnitten, gebrannt, in Frieden ruhen würde sie nie, mineralischer Kräfte, der Kräfte der Erde bedurfte sie, sich von allem Menschlichen möglichst weit entfernt zu inkarnieren, um von den Erniedrigungen der Vergangenheit nicht mehr verfolgt zu werden, von solchen Gewalttätigkeiten verschont zu bleiben, deren bloße Möglichkeit aus der Welt auszuschließen, ihr Herz, ihr Körper wurden leer, um dem in dieser Welt Unmöglichen Raum zu geben, den der Schmerz dennoch hinterhältig durchdrang und durchlässig machte für die Gewalttätigkeit der Geschichte, und ihr Herz wurde zu Stein, versteinerte ihren Körper, und wenn der schuldige Rachegeist über sie herfiel, tierisch getrieben, menschlich planvoll, um sich ihren Körper anzuziehen, widerstand sie regungslos, wehrte sich nicht, spürte alles, ohne auszuweichen, war hart, aber porös brüchig, und der gierige Geist fand kleine Risse und Löcher, insektengleich sich in sie zu winden, er versuchte sich ihre Gestalt überzuziehen, sie zur Rückkehr ins Menschliche zu zwingen, jedoch sprang er wie ein Tischtennisball in ihr herum und konnte sich nicht niederlassen, den fremden Körper nicht in Besitz nehmen, aus dem sich alles Organische zurückgezogen hatte. Die Hierarchie der Schöpfung kehrte sich nicht um, die aufsteigende Ordnung der Seelen, die mit der menschlichen Perfektion, der Ablösung vom Körper enden sollte, stellte sich nicht auf den Kopf, sondern brach zusammen, S verließ nachts das Menschliche, damit nichts Menschliches, kein Gefühl, kein Geschmack, kein Bedürfnis mehr an ihr klebte, und wurde zu Stein. Was ihr zustieß, unterlief ihr bisheriges Denken und Fühlen und verlangte nach Erklärung, sie hatte erlebt, wie sich die Seele vom Körper abgelöst hatte, dass deren Trennung erst eintrat, wenn das Leben unerträglich wurde, erst nach diesem Bruch widerstrebte die Seele dem Körper, um nach einem neuen Körper, einer neuen Existenz Ausschau zu halten. R wunderte sich jeden Morgen, dass sie den Rückweg aus dem Mineralischen ins Leben der Menschen gefunden hatte, fasste sie gerne an, ob nicht noch irgendwo Sand zwischen ihren Falten klebte, was sie willig geschehen ließ, überglücklich, sich menschlich gebärden zu können.

BRUCH (2)

AUCH IN EINEM LAND, wo es ganz und gar unmöglich war, diesem Mann zu begegnen, ließ sich das, was geschehen war, nicht vergessen, ein Bruch trennte S von der Vergangenheit, denn vorher war alles anders gewesen, und schnitt ihr die Zukunft ab, weil dieser Bruch immer schon durch ihre Zukunft ging, bevor S sie erreichte, dieser Bruch ließ sich nicht, wie der Wirt es ihr später vorgemacht hatte, durch bloße Vorwärtsbewegung schließen, wenn sie zu Boden sah, wurde ihr schwindlig, denn bei jedem Schritt, zu dem sie ansetzte, sah sie, dass der Boden unter ihr aufgebrochen war und sich ein glutroter Riss in der Erdrinde vor ihr her bewegte, bei jedem Schritt musste sie ihre Füße auf den glühenden Bruch setzen, auf dem ihre Schuhsohlen hätten kleben bleiben und sie lebendigen Leibes verbrennen müssen, aber die Schuhe lösten sich von dem fast flüssigen Boden, ein roter Einschnitt, der sie an die Narbe erinnerte, die R über den Bauch lief, ein Schnitt in der Vergangenheit, der Rs Leben zwar grundsätzlich verändert, der Zeit eine neue Qualität gegeben, sie jedoch nicht durchtrennt hatte, es war kein Bruch, sondern ein Schnitt gewesen, der mit seiner Vernarbung langsam wieder beweglich und in beide Richtungen der Zeit durchlässig geworden war, während Rs gegenwärtige Existenz bereits der Bruch mit S bestimmte, der noch nicht eingetreten war, der aber, wie er schließlich hatte begreifen müssen, unweigerlich eintreten würde und in seinem Bewusstsein schon eingetreten war, Futur III, die Zukunft, die vor ihrer Zeit schon Vergangenheit war, das, was schon eingetreten war, bevor es passierte. S hatte ihre Trennung beschlossen, weil sie behauptete, dass sie in Europa nicht leben könne und ein Zusammenleben mit R in ihrem Land undenkbar, in jeder Hinsicht unmöglich sei, sie fühle sich ihrem Verlobten noch verpflichtet, den sie vor ihrer Abreise habe heiraten wollen, was dieser abgelehnt habe, und von dem sie anstatt eines Verlobungsrings eine Kreditkarte erhalten habe, gleichzeitig flüchte sie vor der versprochenen Heirat, jeder Tag, den sie länger mit R verbringe, sei eine Erleichterung und zugleich ein Aufschub, das Herauszögern des Unausweichlichen, nämlich zu heiraten oder eben die Verlobung zu lösen, jedoch nicht um ihren Verlobten wegen eines anderen Mannes zu verlassen, sondern weil sie eine Heirat mit ihm im Laufe ihres Aufenthalts im Ausland nicht mehr erstrebenswert finde, sie hier Erfahrungen gemacht habe, die dem Verlobten nicht mitteilbar seien und die nach einem anderen Leben verlangten, als dem, das sie sich bei ihrer Verlobung gewünscht habe, sie sehe ein solches Leben aber noch als ihre Pflicht an und trauere ihrer ehemaligen Entschlossenheit nach, es führen zu wollen. Wenn sie sich auch angestrengt habe, ihr verlobtes Leben zu retten, habe sie, so sehr sie es in ihrem Geist gedreht und gewendet habe, keinen Ausgangspunkt gefunden, an dem ein aufs Neue verlobtes Leben hätte anfangen können, es sei denn, Unvorhergesehenes geschehe beim Wiedersehen mit dem Verlobten, den R nie lebendig zu Gesicht bekam und von dem sie winzige Fotos auf ihren Kalender und ihr Adressbuch geklebt hatte, ihnen beiden zur Warnung, dass sie, so glücklich sie auch wären, in was für glückliche Umstände auch immer sie geraten würden, nie glücklich genug wären, das Glück nie groß genug wäre, um den Bruch der Zukunft zum Verschwinden zu bringen. Ihre Trennung zählte nämlich zu den Ernstfällen, die S in ihrer Vorstellung endlos durchspielte, um zu wissen, wie sie sich verhalten würde, sie müsse gewappnet sein, wenn es keine Zeit zu verlieren gebe, sie müsse wissen, was sie zu tun habe, R hielt es für ausreichend, den Ernst in der Vorstellung durchzuspielen, damit der Ernstfall nie eintrete, die in der Vorstellung durchgespielten Situationen könnten nie eintreten, weil die Wirklichkeit sich weigerte, Ausgedachtes nachzuspielen. Um solchen Gedankenausflüchten zu widersprechen, die Denken und Wirklichkeit gegeneinander auszuspielen versuchten, hatte S früh klargestellt, dass sie ihn nie heiraten werde, weil sie keine Möglichkeit sehe, gemeinsam mit ihm zu leben, auch wenn sie ein solches Leben wünschte, und R war sich gewiss, dass sie das Leben mit ihm und dem Verlobten lange in ihrem Kopf durchgespielt hatte und zu dem Schluss gekommen war, dass sie nach dem Verlobten und dem Geliebten ein drittes Leben haben, weder den Verlobten noch R heiraten werde, dem schlagartig klar zu werden schien, dass er nicht mit S leben wollte, weil er mit ihr nicht hätte leben können, auch wenn er sie liebte, fast erleichtert beschloss er, die Rolle des bis zum Ende Liebenden, des Enttäuschten, zu allen Mitteln Greifenden, in seinem Innersten Verletzten, aus der Welt gerissenen Geliebten zu spielen, und wenn er diese Rolle nicht spielte, war er sie ganz und gar. Wochenlang vergaßen sie die Endgültigkeit ihrer Zeit, bis sie ihnen wieder auf den Kopf schlug, und S so tat, als ob diese Endgültigkeit schon immer klar gewesen wäre, meistens aber, um sich aus dem Wirrwarr ihrer Gefühle zu retten, hundsgemein wurde, während R in Sentimentalität verfiel, als lebte er bereits in der Erinnerung und könnte den Schmerz seiner verlorenen Liebe genießen, die aber eben doch noch nicht verloren war, was den Schmerz und die melancholische Verliebtheit steigerte, die anbetete anstatt anzugreifen. Anstatt ihr die hundsgemeine, hartnäckige Verlorenheit der Zukunft an eine Entscheidung, an Gründe, angebliche Tatsachen, Vorsätze und Versprechen aus dem Kopf zu schlagen, knickte er wie vor einer kaltschultrigen Schmerzensmutter trotzig ein, was S zum Lachen brachte, als hätte sie jeden Sinn für Schulmädchenkitsch, der oft die Auswahl ihrer Schreibutensilien bestimmte, in sich totgeschlagen und fast alle Gefühle ihrer verheirateten oder ihrer religiösen Schwester überlassen. Die Gefühle, die ihr geblieben waren, wurden in dem Bruch ihrer nicht zu tilgenden Vergangenheit und dem immer schon gegenwärtigen Bruch ihrer Trennung zerrieben oder so blank geschliffen, dass die Schärfe und Stärke ihrer Gefühle unmenschlich wurden und ihr Wesen versteinerten, als ob S an sich selbst nachweisen wollte, dass es andere Wege der Steinbildung geben konnte, als die der an die Erdoberfläche getretenen, vor ihren Füßen herlaufenden Lava. Wenn sie als Stein neben ihm lag oder herging, und es Tage und Nächte dauerte, bis diese Frau wieder menschliche Formen annahm, fühlte er sich an der Nase herumgeführt, und dann gab sie sich ihm plötzlich mit solcher Leidenschaft hin, als sei sie unbeschreiblich erleichtert wieder ein Mensch zu sein, noch mal aus dem Mineralischen ins Menschliche zurückgekehrt zu sein, und überließ sich den Triebkräften, die ihr den Verstand und das organische Leben zugleich zu rauben drohten. Er konnte sich an diese Schwankungen des Gefühls, diese Verwandlungen kaum gewöhnen, erlebte sie manchmal wie im Rausch oder mit einer Palette zurechtgemischter Gefühle, die ihn davor schützten, ihren steinernen Anmaßungen zum Opfer zu fallen.

DREI PROZESSE

R HIELT ES FÜR MÖGLICH, dass sie in Selbstjustiz verfiele, um das Opfer oder den Täter aus der Welt zu schaffen, da ihr Leid nicht zu sühnen war, selbst wenn das ausgesprochene Urteil vollstreckt worden wäre, unberechenbar wie sie war, war sie der Rache fähig. Welcher Gerichtsbarkeit hätte sie ihren Fall auch anvertrauen sollen? Und obwohl sie nicht mehr an die Macht von Urteilen glaubte, dass die Welt dadurch gerechter werde, führte sie selbst drei Prozesse: einen gegen ihren

Verfolger aus Hass und Rache, einen gegen sich selbst, aus Schuld, mit der Ausrede, die Färbung und Form ihrer Kopfhaut sehen zu wollen, rasierte sie sich vorsichtshalber die Haare ab, was Gefangene und Entehrte früher in ihrem Land selbst getan hatten, wenn ihnen die Haare nicht bereits abgeschnitten worden waren, und aus Liebe einen Prozess gegen R, mit dem sie ihren Verlobten betrogen hatte, denn R liebte sie trotz ihrer Vergangenheit, hörte nicht auf sie zu lieben, obwohl ihre Trennung feststand. Alle drei Prozesse konnten nur verloren werden.

DER PROZESS GEGEN R

DEN PROZESS GEGEN DEN GELIEBTEN, dessen Urteil schon gesprochen war, sie werde ihn verlassen, egal was passieren werde, nahm sie in seltenen Momenten der Eifersucht oder des Unglücks auf, was ein Leichtes für sie war, denn die gemeinsame Lebensweise, ihre Beziehung auf Zeit hinterließ Spuren an Rs Verhalten, als ob er von der ablaufenden Zeit vergiftet würde, und diese Spuren untersuchte sie unter der Lupe ihres Missmuts, den Widersprüchen ihrer Gefühle und ihrer Existenz nicht mehr gewachsen zu sein, sie überführte R plötzlich aufflammenden Hochmuts, den er sich nicht erklären konnte. Sie stellte ihn zur Rede, wie er dazu komme, das Gesicht misstrauisch zu verziehen, wenn sie über Dinge spreche, die er ihr nicht zutraue, leicht zu zögern, wenn er Medikamente aus ihrem Land einnehme, als ob sie ihn damit umbringen wolle, seine Mundwinkel abschätzig hinunterzuziehen, wenn sie etwas nicht kenne, Englisch spreche oder traditionelle, angeblich veraltete Vorstellungen vertrete, abwertend zu reagieren und die Modernität ihres Landes oder ihrer Bildung in Frage zu stellen, was er nicht leugnen konnte, auch wenn es nur wenige Male vorgekommen war. R konnte sich sein Verhalten nur dadurch erklären, dass er für einen kurzen Moment ihr keinesfalls zeitloses Liebesglück gnadenlos, ohne jede Zuneigung in aller Klarheit erkannt habe, er müsse versucht haben, ihre Trennung vor dem Stichtag herbeizuführen, und sich für einen Augenblick geweigert haben, diese Liebe grundlos zu Ende gehen zu lassen, sich von der Zeit, von Gefühlen, von einer offensichtlich aus Liebe ungerechten Frau bestimmen zu lassen. Solche Spuren wurden unter dem Brennglas ihres Argwohns riesig und als unheimlicher Ausdruck seiner Ängste, Vorbehalte und Herrschaftsansprüche sichtbar, die aus ihm bauchredeten und Auseinandersetzungen zwischen R und S provozierten, die nicht bloß zwischen Mann und Frau geführt wurden, sondern zwischen Völkern, Kulturen und Gesellschaftsformen, die nicht unbedingt der gleichen Epoche angehörten, was das Aufeinanderprallen noch verschärfte, und bevor R sich fragen konnte, ob sein Land jeder anderen Kultur den Kampf angesagt habe, brachte S mit ihrem jahrhundertealten Hass auf unrechtmäßige Macht seinen jahrhundertealten Dünkel zu Fall, der ihr Lust machte, ihn totzutrampeln, als machte sie ihm zum Vorwurf, dass sie durch seine verletzende Leichtfertigkeit und achtlose Selbstbezogenheit immer wieder auf ihre Vergangenheit gestoßen werde und in ihm die sich von ihrer Vergangenheit ernährenden Schmarotzer erkenne, die sie das Leben kosten konnten. Dann verloren beide die Fassung, Rs Überlegenheit erstrahlte anmaßend und geringschätzig vor ihr und vergoldete den Sichtschutz seiner Scheuklappennatur, in den S rasend Löcher stach, und sie behauptete, das westliche Denken, also das seine, sei dem östlichen, also dem ihren, entgegengesetzt, das östliche widerspreche dem westlichen in seinen Grundlagen und Begriffen, dieser Widerspruch sei so grundsätzlich, dass er nicht zu überbrücken sei, das westliche Denken strebe von Anfang an eine Vormachtstellung, eine Position des Überlegenen an, käme nicht ohne Urteile aus, stehe unter dem Zwang zu verurteilen, im Gegensatz zum östlichen Denken ertrage es nur die Herabsicht auf die Dinge, als Überlegenheit anstrebendes Denken denke es nur, dass er dächte, aber kreise immer nur um sich selbst, verstehe immer nur sich selbst, es verfüge nur über Begriffe, die sich über das Wirkliche hinwegsetzten und es richteten, er als westlicher Mensch denke ständig in Hierarchien, während sie als östliche Frau vor allem in der Horizontalen denke, mache er sich weis, es gäbe eine richtige Art zu denken, und erschöpfe sich, in einem Hamsterlaufrad über den Dingen zu kreisen, vor ihnen wegzulaufen, Begriffe und Wissen zu hamstern als jämmerlich schwachen Schutz gegen die Unwägbarkeiten der Existenz. Wenn sie noch ein Leben hätte, sagte sie ihm dann mit einem Ernst, der ihn wütend machte, käme sie aber als weißer, mitteleuropäischer Mann auf die Welt, dann könnte sie nämlich im Leben wählen, könnte sie machen, was sie wollte, stünden ihr alle Wege offen, wie ihm jetzt hier alle Wege offenstünden. Und während er sich noch fragte, ob ihm also ihre Liebe offenstehe, konnte er den Augenblick gar nicht erwarten, in dem sie ihm, wie verabredet, die Tür vor der Nase zuknallte, denn er war sich seltsamerweise ihrer Liebe über ihr Zusammensein hinaus sicher, was für sie nur ein weiteres Beispiel seiner männlichen Phantasien von Besitz und Allmacht war, von Ewigkeit und Eigentlichkeit, die ihn, hätte er diese beim Wort genommen, schon längst das Leben gekostet hätten. S versuchte, R aus den blinden Strängen seiner Seele den einen Strang zu drehen, der ihre Liebe zu dem Ende führen würde, das ihr Urteil bestimmt hatte, denn die größte seiner Zumutungen war, dass er behauptete, sie zu lieben, angesichts der von ihr immer wieder aufgezählten Tatsachen, die diese von vornherein zum Scheitern verurteilten, konnte sie selbst nicht aufhören, seine angebliche Naivität und Sorglosigkeit ebenso zu lieben wie zu hassen. Wenn der Zwiespalt unerträglich wurde, nahm sie einen ihrer immer schon verlorenen Prozesse mit aller Wut und Halsstarrigkeit wieder auf, sie hatte Tatbestände, Indizien und Fehlleistungen gesammelt, die gegen ihn verwendet werden konnten, um ihn mangelnder Rechtschaffenheit und Ehrlichkeit zu überführen und weiterhin zu beweisen, dass er sich seiner Schwächen gar nicht bewusst sei und gerade in diesen unbewussten Fehltritten seine wahre Natur liege. Diese gesammelten Beweisstücke dienten dazu, Rs Unerträglichkeit zu beweisen, und die Konsequenz und das zu fällende Urteil sollten die sowieso unweigerliche, aber dann nicht mehr zu beweinende, ganz und gar aus Rs Schuld heraus begründete Trennung sein, die sie auf die rechtschaffene Bahn der Verlobten zurückbringen würde. Sie machte sich zur Anwältin eines Prozesses, der bereits verloren und dessen Urteil schon vollstreckt war, bevor es in Kraft getreten war, sie rollte diesen Prozess immer wieder auf, als könnte sie das unerträgliche Urteil zur Unerträglichkeit seiner Person machen und sich mit ihrer Liebe zu R auch von ihrer Vergangenheit freisprechen, die sie hinriss, diesen Prozess anzustrengen, wenn ihr die Gründe ihrer Entscheidung immer noch einsichtig, jedoch unerträglich waren, sie es nicht glauben konnte, dass sie so zu entscheiden hatte, gegen die Hoffnung, gegen die Liebe. Angesichts solcher plötzlichen Gnadenlosigkeit, die ihm immer unverständlich blieb, fühlte er sich verleugnet, fragte sich, wie oft sie ihn verleugnen dürfe, bis für sie der Hahn krähte, dass er sie baumeln sehen könnte an dem einzigen Feigenbaum am Hafen, was ihm die Genugtuung bereitet hätte, dass sie wegen ihrer Unaufrichtigkeit gegen ihn und sich selbst nicht durch seine, sondern die eigene Hand ums Leben gekommen wäre.

EIN LEBEN NACH DEM TOD

S UND R WAREN LOSGEFAHREN, um einander loszuwerden, oder eben das, was ihrem Zusammensein im Weg stand. Aber los wurden sie einander nie. Dass sie sich begegnet waren und ineinander verliebt hatten, war für sie wie all das, was sie zusammen erlebt hatten, vorher unvorstellbar gewesen, und da sie es erst, nachdem es eingetreten war, als Unvorstellbares erkannt hatten, waren sie neugierig zu wissen, was es noch Unvorstellbares gab, das ihre bisherige Existenz ausgeschlossen hatte, ob diese Reise ihnen einen Weg zeigen könnte, sich nicht trennen zu müssen, eine Hoffnung, zu der R sich, unbelehrbar bis zur Selbstverleugnung, immer wieder verleiten ließ. Auch wenn die Reise nur das Zelebrieren eines langen Abschieds war, sagte er sich, S werde an seiner Abwesenheit leiden, ein Leben lang, sie aber wünschte sich ein Grab für ihre Liebe, für die es keinen ruhigen Ort gebe. Ihre Zeit war immer schon Vergangenheit, weil ihre Zukunft beschlossene Sache war, die Zeit, die ihnen gemeinsam bevorstand, war von vornherein begrenzt, immer schon abgelaufen, also vergangen, denn sie lebten auf die Trennung zu, die zukünftig und doch Vergangenheit war, sie blickten immer von der bevorstehenden, unausweichlichen Trennung auf das zurück, was passierte, als ob sie rückwärts lebten und sich bereits an das erinnerten, was sie bis zum Ende ihrer gemeinsamen Zeit erlebt haben würden, die abgelaufen war, bevor das Ende eintrat. Torschlusspanik, Feuerwerk der Gefühle, sich überschlagende Lust, gesteigertes Erleben, all das zog bereits wie eine Erinnerung an ihnen vorbei, und wenn das Ende eintrat, woran würden sie sich erinnern, wenn an die Zukunft zu denken, für sie schon jetzt hieß, sich an ihre zukünftige und doch bereits eingetretene Trennung zu erinnern, die S beschlossen hatte und die feststand? Angesichts dieser Zukunft lohnte es sich eigentlich nicht, in der Gegenwart zu leben, weil sie unter dem Schatten der Unmöglichkeit stand, die keine andere war, als die, Vergangenes in der Gegenwart oder Zukunft wiederzubeleben. Wenn es also später je ein Erinnern an die vergangene gemeinsame Zeit geben sollte, musste es ein Denken an eine andere Zukunft sein, als die, die sie schließlich ereilte und die zugelassen hätte, sich nicht zu trennen, aber eine solche Zukunft wäre keine von dieser Welt gewesen. Die Gegenwart als Vergangenheit zu leben und die Zukunft als Vergangenheit der Vergangenheit vorherzusehen war quälend, die Erinnerung war für sie der Blick in die Zukunft, in der es vielleicht nichts mehr zu erinnern geben würde, weil ihre Zeit dann das zweite Mal abgelaufen war. Wenigstens war ihr Glück so längst keine Frage der Erinnerung mehr, stand nicht unter dem Druck, aufbewahrt, erinnerbar gemacht zu werden, im Gegenteil, was sie zusammen erlebten, stand unter dem Wunder, es der Vergangenheit entrissen und belebt zu haben, ein Wunder der Liebe, die plötzlich Leichenfledderei werden konnte. In diesen Momenten wurde S verächtlich, unmenschlich. Immer wieder hatte sie Zeitpunkte gesetzt, die das Ende sein sollten, an denen ihre gemeinsame Zeit abgelaufen sein sollte, sie legte einen Termin für ihre Rückreise und ihren anschließenden Rückflug fest, fand aber dann auf Rs Zureden hin eine Möglichkeit, den Zeitpunkt hinauszuschieben. Sie hatte bereits so oft verschoben, dass die Zeitpunkte unglaubwürdig hätten werden müssen, dennoch blieben sie jedes Mal schmerzende Herausforderungen, die die Lust zusammen zu sein steigerten, so dass die Enden der gemeinsamen Zeit sich in die Länge zogen, in Bewegung gerieten, Wellen auslösten, die die Zeit vor und nach ihnen in Bewegung setzten. Mit diesen Zeitpunkten zogen sich auch die von ihnen ausgehenden Wellenringe gleitend in die Länge und bildeten parallele Linien zu dem Zeitstrahl der verschwommenen Zeitpunkte der Trennung, die sich im Zeitfluss auflösten, aber immer von Neuem als Schnitt in der Zeit bestimmt werden konnten, mit dem ihre gemeinsame Zeit enden und ihre getrennte Zeit beginnen würde. Dennoch liefen diese Linien jetzt nebeneinander her, so wie es die ganze Zeit gewesen ist, war und sein wird, so dass sie bereits getrennt waren, obwohl sie noch zusammen reisten, und sich nicht kennen gelernt hatten, obwohl sie aufs Engste verbunden waren, so eng das Glück von zwei Menschen sein konnte. Der immer wieder erneuerten Endgültigkeit zum Trotz versuchten sie einander der Vergangenheit zu entreißen, die unausweichliche Zukunft in einen Albtraum zu verfrachten, liebten sich so kopflos und verschwenderisch aussichtslos, wie es nur ging, wenn S wieder einmal unumstößlich festgeschrieben hatte, wann das Ende eintreten und sie sich trennen würden, war es, als ob sie die Stunde und die Art ihres Todes kennen würden, und dieses Wissen, anstatt ihnen jeden Antrieb zu nehmen, machte sie ausgelassen, fröhlich und gleichgültig, denn sie wussten, dass ihr Leben nach diesem Tod weitergehen würde, und sie gaben sich so das Gefühl, unsterblich zu sein, wenn sie das Ende ihrer Liebe überleben würden, was konnte ihnen der Tod noch bedeuten?

EPOCHE

S UND R BEWEGTEN SICH NICHT auf fliegenden Teppichen, und auch sonst hätten sich beide schlecht in orientalischen Märchen gemacht, kaum hätten sie sich aus dem Stegreif in eine andere Zeit versetzen lassen als in die Epoche, in der sie lebten, selbst wenn sie in die richtigen Kostüme und das angemessene Bühnenbild gesteckt worden wären, sie waren ganz und gar in ihrer Zeit verhaftet, hatten kaum Aussicht, ihr zu entgehen oder sie zu erhellen.

WACHS (1)

S TRÄUMTE NACHTS von Wachsfiguren, die R für sie herstellte, er arbeitete mit einer bläulich weißen, durchscheinenden Masse, die er mit seinen Fingern, Nägeln und Werkzeugen eilig formte, denn das Wachs wurde schnell hart, und da seine Körpertemperatur nicht ausreichte, das Material weich zu halten, musste er es mit einem kleinen Flammenwerfer oder einem Feuerzeug regelmäßig wieder erwärmen, was eine langwierige Arbeit war, deren fertige Stücke S zwar beeindruckten, aber zusehen wollte sie der Entstehung nur ungern, da es sie fast anekelte, wie R sich an dieser bläulich transparenten Masse zu schaffen machte, die seine Hände abzusondern schienen, wenn dieser Silikon ähnliche Stoff seine Nägel, Finger, manchmal Hände überzog, anstatt in die zu formende Figur einzugehen. Sie befürchtete, dass er, nachdem er Körperteile, Tiere und andere Objekte seiner Vorstellungswelt und Umgebung in Wachs verwandelt hatte, sich selbst mit der Flüssigkeit überziehen würde, um gleich einem Insekt eine seinem Körper angepasste Hülle herzustellen und darin zu verschwinden, sich in eine andere Gestalt zu verwandeln oder zu sterben, dann würde er sich in gar nichts verwandeln und eine Wachsgestalt bleiben, die sein Abbild keineswegs sicher konservierte, sondern bei jeglichem Temperaturanstieg bedroht wäre, ihre Form zu verlieren und zu schmelzen, und S würde in der ständigen Angst leben, dass er mehr und mehr, bis zur Unkenntlichkeit verformt würde. Heimlich hatte sie einen seiner Finger, den er ihr überlassen hatte, in ihrer Hand weich gemacht und ihm die Form ihrer Handfläche gegeben, es beunruhigte sie, wie er seine Finger so perfekt in Wachs formen konnte, ohne Abgüsse anzufertigen. Eigenartig war es, dass S diesen Traum träumte, denn sie hatte R einen aus Kunstharz gegossenen Abdruck ihrer Hand geschenkt, den sie hatte loswerden wollen, weil diese Hand nicht aufzubewahren war, ohne dass sie sich verformte und die Struktur der Unterlage annahm, S ertrug die Veränderung dieses anfänglich, von ein paar Blasen und Materialschlieren abgesehen, transparenten Materials nicht, das mit der Zeit trüb wurde und sich erst gelblich und dann bräunlich verfärbte, als ob sich aus dieser stillgestellten Hand das Leben zurückzöge und ihre wächserne Form erhalten bliebe. Die Farbe, deren Schlieren an unreinen Bernstein oder ungesunden Urin erinnerten, wurde vor allem am

Handrücken dunkler, auf dem die geschlossene Hand lag, Abdrücke von Kanten und Ecken entstellten das einst schnapsklare, scheinbar zeitlose Material, das glänzend und trocken blieb, die unteren Glieder der vier abgewinkelten Finger und die Nägel zeigten keine Strukturen mehr von Haut und Horn, waren von Schrunden, Löchern und Unregelmäßigkeiten übersät, nur Handteller und Handgelenk waren unversehrt. Während ein Betrachter den Abguss nicht unbedingt für eine ungenaue oder schlecht aufbewahrte Arbeit halten musste und in dem Abdruck auch eine schwerverletzte, operierte und einigermaßen verheilte Hand sehen konnte, war es für S der Abdruck ihrer Hand am Ende ihres Lebens, als ob sie zwar ihre gegenwärtige Hand abgeformt hätte, diese aber von äußeren Einflüssen zu ihrer zukünftigen Hand verformt worden wäre, und um an dieser geschundenen, vorgeformten Hand nicht ihr weiteres Leben ablesen zu müssen, hatte sie R diese Hand übergeben, in der Hoffnung, er werde sie überleben und die beiden Hände am Ende vergleichen. So widerlich sie seine Arbeit auch fand, in ihrem Traum war er derjenige, der ihre Hand auch in ihrer gegenwärtigen, unendlichen Vielfältigkeit hätte erfassen können, ohne von ihr einen Abguss zu nehmen.

DER PROZESS GEGEN S

DIE UNWIRKSAMKEIT GERICHTLICHER VERFAHREN, das an Rufmord grenzende Misstrauen ihrer Landsleute und die Angst vor dem Verfolger hatten sie so weit gebracht, dessen Schuld zu der ihren zu machen, in der Hoffnung, wenigstens auf diese Weise die grausige Schuld aus der Welt zu schaffen, in dem Liebesprozess gegen R war sie Anklägerin, jetzt selbst Angeklagte und nahm sich selbst keinesfalls aus ihren Ermittlungen aus, die von ihrem quälenden Bedürfnis nach Selbsterkenntnis nicht zu trennen waren, vielmehr tat sie R nur wenige Mal das an, was sie sich selbst regelmäßig antat, wenn sie abends ihre Eigenschaften, ihre Vorzüge und Nachteile an einer Kette aufreihte, die sie dann durchschnitt, um ihr Persönlichkeitspuzzle auf den Boden rutschen und durcheinanderkullern zu lassen, und während sie es dann wieder aufsammelte, begutachtete und neu sortierte, befragte sie sich, welchen Charakter sie habe, und welche Konsequenzen ein solcher Charakter, ein solches Aussehen, eine solche Familie, ein solches Land für ein Menschenleben hätten, und ob dieser Mensch nicht dafür selbst verantwortlich sei, inwieweit er dafür haftbar zu machen sei. Ähnlich wie sie Fische auseinandernahm, tat sie es auch mit der menschlichen Anatomie, dem menschlichen Aussehen, auch dem ihren, das sie mit ihren Augen zerlegte, um es dann wieder zusammenzusetzen und zu sehen, ob es etwas Neues ergab, manchmal schienen die Kennzeichen des Körpers, ihre Ausmaße und Ausrichtung, Bildung und Entwicklung keine Folge einer Geschichte oder eines Charakters, sondern diese vielmehr vorzuschreiben und herbeizuführen. S fragte sich dann, welchen Widerstand diese Körperzüge dem Schicksal entgegenzustellen hatten, sie wollte in sich alles erkennen, was ihr zugestoßen war, was ihr in der Zukunft bevorstand, was ihr möglich gewesen wäre und was möglich war, um das Gericht vorwegzunehmen, um die Wiederholung der Vergangenheit unmöglich zu machen. Nichts sollte ihren gnadenlosen Augen entgehen, sie wollte sein, was sie war, wissen, was in ihr steckte, alles wollte sie annehmen, nichts sollte verleugnet werden, denn es sollte ans

Tageslicht kommen, was in sie geraten war und sie lebendigen Leibes durchlöcherte. Ihren Verlobten betrogen zu haben, ihn zu verlassen, verzeihe sie sich, aber ihre Unfähigkeit, die Freiheit im Ausland in vollem Maße zu nützen, eine andere zu werden, sei unverzeihlich, ungeheuer war ihre Enttäuschung, dass ihr die Kultur, aus der sie kam und die ihr unerträglich geworden war, plötzlich näher schien als vorher, denn eigentlich hatte sie den Widersprüchen ihres Lebens entkommen wollen, die nicht zu beseitigen waren, die sie nicht glattzubügeln vermochte, sie erkannte, dass ihr Entkommen gescheitert war, die Widersprüche unklarer und schauerlich in Bewegung geraten waren, immer wieder versuchte sie Fronten aufzubauen, die aber bald zusammenbrachen, und sie fürchtete sich umso mehr, dorthin zurückkehren zu müssen, woher sie kam, wovor sie geflohen war, schließlich hatte sie vorgehabt, sich die Rückkehr unmöglich zu machen.

DAS ERBE (1)

S VERFLUCHTE DIE AUGEN des Nachtportiers, weil sie denen ihres Verlobten glichen und an die versäumten Anrufe in ihre Heimat erinnerten, die S in dem militärischen Sperrgebiet, in dem sie sich befanden, nicht tätigen konnte, selbst wenn das Zimmertelefon funktioniert hätte, wäre sie von der Rezeption nicht mit dem Ausland verbunden worden. Vorher hatte sich S regelmäßig bei ihrer Mutter, die mit der Route und Dauer der Reise nicht einverstanden war, bei ihrer jüngeren Schwester oder ihrem Verlobten gemeldet, die die Anrufe beruhigten, auch wenn der Lärm um die öffentlichen Telefonzellen und die Nebengeräusche der Telefonleitung oft so laut waren, dass das Gespräch nach wenigen Sätzen unverständlich und wenig später unterbrochen wurde. Je länger die Reise dauerte, desto mehr wurden die Daheimgebliebenen ihrer Erlebnisse überdrüssig, anstatt zu erzählen, wie es ihr erging, musste S sich, wenn sie mit ihrer jüngeren Schwester telefonierte, deren Klagen über die älteste Schwester anhören, die plötzlich ihren Ehemann betrogen habe, um bei anderen Männern blindlings Liebe zu suchen, und schließlich zu einer Tante nach Amerika gezogen sei, um so die verlorene Zeit einer Einkindehe wettzumachen, aber eigentlich quäle die älteste Schwester nicht, Zeit verloren zu haben, sondern ganz und gar wunschlos zu sein, nur Trauer, Verzweiflung, Neid und Hass erfülle sie, in die sie die ganze Welt hineinzureißen hoffe, was ihr bisher nur bei Männern gelungen sei. Längst kreise ihre Verzweiflung nicht mehr um ihre Ehe mit einem Juristen, der nach der Heirat eine Allergie gegen Alkohol und festliche Anlässe bekommen habe, ihr mit Müdigkeit oder großzügigem Mitgefühl begegnet sei und jetzt seine richterliche Karriere nicht durch eine Scheidung gefährdet wissen wolle. Die Verzweiflung der ältesten Schwester kreise um ihre innere Kraftlosigkeit und Leere, der sich nicht einmal mehr Schuldgefühle bemächtigen könnten, ihre Tochter und ihren Mann zurückgelassen zu haben. Dieser wunschlose Zustand der Schwester sei ihr durchaus nachvollziehbar, sagte S, denn als Mädchen seien auch ihr von ihren Mitschülerinnen, Schwestern und ihrer Mutter Wünsche beigebracht worden, so wie jemandem beigebracht werde, eine Tasche wirbelsäulengerecht zu tragen, diese Wünsche, die zu den ihren geworden seien, sollten ein Leben sicher und erfolgreich machen, als Jugendliche hätten dann eigenwillige Träume diese Wünsche in Frage gestellt, und erst in der Studienzeit habe sie im Wachzustand Möglichkeiten zu prüfen begonnen, ob sie diese Wünsche verwirklichen könnte, ohne sich zu misshandeln oder zugrunde zu gehen, wie möglichst viel Lust und Nutzen daraus zu ziehen wäre, oder ob ihr die Verwirklichung solcher Wünsche wirklich ganz und gar nicht entspräche. In so einem Zustand sei es ein Leichtes, wunschlos unglücklich zu werden. Ihre Schwester sei früher eine ungewöhnlich selbstbewusste Frau gewesen, habe zu Schulzeiten vor Hunderten von Schülern und Erwachsenen Reden gehalten, alle hätten gedacht, dass sie zu einer Karriere als Politikerin oder Managerin bestimmt sei, da sie im Gegensatz zu ihren jüngeren Schwestern ein ausgeprägtes Durchsetzungsvermögen und Furchtlosigkeit vor jeder Art von Hierarchie auszeichne und sie fähig sei, sich über Erwartungen und Forderungen hinwegzusetzen, um ihr Ziel zu erreichen. Von großer Schönheit habe sie einen männlichen Charakter gehabt, der ihr aber, nach der Heirat und Schwangerschaft abhanden gekommen sei, der Mut und die kecke Schlagfertigkeit hätten sie verlassen. Es sei gar nicht zu erklären, wohin all ihre Klugheit verschwunden sei, denn sie habe außerhalb der Familie kaum noch den Mund aufbekommen und sei wie versteinert gewesen, jedoch habe weniger die Ehe und ihr Kind als ihre sie übermannende Schüchternheit ein öffentliches Auftreten, jede Form von Ausbildung unmöglich gemacht. Als Ehefrau und Mutter habe sie sich in jeder Hinsicht, durch und durch minderwertig, ausgenützt und machtlos gefühlt, bis sie angefangen habe, Macht und Freiheit in anhaltendem Ehebruch zu suchen, als ob sie während all der Ehejahre eine Lust angestaut hätte, deren Befriedigung ihr Verstand und Selbstbewusstsein zurückgeben könnten. Wenn S mit ihrer Mutter telefonierte, war sie vor allem damit beschäftigt, den Verlauf und die Dauer der Reise zu rechtfertigen, da die Mutter ihre Erklärungen ablehnte, mussten neue Gründe und Vorteile gefunden und erfunden werden, um ihr Verhalten als sinnvoll darzustellen, diese Überzeugungsarbeit leistete S bei jedem Telefongespräch von Neuem, denn ihre Rechtfertigungen, die die Mutter nie ganz zufrieden stellten, dienten eigentlich der Schmeichelei oder Beichte, als ob etwas anderes verhandelt würde, sie vor ihrer Mutter mehr rechtfertigen müsste als die Reise, während die Mutter nur ihren Atem hören ließ, streng, ernst und beharrlich vorgab, jede Angelegenheit als verfälscht, gelogen oder vertuscht zu durchschauen oder wenigstens daraufhin zu prüfen, um die Tochter durch ihr unwilliges, misstrauisches Schweigen zu einem eigenen moralischen Urteil zu bewegen, das sie aus der Ferne und der Unkenntnis der genauen Umstände nicht fällen konnte, wozu auch die Maßstäbe, die ihr Leben bestimmt hatten, nicht ausgereicht hätten. Wenn die Mutter oft so ruhig blieb, fragte sich S, ob sie noch atmete oder durch ihr Schweigen ihr Ableben bekannt gab, sie habe Angst, dass ihre Mutter in ihrer Abwesenheit an Überarbeitung und aus Kummer über ihre Töchter sterbe, die Mutter spreche am Telefon immer von ihren kleinen Leiden, die sie nie in ihrer wirklichen Dimension, entweder zu schlimm oder zu harmlos darstelle, und über die sie dennoch nicht aus bloßer Gewohnheit Auskunft gebe. S sagte immer, obwohl es nicht stimmte, sie lebe schon von ihrem Erbe, bevor ihre Eltern gestorben seien, es sei nämlich eine Lüge gewesen, dass ihr Vater gestorben sei, sie habe nur versucht, ihn möglichst aus ihrer Erinnerung zu streichen, ihre Herkunft zu tilgen, denn der Vater, den Scheidung von der Familie getrennt habe, sei als geschiedener Vater für Mutter und Töchter eine größere Schande gewesen als ein toter Vater, eine größere moralische Verwerfung, denn alle Familienmitglieder trügen die Schuld an der Zerstörung der Familie, die eigentlich nicht wert sei fortzubestehen und wahrscheinlich aussterben werde, auch wenn S die Scheidung sofort mit dem Wahnsinn des Vaters entschuldigte, der sich zuerst langsam für die Mutter, dann mit der Zeit auch für die Töchter unerträglich benommen habe, auf eine Art, die nur verrückt genannt werden könne. Der Mutter sei nichts anderes übrig geblieben, als sich scheiden zu lassen, denn der Vater, der für das Wohlergehen der Kinder nicht mehr habe sorgen können, sei seinen Töchtern, die er schließlich nicht mehr wiedererkannt habe, zwar nicht gefährlich geworden, aber nicht mehr zumutbar gewesen, und ausquartiert worden. Er habe durchaus alleine leben können, sich der Reparatur und dem Bau physikalischer Apparate gewidmet, ohne Widerstand habe er die Scheidung über sich ergehen lassen, nach der er die vier Frauen in ihrem Alltag nicht mehr behelligt habe und doch wie ein Gespenst anwesend gewesen sei, für die Mutter als verlorene Liebe und Unterstützung, für die Töchter als Schande und Drohung, dass sie keinen Ehemann finden würden und der väterliche Wahnsinn auch in ihnen stecke, ihnen vererbt worden sei. S wolle das Erbe der Mutter annehmen und aufteilen, obwohl ihre zwei Schwestern und sie selbst, die im Gegensatz zur Mutter nicht in Armut in einem fast vorindustriellen Teil der Hauptstadt aufgewachsen seien, auf das Erbe der Mutter wie auf das des Vaters gerne verzichten würden, aus Angst sie könnten nach dem Tod der Mutter von ihrem nachtragenden Geist verfolgt werden, S wolle nämlich unbedingt verhindern, dass das Erbe dem jüngeren Bruder der Mutter übereignet werde, den die Mutter möglicherweise als Erbschaftsverwalter einsetzen werde, der das Geld jedoch kaum zu Gunsten seiner Nichten anlegen, nur in seine Vorhaben investieren werde, sie sehe nicht ein, warum dieser Bruder, der das Eigentum der Mutter keinesfalls brauche, über das Erbe der drei Schwestern verfügen solle, im Geheimen sehe er es als die Bezahlung für seine Ratschläge an, die er der älteren Schwester gegeben habe, und für seine Beziehungen, die er genutzt habe, um die Bauvorhaben der Mutter genehmigen zu lassen, die von der Firma des Bruders ausgeführt worden seien. Er habe für die Mutter eine Badeanstalt gebaut, die sie vielleicht eröffnet habe, weil sie als ausgebildete Tänzerin von der Wichtigkeit körperlicher Entspannung und Pflege wisse, er habe für sie ein Frauenhaus errichtet, dessen Notwendigkeit ihr das eigene Schicksal gezeigt habe, und die Englischschule, die die jüngste Tochter leite. Die Mutter habe dem Bruder, der mit seinem Bauunternehmen zu Reichtum gekommen sei, ihre Schulden immer zurückbezahlt und sich geweigert, von ihm größere Summen anzunehmen oder sich gar aushalten zu lassen, sie habe ihm aber zugestanden, teilweise die Rolle des Vaters zu übernehmen, die Töchter hätten ihm jede größere Entscheidung vortragen und sich seinem Urteil unterwerfen müssen. Die Mutter habe ihren geliebten Beruf als Tänzerin aufgegeben und genug Geld verdient, um ihre drei Töchter zu ernähren und ihnen eine Ausbildung zu bezahlen, sie habe in die drei Vorhaben investiert, die selbst durchzuführen die Töchter sich für unfähig hielten, sie sähen sich der Erbschaft dieser Frau kaum gewachsen, die bereits angetreten zu haben, S manchmal behauptete, vielleicht weil sie die Arbeit im Unternehmen der Mutter als die einzige Möglichkeit ansah, nach der Reise ihren Lebensunterhalt zu verdienen. Sie sei von ihrer Mutter, die zu großen

Entscheidungen fähig sei, die sich als durchführbar und erfolgreich erwiesen, dazu erzogen worden, praktisch zu denken, zu vermeiden, den Kopf dem Leerlauf zu überlassen, und doch habe sie das Ziel ihres Lebens eingebüßt, vermöge es nicht, ihr Leben auf ein neues Ziel hin auszurichten, nachdem sie ein Studium der Chemie und anschließend ein größtenteils selbst finanziertes der bildenden Kunst abgeschlossen habe, habe sie im Badehaus ihrer Mutter gearbeitet und genug Geld verdient, um sich die Reise nach Europa und möglicherweise ein weiteres Studium zu bezahlen, zusätzlich habe sie bereits vorher jeden Monat so viel Geld gespart, dass sie niemand aus finanziellen Gründen zur Rückkehr drängen könne. Da die Mutter aber angesichts der unklaren Zukunft ihrer Tochter im Ausland so tat, als ob sie die Tochter aushalten würde, obwohl sie nur monatlich den Lohn für die bereits geleistete Arbeit auf ein europäisches Konto überwies, behauptete S, sie lebe schon jetzt von dem Erbe ihrer Mutter, die noch sehr lebendig war und sich nur manchmal am Telefon totstellte, um vielleicht den Sinn der Tochter fürs Praktische zu steigern. Für S wäre es unerträglich gewesen, sich aushalten zu lassen, von ihrem Erbe zu leben, war der Versuch, mit der Vergangenheit abzurechnen und sich zu enteignen, so wie ihre Landsleute angesichts des drohenden wirtschaftlichen Zusammenbruchs ihres Landes wie die des ganzen Kontinents ihr Geld und Gold, das sie vorher den Banken nicht anvertraut hätten, dem Staat übereignet hätten, um die wirtschaftliche Krise aufzufangen. Ein solcher Einsatz erschien R märchenhaft, wenn er sich die Schlangen von Menschen vorstellte, die sich anstellten, um ihre Schmuckstücke gegen eine Quittung abzugeben, er sah Fernsehbilder vor sich ablaufen, die die Menschen dazu bewegen sollten, ihre Wertgegenstände in staatliche Hände zu geben und sich freiwillig zu enteignen, um das Land davor zu bewahren, wiederum, wenn auch nicht militärisch, besetzt zu werden, denn unübersehbare Staatsschulden hätten den Ruf des Landes als verlässlicher Handelspartner ruiniert und den Staat gezwungen, mühselig aufgebaute Firmen wenigstens teilweise an ausländische Unternehmen zu verkaufen. Diese Angst und der Wille, die Unabhängigkeit des Landes zu retten, hätten ein Gemeinschaftsgefühl hervorgerufen, das seit der Nachkriegszeit vor allem in der heranwachsenden Generation immer mehr verloren gegangen sei, wie die Alten beklagten, die dann nicht gezögert hätten, ihre zu Hause versteckten Schätze der Öffentlichkeit zu übergeben. Nach Europa und dann auf diese Reise mit R hatte S auch der Wunsch getrieben, sich von allem zu befreien, was ihr Leben zusammengehunzt hatte, aber der Versuch, sich im Ausland von allem zu entledigen, war gescheitert. Vielleicht sprach S deshalb über den Besitz der Mutter, als ob sie mit diesem Erbe ihre Schwestern und sich von einem anderen Erbe freikaufen könnte, das über Generationen hinweg abgegolten werden müsse und dem keine der Töchter entgehen könne, von denen die jüngste, anstatt in die Breite zu gehen und äußere Geschlechtsmerkmale auszubilden, so in die Höhe gewachsen sei, dass sie eine der größten Frauen des Landes sei, deren flache Brüste nippellos geblieben seien. Ihr Verhältnis zu Männern erschwere außerdem, dass sie einer protestantischen Sekte angehöre, über deren Alkoholverbot sie sich leichtfertig hinwegsetze, um sich betrunken mit Fleisch vollzustopfen, was sie nüchtern als Vegetarierin abgelehnt hätte, sie habe sich in ihrer Jungfernschaft eingerichtet, indem sie sich regelmäßig in Männer verliebe, die kein Interesse an ihr zeigten oder ihr unerreichbar seien. Mit ihren zwei Schwestern werde sie also, sagte S voraus, eines Tages, spätestens im Alter zusammenleben, vielleicht sogar, wenn es sich nicht abwenden ließe, mit ihrer Mutter und ihrer Nichte, die wie ihre Mutter und Großmutter die Männer verlassen werde, und sollte eine von ihnen doch einmal Töchter haben, denn Söhne seien gar nicht vorstellbar, würden diese ebenso ihre Männer verlassen oder von ihnen verlassen werden. Vielleicht könnten die drei Schwestern gemeinsam dem Fluch widerstehen, der auf ihrem Frauenhaushalt laste, da den Frauen über drei Generationen Männer zum Verhängnis geworden seien, und diese Wohngemeinschaft der Schwestern sei eine beinahe idyllische Möglichkeit, diesen Fluch zu mildern, der kein Einzelfall sei. R könne an ihrer Familie die Geschichte ihres Landes ablesen, das in der Angst lebe, seine Unabhängigkeit und seinen Reichtum wieder zu verlieren, es drohe aber weniger den Folgen der gegenwärtigen Wirtschaftskrise als denen seiner Vergangenheit zu erliegen, die aufzuarbeiten, Scham, Misstrauen und Wut immer noch schwer machten, schließlich habe ein Bürgerkrieg das Land verwüstet und das Volk bis heute geteilt, die Kriegsverbrechen seien kaum aufgeklärt, für die Verantwortung zu übernehmen, sich die Nachbarstaaten immer noch weigerten. Das Schicksal ihrer Familie sei unübersehbar von dieser Geschichte gezeichnet, obwohl die Generation ihrer Mutter, die vor den eigenen Landsleuten flüchten musste, so getan habe, als ob sie bei null anfangen und für ihre Kinder ein neues Land aufbauen könnte, als Beispiel führte S am liebsten große Industrielle an, die selbst einmal Arbeiter gewesen seien und es später zum Konzernchef gebracht hätten, S erklärte, welche Charaktereigenschaften, welche Denkweise diese Männer befähigt hätten, die Möglichkeiten dieses verarmten und verwüsteten Lands zu begreifen, das nach Jahrhunderten der Unterdrückung am Ende des Krieges plötzlich unabhängig gewesen sei, sie erzählte, wie die Unternehmer den Aufbau und Aufstieg ihres Landes vorangetrieben hätten, indem ihre Firmen erst Handlangerdienste für reiche Länder ausgeführt und dann mit dem gewonnenen Wissen selbst Macht auf dem Weltmarkt errungen hätten. Der Druck, dieses Erbe angemessen zu verwalten, treibe die Generation von S zu fast panischem Ehrgeiz, dessen Kehrseite Lustlosigkeit bis zur Lebensunfähigkeit sei, keineswegs wolle S aber sagen, dass sich die Geschichte zwangsläufig in Gnadenlosigkeit niederschlage, dass ihre Generation gebrochen und ihr Volk für immer gezeichnet sei, trotz solcher Beschwichtigungen fand R es geschmacklos, wie sie die Zukunft ausweidete, sie ausmalte, als ob alle Abweichungen wirkungslos oder nur mangelhafter Zufall wären, wie sie die Gegenwart unter die Fußmatte der Zukunft kehrte, um sie von der Unausweichlichkeit der Zeit zertrampeln zu lassen, sie kam ihm dann wie eine unglückliche, vom Leben ausgehungerte Herrscherin vor, die aus der Zukunft her begründete Todesurteile aussprach, um in der Frage recht zu behalten, was möglich und unmöglich war. Es machte ihn rasend, dass sie die Zukunft bestimmende Zwänge als eindeutig gesellschaftlich und historisch entstanden beschrieb, gegen die sie machtlos sei, oder gegen die anzugehen sie keine Kraft habe, weil sie keine Chance sehe, dadurch freier zu werden, ihm wurde schlecht, wenn sie so redete, weil er dann umso mehr glauben wollte, starke Gefühle und Einbildungskraft könnten Zwänge zersetzen, ohne dass daraus zwangsläufig Leiden und Angst entstünden. Solche Behauptungen wischte sie ironisch beiseite, als ob sie sich zu genau kennen würde und die Unveränderbarkeit ihres Charakters und ihres Schicksals bereits hinreichend bewiesen hätte, Familie, Kultur, Nation, Welt waren für sie Ringe, die sich um sie legten und sich von ihr nährten, während sie von deren Kräften abgeschnitten war, die nie die ihren gewesen waren, aber die ihren hätten sein sollen.

VOLKSCHARAKTER

MANCHMAL ERWACHTE S völlig überraschend aus ihrem Dornröschenschlaf, an dem R sich bereits die Lippen wund geküsst hatte, und versuchte den Charakter ihres Volkes zu beschreiben, sie führte ihn auf die außergewöhnliche geographische Lage ihres Landes zurück, das einem Wurmfortsatz ähnlich zwischen seinen Nachbarländern zerdrückt zu werden drohte, auf seine Unterdrückung während zwei Jahrhunderten, und die Diktatur in der zweiten Hälfte des 20. Jahrhunderts, sie berichtete R von der Arbeiter- und Studentenbewegung in dieser Zeit, der unauffälligen Arbeit der Frauenbewegung und der kaum dreißigjährigen Demokratie, die von Korruption immer wieder bedroht war, sie machte sich Gedanken über das Wirtschaftswunder, das keine verlorene phantasierte Größe vergessen oder wiedergutmachen sollte, wie es in Rs Land geschehen war, und sprach wieder von Industriellen, die die mächtigsten Unternehmen des Landes gegründet hätten und deren Familien sie noch heute besäßen. Gab sie solche merkwürdigen Ausblicke auf die Geschichte ihres Landes, dann kam R sich vor, als ob ihm im Strom der Zeit steckend die Berge der Erinnerung unzugänglich blieben, auf denen sie stand und die Zeiten überblickend ein deutsches Lied sang, dessen Melodie er nicht einmal hätte summen können, und wenn sie gern die Geschichte von europäischen und vor allem deutschen Industriellen gehört hätte, um zu erfahren, wie es dazu gekommen war, dass unter deren Namen Apparate und Maschinen in der Welt bekannt seien, als ob die Geschichte eines Landes immer zuerst die großer Einzelner wäre, die allen Widerständen zum Trotz ihr Talent zu nützen wüssten, konnte er zu ihrer großen Enttäuschung nichts berichten, und sie fragte ihn lachend, ob er wirklich aus Deutschland komme. Er versuchte sie mit ein paar Gedichtzeilen zu beeindrucken, scheiterte aber an der Übersetzung, Kaiserkron' und Päonienrot, die müssen verzaubert sein, Vater und Mutter sind lang schon tot, was stehen sie hier so allein, der Springbrunnen plaudert immerfort, von der schönen alten Zeit, was S zum Lachen brachte, ein Lachen, das ihn genauso ungehalten machte, wie wenn sie, um ihn zu ärgern, behauptete, Käsekästchen sei ein typisch deutsches Spiel, und er verfiel in Schweigen und sie bald wieder in einen immer tieferen, immer längeren, fast scheintoten Schlaf.

FREMDSPRACHE (1)

S LEGTE GRÖSSTEN WERT DARAUF, die Fremdsprache, in der sie miteinander sprachen und die auch nicht Rs Muttersprache war, richtig auszusprechen, als könnte die unvorsichtige Artikulation die Bedeutung nicht nur verdrehen, sondern in einen Fluch verwandeln, sie versuchte ängstlich, sich nicht den unkontrollierbaren Kräften der Sprache auszuliefern, die zu artikulieren, sich die Zunge vergeblich wand und bog, als wären ihre Stimmbänder beschädigt, die Muskeln zu schwach und bewegte sich der Mund immer zu langsam. Mit anderen Leuten außer R redete sie leise und undeutlich, aus Misstrauen gegen das, was ihr diese neue ungeübte Sprache aus dem Mund zog, sie zweifelte, ob ihre Sprechwerkzeuge den Ansprüchen einer vorbildlichen, also vorschriftsmäßigen Aussprache gewachsen waren, oder sie eines langen, endlosen Trainings von Vorsprechen und Nachsprechen bedurft hätte, um Lippen und Zunge den Lautfolgen anzupassen, die sie in ihrem Mund wie ein widerliches Tier hielt, das so wenig wie möglich ihre Mundhöhle berühren sollte, weil sie Angst hatte, es zu zerdrücken. Für sie waren Buchstaben Töne, die richtig oder falsch gespielt werden konnten, Silben und Silbenfolgen bildeten eine Melodie und Themen, die selbstverständlich verschieden interpretiert werden konnten, ihre Ohren, die sich über ihren Mund lustig machten, waren musikalisch gebildet und am Lautmaterial ihrer eigenen Sprache geschult, dessen Spektrum weiter, in den Klangnuancen feiner war, zum Beispiel bei den Vokalen, die auch ihr Denken bestimmten, denn sie wollte ganz und gar Selbstlaut sein, richtig und vor allem aus sich heraus klingen, anstatt sich falsch und unsauber anzuhören und von anderen abhängig zu sein. Nur mitzuklingen oder zum Klingen gebracht zu werden, unterforderte sie auf ungesunde Weise, sie wollte kein Echo sein, vor allem keines, das nicht einmal korrekt mitklingen oder den antwortenden Nachklang richtig bilden konnte, ein behindertes Echo, ein missglückter Epimetheus war ihr der Inbegriff einer gescheiterten Existenz, deren Möglichkeiten beschränkt waren, weil sie nicht aus sich selbst heraus einen Klang in Schwingung bringen und ausformen konnte, an den sich andere hätten anschließen können, um gemeinsam melodische Folgen von Tönen und Buchstaben zu bilden, ein harmonisches Zusammenklingen mit anderen, das sie einmal musikalisch zu verwirklichen hoffte. In der Fremdsprache kam sie sich wie eine Dompteuse vor, deren Peitsche zu kurz war, um die Tiere zu treffen, zu ausgefranst, um zu knallen, die in einem Käfig saß, aus dem die Tiere hätten entfliehen können, wenn sie S gefressen hätten, die der Ausgang war, durch den sie sich nach draußen fressen konnten. Oder diese Tiere waren Teil des Käfigs und hielten S in Schach, damit sie nicht den Käfig verließ, den zu verlassen sie sich nur wünschen, aber nicht vorstellen konnte, da es ihr unmöglich war hinauszugehen, ohne den Verstand zu verlieren. Alltäglich sei sie auf die immer gleiche Fremdsprache angewiesen, trete den Spießrutenlauf durch die Wörter an, die ihr auf den Kopf schlügen, um ihr zu zeigen, wie unzurechnungsfähig sie sei, da sie mit den Wörtern nicht rechnen, nicht präzise sein könne, obwohl sie davon überzeugt sei, dass Wörter so genau wie Zahlen angewendet werden könnten, sie sei jedoch nicht fähig, eine Fremdsprache so wie ihre Muttersprache zu verwenden, in der sie über die Bedeutungen eines Wortes verfüge, die sich eindeutig im Gebrauch erwiesen, bestimmte Wörter seien nämlich nur in bestimmten Situationen zutreffend, angebracht und wirksam, oder umgekehrt hätten die Wörter Macht, Situationen herzustellen, oder die Situationen würden hergestellt, damit die Wörter angebracht werden könnten. Sprache sei eine Frage der Macht, der nicht zu entkommen sei, mit ihrer unklaren, nicht akzentfreien Aussprache, ihrer fehlerhaften Grammatik, ihrer ungenauen Wortwahl und ihrem ungeschickten Satzbau scheitere sie an dem eigenen Machtanspruch, der Versuch, eine neue Sprache zu erlernen, sie wie ein neues Kostüm zu tragen, das sie bis ins Innerste verändern würde, war gescheitert, groß war ihre Trauer, sich nicht in einer anderen Sprache unkenntlich machen und verschwinden zu können, für sie war die Fremdsprache eine magische Maschine, auf die sie übergroße Hoffnungen gesetzt hatte, aber an der sie sich die Zähne ausbiss, und die ihre ganze Nichtigkeit als unfähige Konsonantin sichtbar machte. Haarspalterisch suchte sie immer neue Hürden der Aussprache und der Grammatik aufzuzeigen, über die sie nie hinwegkommen werde, wobei die Fürwörter am unerträglichsten seien, schon die besitzanzeigenden Fürwörter schienen ihr oft nicht einleuchtend, sollten meistens besser weggelassen werden, weil klar oder erschließbar sei, für wen sie stünden, oder der Besitzer sollte eben noch mal genannt werden, der doch nicht einsilbig zu verstecken, sondern zu betonen sei, zu seinem Besitz, zu seiner Rolle zu stehen habe, die er nun mal im Satz habe und die nicht verschleiert werden solle. R machte es äußerst nervös, wenn die Unterhaltung oder seine Erzählung durch ihre Nachfrage unterbrochen wurde und nach ihrem Einspruch, der durch seine widerwillige Erklärung bestärkt wurde, nur schwer wieder aufzunehmen war, weil sie den Eindruck hatte, ihr werde etwas vorenthalten oder zumindest nicht in der nötigen Klarheit und Ausführlichkeit dargestellt, und sie sei auf einen grundsätzlichen Missstand gestoßen, der helfe, etwas zu verbergen, was den Sprecher oder die Sprache selbst und deren Sprecher betraf und entlarvte. Sie steigerte sich dann in die Ungenauigkeit und Willkür des sprachlichen Ausdrucks so sehr hinein, dass ihre Auseinandersetzung fast einem Spiel glich, bei dem sie die Wellen machte, die er zu glätten versuchte. Während sie sich von besitzanzeigenden Pronomen noch manchmal überzeugen ließ, waren ihr die personalen Fürwörter die Geister der Sprache, die sich als jemand ausgaben, der sie nicht wirklich waren, wie Seelenräuber und Doppelgänger, die in Silben schlüpften, um für einen Satz die Gestalt eines anderen anzunehmen und dann in unbestimmten Räumen zu verschwinden, in denen sie nicht greifbar, nicht identifizierbar waren, plötzlich tauchten sie aus diesem Nichts wieder auf und machten, unter dem Vorwand für etwas zu stehen, was vorher bereits gesagt worden war, die Sätze mehrdeutig, aber warum wurde es nicht, wenn es noch mal gesagt werden musste, in voller Länge und in der eigentlichen Gestalt gesagt? Sie konnte sich dieser Phantome nie sicher sein, die doch immer auf etwas anderes verweisen konnten, die Zusammenhänge ins Wanken brachten und die Sätze und Bedeutungen auseinanderdriften ließen, und bat verzweifelt und ärgerlich über ihre Kleingläubigkeit darum, ihr zu wiederholen, wer oder was das Fürwort eigentlich sei, damit ihr Kopf zur Ruhe komme, den Sätzen wieder in einer Linie folgen könne, anstatt in parallel laufenden, sich verzweigenden Bedeutungsmöglichkeiten denken zu müssen, die an den Fürwörtern andockten, wandernde Schnittstellen, wimmelnde Hohlräume in der Sprache, die anstatt Identität über mehrere Sätze zu garantieren, neue einführten, alte wechselten, andere überstülpten oder zerrissen. Anfangs hatte R gedacht, sie habe ihm nicht zugehört, an etwas anderes gedacht oder vergessen, was er im vorhergehenden Satz gesagt hatte, sie verstehe nicht, was er sagte, und täusche grammatikalische Schwierigkeiten vor, obwohl es ein Problem des Wortschatzes, der Aussprache war, aber ihr Denken stürzte sich auf diese Fürwörter, um sie ihrer möglichen Bezüge zu überführen, neue Sätze mit ihnen zu bilden, das Gesagte in alle möglichen Richtungen weiterzuspinnen und so ein Selbstgespräch zu führen, das sich schnell von dem entfernte, was er ihr eigentlich erzählen wollte und von ihrem Missverstehensreflex abgewehrt und abgelenkt worden war. Sie hätte diese Fürwörter lieber weggelassen, aus der Sprache verbannt, als von ihnen auf falsche Fährten gelockt, zu Spekulationen verführt zu werden, die von dem, was er ihr gesagt hatte, weg und in ihren Kopf hinein, aber nicht mehr hinausführten, und wenn es wieder zu einem der von ihr provozierten, nicht unbedingt vorsätzlich herbeigeführten Missverständnisse kam, geriet sie jedes Mal in Zorn über diese Fußangeln ihrer Vorstellungskraft, sie wollte auf keinen Fall, dass etwas anderes für sie selbst dastand, seinen Kopf für sie hinhielt, sie wollte ich ohne Anführungszeichen sagen, mit einem Pathos, der R Gänsehaut bereitete, wollte sie nicht „ich" sagen, sondern Ich sein, die Dinge nicht zu sagen und zwischen den Zähnen zu halten haben, sondern mit und unter den Dingen, ihnen gleich sein, anstatt sich in Statthalterverträgen deren Rechte anzueignen, an deren Stelle zu treten. Sie wollte nicht, dass jemand für einen anderen sprach, sie reagierte auf solche Gebietsansprüche empfindlich, sie war Fürsprechern gegenüber misstrauisch, egal wofür oder für wen sie sprachen, sie wollte auch selbst nicht für jemanden sprechen, sie wollte für sich stehen. R verstand diese Wut auf die Fürwörter nicht, die ihm nicht unverlässlich, nur manchmal schwankend, aber notwendig und stabil genug erschienen, unsinnig sei es vielmehr, Namen und Nomen immer wieder zu wiederholen, um ihre Identität und Stabilität zu verbürgen, die oftmals viel zu fest gefügt seien, dass diese Fürwörter eine Erleichterung seien, aufatmen ließen und verhinderten, dass der Sprecher von der penetranten Selbstbestätigung der Hauptwörter erdrückt werde. Im Traum saß er in der letzten Reihe eines schwach besetzten Schulraumes und musste über die Köpfe hinweg die Nominalisierungen des Tages in Verbformen und Nebensätze umwandeln, als müsste er das, was bei Tage als schweres Geschütz aufgefahren war, nachts in den Rinnstein der Nebensächlichkeiten schütten. Bei dieser mühseligen Aufgabe sprangen die Wörter oft in ihren alten Zustand zurück, „die Begleichung der Rechnung" wollte sich zum Beispiel nicht in eine Handlung und schon gar nicht in eine vergangene überführen lassen, als ob die Rechnung nicht beglichen würde und nicht beglichen werden könnte, ihm blieb also gar nichts anderes übrig, als darüber nachzudenken, um welche Rechnungen es sich denn handelte, wer diese Rechnung ausgestellt hatte und was berechnet worden war, und nachzurechnen, ob die Nominalisierung bereits in bare Münze aufgelöst und abbezahlt worden sei, oder vielleicht ein anderes Ergebnis zu errechnen sei, durch das die Rechnung beglichen oder sich erübrigen würde. Als er am nächsten Morgen S seinen Traum erzählte, vermied er es, einer Wortart den Vorzug vor der anderen zu geben, sonst hätte S ihm vorgehalten, dass auch ein Verb eine Tätigkeit oder ein Geschehen nicht erfassen oder auslösen könne und Verben zu verbalisieren, zu spalten wären.

AUSTREIBUNG

FÜR S HATTEN GEFÜHLE ZU VERBÜRGEN, dass das, was sie wahrnahm und dachte, kein Betrug war, ihr Gefühl hatte entscheidende, richtende Gewalt, zwang Abstand zu nehmen, anstatt sich hinzugeben, es war kein Klebstoff, der zusammenfügen sollte, was das Denken getrennt und die Widrigkeiten menschlicher Existenz zerschlagen hatten, sondern sollte diese Widersprüche,

Trennungen, Verrisse und Scherben in aller Schärfe erlebbar und durchschaubar machen, ihre scheinbare Gefühllosigkeit, die sich zu Bösartigkeit steigern konnte, war der Trieb nach Klarheit, die Wirklichkeit auszuhalten, nicht das Gefühl sollte Wirklichkeit produzieren oder verschleiern, worin Männer Spezialisten seien, sondern die Wirklichkeit sollte als solche gefühlt werden. Sie konnte ihren Gefühlen erliegen, konnte sie besessen wiedererleben, rief sie hervor, indem sie immer wieder jene Begebenheit nachstellte, die das Gefühl ausgelöst hatte. Als ob sie die Zeit anhalten, dem Schicksal etwas einbläuen und das Gefühl austreiben wollte, hatte sie mit dem Lied, das ihr Verlobter und sie auf der Taxifahrt zum Flughafen zufällig gehört hatten, beide Seiten einer Kassette bespielt und in Endlosschleife gehört, als ob sie ihren Verlobten zu Tode reiten und die Fahrt zum Flughafen aus der Vergangenheit tilgen wollte. Hatte sie es mit diesen Gebetsmühlen der Gefühle übertrieben, gab sie sich Empfindungen hin, die auf dem Boden ihrer eigenen Tatsachen standen, nahm beim Fischessen, nachdem sie die großen Fleischstücke von den Gräten gelöst hatte, das Grätengerüst auseinander und fing an, nach Essbarem und geschmacklich Interessantem zu suchen, die harten und weichen Teile abzulutschen oder auszusaugen. Ihre besondere Vorliebe galt den Fischköpfen, die im Gegensatz zu Schafsköpfen oft nicht durchgegart waren, obwohl die Haut manchmal angebrannt und die Augen hart und weiß waren, fand sie im Schädel Weißliches, Flüssiges, Gallertartiges und Zähes, was sie alles mit der Seelenruhe eines Meerestieres auseinandernahm, Gräte für Gräte, um sie auf ihre Essbarkeit, ihren Geschmack, ihre Beschaffenheit hin zu prüfen, denn es gab Teile, die sie sich nur wegen des Gefühls, das sie auslösten, in den Mund steckte und wieder ausspuckte, um sich mit Proben von Geschmack und Empfindung die Zeit zu vertreiben, die immer aufs Neue, je nach Fisch und Garzeit anders waren, ein Spiel, bei dem sie erprobte, was sie schmecken und empfinden konnte, aber eigentlich galt das Interesse der Suche nach Neuem und der Prüfung dessen, was von vielen als gut oder schlecht, appetitlich oder Ekel erregend eingeordnet worden war. Auf diesem Gefühlten, Empfundenen, auf diesen Vorlieben und Leidenschaften ließ sich allerdings kein Ich gründen, sie waren eher Schmuck, mit dem sie sich aufs Vortrefflichste, aufs Gründlichste ausstaffierte, den sie aber, wenn es notwendig war, abstreifte, sich wie einen ihrer Röcke über die Knöchel gleiten ließ und sich davonmachte, mit ihrem Katalog der Welt unter dem Arm.

SCHLÜSSELWORT

S WAR AUF DER SUCHE nach dem Schlüsselwort, das ihr eröffnen würde, was menschliches Denken war, diese Reise war ihr Versuch, ihren Geist, der all das dachte, was er dachte, auszutreiben, zu sehen, was von diesem Phantom übrig bliebe, was an seine Stelle träte, anstatt dieses halsstarrigen Gefühls, eine dunkle tiefe Welt in sich zu tragen, die enthüllt werden müsse, dass es da Schichtungen und Abgründe, geheimnisvolle Verliese und schaurige Verstecke, schwindelerregende Karussells und Geisterbahnen gebe. Diese vage aufregende Vorstellung des Geistes stammte noch aus der Jugendzeit, die jedoch nichts gegen die Einschränkungen vermocht hatte, an denen sich jede Lebensregung abarbeitete. An diesem Ort trieben Hitze und Trockenheit all dies aus dem Körper aus, nahmen es in die Mangel.

III

ENDPUNKT (1)

DIESEN NÖRDLICH DES WENDEKREISES DES KREBSES gelegenen Landstrich vertrage S nicht, sie leide in jeder Beziehung darunter, an diesem südlichsten Punkt der Reise sei es höchste Zeit umzukehren, wenn es dafür nicht schon zu spät sei, sie bereue, dass sie nicht ihrer Vorliebe für wolkige, kühle Klimazonen gefolgt sei, und einmal mehr einen Versuch gegen ihre eigene Natur unternommen habe, die verändern zu können, sie sich so sehr wünsche. Sie war geradezu davon besessen, sich von allen Verunreinigungen zu befreien, alle Zwänge und Ängste zu raffinieren und auszuscheiden, die sie überraschend genau bestimmen konnte, in ihrem Charakter, ihrer Familie, ihrer Kultur und der Geschichte ihres Landes festschrieb, wenn sie von ihrer Erziehung und Schulbildung in der Zeit der Diktatur, von ihrer Mutter oder der wirtschaftlichen Entwicklung ihres Landes nach dem Krieg sprach. Sie versuchte sich seelisch zu verminen, indem sie ihrer Neugier und Erregung folgte, bis es ihr die Sprache verschlug, und sie alle viere von sich streckte, wie sie es jetzt tat, wo ihr jeder Ausweg unmöglich erschien, der vorgab, ihre Lage grundsätzlich zu ändern, und sie sich wünschte, in entgegengesetzte oder wenigstens in eine andere Himmelsrichtung gereist zu sein, was an diesem Endpunkt der Reise sinnlos war, weil das Leben jede Dimension verloren hatte, und sie das Hotel bis zum Ende ihrer Reise nicht mehr verlassen würde.

ZEITRAUM

LANDSCHAFT UND KLIMA STANDEN in so enger Wechselwirkung, dass sie einen Raum bildeten, der in sich veränderlich war, sich weitete oder verengte, sich in die Länge zog oder so verzerrte, dass der Himmel bis zur Unkenntlichkeit nahekam, in sandgrauer Körnigkeit auf die Körper herabdrängte und alles unter Druck setzte, was sich aus der Horizontalen gewagt und aufgerichtet hatte, dieser Raum legte sich um alles, als wollte er es anfassen, abtasten und absuchen, aus göttlicher Willkür, Bosheit und parasitärer Lust zerdrücken, ein bedrohlicher hinterhältiger Raum, der sich allem wie eine verschwitzte, abgeworfene Haut aufdrängte, als ob sie immer noch passen müsste und die Menschen in Erinnerungen eingeschlagen würden, die nicht die ihren waren. Der Raum konnte plötzlich zu einer Weite und Klarheit aufplatzen, die die Augen überforderten, trieb aber meistens in die Enge und machte sich über die Menschen her, als ob er über sie verfügen könnte, und leicht hätte er sie umstülpen, zerdrücken und vernichten können. Um der gegenwärtigen Besatzungsmacht Platz zu machen, seien die Zumutungen der abgezogenen europäischen Besatzer in den Himmel gestiegen und beherrschten diesen Landstrich als Unbilden des Klimas weiterhin, zerrütteten die organischen Abläufe und zehrten an der geistigen Gesundheit der Bewohner, diese klimatischen Veränderungen, die die ehemaligen Besatzer bewirkt hätten, ließen sich nur dadurch erklären, dass die zwei europäischen Staaten die großzügig vorhandenen Vorkommen an Phosphat und Uran zu ihren Zwecken genutzt und Teile dieser Wüste verseucht hätten. Diese Hypothese des ortsansässigen Apothekers von der Besatzerverseuchung war unter den Einheimischen verbreitet und erleichterte R sehr, da sie die Wirkung des Hotels erklären konnte und er sich schon vorher gefragt hatte, ob ihm bloß ein hartnäckiges Schuldgefühl einrede, dass sein Unwohlsein weniger mit dem Klima als der Geschichte dieser Gegend zu tun habe und er in die Falle gegangen sei, schließlich stammte er von demselben Kontinent wie die beiden Kolonialmächte, die sich von Schuld am liebsten selbst freisprachen und dann so taten, als ob der Globus dadurch von ihrem Erbe gereinigt wäre und aufs Neue erobert werden könnte, in dieser Gegend aber schien von Zivilisation einzig die bösartigste Verhunzung welchen Lebens auch immer übrig geblieben zu sein.

DIE SEUCHE (1)

SIRIUS, DER HELLSTE HIMMELSKÖRPER im Sternbild des Großen Hundes, verstärkte die Wirkung der Sonne und brachte dem Land Dürre, der vom Himmel tropfende Speichel des Hundegestirns, das sein Wirkungsfeld bis in die nördliche Hemisphäre ausgedehnt hatte, lag als beißender Dunst über allem und entzündete die Gehirnhaut von Mensch und Tier tödlich, der Hundsstern rief eine Seuche hervor, die in ihren Symptomen beim Menschen der Tollwut ähnelte und die bereits jede Form von Leben befallen hatte, als S und R am Anfang ihrer Reise bei ungewöhnlich hohen Temperaturen von Nordeuropa aus aufgebrochen waren und den Sommer für einen überhitzten Herbst gehalten hatten, der Blättern und Hirnhäuten die Wasserzufuhr abschnitt, alles organische Leben vertrocknete, als ob Sirius eine derartig tollwütige Wasserangst provoziert hätte, dass alle Lebewesen selbst die Aufnahme von Wasser scheuten. Wenn auch ihnen, vom Wüstenklima mitgenommen, der Hundsspeichel in den Kopf getropft war, dann waren die Annahmen über die Vergangenheit des Hotels, über die klimatischen Bedingungen und deren Entstehung durch die koloniale Vergangenheit und gegenwärtige Besetzung, nichts anderes als Täuschungen, die eben genau dieses Klima hervorgerufen hatte und sich von der bekannten Form der Fata Morgana nur insofern unterschieden, als es kein äußeres, sondern ein inneres Bild war, das keine physikalische Wissenschaft erklären oder nachweisen konnte, aber auf historischen, geographischen, geologischen und psychologischen Wechselwirkungen beruhte, deren Verschlingung und Reaktionsbildung unzweifelhaft waren, auch wenn deren Auswirkungen verschieden gedeutet und bewertet werden konnten. Die klimatischen Bedingungen waren jedoch keineswegs nur eine regionale Erscheinung, sondern Teil einer Kontinente überschreitenden, globalen Seuche, anfangs schien das Land, in dem sie sich aufhielten, verschont geblieben zu sein, denn das Klima im Norden des Landes, in das Kolonialrentner zurückgekehrt waren, um auf das Sterben zu warten, hatten S und R nach der europäischen Hitze als sehr angenehm empfunden, und während der kälteren Monate hatten sie sich in der Gemeinschaft des Lokalbesitzers sehr wohlgefühlt, der sie als Erster wie später auch der Apotheker vor den Einflüssen dieses hundstägigen Klimas gewarnt hatte, das den schlafkranken Zustand von S verschärfte, vielleicht hervorgerufen hatte, denn bei ihr hatten sich, nachdem sie von ihrer letzten Wanderung in diesem launischen Landstrich zurückgekommen waren, das Misstrauen und die unerklärlich gesundheitsbeeinträchtigende Wirkung dieser Gegend voll entfaltet.

DIE SEUCHE (2)

DIE URSACHE DER UNPÄSSLICHKEIT VON S könne die Seuche sein, die sich höchstwahrscheinlich von Europa aus auch auf diesem Kontinent ausbreite, sagte der Apotheker, obwohl ungeklärt sei, ob sie sich hier wirklich ausbreite und wie weit südlich sie schon vorgedrungen sei, denn die vielfältigen Symptome ließen es bisher nicht zu, die Seuche eindeutig zu diagnostizieren, geschweige denn deren Natur und Ursachen zu klären, für die deswegen auch in Europa, dem Seuchenherd, noch keine Meldepflicht habe erlassen werden können. Die Krankheit befalle offensichtlich alle Formen des Lebendigen, das Sterben von Pflanzen müsse im Zusammenhang mit der Erkrankung von Menschen und Tieren gesehen werden, selbst bestimmte Insektenarten profitierten nur vorübergehend von den klimatischen Veränderungen, die aber zur Erklärung der Epidemie nicht ausreichten, diese Seuche nur dem Himmel anzulasten, der die Erde gnadenlos behandele, sei natürlich viel zu einfach. Der Apotheker gehe davon aus, dass S sich bereits in Europa angesteckt habe, und die Krankheit erst unter den hiesigen geographischen Umständen so drastisch ausgebrochen sei, ohne Zweifel sei das sich weltweit verändernde Klima an diesem Ort besonders schwer zu ertragen, da dieser Landstrich bereits unter normalen Umständen eine extreme Wirkung auf die Menschen habe, dennoch habe er die Theorie, dass diese Gegend nicht zwangsläufig zersetze und zugrunde richte, sondern den Körper verwandeln und sich als heilsam erweisen könne, vielleicht erlaube ihm endlich der Zustand von S, diese Theorie zu beweisen.

DIE SEUCHE (3)

IM HERBST AM ENDE DES JAHRTAUSENDS waren sie losgefahren, Europa zu durchqueren, so ein Herbst dauerte länger, wenn man in südlicher Richtung fuhr, mit einem Ostschlenker das kontinentale Klima ausnützte, sich vor den Alpen den ersten Schnee besah und an der Mittelmeerküste ausruhte, um dann der Küste zu folgen, so ein Herbst hielt länger warm, wenn man über Monate die Blätter fallen sah, die die Kastanien schon im Juli verloren hatten, so dass diese Jahreszeit eine farbenfrohe Krankheit wurde, eine europaweite Seuche, die dem Kontinent die Flüssigkeit entzog und zuerst auf die außergewöhnlich heißen Temperaturen des Sommers zurückgeführt wurde, aber als die Symptome in verschiedenen Klimazonen andauernd sichtbar waren, fragten sich S und R, was Europa befallen hatte, und wie es diesem zersetzenden Ausschlag widerstehen sollte, denn das war keine Nationalseuche mehr, sondern ein kontinentales Siechtum, das räumlich nicht einzugrenzen war, auch wann es zum ersten Mal auftrat, war ungeklärt, da keiner wusste, ob, wer, was, wovon oder wie sehr befallen war. Noch riss den Menschen der heiße Wind nicht das Fleisch wie den Platanen die welken Blätter vom Leib, während die Bienen sich nicht entscheiden konnten, auf welcher Blüte sie landen sollten und starben, die Blumen hielten krampfhaft ihre Knospen geschlossen, um das Blühen hinauszuzögern, als ob die Blüten so besonders groß und farbenprächtig würden, aber die Knospen, die so dick wurden, dass schon die Farben der Blütenblätter zu erkennen waren, vertrockneten, ohne je geblüht zu haben, Fische fraßen ihre Brut, die ihnen missraten schien, und legten immer wieder neue Eier, Zugvögel starben vor Erschöpfung, als sie über den Alpen zögerlich wurden und bald in südlicher, bald in nördlicher Richtung flogen, Unentschlossenheit hatte sie überfallen, wo es am besten wäre, den Winter zu verbringen, da die Sonne sich auf ihrem Zenit hin- und herbewegte und Lebendiges auszutrocknen und Lebloses in Brand zu stecken drohte. Auch dem nicht astronomisch geschulten Beobachter fielen die ersten beiden Sterne auf, die unterhalb der schräg nach oben geöffneten Mondsichel sichtbar wurden, weil der Anblick dieser wiederkehrenden Konstellation bis lange Zeit nach Sonnenuntergang von keinem anderen Stern gestört wurde, ihm entging aber auch nicht, dass sich diese Gestirnkonstellation sehr langsam veränderte, dass die Entfernung zwischen den zwei Gestirnen zunahm. Während er am ersten Abend seine Entdeckung noch als ungenaue Beobachtung, am zweiten Abend als Unkenntnis der sphärischen Vorgänge entschuldigen konnte, wuchs am vierten und am folgenden Abend seine Besorgnis, denn unübersehbar geriet dort oben etwas in Spannung, während Unentschlossenheit, Zögern und Zugrundegehen auf der Erde täglich zunahmen, und die Tagespresse die Rhythmusstörungen kosmischen Ausmaßes bildstark ausschlachtete.

DIE SEUCHE (4)

UM DOCH NOCH EINEN RICHTIGEN HERBST zu sehen, waren S und R auf dem anderen Kontinent in den botanischen Garten einer Universität gegangen, wo ein Baum stand, dessen Namen sie beim Anblick der gelben, durchsonnten Blätter wieder vergaßen, hier bekamen sie für ihr Eintrittsgeld noch einmal einen echten, wenn auch wissenschaftlich gehüteten Herbst zu sehen, in dem sich die Säfte aus den Ästen und dem Stamm entspannt zurückzogen, die Kraft nicht krankhaft abgewürgt wurde und sich nicht explosionsartig Kröpfe am Stamm bildeten, keine unsichtbaren Parasiten befielen die Pflanzen und saugten sie aus. Der Trinkwasserverbrauch stieg bedenklich, ob aus klimatischen Gründen oder Krankheit war für die beiden Touristen anfangs unklar, die in alle Sehenswürdigkeiten riesige Plastikflaschen mitbrachten und den Durst spürten, aber nicht orten konnten, woher die Hitze kam, die vom Wetter unabhängig war, denn sie heizte die Lebewesen auch bei niedrigen Außentemperaturen auf und machte deren Innenleben porös, schürte Angst, von diesem eigenartigen Siechtum, das allem die Flüssigkeit entzog, angesteckt zu werden oder bereits angesteckt zu sein. Die Angst, diesen Befall wegen misslungener Prophylaxe und der erlittenen Überdosis schulgerechten Wissens nicht abwehren zu können, hielt Traum und Wachzustand zusammen, die Reise würde S und R diese Angst nicht nehmen, kaum wie eine Impfung wirken, die Angst provozierte, um sie zum Verschwinden zu bringen. Sie wussten selbst nicht, ob sie durch die Gegenden Europas, wo sich die Seuche ausbreitete, ohne begriffen oder eingedämmt werden zu können, reisten, um die Ansteckung zu erzwingen oder ihre Immunität herbeizuführen, stärker als die Angst vor Ansteckung war der Wunsch, vom eigenen Eigentum, Wort- und Gedankenschatz befreit zu werden, und der kindliche Glaube, dass sie die zornige Ohrfeige eines Gottes auf den Boden der Tatsachen befördern könnte, der von Besitz und Herrschaft, Angst und Krankheit befreit wäre. Der Wunsch tödlicher Infektion war der nach endgültiger Reinigung, galt die Angst den anderen, war sie die Unmöglichkeit, für deren Leben Gerechtigkeit zu erwirken, für sie zu leiden. Welch' Pilger- und Büßerreise stand S und R bevor?

ENDPUNKT (2)

ES WAR EINMAL EIN PUNKT, der nicht mit anderen Punkten Buchstaben bildete, sondern Sätze der Blindenschrift zu beenden hatte, und auf keinen Fall wollte er in die Punktkombination eines Buchstabens gedrängt werden, aber ein gewöhnlicher Punkt wollte er auch nicht mehr sein, da er weder den Sprachfluss ins Stocken bringen, noch aufgegriffen und in die Zeichenfolge gepresst werden wollte, befand er sich auf der Flucht nach vorne, und weil er nicht ewig über all die anderen Punkte hinrasen konnte, ohne aufzufallen, eilte er wie im Slalom durch die Punktzeichen, und würde, da war er sich sicher, ohne zu wissen, was das eigentlich bedeutete, nicht bloß einen Satz, nicht bloß den Text als Punkt abschließen, es war sein tiefster Wunsch, der rasenden, hektischen, hysterischen Bewegung des Schreibens endgültig ein Ende zu setzen. Als ihn vorher ein Finger traf und versuchte, ihn zu lesen und in die Reihenfolge der sinnvoll angeordneten Punkte einzuordnen, hätte er ihn als falsche Fährte, als Fremdkörper identifizieren und mit dem Fingernagel als unlesbaren Störenfried beseitigen können, während der Punkt bewegungslos hätte sitzen bleiben müssen und seine Aufgabe verfehlt hätte, die Zeichenfolge zu einem sinnvollen Ende zu bringen. Der Fingernagel ließ ihn aber in Frieden, und sobald die Fingerkuppe weiterlas, setzte der Punkt erleichtert, nicht als abtrünniges Schriftzeichen identifiziert worden zu sein, seinen Slalom durch die Punktfolge fort, er überholte den zögernden, ungeduldig auf einen Abschluss der Sätze hinsteuernden Finger, und ohne sich um dessen Atemlosigkeit zu kümmern, verlängerte er die Sätze, manchmal Pirouetten drehend und Haken schlagend, übermütig Wiederholungen provozierend, die seine Kraft und Bewegungsfreude so steigerten, dass er von einer endlosen Bewegung zu träumen begann, und obwohl ihn die Angst antrieb, von dem Finger eingeholt zu werden, bildete er sich ein, den ihm folgenden Sätzen die Freiheit zu schenken, nicht enden zu müssen, bis er irgendwann doch erschöpft niedersank und sich widerstrebend in das Schicksal eines Satzzeichens ergebend eine Punktreihe beendete. Als er dann Atem geholt hatte und in Ruhe zwischen den Bedeutung und Ton tragenden Punkten als stummer Punkt saß, begriff er, dass er keineswegs eine endgültige Atempause war, nach der nichts mehr zu sagen war. Anstatt wenigstens ein Komet zu sein, an dem sich der Leser die Finger verbrannte, war er ein kaltes, lichtloses Bruchstück, das sich von dem eigentlichen, unsichtbar über allem dahinziehenden Endpunkt gelöst hatte und auf dessen Bahn mitgezogen worden war, nie war er selbst geflogen, und nicht einmal seinen Stillstand verdankte er der eigenen Schwerkraft, geschweige denn irgendeiner Endgültigkeit. Verwundert und fröhlich, wie viel fremdes Leben in ihm war, wurde ihm schwindlig.

ROUTE

SIE HÄTTEN SICH SAGEN KÖNNEN, sie reisten mit oder gegen geschichtliche Bewegungen, zum Beispiel die kolonialen, in deren Rückständen sie herumstocherten, als ob sie es mit einer Naturkatastrophe zu tun hätten, und wunderten sich unter den Trümmern der Natur die Reste ihrer eigenen Zivilisation zu finden, die sie gehofft hatten, zu Hause gelassen zu haben, die sie aber ansprang wie der Teufel, dessen an einer Feder befestigter Oberkörper sie freudig und grob umarmte, um sie in seine Kiste mitzunehmen, wobei er seine Krallen so tief in ihre Leiber stieß, dass es aussichtslos war, ihn abzuschütteln, während der Unterleib seit Langem irgendwo kopflos durch die Gegend rannte oder gar beim Abzug der Kolonialmächte ins Gepäck geraten war. An den Spuren von Truppenbewegungen, Eroberungen, Rückzügen und Vertreibungen, Handelsfahrten, Routen von religiösen Gesandtschaften und politischen Unterhändlern, Expeditionen von Forschern und Reisenden, Überbringern von Wissen und Kultur hätten sie sich entlanghangeln können, um ihrer Reise Bedeutung und Richtung, sich selbst das Bewusstsein zu geben, nicht nur durch von Seuchen geplagte Landstriche den Kontinent zu verlassen, sondern durch eine Kulturlandschaft zu fahren, die sich in Raum und Zeit ausbreitete und dem Menschlichen ein ebenso mörderisches wie utopisches Maß gab. Sie ignorierten diese Dimensionen nicht, fuhren nicht anmaßend darüber hinweg und beschränkten ihre Lektüre keineswegs auf Reiseführer, stürzten sich auf alles, was sich ihnen darbot und ihnen zu denken gab, nichts nahmen sie als gegeben hin und vergaßen nie, sich als Fremde zu fühlen. Wurde der Ansturm an Ungewohntem und Unerwartetem zu groß, konnten sie manchmal nur gemeinsam aufrecht stehen, denn echte Helden waren sie nicht, und um Helden zu spielen, waren sie nicht hierhergekommen, das hatten andere vor ihnen getan, und die Folgen waren ihnen in den eigenen Leib geschrieben, auch wenn vor allem S heimlich gehofft hatte, ihrer

Geschichte zu entkommen, ohne im Lendenschurz zu enden, in eine andere hineinzugeraten, ohne unter die Räder zu kommen.

BESICHTIGUNG (1)

DAS LINIENMUSTER, das den alten Herrschaftssitz schmückte, setzte sich in unlösbaren Verschlingungen unendlich fort, mit Blumen, Tieren und Formen besetzte Arabesken erstreckten sich über Wände, Decken und die wenigen noch erhaltenen Möbel, Stoffe und Teppiche, waren auf Malereien, Kacheln, Marmorreliefs und Einlegearbeiten zu sehen, bildeten die eigentlich tragende Struktur des wehrhaften Palastes, deren sich windende Linien keinen Ruhepunkt für das Auge boten, keine Möglichkeit innezuhalten, alles war gleichermaßen zu würdigen, keine Bedeutung, die hervorgehoben, festgeschrieben und von der Bewegung ausgenommen war. Die hypnotisierenden Wiederholungen und rhythmischen Formen, die nichts Reales abbildeten, nur mit wenigen Versatzstücken der Wirklichkeit wie mit Ködern bestückt waren, erfüllten nachts die Träume, fädelten sich in den Körper ein und drangen ins Gehirn vor, um dessen regelmäßige Windungen nach ihrem Vorbild zu formen und sich von dort in den Blutkreislauf und die Organe zu verästeln, ohne dass das Liniengebilde die Symmetrien, Rhythmen und Regelmäßigkeiten der Linienführung verlor. Es passte sich die körperlichen Hüllen an, beulte den ganzen Organismus nach seinen Formprinzipien aus, was nicht wehtat, aber den Körper unter starke Spannung setzte und ihm mehr Volumen gab, das wieder abnahm, sobald sich die Arabesken, ohne die Organe und Blutbahnen aufzuschlitzen, nur langsam wieder zurückzogen, da sich Unmengen von Material darangehängt hatten, die magnetische Wirkung dieser Sonden hatte Rückstände an sich gezogen, die medizinische Geräte nicht hätten sichtbar machen können, dieser herrliche Zierrat erlöste den Körper von endlosen Bilder- und Buchstabenketten, die die aus dem Körper laufenden Arabesken umwucherten und in einem farbig schillernden Film verschmolzen, der kaum noch zu erkennen war, weil sich Linien, Buchstaben und Bilder immer schneller bewegten, übereinander- und ineinanderschoben und zu Farbbewegungen verschwammen, in denen manchmal wieder Einzelbilder oder Bilderfolgen, ja Szenen zu erkennen waren. Auch Wörter und Sätze waren manchmal lesbar oder wurden von vertrauten Stimmen gesprochen, die bald in so schnellem Stimmengewirr untergingen, dass R nur noch ein sirrendes Rauschen hörte, das dem ähnelte, das er immer wieder im Krankenhaus hörte, er sah nur noch rasende farbige und schwarzweiße Streifen, die sich um die noch klar erkennbaren Linien der Arabesken schlängelten. Die rasende Bewegung der sich verschlingenden Linien machte ihn schwindlig, so sehr erleichterte ihn das aus ihm herausgezogene Material, und er verlor sich in dem Liniengewirr, das jetzt seinen ausfransenden Körper bildete.

BESICHTIGUNG (2)

ANFANGS HATTEN SIE DIE STÄDTE ZU FUSS oder mit dem Fahrrad ausführlichst begutachtet, als ob sie bei einem Besichtigungstermin wären und sich des Werts und Zustands des Objekts versichern müssten, das ihre Blicke durchkämmten, um alles Mögliche ans

Licht zu zerren. Was aber bereits im vollen Licht des touristischen Interesses stand, dem sollte ihr Blick wieder den Schleier des Besonderen umhängen, R studierte den Reiseführer, um sich nichts entgehen zu lassen, er spürte Leerstellen auf der touristischen Landkarte auf und fügte sie in ihren Besichtigungsplan ein, während S sich vor allem dafür interessierte, was im Brennpunkt des allgemeinen Interesses stand, um zu überprüfen, was es wirklich damit auf sich hatte. Sie nahmen sich Zeit, vergnügten sich am Unscheinbarsten wie am Großartigsten, wagten sich weit aus den Städten hinaus, gingen von den großen Straßen ab, jedes Verkehrsmittel war ihnen recht, um die Landschaft zu erkunden, sie waren genügsam, gingen viel zu Fuß, verirrten sich, und oft wurden ihnen die Tage zu kurz, um rechtzeitig zum Hotel zurückzukehren. Gern überließen sie es dem Zufall, wie sie wieder nach Hause kamen, ließen sich von motorisierten Einheimischen, Überlandtaxis, Bussen, seltener von Maultierwagen in die Stadt zurückfahren, während die Menschen sie verwundert, ohne jedes Misstrauen anblickten, viel über ihre Familie, ihren Beruf und ihr Land fragten, um ihnen dann das Fragen zu überlassen. Und gern hätten sie noch mehr Abenteuer erlebt.

BESICHTIGUNG (3)

WÄHREND FLACHE LANDSCHAFT R sonst beruhigte, machte ihn diese staubige, unübersichtliche Gegend so unruhig wie eine Landschaft mit Erhebungen, S machte sich darüber lustig, dass er überall hochsteigen musste, folgte ihm aber, wenn er schon vom Hotelzimmer aus eine Erhebung entdeckte und sofort herausfinden wollte, was sich von dort oben sehen ließ. Die körperliche Anstrengung steigerte nur seine Neugier zu sehen, was sich auf der anderen Seite der Erhebung verbarg, auch wenn er sich während des Aufstiegs manchmal fragte, was es mit seinem Besteigungsdrang auf sich habe, mit seiner Besessenheit, über den Dingen stehen und auf sie herabblicken zu wollen. Er lief dem Bedürfnis hinterher, möglichst viele Dinge gleichzeitig zu sehen, so wie sie in der Landschaft angeordnet waren und wie die Menschen sich dazu verhielten, dann hatte er das Gefühl, etwas erreicht zu haben, dem Himmel näher zu sein, den Menschen den Himmel, dem Himmel die Erde unter den Füßen vorauszuhaben. Während er sonst zu Höhenangst und Schwindel neigte, fühlte er sich hier sicher, weil ihm keiner in den Rücken fallen konnte, und fast frei, auch wenn er keiner von den Gipfelstürmern war, die oben angekommen sofort Harndrang verspürten und sich die Hose aufrissen, um die Erde zu besprengen, er war auch kein regelmäßiger Bergsteiger, der den Ausblick auf andere Berge und den Weg durch Wald und über Almen suchte, ihm war der Blick auf Städte, Siedlungen und Meer genauso recht, er wurde ruhig, weil er die Anstrengungen und Alltäglichkeiten relativiert sah, und fühlte sich in seiner Überzeugung bestätigt, dass alles auch ganz anders sein könnte, es möglich war, einen Standpunkt außerhalb der menschlichen Geschichte einzunehmen, was er, in einem Hotelzimmer gefragt, verneint hätte. Während S solche Anschauungen ganz und gar fern lagen und sie über die Kreuze auf Berggipfeln und in den Himmel stechende Kirchtürme immer nur den Kopf schüttelte, sah er sich hoch oben in seiner Überlegenheit und Einzigartigkeit bestätigt, die ihm in seinem Alltag nur wenig in den Sinn kam und die er im Flachland ebenfalls geleugnet hätte, obwohl S ihn manchmal auf seine fragliche Selbsteinschätzung hinwies, die er dann erschreckt als ebenso unverzeihlich wie unausrottbar erlebte, auch als sie ihm eines Tages sagte, sie würde ihn verlassen, ihn fragte, wie er nicht aufhören könne zu denken, er wäre den anderen überlegen, womit sie ihn zutiefst traf, aber gleichzeitig sich selbst meinte, und sagen wollte, dass sie beide nur begrenzt gemeinschaftsfähig seien. Trotzdem begleitete sie ihn gerne bei seinen Aufstiegen, sie freute sich darüber, dass die Dinge etwas anderes zu sein schienen, als sie erwartet hatte, sie langweilte sich bald, eine Stadt oder Landschaft von oben zu sehen, und konzentrierte sich lieber auf die nächste Umgebung des Aussichtspunktes, während er versuchte, sich den Ausblick einzuprägen, als hätte er ein fotografisches Gedächtnis und ginge es darum, sich genau an den Fluchtweg aus einem Gefängnis zu erinnern, und obwohl er wusste, dass er sich nur an weniges erinnern würde, tat er es immer von Neuem wie eine spirituelle Übung, bei der er allem mit der gleichen Aufmerksamkeit zu begegnen, das Kleine nicht zu vernachlässigen oder zu übersehen hatte, als ob sich in einem vorläufig reparierten Dach, einer vertrockneten Pflanze auf einer Terrasse oder in aufsteigendem Rauch die Erleuchtung verbergen könnte, oder wenigstens eine Eingebung, die sein ganzes Leben ändern würde, wie eine Strafaufgabe, in der anstatt fünfzig Mal „Ich verfolge den Unterricht mit der höchsten Aufmerksamkeit" eine mikroskopische Beschreibung der Stadtaufsicht zu leisten war, die er erst widerwillig erledigte, dann für die Klärung des eigenen Denkens und die Ordnung des eigenen Befindens dankbar war, er wollte sich auf so einer Anhöhe nicht mit jemandem versöhnen und suchte keineswegs gierig nach Ungewöhnlichem, das ihm hätte skandalös erscheinen müssen, die Anhöhe, die nach der Ankunft an einem Ort zuerst bestiegen werden musste, bot Orientierung, die ihm immer wichtig war, er konnte in keiner Stadt herumlaufen, ohne zu wissen, wo er sich auf dem Stadtplan gesehen befand, weil er sich unwohl fühlte, wenn er nicht wusste, wo, in welchem Bereich der Stadt, auf welcher, wohin führenden Straße er sich gerade aufhielt, als müsste er einen möglichen Hinterhalt, Fluchtwege und strategische Möglichkeiten immer im Blick behalten, um gleichzeitig von oben auf die Spaziergänger herabzuschauen, sich in Führer und Geführten zu spalten, ganz anders als S, die sich nie Himmelsrichtungen und Wegverläufe einbläute und sich ihm gerne anvertraute. Auch wenn sie bei Spaziergängen ihrer Eingebung folgten, konnte R sich weiterhin als Führer fühlen, weil er im Gegensatz zu ihr immer wusste, wo sie gerade waren, er kam sich manchmal wie sein eigener Marionettenspieler vor und riskierte, die Möglichkeiten der Unbeschwertheit und des spontanen Reagierens einzuschränken, die S wichtiger waren, als auf irgendetwas zu steigen, um ihre eigene Zeit zu überblicken. Ebenso wenig sah sie einen Grund, sich der Sonne unnötig zu nähern, was sie bei den Aufstiegen widerwillig tat, das andauernde grausame Strahlen der Sonne war ihr verdächtig, die nicht innehalten konnte, anstatt ihre Strahlen zu regulieren, verbrannte und austrocknete, wo sie konnte, und von der sie lieber Abstand genommen, deren Einwirkung sie sich lieber entzogen hätte, so dass sie lieber abgestiegen wäre, um sich die Welt von unten als von oben anzusehen, gern daruntergeschlüpft wäre, um aus dem Schatten, der Dunkelheit heraus zu beobachten.

BRUCH (3)

WÄHREND S UND R VOR DEN ARMEN MENSCHEN, denen sie ununterbrochen begegneten, keine Angst hatten, da niemand sie bisher wegen Geldes bedroht hatte, hatten sie sich ein gewisses Misstrauen gegen Händler angewöhnt, von denen sie anfangs übers Ohr gehauen wurden, ohne es zu bemerken, weil ihnen alles immer noch billig erschien, und sie waren in das Preisgefüge ihrer Länder eingeklemmt, obwohl sie selbst dort Preise oft nur falsch einschätzen konnten, da ihnen die Berechnungsgrundlagen fehlten, an denen sich eine Preiskalkulation orientieren musste, durch den Wirrwarr der Werte bei ihnen zu Hause hatten sie jeden Bezug zum Verhältnis von Kosten und Aufwand verloren, auch wenn gerade S ein großes Interesse an Kostennutzenrechnungen hatte, sie hatten den Boden der Tatsachen aus Sicht- und Trittweite verloren, und ihre einzige Bedingung lautete, so viel zu bezahlen, wie es in diesem Land kostete, zu sehen, wie viel es kostete, und die addierten Preise vorgelegt zu bekommen, die sie nicht überprüfen konnten, aber sie rechneten wenigstens die handgeschriebenen Rechnungen nach, deren Beträge sowieso nicht an Kosten in ihrer eigenen Währung herankamen, und längst verzichteten sie darauf, die Preise genau umzurechnen. Wenn Verkäufer die Preise erhöhten, rechneten sie meistens nicht mit dem Wiederkommen des Kunden, ihre Taktik war, anstatt durch unauffälligen, aber anhaltenden Preisaufschlag Gewinn zu machen, einmalig viel mehr zu verlangen, was ihnen bei Touristen am wirksamsten zu sein schien, deren instabile Preisvorstellungen sie durchschauten. Jedoch durchschauten sie nicht, was Touristen brauchten, um Angst und Misstrauen abzulegen und zeitweilig treue Kunden zu werden, deren Empfehlungen neue Kunden bringen konnten. Wie schwer war es, sich bei der Frage, was ein angemessener Preis war, auf sein Gefühl zu verlassen, wer konnte einem schon sagen, was ein Salat wirklich wert war und zu welchem Preis er gehandelt wurde, den Touristenaufpreis inbegriffen, der zu Hause Endverbraucheraufpreis hieß, sie gerieten dabei manchmal so in Aufregung, als wollten sie für die Undurchschaubarkeit heimischer Verhältnisse die hiesigen anklagen, obwohl sie ihr Vertrauen, auf das es schon mancher abgesehen hatte, nie teuer bezahlt hatten, ihr immer erwachendes Misstrauen war leicht abzulenken und ließ sich schnell in freundschaftliche Verbundenheit verwandeln, zum Beispiel in einem kleinen Lokal in einer Stadt, durch die sie auf ihrer Reise in die besetzte Südprovinz des Landes gekommen waren. Fast jeden Abend kehrten sie in diese kaum zehn Quadratmeter große Örtlichkeit ein, die am Boden und bis auf halbe Höhe der Wände weiß gekachelt war, auf der linken Seite standen drei Gasplatten auf einer kleinen Theke, die als Kochfläche und Kasse diente, und dahinter an der Wand waren ein Waschbecken und Regale mit Geschirr zum Kochen und Essen angebracht. Zwischen sieben und zehn, spätestens elf Uhr nachts drängten sich auf Hockern bis zu zwanzig Männer um die wenigen Tischchen, Frauen kamen fast nie ins Lokal, und die Küchengehilfin, die früh nach Hause geschickt wurde, war nicht, wie S und R anfangs gedacht hatten, die Frau des Lokalbesitzers, eines kleinen herzensguten Mannes mit Schnauzbart und übermütig strahlenden Augen, mit dem sie sich fast streiten mussten, bis sie nach ein paar Tagen schließlich ihr Essen bezahlen durften. Dieser fleißige Mann hatte schon eine Reihe von Berufen ausgeübt, die Arbeit in einer Autowerkstatt, die er nach dem Verkauf seines Lebensmittelladens angenommen hatte, hatte er sattgehabt und sich entschlossen, dieses Lokal zu eröffnen und Koch zu werden, was er keineswegs als seinen endgültigen Beruf ansah. Unternehmungslustig wie er war, hätte er es langweilig gefunden, bis zum Ende seines Lebens nur eine Arbeit auszuüben, denn er führte eine jede gut und erfolgreich aus, Misserfolge gab es für ihn nicht, sondern nur Versuche, die in jedem Fall reich an Arbeit und Aufregung und immer nur vorübergehend waren, ein Misserfolg wäre für den Wirt nur ein willkommener Grund gewesen, eine andere Beschäftigung anzunehmen. Seine Arbeitsversuche unterschieden sich voneinander nur darin, wie viel Geld und Spaß sie einbrachten, und wie schnell sie zur Routine wurden, Gelegenheiten, die sich ihm boten, nutzte er selbstverständlich mit großer Leichtigkeit und Freude und ernährte so eine Frau und Kinder, ohne zu verraten, ob er in der Liebe auch so treulos erfolgreich wie bei der Arbeit war, er gab nur bekannt, dass in seinem Leben die Liebe wichtiger als die Arbeit sei, bei der er jedenfalls zu seinen Freunden, die alle seine Kunden waren, so ausnehmend herzlich war, dass seine Arbeit ein immer neuer Vorwand zu sein schien, in guter Gesellschaft zu sein. Er war ein Mann, der seine Möglichkeiten nicht suchte, sondern fand, der von sich behauptete, er könne alles erlernen, was sich ihm anbiete, und indem er etwas Neues erlerne, biete sich ihm immer wieder etwas Neues an, aus der Sicht der Spezialisten bringe er sein Können nicht in jedem Bereich zur Perfektion, aber auf die ihm gemäße Weise eben doch, indem er die Dinge auf die bestmögliche Weise erlerne und ausführe, letztendlich seien es natürlich seine Kunden, die entschieden, ob er eine gewisse Perfektion erlange oder einen Versuch abbrechen müsse.

Wenn er also sage, dass von ihm bisher eine jede Arbeit, die er zu erlernen angefangen habe, auch erlernt worden sei, er also alle Arbeiten, die er ausübe, auf die bestmögliche Weise beherrsche, was in aller Bescheidenheit immer die ihm bestmögliche Weise meine, wolle er sagen, dass die Kunden mit seiner neu ausgeübten Arbeit zufrieden seien, so zufrieden, dass die alten Kunden seine neuen Kunden würden, und die neuen Kunden meistens wiederkämen. Die alten und die neuen Kunden lobten und bewunderten seine Leistung und kehrten immer wieder, wenn jemand einmal sein Kunde sei, bleibe er für immer sein Kunde, und wenn dieser Kunde vielleicht vorher ein unruhiger, misstrauischer Kunde gewesen sei, werde er bei ihm zu einem ruhigen und vertrauensvollen Kunden, zu denen auch S und R gehörten. Ihnen entging nicht, dass er nur wegen seiner verschmitzten Augen so große Töne spucken und über jeden Zweifel erhaben sein konnte, und dachten schon nicht mehr nach, wo sie abends essen sollten, sondern gingen selbstverständlich in sein Lokal, in dem er einfache, billige Gerichte zubereitete und normalerweise seine Arbeit tat, ohne darüber zu sprechen, bis ihn R einmal gefragt hatte, ob er schon immer dieses Essenslokal geführt habe, und wie lange es schon selbstverständlicher allabendlicher Treffpunkt von so vielen Leuten sei. Der Wirt hatte in seiner Sprache geantwortet, der S und R nicht mächtig waren, und deshalb waren sie auf die Freundlichkeit des jüngsten Gastes angewiesen, der die Sprache sprach, die auch sie miteinander sprachen und die sie nur mit wenigen Gästen sprechen konnten, während sie bei den anderen auf Übersetzung, Zeichensprache oder Zeichnungen angewiesen waren, aber meistens war dieser Übersetzer zur Stelle und übersetzte gerne, auch wenn er das Übersetzte immer so lange kommentierte und erklärte, dass sie oft Schwierigkeiten hatten zu unterscheiden, was er übersetzt und was er hinzugefügt hatte. Wenn sie ihn auf die Rolle des Übersetzers festlegen und zum Schweigen bringen wollten, begann er selbst dem Gesprächspartner Fragen zu stellen, um die Unterhaltung unauffällig in eine andere Richtung zu treiben, er verstand es, sich immer wieder in den Vordergrund zu schieben, auszukosten, dass S und R auf seine Dienste angewiesen waren, was sie ihm nur anfangs übelnahmen, bis sie begriffen, dass sie immer wieder auf das begonnene Gespräch zurückkamen, das der junge Mann dann, wenn auch etwas unwillig und herablassend, übersetzte. Bei seinen Kommentaren, Zusätzen oder Gegenfragen bekam er gute Laune und verwickelte sie in Gespräche über ihre Länder und Kulturen, bei denen die Zeit schnell verging, die letzten Gäste waren längst gegangen, der Lokalbesitzer saß schon einige Zeit neben ihnen und schien nur deswegen gute Laune zu haben, weil S und R auch heute seine Gäste waren. Irgendwann sagte er, es sei jetzt Zeit zu schließen, versuchte wieder die Bezahlung zu umgehen, zog den Metallrollladen herunter und fuhr auf seinem Fahrrad meistens allein durch die dunkle Straße fort, manchmal begleitete ihn einer seiner drei Brüder, von denen zwei in derselben Straße arbeiteten, der eine verkaufte in einer hölzernen Bude Lebensmittel und Haushaltswaren, der andere hatte einen großen Holzkarren, auf dessen Ladefläche er alles mögliche transportierte, oft auch die Person, deren Waren oder Gepäck er durch die Straßen schob. Während sich der Verkäufer fast nie im Lokal zeigte, war der Karrenschieber Stammgast, wie der dritte Bruder, der sich durch Gutmütigkeit um seinen Laden gebracht hatte, da die Leute sein Angebot, später zu bezahlen, so ausgenutzt hatten, dass dieser dritte Bruder seinen Laden hatte schließen müssen und zusammengebrochen war, da sein Denken über Arbeit von dem des Lokalbesitzers vollkommen verschieden war. Dieser Bruder sagte immer wieder, dass die entscheidende Erfahrung seines Leben die Besetzung der heutigen Südprovinz gewesen sei, die einmal ein unabhängiges Land gewesen war, und die die drei angrenzenden Staaten, nachdem die europäische Kolonialmacht abgezogen war, für sich beanspruchten, obwohl große Teile der Bevölkerung keine neue Besatzung, sondern die Unabhängigkeit wünschten. Als es nach der Besetzung zu internationalen Protesten kam, zogen sich zwei Staaten zurück, der König seines Landes ließ aber in Lastwagen und Bussen die Bevölkerung zur Grenze transportieren, die diese zu Zehntausenden überquerte, um die Südprovinz auf gewaltlose Weise in Besitz zu nehmen, was angesichts des gewalttätigen Ziels nicht lange durchzuhalten war. Der dritte Bruder sagte, er sei stolz auf die Stärke seines Volkes, das zu einem in seinen Augen guten, sein Land rettenden Zweck zusammengehalten habe, unvergesslich sei ihm das Gemeinschaftsgefühl dieser Unterwerfung, an deren militärischer Fortsetzung er kurz beteiligt gewesen sei, und er bekam große Augen, wenn er darüber sprach, weil er überzeugt war, dass sein Gegenüber wenigstens diese Ereignisse als männliche Leistungen in seinem Leben anerkennen würde, denn er war Junggeselle und in seinem Verhalten und Charakter weiblich. Eigentlich hatte er damals den Boden unter den Füßen verloren und fühlte sich seitdem überall fehl am Platze, er konnte keinen Ort mehr finden, an dem er sich zum Leben und Arbeiten niederlassen wollte, und musste sich aushalten lassen, weil er im Einsatz für das nationale Territorium jeden Antrieb verloren hatte, etwas sein Eigen zu nennen.

Sein Versuch, in der Nachbarschaft seines Vaters Ackerbau zu betreiben, um wenigstens so sein Überleben zu sichern, war gescheitert, wenn er nur den Boden sah, den er bearbeiten sollte, überfiel ihn ein solcher Widerwille, ein Stück Land für seine Zwecke zu nutzen, dass ihm übel wurde, ihm der Spaten unendlich schwer in den Händen lag, bevor er ihn in die Erde stieß. Nicht anders hatte er den Ausverkauf seines Geschäfts betrieben, das er als Ort für jeden angesehen hatte, während sich die Leute bedient und nicht darum gekümmert hatten, ob etwas für ihn abfiel, und so blieb ihm als einzige Eroberung seines Lebens die der annektierten Südprovinz, die jede andere unmöglich gemacht und ihn in eine anhaltende tiefe Depression gestürzt hatte. Er sprach gern über den Reichtum dieses unterworfenen Landstrichs, weniger über die Fischvorkommen, als die Schätze im Boden, die nur darauf warteten, ausgebeutet zu werden, Erdöl, Erdgas und riesige Vorkommen von Erzen, die in der Welt äußerst selten und begehrt seien, würden sich in den sonst zur Besiedelung ungeeigneten Gegenden verbergen und seinem Land so großen Reichtum bescheren, dass es bald eines der mächtigsten Länder der Erde sein werde, von dessen Rohstofflieferungen viele Länder abhängig sein würden. Er hatte nach seiner Zeit beim Militär bei seinem Vater gelebt, der ihn schließlich zu seinem Bruder geschickt hatte, damit er sich dort nützlich mache, was er mit seinen selbstzufrieden breiten Bewegungen selten tat, denn der Misserfolg seines Ladens, an den er sein ganzes Herz gehängt hatte, war ein totaler gewesen, von dem er sich noch nicht erholt hatte. Seit dem Ruin seines Geschäfts lag er meistens mit genüsslich vorgestrecktem Bauch auf der einzigen Bank im Lokal seines Bruders, kaute auf Nüssen, einem Stück Süßholz oder einem Halm herum, den er irgendwo abgebrochen hatte, er sah in seinem Müßiggang, bei dem er oft stundenlang einschlief, durchaus glücklich und doch erwartungsvoll aus, als ob er das Ende seiner liegenden Existenz erwartete und sicher sei, dass der Zeitpunkt komme, wo ihn eine verdienstvolle Arbeit zu sich rufen würde, als ob er Kraft speicherte, die er dann zum Bewältigen der über ihn hereinbrechenden Ereignisse brauchte. Zu welcher Geschicklichkeit er fähig war, sahen S und R einmal bei einer Wanderung, als er aus breitblättrigen Gräsern eine Schleuder flocht, die er über seinem Kopf kreisen ließ, und anstatt ihnen das Geschoss samt Wurfseil um die Ohren zu hauen, schoss er weit und verfehlte sein Ziel nicht, solche Geschicklichkeit und Kraft schienen seinem tänzelnden, manchmal hüpfenden Gang und seinen immer beschäftigten Fingern, die in der Luft kreisten und alles anfassen mussten, zu widersprechen, zwar konnten Faulheit und Schwere plötzlich von ihm abfallen, aber immer wieder kehrte er auf die Bank zurück, sammelte unter den nur selten missbilligenden Blicken seines Bruders Kräfte, und versuchte, seiner Antriebsschwäche und Hoffnungslosigkeit durch eine sinnende Miene einen geheimnisvollen Charakter zu verleihen, was keine Rolle spielte, denn die anderen gestanden ihm seine Faulheit zu. Von Zeit zu Zeit unternahm er kleine Spaziergänge, nahm Botengänge an oder machte kleine Besorgungen, bei den Vorbereitungen im Lokal half er selten, da dort seine langsame und ungeschickte Art nicht geschätzt wurde, außerdem war die Arbeit für die Kochhilfe und den Bruder leicht zu bewältigen, der sich zwar über ihn lustig machte oder ärgerte, ihn aber nie fortjagte oder ihm die Mahlzeit entzog, was den Stubenhocker vielleicht beweglicher gemacht hätte. Seine Hände, die meistens auf seinem stolzen Bauch lagen, riss er ab und zu wegen eines plötzlichen Einfalls freudig hoch, den in die Tat umzusetzen, er keinen Moment warten konnte, und das geschah mit einer Schnelligkeit, Geschicklichkeit, Hingabe und Freude, die stärker als seine ausgeprägte Schüchternheit waren, und selbst wenn alle Lokalgäste seinen Auftritt mitbekamen und über seine jähe Wandlung staunten und lachten, zögerte er zum Beispiel nicht, den beiden ausländischen Gästen etwas zu besorgen, zu zeigen, zu zeichnen oder vorzuführen, er spielte kleine Szenen, machte kleine Kunststücke und führte S und R zu Orten, zu deren Besichtigung er sie aufforderte, um dann im nächsten Moment zu verschwinden und zum Lokal zurückzukehren, wo er sie dann bei ihrer Rückkehr freudig begrüßte und wortlos fragte, wie es denn gewesen sei, S und R grinsten ihm dann nur mitwissend zu, auch wenn sie nicht verstanden hatten, was er Zeigenswertes an dem Ort gefunden hatte, der sich jedes Mal in einer anderen Ecke der Stadt befand, die so verschachtelt war, dass sie diesem von der Tarantel gestochenen Bruder manchmal sein schnelles Verschwinden übelnahmen und überlegten, ob nicht der schwierige Rückweg der eigentliche Grund des Ausflugs gewesen war. Nicht immer konnten sie über die Einfälle des Bruders lachen, der mit einem Halm zwischen den Zähnen scheinheilig auf seiner Bank lag und nach dem mehrjährigen Militärdienst in der Südprovinz sein kindliches Gemüt über die Maßen ausgebildet hatte, das zum Unverständnis des Bruders zu Selbstmitleid und solcher Behäbigkeit neigte, dass ihn ein Einfall für einige Zeit erschöpfte, dann war er abwesend und launisch, was S und R weniger störte als die Launen und die Aufdringlichkeit des Gastes, der ihr Übersetzer war und sich auch als Führer anbot, eine Rolle, die er mit viel Hingabe erfüllte, selbst wenn sich seine Erklärungen als hervorragende Beispiele tautologischer Aussagen herausstellten, die er mit solcher Überzeugung von sich gab, dass es S und R schwerfiel, nur zustimmend zu lächeln und das Lachen zurückzudrängen. Sie wiederholten immer wieder die Sätze des Übersetzers, als würde sich in den nur Sachverhalte und Offensichtliches aufzählenden Sätzen etwas verbergen, was sie übersehen hatten, und bekamen das ergreifende Gefühl, jemand mache hier Inventur, was es Gutes auf der Welt gebe. Mehr als seine offensichtlich überflüssigen Angaben brachte sie sein Ernst zum Lachen, der oft seinen Stolz verstecken sollte, ihnen Besonderheiten des Lebens und der Landschaft seiner Heimat zu zeigen, etwa ein in Europa unbekanntes Öl, das für die Küche und die Hautpflege verwendet wurde, und wie es in seiner reinen Form von gestrecktem, auf dem Markt angebotenem Öl unterschieden werden konnte. Vielleicht kam sein Ernst auch von seiner Arbeit als Rettungsschwimmer, bei der er im Sommer am Strand nicht nur Touristen vor dem Ertrinken rettete, sonst schien der Übersetzer unentschlossen im Leben, hatte ein Haus geerbt, in dem er allein lebte, und redete von einem Gemüseladen, den er irgendwann eröffnen werde, bisher sei er immer zu Freunden in die Südprovinz gefahren, um ihnen in der Hochsaison ein paar Wochen beim Fang von Tintenfisch zu helfen, und habe dann wieder einige Zeit von dem dort verdienten Geld leben können. Er hatte einen fast zwanzig Jahre älteren Bruder, der ab und zu in das Lokal kam und sich lange mit S und R unterhielt, ihre Fragen beantwortete und sich mit ihnen stritt, er legte die Probleme seines Landes, etwa die der fehlenden Infrastruktur dar, erzählte von seiner Arbeit als Mathematiklehrer und breitete die Geschichten seiner Schüler aus, er sprach jedoch nur wenig über seine Zeit in Europa, wo er studiert hatte, vor allem hob er hervor, dass er wie die anderen Stammgäste des Lokals, im Gegensatz zu vielen anderen Landsleuten nicht dort leben, ja nie wieder dorthin zurückkehren wolle, und diese Einsicht, die er nur kurz begründete, hier lebe er besser, hier werde er gebraucht, vertrat er mit fast missionarischem Eifer, der nur seinem Bruder, dem Übersetzer, gelten konnte, denn keiner der Gäste erwähnte Auswanderungspläne, nur sein Bruder betonte mehrmals mit altklugem Stirnrunzeln, dass für ihn das Verlassen seiner Heimat nicht in Frage komme, und er eine solche Unverantwortlichkeit ablehne, als ob er seine Neugier vor dem älteren Bruder verbergen wollte, dem er nickend zustimmte, als dieser einmal feststellte, wie verwöhnt, schwerfällig und hartherzig die Europäer seien, unter denen er sich, obwohl er ein Stipendium gehabt habe, immer den Anschein habe geben müssen, ein zahlender Gast zu sein, selbst wenn es gar nichts zu zahlen gegeben habe und alle Rechnungen beglichen schienen, habe er immer in der Schuld von jemandem gestanden, ohne dass ihm klar geworden sei, warum er die Rolle des zahlenden Gasts innegehabt habe, der immer schon und für immer in jemandes Schuld stand. Schließlich habe ihn diese Gastrolle zutiefst ermüdet und ihn so geschwächt, dass er zu seinem Glück noch rechtzeitig in sein Land zurückgekehrt sei und seine Kraft wiedergewonnen habe, er habe angefangen, als Lehrer zu arbeiten und geheiratet, das Erbe seiner verstorbenen Mutter, die nach dem frühen Tod ihres Mannes unverheiratet geblieben sei, hätten seine Schwester und er dem jüngeren Bruder überlassen, der noch keine Arbeit und Familie habe. Normalerweise unterhielt sich mit dem Mathematiklehrer der Apotheker, dessen schwarze Dauerwellen im Gegensatz zu seinem gepflegten kräftigen Schnauzbart immer etwas vernachlässigt aussahen, er wurde erst nach der ausführlichen Lektüre der Tageszeitung gesprächig und wies S und R auf Meldungen hin, die sie interessieren könnten, seine wochenlang heisere Stimme, die er mit stark riechenden amerikanischen Minzbonbons behandelte, erlaubte ihm nur zu flüstern, was den Eindruck erweckte, er wolle neben den anderen Fremdsprachen unkundigen Freunden nicht allzu gebildet wirken, denn er war mit dem Mathematiklehrer der einzige Stammgast, der eine Hochschule betreten und ein Studium abgeschlossen hatte. Sein überaus zurückhaltendes Benehmen hatte auch mit seiner Frau zu tun, einer Krankenschwester, von der er sich aushalten ließ, während es den anderen Männern ein Stolz war, wenn ihre Frauen nicht arbeiteten oder wenigstens nicht arbeiten mussten, aber es taten, weil sie es wollten, und sie machten sich über den Apotheker lustig, was den Hausmann nicht davon abhielt, ironische Bemerkungen über seine Frau zu machen und Themen aus der Zeitung unter die Essenden oder Teetrinkenden zur Diskussion weiterzureichen, die vor allem der Mathematiklehrer, der Übersetzer, der Lokalbesitzer und ein ehemaliger Soldat besprachen, der keinen festen Wohnsitz hatte und oft wochenlang verschwand. Auf einem seiner Hunderte von Kilometern langen Märsche, er lief immer barfuß, war dieser Mann, der in einem Hollywoodfilm einen Kapitän gespielt hatte, der berüchtigtsten aller Dämoninnen begegnet, die versucht hatte, ihn zu verführen, und der er entkommen war, indem er mit sich selbst redend den Blick stur auf den Boden gerichtet hatte und weitergelaufen war. Zu den Stammgästen gehörten auch zwei Männer, die sich, von den anderen als Verrückte vorgestellt, dennoch selbstverständlich am Gespräch beteiligten, wobei S und R der eine kindisch, der andere hochintelligent vorkam, auch wenn er ständig die aus seiner Grundschulzeit stammende Geschichte von einem Maisdieb wiederholte, anhand dessen Taten irgendwelche Rechnungen erklärt werden sollten, genaueres Nachfragen wie auch die bloße Erwähnung des Wortes Maisdieb wurden mit lautem Kichern beantwortet, anstatt das Geheimnis des Maisdiebs zu lüften, erheiterte er sich an der Aussprache des Wortes in der S und R verständlichen Sprache, er ließ die Vokale anschwellen und zog sie in die Länge, trennte den Diphthong in zwei lange und einen grellen Buchstaben, ergötzte sich so daran, dass sie dachten, die Freude und Geheimnistuerei sei nur dem Klang und dem Gefühl der Aussprache geschuldet, die ihm schon zur Grundschulzeit größte Freude bereitet habe, und nur deswegen erinnere er sich, erklärte der Mann, den S und R den Maisdieb nannten, an eine Textaufgabe aus dem Mathematikunterricht, die er übrigens als Erster und als Einziger richtig gelöst habe, und auch sonst sei er in Mathematik Klassenbester gewesen. Er verfügte wirklich über ein außergewöhnliches Zahlengedächtnis, das zum Beispiel abrufen konnte, wie vor fünfundzwanzig Jahren ein Spiel der Nationalmannschaft seines Landes gegen die des Landes von S ausgegangen war, und dann sang er eine Lobeshymne auf sein kleines Taschenradio, das er seit damals mit sich herumtrage. Der andere Verrückte wollte verzweifelt lustig sein und durch Geschichten über seine Kraft beeindrucken, was ziemlich kindisch und wenig geheimnisvoll wirkte, aber auch dieser Kraftprotz war nicht aggressiv oder gewalttätig, wie ein Dritter, der den Verstand verloren hatte und dem Alkohol verfallen war, was seine Wutausbrüche zur Brutalität steigerte und dazu geführt hatte, dass ihm als einziger Person ausdrücklich Lokalverbot erteilt worden war, dennoch stand der Angetrunkene alle drei Tage vor dem Lokal und wartete lallend auf Drohungen, die den Störenfried anwiesen, keinen Schritt über die Schwelle zu tun, der Betrunkene hörte sich alles geduldig an und zog nach dem dritten Rauswurf weiter. Die anderen beiden, der Maisdieb und der Kraftprotz, aßen nie etwas, selbst wenn sie der Lokalbesitzer dazu einlud, der sich auch gegen Bettler großzügig zeigte und ihnen mehrere Kellen Essen in ihr Blechgeschirr ausschenkte, der Maisdieb trank einen Tee, den er immer bezahlte, nachdem er die Geldstücke aus seinen Taschen zusammengesucht hatte. So wie bei dem Kapitän wisse niemand, wo der Maisdieb lebe und von wem er Essen bekomme, flüsterte der Übersetzer S und R zu, er sei sehr dick gewesen, bevor er in den geistigen Zustand geraten sei, in dem er sich heute befinde, keiner wisse zu sagen, wie verrückt er wirklich sei, denn manchmal bekomme man den Eindruck, er spiele Theater, vor allem in der Gegenwart von S und R, die ihm anscheinend gefielen und auch guttäten, denn seitdem sie zu den Gästen gehörten, komme er öfter als früher, fast regelmäßig, vorher sei er nur selten, wochenlang nicht gekommen. Während der Kraftprotz, den der Lokalbesitzer wie ein übermütiges Kind behandele und als liebenswert, aber zurückgeblieben ansehe, schon seit seiner Kindheit in seinem jetzigen Zustand lebe, sei der Maisdieb bis ins Erwachsenenalter eine sogenannte normale Person gewesen und erst dann plötzlich von der Normalität verlassen worden, die er gleichzeitig mit vielen Kilo Körpergewicht verloren habe, der Maisdieb könne also auf eine Zeit in anderer geistiger Verfassung zurückblicken, oder wenigstens müsste er es können, denn seine präzise Erinnerung an Fußballländerspiele und die Geschichte des

Maisdiebs bewiesen, dass er die Vergangenheit und damit seine damalige geistige Verfassung nicht vergessen habe, und egal wie und ob S und R seinen Zustand beurteilten, sei seine damalige Verfassung doch grundsätzlich von der verschieden, in der er sich heute befinde. Anstatt von der Erinnerung an den damaligen Zustand abgeschnitten zu sein, existiere dieser vielmehr noch weiter in ihm fort, so dass im Maisdieb manchmal oder immer zwei geistige Umstände nebeneinanderexistierten, von denen meistens der eine beherrschend sei, während der andere als vergangene Existenz beiseitegedrängt werde, nur noch als Erinnerungen an Zahlen, Fakten und ein paar Ereignisse und Gestalten existiere, was aber nichts daran ändere, dass er im Gegensatz zum Kraftprotz in zwei geistigen Verfassungen gelebt habe und lebe, die durch einen Bruch in seinem Leben voneinander getrennt seien, sein Leben könne in eine Zeit vor und nach dem Bruch geteilt werden, eine Teilung, die übrigens auch für den arbeitslosen, müßiggängerischen, sich den Kopf zermarternden Bruder des Lokalbesitzers gelte, für den es ein Leben vor dem Zusammenbruch seines Geschäfts und seines Gemüts und eines danach gebe. Dem Maisdieb müsse also seine vergangene Verfassung trotz des Bruchs einsichtig sein, er kenne ein anderes seelisches Leben als das gegenwärtige, ohne sich für das eine oder andere entscheiden zu können oder entschieden zu haben, so wenig wie der Kraftprotz eine Entscheidung über seine geistigen Verhältnisse treffen könne, der, soweit ihm bekannt sei, nie etwas entschieden habe, oder etwas entscheiden könne, der immer zu einer Entscheidung gezwungen werden müsse, dem Sätze wie „Ich gehe jetzt nach Hause“ das Gleiche seien wie „Der Tee schmeckt süß“ oder „Der Himmel ist blau“, und S und R hatten selbst beobachtet, wie die anderen Gäste den Kraftprotz aus dem Lokal hinausschubsen mussten, um ihn zum nach Hause Gehen zu bewegen. Zuerst sah er diese tatkräftige Entscheidungshilfe, die eigentlich ein Entscheidungstreffen war, als eine spaßende Herausforderung zum Kräftemessen an, und schob sich vor dem Lokal die Ärmel seines immer gleichen Strickpullovers hoch, und es bedurfte ernster, lauter Zusprache, damit er begriff, dass für ihn eine Entscheidung getroffen worden war, die er jetzt in die Tat umzusetzen hatte. Bevor er die Entscheidung ausführte, blieb er noch einige Zeit schüchtern lächelnd stehen, ohne von dem Entscheidungstreffer abzulassen, vor dem er den Kopf etwas senkte, als hätte er jetzt das Spiel durchschaut und wäre das Missverständnis kein Grund, ihn nicht mehr gern zu haben, was außer Frage stand, auch wenn er der Lokalgemeinde manchmal lästig wurde und das Entscheidungstreffen nicht immer leicht war, denn Ja und Nein waren Wörter, die keine Zustimmung oder Ablehnung ausdrückten, zumindest nicht auf die gestellten Fragen, sondern auch so viel heißen konnten wie „Guten Tag, schön, dass du mit mir redest“, „Heute könnte ich Bäume ausreißen“, „Heute spannt meine Hochwasserhose unerträglich“ oder „Meine Mutter hat mich verstoßen“. Was den Anwesenden normal erschien, war für S und R am Anfang schwierig nachzuvollziehen, und sie lauschten erstaunt dem Gespräch, dessen Inhalt manchmal unklar blieb, und sie wendeten sich lieber dem viel witzigeren Maisdieb zu, der ganz anders als der Kraftprotz selbst Entscheidungskraft hatte oder vielmehr Entscheidungen folgte, denn sie hatten den Eindruck, dass in ihm Entscheidungen getroffen wurden, wenn sein Gesicht kurz zuckte oder die Hände zitterten, er auflachte oder seine Augen ernst über die Köpfe hinwegsahen, Eigenheiten, die in schwächerer Form auch bei anderen Lokalgästen zu finden waren. Beim Maisdieb ereigneten sich Entscheidungen mehr, als dass er sie durchdachte und traf, er übersah seine geistigen Verfassungen, die gegenwärtige und die vergangene, die zerbrochene und die ausgebrochene, sah, wie in dem Bruch der beiden Zustände die Entscheidung stattfand oder stattgefunden hatte, ohne dass er wie der Kraftprotz Eingriffe von außen zuließ oder zulassen konnte, denn eigentlich war seine Entscheidungsfindung, zum Beispiel was er sagen konnte, wollte oder sollte, wie er mit anderen umging, ob er eine Arbeit annahm oder nicht, ganz und gar dunkel, wie sein ganzes Innenleben für den Außenstehenden zwar sichtbar tätig und gebrochen, aber ganz und gar undurchschaubar war. Er kam und ging plötzlich, niemand konnte erzählen oder aus ihm herausbekommen, ob der Bruch seiner geistigen Verfassung geschah, nachdem er zu arbeiten aufgehört hatte, oder dieser ihn dazu gezwungen hatte, der Übersetzer hörte nicht auf, ihm ins Gesicht zu sagen, dass er erst aufgehört habe und dann in den neuen Zustand geraten sei, und dass die Entscheidung nicht in der Ahnung des bevorstehenden Zusammenbruchs seiner bis dahin für ihn ganz und gar normalen, nie außergewöhnlichen geistigen Verfassung getroffen worden sei, sondern die Entscheidung bereits der neue Umstand getroffen habe, dass also die Entscheidung getroffen wurde, um den neuen Zustand herbeizuführen, sich seiner Kraft auszuliefern, was ein oberflächlicher Beobachter so beschrieben hätte, er sei verrückt geworden, um nicht mehr arbeiten zu müssen, was natürlich die Wahrheit auf den Kopf stellte und dem Maisdieb in keiner Weise gerecht wurde, den zu beurteilen sich übrigens in dem Lokal niemand die Mühe machte. Anfangs wurde er für seinen

Zustand entschuldigt, wie der Müßiggänger entschuldigt wurde, oder der Übersetzer, die ja auch nicht arbeiteten, was aber eigentlich eher eine Erklärung als eine Entschuldigung war, auch zu Witzen, Hänseleien oder Kritik führen konnte, ohne jemanden zu verstoßen. Einige von den verstaubten Bauarbeitern und Maurern, die S und R anfangs mit Misstrauen bemerkt hatten, wunderten sich später nicht mehr über sie, begrüßten sie sogar mit Handschlag, ließen manchmal eine Mitteilung oder Frage übersetzen, über die Antwort diskutierten sie kurz und ließen noch etwas nachfragen oder fingen an zu essen. Da alles vor der Öffnung des Lokals bereits gekocht war, hatte auch der Lokalbesitzer viel Zeit, sich mit den Kunden zu unterhalten, setzte sich aber erst zu ihnen, wenn alle gegessen hatten, und stand manchmal auf, um Tee und Wasser in die Gläser der Gäste zu gießen, die über das Essen, die Qualität oder die Art der Gerichte nie ein Wort verloren, nicht einmal ein „Vielen Dank" oder „Es hat gut geschmeckt" wurde angedeutet, als ob solche Themen durch die Dauer ihrer Bekanntschaft erledigt wären, denn über den Dank von S und R freute sich der Lokalbesitzer herzlich, der keinen Alkohol ausschenkte, oft traten seine Gäste auf die Straße und rauchten dort Zigaretten, die sie im Lokal, wenn sie nicht daran zogen, unter der Tischplatte oder hinter dem Rücken verbargen, weil sie wussten, dass der Lokalbesitzer ein erklärter Nichtraucher war, und obwohl er gerne in ihrer Gegenwart über den Zigarettenrauch schimpfte, rauchten die meisten Lokalgäste weiter. Einer, der am stärksten, eigentlich ununterbrochen rauchte, war der Kapitän, der von einer Militärrente lebte, die er nach jahrelangem Warten schließlich erhalten hatte und die nicht einmal für die Miete einer Wohnung oder eines Zimmers reichte, wo er es sowieso nicht lange ausgehalten hätte, und so konnte er wenigstens seine Mahlzeiten bezahlen und manchmal eine Busfahrt, wenn seine Füße verletzt waren oder er einen Bekannten traf, der nicht so weite Strecken wie er zu Fuß ging. Dieser disziplinierte Mann, der gern als Statist in Filmen mitspielte, und seine Auftritte sehr ernst nahm, da sie ihn an Militäreinsätze erinnerten, trug immer ein Messer bei sich und war bereit, diese Waffe auch einzusetzen, er schien zuerst für fremde Gedanken ganz unempfänglich zu sein, was ein ganz und gar falscher Eindruck war, wie S und R von den Menschen oft, ja meistens einen falschen Eindruck gewonnen hatten, dieser erste Eindruck war meistens so falsch, dass er sich im Lauf der Zeit in sein Gegenteil verkehrte und aus Meuchelmördern, Sittenstrolchen und Betrügern herzensgute Menschen wurden, deren zweiter Eindruck sich auch nicht immer als richtig erwies, nur im Fall der Lokalgemeinschaft, zuallererst des Lokalbesitzers und seiner Brüder war ihr erster sehr guter Eindruck mit der Zeit nicht ein sehr schlechter, sondern ein immer besserer geworden, und diese Männer, die nicht aufhörten zu warnen, dass es nicht alle Menschen in diesem Land so gut mit ihnen meinten und sie sich bei ihnen nicht das Misstrauen abgewöhnen sollten, wenn sie sahen, dass die beiden gutgläubigen Ausländer einem jeden, der in das Lokal eintrat, vertrauensvoll entgegentraten. Der Übersetzer hatte S und R gleich am ersten Tag nach dem Hotel gefragt, in dem sie nächtigten, und wie viel sie für ihr Zimmer bezahlten, und als er den Preis hörte, wollte er ihnen kaum glauben, brach in schallendes Gelächter aus und ordnete ihren Umzug in ein Hotel ganz in der Nähe des Lokals an, das einem angeblichen Freund des Übersetzers gehörte, der einen unüberschaubaren Freundeskreis hatte, wenn es darum ging, sie davon zu überzeugen, dass er helfen konnte, und dass die Hilfe, die sie sonst abzulehnen drohten, ohne große Umstände von ihm zu leisten war, sie konnten sofort umziehen, weil der Übersetzer von dem Hotelbesitzer das Geld zurückforderte, das sie im Voraus bezahlt hatten, um einen besseren Preis zu bekommen, die Betten waren nicht mehr feucht und von salziger Luft klebrig wie in dem ersten Hotel, in dem sie vorher direkt an der Küste gewohnt hatten. Die Lokalgemeinschaft hatte eine sehr große Wirkung auf S und R, zog die beiden so stark an, dass ihr Aufenthalt bereits viermal länger als vorgesehen war, und sie nicht einmal darüber nachdachten abzureisen, sie versuchten, sich im Lokal nützlich zu machen, und hatten bemerkt, wie viele der Lokalbesucher offensichtlich oder ganz nebenbei daran arbeiteten, ihre Abreise hinauszuzögern, der Übersetzer bot sich fast täglich an, ihnen wieder etwas Besonderes zu zeigen, der Geselle, der sie in seine Holzwerkstatt einlud, wies S in seine Arbeit ein, um sie unter den misstrauischen Augen des Werkstattbesitzers kleine Arbeiten verrichten zu lassen, und überreichte ihr kleine Überraschungen, einer aus der Gruppe der Maurer begrüßte sie freudiger als vorher, und die Brüder des Lokalbesitzers machten ihnen kleine Geschenke, um ihnen das Leben leichter und angenehmer zu machen, sie versuchten, die ausländischen Gäste vergessen zu lassen, dass sie geplant hatten, noch Tausende von Kilometern weiter in den Süden zu fahren. Ohne dass sie gefragt worden wären, sollte ihnen eine Wohnung besorgt werden, was sie wenig überraschte, denn auch S und R war nicht entgangen, wie stark das Band zwischen ihnen und der Lokalgemeinschaft geworden war, sie waren von den sich dort schneidenden und verknüpfenden Lebenslinien fast hypnotisiert und konnten der

Anziehungskraft, die ihren daran zu binden, nicht widerstehen, ließen sich gehen, was den vom Reiseführer empfohlenen und in ihren Ländern üblichen Umgang mit Menschen betraf, ließen sich zeigen, was ihnen angeboten wurde, und wenn sie sich der Gemeinschaft zu entziehen suchten und sich während der Öffnungszeiten des Lokals in ihr Hotel zurückzogen, schien ihnen ihre Zweisamkeit anmaßend, überbelastet und sich im Kreis zu drehen, dann gingen sie unter dem Vorwand, noch mal einen Abendspaziergang zu machen, doch wieder in das Lokal und wurden von fragenden Blicken empfangen, ob sie sich schon heimlich auf die Abreise vorbereiteten, die unweigerlich kommen werde. Der Lokalbesitzer erzählte seinem Vater von S und R, der sie ein paar Tage später zu sich aufs Land einlud, der hochgewachsene, stolze Mann, der keine Fremdsprache sprach und sowieso ein schweigsamer Mann war, ließ die Gäste reichlich bewirten und wollte sie aus Freude über den kurzen Regen, der nach einer monatelangen Dürre am Tag ihres Besuchs gefallen war, mit Eiern und einem lebenden Huhn beschenken, was ihm der Lokalbesitzer kaum ausreden konnte, da der Vater nicht verstand, dass in einem Hotel die Haltung und Schlachtung von Tieren verboten, das Kochen schwierig oder unmöglich war, in seinem Haus fühlten sie sich allerdings genauso fehl am Platz wie in dem so gar nicht auf alltägliche Verrichtungen eingestellten Hotel, und dachten mit Wohlwollen und Erleichterung an die Lokalgemeinschaft, als deren Gäste sie vergessen hatten, dass sie in diesem Land Touristen waren. Das Beispiel des Lokalbesitzers, eigentlich jeden Beruf erlernen und ausüben zu können, er könnte sogar, meinte er lachend, als Arzt Menschen reparieren, wenn es sein müsste, versuchten sie auf die anderen Gäste im Lokal zu übertragen, von denen die meisten den ganzen Tag hart arbeiteten, um dann ein paar ruhige Stunden im Lokal zu verbringen, dass diese Männer, deren Körper und Gesichter nicht ohne Stolz von ihrer alltäglichen Anstrengung unter freiem Himmel geprägt waren, viel mehr als ihre Tätigkeiten waren, bestätigte sich, wenn sie über Erfahrungen und ihre Vergangenheit sprachen, die sich bei vielen auf den einen Ort beschränkten, S und R hörten ungläubig, was an diesem einen Ort zu erleben war, der dann groß wie die Welt zu sein schien, während sie sich auf eine Reise von Tausenden von Kilometern gemacht hatten. Dennoch war der Lokalbesitzer der Einzige, der es wirklich darauf anlegte, an die Punkte in seinem Leben zu kommen, an denen er den Beruf oder den Standort seines Unternehmens wechseln wollte, der es darauf anlegte, dass eine Zeit abbrach, damit eine neue anbrach, dem also die Brüche in seinem Leben das größte Glück waren, den jedes Mal ein großes Glücksgefühl überkam, wenn er merkte, dass eine Zeit zu Ende ging, während der Maisdieb in einem einzigen, lebensentscheidenden Bruch hängen geblieben war, dessen beiden Seiten tief in ihn hineinragten, sein Zustand war in diesem Bruch durchaus ein glücklicher, auch wenn er, soweit das überhaupt möglich war, in seinem Glück etwas festgefahren zu sein schien, er überblickte seine Existenz ebenso in der Vergangenheit wie in einer ganz und gar anders gearteten Gegenwart, ohne vielleicht ein rechtes Bewusstsein davon zu haben, der Lokalbesitzer hingegen blickte nur nach vorne, stieß sich beim Sprung von einer Berufsexistenz zur anderen von der Vergangenheit stark ab, um möglichst weit in die Gegenwart zu gelangen und die gesammelten Brüche seines Lebens wie Talismane oder Schmuckstücke mitzunehmen, an denen sich ablesen ließ, was er im

Leben bereits erbeutet hatte, ohne eigentlich einen Sinn für die Vergangenheit zu haben, die dazu da gewesen war, um gelebt zu werden, was auch vielleicht der Grund war, dass er zwar kein unruhiger oder sehr nervöser Mensch war, aber einer, von dem man sagen konnte, dass er immer angespannt war, ja immer unter Strom stand, was für einen Koch und Lokalbesitzer nicht unbedingt vorteilhaft war. Sobald Gäste kamen, schien er etwas geerdet, und sie waren ihm für seine fröhliche Unruhe und seine kichernde Zuwendung dankbar, die in Melancholie oder Traurigkeit umschlugen, wenn ihm die Sammlung seiner Brüche einfiel und die Bilder vergangener Vergnügtheit, zu denen auch der gegenwärtige Moment einmal zählen würde, oder er zum Beispiel an ihre eines Tages bevorstehende Abreise dachte, so sehr er diese Brüche der Zeit liebte, waren sie doch der Widerspruch zu seinem Wunsch, dass die einzigartigen Augenblicke, die er mit jedem neuen Beruf heraufzubeschwören versuchte, von Dauer wären. Ein solcher Überblick über Vergangenheit und Gegenwart, der für den Maisdieb ein alltäglicher Zustand war, war für den Lokalbesitzer selten, die Brüche der Zeit lagen hinter ihm, er hatte das Eis durch seine Sprünge gebrochen und sah mit Freude das glatte Eis seiner kommenden Lebenszeit vor sich, das er in majestätisch treibende Schollen verwandeln würde, auf denen forttreiben würde, was er forttreiben lassen wollte, umso mehr, als er noch nie in seinem Leben ein zugefrorenes Gewässer gesehen hatte, das ihm wenig Freude gemacht hätte, da ihm bereits bei weit über null Grad kalt war. Der Lokalbesitzer war ein Entscheidungsbrecher, der Maisdieb ein Entscheidungsfall, und der Kraftprotz ein Entscheidungsloser, der nie eine Entscheidung gefällt hatte, nur davon getroffen wurde und sich unterordnete, mit dem Gesichtsausdruck eines Halbstarken, als habe das eigentlich nichts mit ihm zu tun, jedoch war der Kraftprotz in dieser Gemeinschaft eher ein Einzelfall, die anderen glichen mehr dem Lokalbesitzer, andere mehr dem Maisdieb, selbst wenn dieser für einigermaßen verrückt erklärt worden war, ohne dass er seinen festen Platz als Rauch- und Gesprächspartner eingebüßt oder sein Ansehen gelitten hätte, hatten doch alle Lokalgäste hier eingesehen, dass es ein Leichtes war, verrückt zu werden, sei es bei einem Aufenthalt in Europa wie der Mathematiklehrer, auf tagelangen, einsamen Fußwanderungen, bei Begegnungen mit Dämoninnen oder im Krieg wie der Kapitän, wegen gnadenlos ausgenutzter Gutmütigkeit wie der Bruder des Lokalbesitzers, wegen einer Frau, der man nichts recht machen konnte, die man aber über alles liebte, wie der Lastenträger, wegen einer anderen Form der Hingabe und Abhängigkeit, der der Apotheker verfallen war, oder wegen der eigenen Bedeutungslosigkeit angesichts einer viel zu großen Welt wie der Übersetzer.

EINGELEGTES GEMÜSE

WENN SIE NICHT NACHTS WEITERREISTEN, starrten sie aus dem Fenster der Überlandbusse, die im Gegensatz zu den innerstädtischen Bussen sehr bequem waren, und fragten sich, ob sie immer in die gleiche Richtung oder im Kreis fuhren, ob sie überhaupt vorwärtskamen oder auf der Stelle fuhren, da die Landschaft sich auf der Reise in den Süden schließlich über Hunderte, ja Tausende von Kilometern kaum veränderte, sie fixierten einen Kabelmasten, ein Gehölz oder eine farbliche Veränderung, um sich an der unbewegten Landschaft der Bewegung des Busses zu vergewissern, was von den erhöhten Sitzplätzen der Busse aus noch möglich war, anders als in den Überlandtaxis, alte aus Deutschland überführte Mercedesmodelle, auf deren Rückbänken sie meistens zu viert oder zu fünft saßen und auf die gerade Straße blickten, die je nach Wind und Verkehr in einiger Entfernung vor ihnen in Staubwolken verschwand, manchmal abfiel und einen Ausblick auf die landschaftlichen Gegebenheiten bot, oder anstieg, was die überladene Limousine zur Heiterkeit der Passagiere nur im Schritttempo bewältigte, sonst waren die Fahrten so beruhigend, dass alle stundenlang schliefen und sich gegenseitig die Köpfe auf die Schultern legten, R hatte meistens Träume, aus denen er mit leichten Kopfschmerzen erwachte, er starrte auf die steinige, wüste Ebene, aus der ein süßlich saurer Geruch von Gärung und Verwesung in das Auto zu dringen schien, bis ihm einfiel, dass er das eingelegte Gemüse roch, das S im Übermaß zu essen begonnen hatte. Während diese salzige Beilage in ihrem Land reichlich zubereitet wurde, war sie auf Reisen nicht immer verfügbar, da die Stände und Läden selten waren, die solches mit Salz und Gewürzen haltbar gemachtes Gemüse verkauften und denen sie vertraute, außerdem gehörte es nicht unbedingt zur Kultur dieses Landes, die Arten von Gemüse einzumachen, die sie sich wünschte und die sie selbst einzulegen begann, was in Hotels nicht immer bequem und einfach war, da die Zimmer oft nicht einmal mit einem Tisch oder Stuhl ausgestattet waren, die als Schneideunterlage hätten dienen können, und wenn es kein Fenstersims gab, das diese Funktion übernehmen konnte, war es eben die Hand oder das Bett, die als Zubereitungsort dienten. Da die Plastikbehälter, die S aufgetrieben hatte, nicht alle gut schlossen, verwendete sie zusätzlich Plastiktüten, die sie mit Gummis verschloss, aber Eingelegtes brauchte die richtige Temperatur, um nicht zu verderben, und wenn sie zeitweise durch winterliche Gegenden gefahren waren, war es in den wenn auch nur notdürftig beheizten Zimmern zu warm und der Gärungsprozess wie dann in wärmeren Zonen zu schnell fortgeschritten. Sie versuchte die Einflüsse des Klimas durch mehr Salz und Schärfe auszugleichen, was nicht immer gelang, schließlich brauchte das Gemüse Zeit, um Flüssigkeit abzugeben und die Gewürze aufzunehmen. Sie hatte Geduld, wartete und probierte weiter, obwohl die ersten Versuche fehlgeschlagen waren und zum Beispiel die Gurken zu schimmeln begonnen hatten. Zu der einen Tasche mit Picknick für die Fahrt und ihren Vorräten an Lebensmitteln kam also eine zweite, in der mehr oder weniger gärendes Gemüse aufbewahrt wurde, mehrere Plastiktüten waren als Verpackung nötig, um die anderen Reisenden nicht mit dem Geruch zu belästigen. Ihr Gepäck und ihre Kleidung hatten längst den säuerlich salzigen Geruch der arbeitenden Pflanzensäfte angenommen, die etwas nach Meeresgetier oder Algen, weniger penetrant und doch leicht nach Erbrochenem rochen. Einsalzen war eine Art der Konservierung, die gerade für lange Reisen geeignet und sinnvoll erschien, und doch mussten gewisse Bedingungen der Herstellung, der Lagerung und des Transportes erfüllt sein, damit das Einlegen seinen Zweck erfüllen konnte, natürlich war das Angebot an Nahrungsmitteln nicht immer so reichhaltig wie in ländlichen Gebieten oder solchen, die zum Ackerbau taugten, aber es bestand keine Gefahr zu verhungern oder Ungenießbares hinunterwürgen zu müssen, auch nicht an Essständen oder kleinen Restaurants empfand

S die Versorgungslage als unzureichend, langweilig oder ungesund, der Zusammenhang zwischen ihrer inneren Wetterlage und dem Bedürfnis nach heimischem, mineralstoffreichem Essen waren ihr klar, der Körper sollte dem Klima gewachsen sein.

KARTENLEGEN (1)

EIN MANN MIT WEISSEM GEWAND UND TURBAN ritt seitwärts auf einem Esel sitzend auf den rechten Bildrand zu, er kam gerade hinter einem riesigen Metallbottich hervor, der mit einem Ballen grell roter, offener Wollstränge gefüllt war, deren Fäden weit über den Rand hinunterhingen, im oberen Teil des Haufens verschwammen die teilweise verhedderten Wicklungen zu einer Farbfläche, als ob die Schnüre ineinander verschmolzen wären und glühende Stricklava aus Stein oder Plastik aus dem Bottich hervorträte. Weitere Stränge, die an einem quer durch das Bild gespannten Seil hingen, glänzten in viel dunklerem fast schillernden Rot, in genau gleicher Länge und zweifach abgebunden glichen sie Beuteln, die an dem Seil aufgefädelt worden waren, sie erinnerten an abgeschnittene Ärmel oder geraffte Röcke aus zerknittertem europäischen Samt, für Seidentücher oder Frauenhaare waren die elf Bündel zu stark gewirkt, ihre Strukturen zu unregelmäßig, um so etwas Gleichmäßiges wie Haare, Schnüre oder nur Stoff darzustellen, für blutgefärbte Vorhänge des Königs hatten sie zu viel Volumen und glichen eher eigenartigen Fahnen oder Masken. Von frischer Farbe triefend verbargen sie etwas, das eingewickelt und zum Trocknen aufgehängt worden war, aus zwei helleren Stoffen schaute und stieß etwas hervor, während drei dunklere, die zum rechten Bildrand hin immer mehr im Schwarz verschwanden, säuberlich vernäht waren, dennoch drückten sich Strukturen durch die schweren roten Stoffe, unter denen sich Organisches, Knochiges und Monströses abzeichnete, Reliquien und Kuriosa, die in zwei oder drei transparenten Stoffbeuteln wie in Phiolen schwammen. Der Mann auf dem Esel blickte grimmig zur Kamera, die rechte Hälfte seines leicht unscharfen Gesichts war rötlich verfärbt, als ob sie verbrannt oder rote Farbe daraufgetropft wäre. Wenn kein Druckfehler das Gesicht verfärbt hatte, war es der Widerschein der aufgehängten Bündel, der von erschreckender Leuchtkraft war, denn er rötete nicht nur den Kopf und das Halfter des Esels, sondern den ganzen Sandboden und den undeutlichen Hintergrund mit zwei gebückt arbeitenden Männern, ohne aber das weiße Gewand und die linke, in der Sonne hell leuchtende Gesichtshälfte dieses Mannes farblich zu verändern, der so misstrauisch schaute, als wäre es ihm gar nicht recht, dass der Fotograf ihn in dieser Situation fotografierte, fast als ob er Zeuge eines Verbrechens würde oder es nicht gestattet wäre, hier Fotos zu machen, wo diese gefärbten Stoffe trockneten. Auf der Postkarte war außer den drei zusammengelegten gestreiften Decken oder Teppichen, die am rechten Bildrand in Kopfhöhe abgelegt waren, nur der große, silbern glänzende Teekessel mit dem hoch aufragenden Griff im Schatten des Metallbottichs einigermaßen scharf, weder überscharf wie der Lavabottich noch unscharf, fast verformt wie das Gesicht des Eselreiters, schienen sie als einzige Gegenstände wirklich zu sein, während der Rest eine zusammengestückelte optische Täuschung bildete, denn selbst der links ins Bild ragende, hölzerne Türflügel konnte nicht in einem solchen Winkel ins Bild ragen. Und die blutroten Bündel hingen wie aus einer anderen Dimension in die Szene hinein, der Betrachter blickte durch diese hochgebundenen, herrschaftlichen Vorhänge und erkannte wie unter Wasser die Szenerie eines anderen Kontinents, als ob die unheimliche, blutrote Dekoration sein Fernsehbild durchkreuzte, das auf die Störung mit hohen Kontrasten und überdrehten Farben reagierte. Anstatt sich über diese mutwillige Ansammlung von Elementen zu ärgern, über blutige, an diesem Ort stattfindende oder vorgetäuschte Ereignisse zu phantasieren, beruhigte R sich damit, dass auf der missratenen Postkarte ein Mann in traditioneller Kleidung auf einem traditionellen Fortbewegungsmittel zwischen einer traditionellen Färberwerkstatt und einem anderen traditionellen Gebäude zu sehen war, und keine Spuren einer blutrünstigen Vergangenheit von Widerstand, Folter, Hinrichtungen, Verrat und Rache. Auch wenn die ganz feine Rasterstruktur an Zeitungsfotos erinnerte, als ob diese Postkarte eine grobe Collage wäre, zeugte die Postkarte schön zeitlos von einem friedlichen, vorindustriellen Leben, und R, der neben der nähenden S auf dem Bett saß, kam sich wie ein Karten legender Tourist vor, der aus den Postkarten eines Landes dessen Geheimnisse und Geschichte ablesen wollte.

KAPUZEN

VON RIESIGEN, SPITZEN KAPUZEN hingen die Gewänder bis zu den Knöcheln, sie waren aus dünnem oder dickerem Wollstoff gefertigt und nicht so fest und wetterbeständig wie Mäntel, ihre Form schien über welche Funktion auch immer zu triumphieren, wenn sich die Träger unter Kapuze und Gewand verstecken wollten, wäre ihre Sicht so begrenzt, dass sie nicht weit kommen würden, am ehesten schienen sie sich vor sich selbst oder vor einem unheilvollen Gott zu verstecken, denn die Gewänder erinnerten an Kutten, an solche von zum Tode Verurteilten, deren Gesichter vor der aufgebrachten Masse verborgen wurden. Das ganze Land schien unter so einer spitzen, in den Luftraum stechenden Kapuze zu stecken, ein Land wandelnder Kapuzen, dem Tod geweiht, aber entgangen, das Gesicht ebenso verborgen wie die Körper unkenntlich, unsichtbar jede Eigenheit wie Waffen darunter versteckt, nur die nackten Füße konnten Alter und Geschlecht verraten. Auch S wollte eine Kapuze tragen, um sich darunter zu verbergen, ohne jedoch ein langes Gewand zu tragen, und hatte einen Pullover mit einer Kapuze erstanden, dessen Schafwolle mit Meersalz imprägniert war. Schon nach einem Tagen hatte sie gestört, dass sich der Pullover nicht aufknöpfen ließ und sie keine Jacke gekauft hatte, und sie überlegte, wie sie aus dem Schafwollpullover eine Jacke machen könnte, was so schwer nicht sein konnte, es durfte ihr nur keine der bleistiftstarken Maschen entkommen, wenn sie anfing, den Pullover in der Mitte aufzuschneiden, worüber R, dem sie von ihrem Vorhaben erzählte, lachen musste, als sie das Strickmuster studierte und auch noch am nächsten Tag das Gewebe prüfte, sie tüftelte, wie sie am besten vorgehen sollte, um den Pullover nicht in einen Wollknäuel zu verwandeln, sondern in ein Kleidungsstück, das sie sich nicht jedes Mal, wenn es ihr zu warm wurde, über den Kopf ziehen musste. Während er im Reiseführer oder in einem Buch las, saß sie vor ihrem ausgebreiteten Pullover und überlegte, wo sie die verstrickten Fäden durchschneiden musste und welche zusammenzuknoten waren, was viel länger dauerte, als er gedacht hatte, wobei er S anfangs unterschätzt und die Änderungsschneiderei für eine Kinderidee gehalten hatte, die ohnehin nicht zu verwirklichen war, und begriff dann, dass es ihr ernst war mit dem Umnähen des Pullovers in eine Jacke, und sie schnitt die ersten vier Fäden durch und knotete sie zusammen, so dass sich der gestrickte Stoff am unteren Rand spaltete, dessen Fäden so grob gesponnen waren, dass sie sich nach dem Durchschneiden nicht sofort ausfädelten und den Stoff aus Schafwolle auftrennten, die Frauen im Meer gewaschen, gekämmt und auf das Wasser starrend versponnen hatten und die deshalb leicht klebte. Am nächsten Tag fragte sich S, ob ihre Methode die richtige sei, da es ihr aber nicht gelang, die Knoten des Vortags wieder zu öffnen, hielt sie an ihrem Schnittmuster fest, und es dauerte über eine Woche, bis sie den Pullover in eine Jacke umgeknotet hatte, die nie etwas anderes gewesen zu sein schien, und R bewunderte ihre geschickten Finger, während sie noch nicht damit zufrieden war und anfing, auf der einen Seite Knöpfe anzunähen und auf der anderen auseinandergezogene Maschen als Knopflöcher einzufassen.

KARTENLEGEN (2)

DAS BANANENBLATT, DAS WIE EIN SCHWARZER SCHATTEN die obere rechte Ecke ausfüllte, hätte auch ein Stück des blauweiß gestreiften Markisenstoffs sein können, der senkrecht an einer spärlich bewachsenen Kolonnade angebracht war, deren Betonpfeiler in das Bild hineinführten, die Straße, die parallel dazu verlief, weitete sich vor dem angeschnittenen Bananenbaum zu einem Platz und gab dem Bild einen Fluchtpunkt, den ein etwa zwanzigstöckiges Hochhaus versperrte, das mit den angrenzenden Hochhäusern den weißlichen, nur an den Rändern bläulichen Himmel zur Hälfte verdeckte. Schnüre und Girlanden linierten diesen Himmel und verwirrten den Blick auf die Hochhäuser, über dem brüchigen, oft ausgebesserten Asphalt des Platzes und der Straße waren in regelmäßigen Abständen Seile gespannt, die wiederum durch dünnere Leinen verbunden waren, die Glühbirnenfassungen der in Halbkreisen daran aufgehängten Lichtergirlanden waren jedoch leer, oder nur wegen des Gegenlichts und der Unschärfe des Bildes waren keine runden Formen unter den schwarzen Kanten der Fassungen sichtbar, außerdem fielen die großen Abstände zwischen den Girlanden auf, die ein Fest oder einen Umzug erwarten ließen, worauf aber sonst nichts hindeutete. Im hinteren Teil der Straße sahen die sich schneidenden Linien wie schwebende Zelte aus, schoben sich zu Netzen ineinander, die zum Trocknen aufgehängt oder in ein Aquarium ausgeworfen waren, in dem Laternengläser wie Luftblasen aufstiegen und an dessen Glasscheibe sich die unscharfen Pflanzen im Vordergrund drückten. Der Fotograf hatte das Bildzentrum einer dieser Straßenlaternen vorbehalten, die an der Spitze und fünf kurzen abgewinkelten Armen weiße Glaskugeln trug, ihr langer Schatten fiel in die linke untere Ecke auf das Trottoir, das mit kleinen, eckigen braunen und schwarzen Steinen asphaltiert war und dessen gelbblauer Bordstein sich in Parkplätzen zackte. Nachts musste diese Sackgasse ziemlich düster sein, da die anderen rechts und links der Straße aufgestellten Straßenlaternen in weiter Entfernung standen, deren Gläser im Sonnenlicht durchsichtig wie Blasen aussahen, während die der Laterne im Vordergrund harten Plastikkugeln glichen, die an dem kaum armdicken, aber sehr langen Metallmasten so winzig wirkten, dass sie die Dimensionen der ganzen Stadtlandschaft in Frage stellten. Das Schattenbild, das, vom Bordstein unterbrochen, nicht direkt mit dem Laternenpfahl verbunden war, ließ sich nicht als das einer Laterne erkennen, die langgestreckte, spitz zulaufende schwarze Linie endete in einer großen schwarzen Kugel, in der Mitte wölbte sie sich zu einer kleineren Rundung, von der zwei rechtwinklige Arme mit kugeligen Enden abstanden, darunter richtete sich ein Glied auf, das, umgekehrt betrachtet, der abgeknickte Hals einer gehenkten Figur mit winzigem Kopf wurde, die anstatt Füßen und Händen Kugeln oder Bälle hatte. In dem Schatten, der über dem Asphalt wie ein Mobile zu schweben schien, erkannte R das eigentliche Motiv der Postkarte, den an die Oberfläche getretenen Plan eines verzweigten, unterirdischen Baus, den Grundriss von Katakomben, Zisternen oder Kanalisation, die Bauzeichnung einer freigelegten, inneren Mechanik, einer Architektur aus Röhren und Kugeln oder Bauten aus Raumkapseln oder Taucherglocken, ein magisches Bannzeichen oder Totemtier, das in den lederartig glänzend gefleckten Gehwegsteinen eingebrannt war, eine auf einen schwarzen Abdruck heruntergebrannte Gestalt, in der sich alles und nichts erkennen ließ, kein vergleichbares, kein ähnliches Objekt fiel ihm ein, das ihm eine Geschichte, einen eindeutigen Bildinhalt geliefert hätte. Natürlich dokumentierte die Postkarte die Existenz von Hochhäusern, elektrischer Straßenbeleuchtung, Fußwegen, modernem Straßenverkehr, ohne ein einziges fahrendes oder parkendes Auto zu zeigen, sie zeigte Ladenarkaden, Grünanlagen in der Stadt und Festschmuck, allerdings sah all das wie ein zusammengestückeltes Arrangement aus, in dem nur das zusammenschweißende Licht und der Schatten der

Laterne wirklich zu sein schienen. Wäre dem namentlich auf der Rückseite genannten Fotografen daran gelegen gewesen, die Modernität der Hauptstadt vorzuführen, hätte er zeigen wollen, dass Wohnhäuser, neue technische Ausstattung und moderne Lebensorganisation dort selbstverständlich waren und ein sorgenfreies, bequemes Leben bescherten, das sich an Blumentöpfen, gepflegtem Grün, ausgefallener Straßen- und Festbeleuchtung und weiten, sauberen Geschäftsanlagen erfreute, wenn dem Fotografen daran gelegen gewesen wäre, ein Bild in der Welt zu verbreiten, das bewies, dass sein Land im einundzwanzigsten Jahrhundert angekommen war, hätte er in der Landeshauptstadt, in der diese Postkarte aufgenommen worden war, passendere, eindeutige Motive gefunden. Von dem Bananenblatt in der oberen Ecke und dem Gebüsch in der unteren Ecke wurde das Bild so eingefasst, als ob der Betrachter aus einem anderen Auge herausblickte, dessen Wimpern und leicht gesenktes Lid das eingerissene Blatt nachahmte, oder als ob er wenigstens hinter dem Gebüsch hervorlugte und auf diese menschenleere Szenerie blickte, die in den überscharf gezogenen Linien und Kanten so unter Spannung stand, dass ein Ereignis auf diesem Platz, den die Postkarte als das ZENTRUM betitelte, bevorstehen musste, so beiläufig wie aufdringlich voller Erwartung eines Duells kurz vor der Mittagsstunde, einer Flucht mit zum Himmel quietschenden Reifen oder der Landung von Außerirdischen in einem dem Laternenschatten ähnlichen, geschwärzten Metallgefährt, das sich auch als abstürzender verkohlter Satellit oder als Astronautenschlacke herausstellen konnte, die in die Militärparade, Prozession oder den Festumzug einschlagen und durch die zerfetzten Lichterketten einen Stadtbrand entzünden würde, die Pappfassaden der Hochhäuser würden umknicken oder in Flammen aufgehen und den Blick auf den Himmel als den Hintergrund des bevorstehenden Ereignisses freigeben, das sich in dem alles durchleuchtenden Licht ankündigte und dessen Aufruhr sich im Wirrwarr der Begrünung und des mitgenommenen Straßenbelags bereits abzeichnete, bis auf zwei waren alle Markisen schon wie Vorhänge nach oben gezogen.

HÄUTUNG (2)

IN EINER STADT IM NORDEN DES LANDES besuchten S und R immer wieder die Werkstätten der Gerber, wo die getrimmten Häute enthaart, entfleischt und später gefärbt wurden, sie gingen zwischen den gemauerten Gruben umher, die mit den Lösungen zum Aufweichen, Reinigen, Äschern, Beizen, Gerben und Färben gefüllt waren, ohne sich an deren Gestank zu stören, die Häute waren in ein Gemisch aus Taubenkot, Urin von Eseln und Rindern und Kalk eingelegt und wurden von den Gerbern mit ihren Füßen gewalkt, wenn sie nicht mit Laugen aus Rinde von Granatapfel- und Mimosenbäumen oder aus Fischöl gegerbt wurden, ihre Augen wurden von den verschiedenen Farbtönen, der Größe der Anlage und den Handgriffen der Arbeiter genauso beansprucht wie die Nase von den Gerüchen, die sich mit denen von rohen Hautresten, nassen Tierhaaren, fauligen Blättern und Stoffresten, verrottendem Holz und modrigem Wasser mischten, sie bewunderten die mit Antimon, Safran, Henna, Mohn und Indigo angesetzten Flüssigkeiten, die zum Färben der Häute dienten. S und R folgten dem Bach, der durch die Werkstätten floss und in einen Fluss mündete, an dessen

Ufern Häute und abgelöste Haare getrocknet wurden, und gingen weiter zu der Aufschüttung an der Stadtmauer, wo ebenfalls endlose Reihen von Häuten und Haaren in der Sonne lagen. Auf dem Rückweg zur Gerberei begutachtete S zum Verkauf angebotene Tierhäute, von denen sie schließlich sechs ganze ungefärbte Häute von Schafen und Ziegen kaufte. Als sie in der Gerberei um Lederreste und Fetzen von Häuten bat, sahen sie die Männer misstrauisch an, machten sich über sie lustig und beäugten die ausländische Frau neugierig, die im Gegensatz zu anderen leicht beschuhten Frauen ihren Ekel verbergen konnte und sich nicht würgend Taschentücher vor Mund und Nase hielt. S widerstand den abwehrenden Blicken und abweisenden Bewegungen, die sie fortschicken wollten, und bestand auf ihrem Anliegen, das die Gerber immer noch für einen Witz hielten. Nachdem sie, ohne mit dem Nasenflügel zu zucken, ein weiteres Mal ihre Bitte vorgetragen hatte, zogen sie ungläubig an ihren Zigaretten und führten sie zu der Lederwerkstatt, an die sie die meiste gegerbte Ware verkauften und deren Boden mit Resten von verarbeiteten Tierhäuten in allen Farben bedeckt war. Während die vergnügten Gerber zwischen den Arbeitstischen der verwunderten Schneider umhergingen, um zerschnittene Häute von Schafen, Kühen und Ziegen aufzuheben und in eine Plastiktüte zu stopfen, schüttelten sie grinsend die Köpfe und machten Witzchen über diese Fremde, die sich für ihre Abfälle interessierte, und brachen in fröhliches Gelächter aus, als der Besitzer der Lederwerkstatt darüber nachdachte, wie viel er für die mehrere Handvoll Lederfetzen verlangen sollte, die er sonst nie verkauft hätte, und für die einen Preis zu finden, ihm sichtbar schwerfiel, oder er fragte sich, ob er überhaupt Geld für diesen Lederverschnitt verlangen solle, da die Fremde aber mit gezogenem Geldbeutel zu bezahlen bereit war, sagte er schließlich einen Preis, den die Gerber nachäfften und sich gegenseitig eifrig in Luftgeld bezahlten, dabei sprangen sie herum und lachten so ausgelassen, dass der Besitzer eine Ziegenhaut von einem Stapel riss und damit auf die Gerber einschlug, die weiterlachend der auf sie niedergehenden Haut Hände voll Luftgeld hinstreckten und flohen, nicht ohne den beiden Fremden ein Zeichen gegeben zu haben, ihnen zu folgen, um vor ihren Gerbertrögen einen Tee zu trinken und auf das geglückte Geschäft anzustoßen. Seitdem roch es in ihrem Hotelzimmer aufdringlich nach Leder, vor allem die Betten nahmen den Geruch des frisch gegerbten und gefärbten Leders an, da S die unregelmäßigen Hautstreifen darauf ausbreitete und nebeneinanderlegte, um zu sehen, welche von den Lederstücken zusammenpassten, und sie aneinanderzunähen, obwohl das Leder sehr hart und die spitzen Nadeln, die sie gekauft hatte, zu dünn waren. Jeder Stich durch die Lederränder wurde zu einem Kraftakt, bei dem regelmäßig die Nadel abbrach oder der mit härterem Leder geschützte Daumen verletzt wurde, nachdem sie minutenlang gedrückt, abgesetzt und wieder angesetzt hatte, und schließlich das Metall durch das Leder in den Daumen gedrungen war, was sie nicht davon abhielt, die Nadel erneut anzusetzen, die nach einiger Zeit wenige Millimeter in das richtige Leder eindrang, aber immer wieder abbrach, wenn S sie hin- und herdrehte. Obwohl sie sonst auf die fachmännische Handhabung von Werkzeugen achtete und ihr jede Form von Zweckentfremdung zuwider und Zeichen größter Dummheit und Respektlosigkeit vor Technik war, die richtig gedacht sein und dementsprechend angewendet werden müsse, ertrug sie diese ihr handwerkliches Können vollkommen unterfordernde Arbeit mit einer Geduld und Hingabe, die R Sorgen machte, denn es schien ihr nicht um das Ergebnis, sondern nur darum zu gehen, die Häute, deren Widerstand gegen die Bearbeitung und die eindringende Nadel zu spüren, und den Geruch dieser noch vor Kurzem behaarten, blutigen und warmen Häute einzuatmen, die nicht nur den des herausgelösten Tiers bewahrten, sondern auch den der zum Gerben und Färben verwendeten Flüssigkeiten. Auch die Kleidungsstücke und andere Stoffe nahmen diesen Gerbergeruch an, der sich mit dem des eingelegten Gemüses mischte, wenn S zur Nachtruhe die ganzen Häute, die sie erstanden hatte und die das Gewicht des Gepäcks um mehrere Kilo erhöhten, über den Bettbezug ausbreitete, als verschaffte ihr das Leder toter Tiere eine mit gewissem Ekel gepaarte Erregung. R hatte das anfängliche Würgen überwunden, auch wenn ihm ihre Lederwaren fremd und unangenehm blieben, die sie freigekauft hatte, um ihnen wieder Form und Volumen zu geben, indem sie daraus eine Tasche fertigte, zwischen deren vernähten, verdrehten, sich überlappenden und gespaltenen Wülsten sich verlieren würde, was sie auch immer dahinein steckte. S, die sonst Ordnung und Übersicht im täglichen Leben verlangte, ließ sich bei der Verarbeitung der Lederreste gehen, die sie mit der glatten Seite nach außen und mit der rauen nach innen zusammennähte, wie R erst nach einigen Tagen erkennen konnte, und er fragte sich, ob S wirklich so weit gefahren war, um einen wulstigen Beutel zu nähen. Wenn sie nicht die Nadeln bearbeitete, damit sie in das Leder eindrangen, prüfte sie Form, Farbe und Stärke der Lederstücks, legte eines neben das andere, um sie zu vergleichen, über Kombinationsmöglichkeiten nachzudenken und sie in den Hautverbund einzupassen, oder sie untersuchte ihre kurzen, starken Finger auf Einstiche und Brüche in der Hornhaut, beschäftigte sich mit ihren beängstigend harten Nägeln, die in ihrer durchschlagenden Kraft kaum weiblich oder irgendwie menschlich zu nennen waren. Die Verarbeitung des Leders ging auch deshalb langsam vor sich, weil sie die Lederstücke wegen ihrer Stärke mit mehreren Nähten versah und den Faden kräftig anziehen und vernähen musste, damit die Häute sich nicht einfach voneinander lösten und fast ineinander verschmolzen, was die Finger, Hände und Unterarme beanspruchte, die sie bald schmerzten und die sie schüttelte, um sie zu kühlen, und dann einige Zeit auf der Bettdecke ausruhte. Ihr Wille war stark, und R wusste, dass sie viel zu ertragen bereit war, wenn sie sich etwas vorgenommen hatte, aber in was für einen Lederknäuel steigerte sie sich hinein, in dem R nichts erkennen konnte, was die Anstrengung gerechtfertigt hätte, die sie aufwandte, um die Lederstücke zu etwas zu verbinden, von dem er sich fragte, was es für sie darstellte, dass sie sich so sehr darin verausgabte. Einmal sagte sie, es sei doch traurig mit dem Menschen, dass er nur ein Geschlecht habe, und er wusste nicht, ob sie sagen wollte, dass sie leider nur eine Frau war und nicht auch ein Mann sein konnte, oder so wie Organe, die es zweifach im Körper gab, die aber auch einfach funktionierten, sollte der Mensch das Geschlecht doppelt ausbilden. Er schob die Vorhänge einen Spalt zurück und hielt nach der Außenwelt Ausschau, um sich zu vergewissern, dass sie noch da war, wie er es jedes Mal tat, wenn er von seinen Wanderungen ins Hotelzimmer trat, nachdem er die Zimmertür geöffnet hatte, die sie ihn abschließen hieß, seit sie das Zimmer nicht mehr verließ und das Interesse für die Welt außerhalb des Hotelzimmers verloren hatte, sie lehnte höchstens manchmal am Fenster und versuchte, unten in der Gasse, die durch ein Vordach verdeckt war, Vorübergehende zu sehen, was aber schnell unbequem wurde und sie nicht wieder tat, als sie einmal bemerkt hatte, dass ein Mann sie von einer der Dachterrassen gegenüber dem Hotel beobachtete, und sie, anstatt von ihren Verrenkungen belustigt zu sein, mit starren Augen und so reglosem Gesicht anblickte, dass sie, eisig getroffen, noch besessener an ihrem Lederding arbeitete. Die Stille in ihrem Zimmer, in das von der schmalen Gasse nur das Schlürfen und Schlappen der Schritte und ein paar Rufe hinaufdrangen, wurde ihr schließlich zu viel, und sie stimmte einer Weiterreise zu, auf der sie die Näharbeiten immer griffbereit hatte, um Ledergeruch zu verbreiten, sie schlug vor, bevor sie sich wieder in das neue Hotelzimmer zurückzog, ein Handteller großes Radio zu kaufen, das Sender aus der ganzen Welt empfangen sollte, je südlicher sie reisten, desto schlechter funktionierte der Apparat, der, während sie weiternähte, ununterbrochen lief, obwohl schließlich in dem Hotel, in dem sie am Ende wohnten, mehr Rauschen als Musik zu hören war. Eigenartigerweise hatte R auch Gefallen daran gefunden, dass sie unbeweglich in ihrem Hotelzimmer saß und er allein ausging, um Besorgungen zu machen oder zu wandern. Wenn er nämlich allein durch die Straßen und die Landschaft ging, war er aufmerksamer, nahm auch für sie wahr und suchte Erzählenswertes, das sie überraschen und erheitern, mit dem er vor ihr ein wenig prahlen konnte, schon während seiner Wanderungen fasste er alle Wahrnehmungen in Worte, um sie möglichst lebendig bei ihr abzuliefern, als bereitete er wie ein Jäger seine Beute vor ihr aus, um zu sagen, sieh, was ich erlebt und welche Gefahren ich überstanden habe, sieh, was du verpasst hast und was du mit mir hättest erleben können, und sie lachte über seinen Stolz, aber hörte ihm in dem verdunkelten Zimmer gerne zu, während die Windstöße prasselnd Sand an die Scheiben warfen, versuchte er, alle Erlebnisse, die sich auf die wahrgenommene Landschaft und kurze Begegnungen beschränkten, möglichst eindringlich zu schildern, um sie zu erschrecken oder neugierig zu machen, die Absicht seiner Erzählungen, sie für die Außenwelt zu interessieren, schlug jedoch fehl, seine Berichte waren nie stark genug, um sie zum Mitgehen zu bewegen, denn sie hatte größere Freude daran, sich vorzustellen, was er ihr beschrieb, als das Beschriebene selbst zu erleben. Aus Trotz und Unruhe über ihren Zustand fing er an, die Wahrnehmungen zu verzerren, zu übertreiben und manchmal zu erfinden, seine Berichte gaben ihr umso mehr Stoff, worüber sie manchmal tagelang nachdachte, denn oft fragte sie noch einmal nach oder kommentierte, was R erlebt hatte, und er lächelte stolz darüber, wie ihre Phantasie von seinen Berichten angeregt wurde, deren Richtigkeit sie sonst oft angezweifelt hatte. Seine Versuche, S abzulenken und zum Verlassen des Hotelzimmers zu bewegen, blieben vorsichtig, weil er ihre Sturheit, ihren Unwillen kannte, sich zu etwas drängen, sich in irgendeiner Form moderieren zu lassen, dennoch hörte er nicht auf, ihr jeden Abend von Orten, Vorkommnissen und Begegnungen zu erzählen, auch von dem Handwerker, der sich auf die Arbeit mit altem Gummi und bevorzugt mit alten Autoreifen verstand, die er zusägte, zuschnitt, zuschnitzte und zuhobelte, um aus den so gewonnenen Bausteinen Dinge für den Haushalt herzustellen, eine so vielfältige Auswahl an Gegenständen, die er vor dem Laden, in dem er arbeitete, jeden Morgen ausbreitete, aufstellte und stapelte, dass es möglich schien, alles aus diesem festen, aber biegsamen Material herzustellen, in das Nägel getrieben, das geklebt, genäht, geklammert oder geschmolzen werden konnte, wobei dann manchmal andere Arten von Gummi, etwa der von Badeschuhen, als Lötzinn dienten. R war sprachlos vor den Gummihäuten gestanden, die nach Tausenden von Kilometern und jahrelanger Fahrt eine andere Form annahmen, von den Straßen in die Häuser und vom Boden bis auf die Tische stiegen, und ihr ewiges Leben in der Nähe der Menschen verbrachten, denn zweifellos erschienen sie auch nach ihrer Metamorphose weiterhin unverwüstlich und in ihrer neuen Gestalt befremdlich, weil das harte, grobe und raue Material und das Schwarz, das an Teer und Dachpappe denken ließ, für alltägliche Gebrauchsgegenstände ungewöhnlich, unpassend und gesundheitsschädlich aussah. Dieser Widerstand des Materials gegen seine Einordnung in die Reihe der üblichen Haushaltswaren, seine Sperrigkeit und sein manchmal etwas plumpes Aussehen, das die Gegenstände trotz ihrer eleganten Machart behielten, verliehen dem Gummi eine Würde, als ob es Meteoritenporzellan wäre, an ungeheuerliches Picknickgeschirr, vorzeitliche Töpferei, höllenbarockes Service und Industrieschlacken dachte der unwissende Besucher, der überrascht war, wenn er das Material in die Hand nahm, wie schwer es war. Die Spuren der Bearbeitung und die groben Innen- und Außenseiten traten so unversteckt zutage, dass er staunte, welche Verwandlung dem Reifengummi zuteil geworden war, die Möglichkeiten seiner Verwendbarkeit waren nicht zu überblicken, Möbel hatte der Mann in seiner Gummiwerkstatt hergestellt, Regale, Tische, Stühle, Hocker, auch Aschenbecher, Teller, Tassen, die nichts für empfindliche Münder waren, die bei Lastwagenbremsen Zähneziehen bekamen, Eimer und sogar

Schuhe, für die der Gummi etwas steif war, und der Mann betonte, dass jedes Stück in Größe und Stärke anders ausfalle, was von seiner Laune und der Art des Gummis abhänge. Der Spezialist für Wiederverwendung von Gummi hielt einen Vortrag über Gummihersteller, die Firmen von Autoreifen, von denen er verschiedene vorführte, vor seiner Werkstatt türmten sich Reifen in verschiedenen Größen, vom Traktorenreifen, für die er Sägen brauchte und die er wegen der Härte wenig verwendete, bis hin zu Reifen von Vespas und Fahrrädern. Als S von dieser Werkstatt, dem Gummi in allen Farben und Stärken hörte, glaubte sie R erst nicht, um nicht voreilig ihr sich überschlagendes Interesse zu zeigen, denn sie beneidete den Mann sofort um seine Arbeit, die sie unglaublich fand und die ihm größtes Vergnügen bereiten müsse, weil er ausgelassen und ohne Bedenken ausprobieren und seine Technik und Formen weiterentwickeln könne, und nachdem er ihr mehrmals bestätigt hatte, dass diese Werkstatt, der Laden und ihr Betreiber in Arbeitsjeans und rotem Hemd keine Erfindung war, beschloss sie, ohne den Mann und seine Werkstatt gesehen zu haben, zu fragen, ob sie ihm als Helferin zur Hand gehen und sein Handwerk der Gummiverarbeitung erlernen dürfe. Das erste Mal war seine Werkstatt noch geschlossen gewesen, was ihre Neugier und ihre Zuversicht weiter gesteigert hatte, bei dem Reifenveredler wirklich arbeiten zu können, denn ihre größte Sorge war gewesen, wie bei Handwerkern üblich früh aufstehen zu müssen, und wegen ihrer bis zum Morgen anhaltenden Schlaflosigkeit nicht pünktlich oder nur unausgeschlafen zur Arbeit zu erscheinen, zu der sie schließlich nie erschienen war, denn der Mann war freundlich und erklärungswillig, bis zu dem Augenblick, als S nach einer möglichen Mitarbeit fragte, seine

Gesichtszüge wurden hart und seine Augen starrten sie fast beleidigt an, als hätte sie ihn ausgefragt, um seine Technik zu stehlen und Waren nach seinem Vorbild in ihrem Land herzustellen und teuer zu verkaufen, er nahm ihr die Frage so übel, dass er auch ihren Wunsch etwas zu kaufen ablehnen wollte, aber S bestand mit solcher Hartnäckigkeit und Lautstärke darauf, etwas erwerben zu dürfen, dass er schließlich die zwei ausgewählten Waren aufhob und sie aufforderte zu gehen, ohne zu bezahlen, weil er vielleicht ein wenig bereute, ihr so missmutig und entschieden begegnet zu sein, sagte er, er schenke ihr die Waren, wenn sie schon nicht bei ihm arbeiten dürfe, was sie selbstverständlich lieber getan hätte, entgegnete sie, worauf er aber nicht reagierte und nach einem kurzen Gruß in der Bretterwand seiner Werkstatt verschwand.

HÄUTUNG (3)

R GAB DIE HOFFNUNG NICHT AUF, dass S an etwas Außergewöhnlichem nähte, was ihn seine Geringschätzung bereuen ließe, trotzdem blieb ihm ihre Zurückgezogenheit ebenso unheimlich wie diese Beschäftigung, von der er sich immer wieder fast angewidert abwendete, wenigstens er dürfe die Fassung nicht verlieren, dachte er sich und wünschte, sie würde doch stricken oder sich sonst irgendwie handwerklich betätigen, denn wahrscheinlich hatte sie sich die Verkleinerung ihres Bewegungsradius auf ein Minimum von einheimischen Handwerkern und Ladenbesitzern abgeschaut, die den ganzen Tag in ihre Arbeit vertieft auf einem Fleck saßen, bis ein Kunde ins Geschäft trat, S solle doch selbst in einem Laden arbeiten oder einen eröffnen, denn von welchem Geld sollten sie hier leben, wenn ihre Ersparnisse zu Ende waren, und alle Bitten und Anträge auf Kredit abgelehnt wurden, schließlich dachte R darüber nach, ob dieses Land oder ein anderes, das weder sein noch ihr Heimatland war, nicht doch ein Ort sein könnte, wo sie zusammenleben könnten, ohne von Zwängen oder Erinnerungen eingeholt zu werden, die ihnen, ihrer Einsicht nach, ein Zusammenleben verbaten, sollten sie mit Autos oder anderen Waren auf dem Schwarzmarkt, mit Pässen und Einreisegenehmigungen, mit Zigaretten handeln, Grenzüberquerungen organisieren, einen Campingplatz eröffnen oder ein altes Herrenhaus für europäische Touristen ausbauen, sie solle ihm endlich sagen, wie sie zu Geld kommen würden, sie lächelte müde, weil sie seine Hintergedanken verstand. Während ihrer Zeit bei dem Lokalbesitzer hatte S in einer Holzwerkstatt geholfen und gelernt, aus einem Edelholz Gegenstände herzustellen, zum Beispiel hölzerne Blumenväschen, in die knospende Plastikblüten gesteckt wurden, um sie an Touristen zu verkaufen, warum erlernte sie also nicht andere traditionelle Techniken, stellte etwas zum Verkauf her oder reparierte Schuhe, wie auf einer Reise nach Italien, als sich das schwarze Geflecht ihrer billigen Sandalen täglich gelöst hatte, und jeden Abend oder, wenn es nötig war, auch tagsüber hatte S die Lederschnüre neu verknotet, vernäht oder verklebt, die ebenso stur wie sie selbst waren, da sie bald wieder aufgingen, so dass S die meiste Zeit mit der Reparatur oder mit Gedanken an die schlechte Qualität ihrer Schuhe beschäftigt war, die weder sonderlich elegant, noch besonders praktisch waren, und die sie viel zu kurz getragen hatte, um wirklich an ihnen zu hängen, aber genau diese Kürze ärgerte sie, denn sie hatte sie gekauft, um sie lange zu tragen. Als sie in Rom den Vatikan besucht und die Sixtinische Kapelle durchquert hatten, waren die beiden Schuhe genau unter dem Jüngsten Gericht wie vom Blitz getroffen aufgeplatzt, da es aber undenkbar war, dass sie barfuß durch dieses Heiligtum der christlichen Welt ginge, als ob sie zur Fußwaschung gekommen wäre, sah sie sich gezwungen, in die Knie zu gehen und die Schuhe möglichst unauffällig zu reparieren, und so war sie die Einzige gewesen, die in verehrender Haltung unter dem heiligen Fresko den Rücken neigte und zuerst kniend, dann auf wackligen Absätzen nach oben ins Gewölbe blickte. Aber anstatt als Schuhmacherin zu arbeiten, verschwendete sie ihr Herzblut an dieses Lederding, das nicht sehr praktisch, ungeschickt und gescheitert aussah, es schien ihm ziemlich aussichtslos, dieses Restmaterial durch welche Bearbeitung auch immer zu veredeln, aller Geschicklichkeit und Genauigkeit, allem Anspruch zum Trotz, die sie an den Tag legte und die sie bei ähnlichen Einfällen, wenn auch nie mit solcher Beharrlichkeit und Ausdauer, übertrieben oder ins Absurde gewendet hatte, eine recht vertierte Bastelei, die sie um Gesundheit und den Verstand bringen konnte, wie er befürchtete. Er versuchte sie abzulenken, indem er sie scharf angriff oder sich über sie lustig machte, natürlich ohne Erfolg, also nahm er ihr Gehäut hin, weil er wusste, dass es keinen Sinn haben würde, es ihr wegzunehmen oder zu verstecken, sie würde es wiederfinden und ihre Arbeit fortsetzen, was ihn noch mehr verdrossen hätte, sie hätte ihn außerdem beschimpft, wie überheblich er sei, ihr vorzuwerfen, etwas weniger Wertvolles zu tun als er, der nur orientierungslos durch die fremde Gegend laufe oder Postkarten anstarre und Orakel spiele, nie habe sie vorher gesehen, wie die Haut vom Tier herunter in die Hand des Menschen gelange und bearbeitet werde, nie hätte sie angefangen, Leder zu nähen, wenn sie nicht hierhergekommen wäre, sie bedürfe einiger Zeit, dieses Restmaterial in etwas Neues, Ansehnliches zu verwandeln, was er als Bastelei abtue, wie viel habe sie ihm schon genäht, geflickt und gestopft, und er habe mit großer Anerkennung von ihrer Arbeit gesprochen, als ob er ihr, anstatt normal zu danken, eine Auszeichnung für echte Hausfrauenqualitäten ausstellen würde, diese Flickarbeiten widersprächen natürlich seiner Vorstellung von sinnvoller, ernster Arbeit, ob er denn nicht sehe, wie sie sich vergnüge, da schrumpfe die Welt auf ein paar Hautfetzen zusammen und doch unterhalte sie sich aufs Beste. Sie lachte über ihn und sah ihn mit einer Überlegenheit an, die ihm unsinnig erschien, da ihrem bisher hergestellten Hautding, das eher einem Organ als einem Gebrauchsgegenstand glich, trotz eines gewissen Humors jede Unbeschwertheit abging. Von seinen Zweifeln unbeeindruckt hörte sie nicht auf, neue Hautstücke anzusetzen, die S nie zuschnitt, sie passte den Lederabschnitt ein und ließ die Ecken und Rundungen, die nicht aneinanderpassten, die Fäden, Fasern und Fellreste nach innen überstehen, ohne sie abzuschneiden, nur manchmal vernähte sie die Enden der Stücke, die unregelmäßige Formen hatten, die plötzlich so dünn zuliefen, dass man sie hätte zerreißen können, und sich dann wieder weiteten oder in die Länge zogen, Rundungen, Ecken, Zickzack und Falten aller Art, oft waren es Ränder von gefärbten und verarbeiteten Häuten, die wulstig verdickt, verhärtet, verknittert und verfleckt, zerlöchert oder ausgefranst waren und Fellstreifen, Brustwarzen, Falten und Auswüchse aufwiesen, da es oft Stücke von den Extremitäten, von abstehenden Fortsätzen waren, die nicht einzupassen oder nur schlecht zu verarbeiten waren. Sie vernachlässigte die größeren

Stücke, die die Vielfalt der Formen und Farben zerstört hätten, und verarbeitete die kleineren, die sich dagegen sperrten, mit anderem verbunden und eingeordnet zu werden, den zerstückelten Abfall, der nicht zusammenpasste, nichts darstellte und geopfert werden musste, um funktionelle, ansehnliche Gegenstände herzustellen, und angesichts dieses Resultats, das gefiel, zu gebrauchen und zu verkaufen war, konnten die Reste guten Gewissens ins Feuer geworfen werden. Die Lederstücke waren ungefärbt oder hatten verschiedene, oft unreine Farben, wiesen Färbungsfehler auf, bei denen die Farben gemischt, vergilbt, ausgewaschen oder sehr intensiv waren, um Dunkelbraun, Dunkelgrün, Schwarz, Violett, Rot und leuchtendes Orange kräuselten sich Fäden in Schwarz, Rot, Violett und Blau. Dieses Verschnitts nahm sie sich an, behutsam strich sie jedes Stück auf der Bettdecke glatt, um es mit den anderen Hautstücken zu vergleichen, sie breitete auch die ganzen ungefärbten Häute ohne Kopf und Beine regelmäßig auf ihrem Bett aus, jedoch nicht um sie zu bearbeiten, sondern eher um zu suchen, woher die anderen Stücke kamen, die sie gerade in der Hand hielt, so konzentriert, wie sie bei der Arbeit war, musste es sich doch um eine irgendwie lebenserhaltende Maßnahme handeln, als ob dieser Häutebeutel auf die richtige Art zusammengesetzt zum Leben erweckt würde und ihr nach der Vollendung als magischer Begleiter zu Diensten wäre. Wenn sie nähte, stülpte sie diesen Beutel um, und dann öffnete sich ein Wirrwarr an farbigen Haaren, Fransen, Fäden, Falten, Nähten, Gebogenem und Gewundenem, Ecken und Rundungen, die manchmal vernäht oder verknotet hervorstanden, R starrte hypnotisiert auf die Warzen, Drüsen, Saugnäpfe und Zitzen, die Wurmfortsätze, Fühler, Lappen und Schlingen dieses unruhigen Gewirrs und versuchte immer wieder, die Linien zu ordnen, in Formen einzuteilen, die Abstände zu messen, den Nähten zu folgen, um sich einen Gesamteindruck zu bilden, sich ein Bild von dem Ding zu machen, das sie da herstellte, in diesem vernähten, zerzausten Etwas ein Schnittmuster oder einen Schaltplan zu erkennen, der ihre Wünschen und Absichten sichtbar machte, die sie eingenäht hatte. Eigenwillig, ja komisch rettete sie Verworfenes, veredelte Abfall, besessen von einer Logik, die nicht durch eine Handwerkstechnik, kaum den angestrebten Gebrauch, Schönheit, Ausdruckswillen oder bloßes Vergnügen zu erklären war, sie wendete den mittlerweile zwei Handteller großen Knäuel hin und her, schob diese Ansammlung von Lederspalten, Hauttaschen, Wülsten, verwachsenen Büscheln, vernähten Ausgängen und verhaarten Eingängen auseinander und ineinander, und wenn er beobachtete, mit welcher Erregung sie den tierischen Geruch einatmete, und welche Lust und Befriedigung ihr das Nähen bereitete, zögerte er sich vorzustellen, was dieses Lederding wirklich werden sollte, fürchtete sich vor dessen Belebung, hatte Angst, sie würde sich selbst verletzen, sollte ihr Vorhaben aus der Kontrolle geraten. Manchmal beeilte er sich, ins Hotel zurückzukehren, weil er dachte, sie habe sich etwas angetan, ihm stiegen schreckliche Bilder in den Kopf, wie sie leblos in einer Lache Blut lag, weil der Versuch, sich den Hautwust einzuverleiben, scheußlich gescheitert war, oder dieser muskulöse, blutig glänzende Hautballen hatte sich in sie verbissen oder über sie gestülpt, sie war nur noch ein Fortsatz dieses Beutelorgans und hing daran wie an einer mächtigen Zecke. Wenn er die Tür einen Spalt öffnete, sah er sie aber immer noch mit der Näharbeit auf dem Schoß auf dem Bett sitzen und wie Gretchen nach Faustens Abreise nähen, oder sie ruhte gerade die Hände aus und starrte vor sich hin, dann dachte er, dass Basteln nicht der richtige Ausdruck für diese Tätigkeit im Halbdunkeln sei, er verglich sie nicht mehr mit Gretchen, die ihrem Ehebrecher den Strick spann, und auch das Lederding mit gar nichts mehr, er hatte keine Freude mehr daran, eine hinkende Wirklichkeit mit hinkenden Vergleichen zu verzieren, während sie sich ein vielfältiges, nach Tierhäuten riechendes, von starken Gerberhänden enthaartes, durchgeknetetes und mit den Füßen gestampftes, in Tierkot geschlagenes, in farbige Bäder getränktes und ausgewrungenes, ein an den Hängen vor den Stadtmauern ausgebreitetes und in der Sonne getrocknetes, nach allen Bearbeitungsprozessen und Tierfleisch stinkendes, aus farbigen Stücken aller möglichen grob zerrissenen, zerfetzten, zerstückelten, liebevoll zurechtgelegten, akribisch angezeichneten, abgeschnittenen und aufgerollten Häuten zusammengestückeltes Etwas zusammenflickte. Aus hartem Leder vernähte sie mit blutenden Fingern einen Medizinbeutel, um die erigierten Geister der Vergangenheit zu entmannen, einen Medizinball, besitzergreifenden Schwänzen zum Verhängnis, einen magischen Lemurenhandschuh mit farbigem Innenleben, langgestreckte leuchtend orange Dreiecke von schwarzen Stoppeln umgeben, die eiternd verhakten Seeigelstacheln, zerbrochene, zerschlagene, glänzende Schalen, Scherben und Spreißel aus empfindlichen Nervenenden zu ziehen, sie drehte und faltete die glänzenden Häute, unheimlich, undurchschaubar, verschroben, unzurechnungsfähig, göttlich geschickt, Aas in Lebendiges verwandelnd, ein blühender Schließmuskel, der die Zeit aus diesen geschundenen Häuten ausschied, kitschiges Patchwork unbestimmter Folklore, empfindsamst sentimental, lustig und reich gefaltetes, verschlungenes vielflügeliges, lüsternes neues Gehäut, grellfarbiges Hautding, vielfingrige Schlingungen, labyrinthisch zottige Weiblichkeit, so stark, lustvoll und endlos außer sich zottelndes Gemuskel, als nähte und kämpfte S an einem neuen Körper, würde an einem Organ bauen, noch mal geboren zu werden, mit dem sie auf die Welt kommen und bringen könnte, und die Fortpflanzung auslagerte, niemandem Mutter, niemandem Frau, um ihre geschlechtlichen Möglichkeiten Drachen steigen zu lassen und zu sehen, welche Lust ihr in die Falle gehen, wer sie da himmlisch ergreifen würde, und wäre es der Teufel, würde der Organdrachen umgestülpt und von Neuem ausgeworfen, mal sehen, wer als Nächster ins Netz flöge, auf Erden wäre es eine Lust, und anstatt selbst unförmig zu werden, wäre es dem Himmel überlassen, zu zeugen und zu nähren ein neues Geschlecht.

KARTENLEGEN (3)

OFT WAREN DIE POSTKARTEN bereits beim Kauf staubig, fleckig oder zerkratzt und ähnelten den Bildern, die S im Bus sitzend aufnahm, wenn sie ihre Videokamera stundenlang auf die Landschaft hielt, unzählige Kassetten ließ sie mit dieser verstaubten Aussicht volllaufen, die sie später aus Versehen überspielte, was bei den vielen Kassetten, die in ihrem Koffer durcheinanderlagen, nicht verwunderlich war, obwohl sie ihre Kamera nur auspackte, wenn sie im Bus, Taxi oder Zug saß, aus denen sie das Objektiv einfach auf die nie sauberen Fenster hielt. Die automatische Scharfeinstellung legte das Augenmerk auf die Flecken an der Scheibe, kam immer wieder zwischen Landschaft und Fensterglas ins Zögern, das Bild wurde unscharf und zeigte dann wieder die verstaubte Glasscheibe, während nur der Fensterrahmen scharf und die Landschaft dahinter nicht einmal verschwommen abgebildet wurde, die auch für das bloße Auge in Staub und Hitze verschwand und unter himmelhohen Sandvorhängen Kontur und Dichte verlor. Meistens sah S gar nicht mehr auf den ausgeklappten Sucher und hielt das Kameraobjektiv einfach auf die Landschaft, um eines Tages die erinnerten Bilder mit den aufgenommenen Bildern vergleichen zu können, als ob die bloße Anwesenheit der Kamera verbürgte, dass etwas gesehen worden war, sich vor den Augen eine Wirklichkeit abgespielt hatte, durch die sie mit dem Bus fuhren. R hatte vierzig Postkarten gesammelt, von denen ein Drittel den Hochglanzphotographien glich, die auch in Rs Land an Touristen verkauft wurden und die er nach dem Kauf kaum mehr betrachtete, die anderen breitete er auf der schweren Bettdecke, unter der S nur noch selten hervorkam, immer wieder aus, nicht um irgendeine Zukunft zu lesen, sondern um in die Vergangenheit zu blicken, als ob die Karten Aufschluss gäben, wie das missbildende Schicksal den Strick gedreht hatte, der bis in diese wüste Provinz Auslauf gewährt hatte, sich jetzt aber zuzog. Dass die Postkarten, deren Druckqualität meistens schlecht war, solche Bedeutsamkeit erlangen konnten, lag vor allem an den Farben, die R an altes, zerfallendes Filmmaterial erinnerten und einen irgendwie vertrauten Anblick boten, sie stabilisierten seine Gefühle, auch wenn er diese Farben nur auf anderen Fotografien gesehen haben konnte, deren vage Erinnerung diese überbelichteten Postkarten wachriefen, gleichzeitig beeindruckte R die witzige und verzerrte Wiedergabe einer Wirklichkeit, die so nie existiert hatte und so gar nicht existieren konnte. Als wären es die Bruchstücke dieser unmöglichen Welt, sammelte er auf der Straße liegende Stücke von zerrissenen Postkarten, deren Farben manchmal so gläsern dick aufgetragen aussahen, dass sie abzuspringen schienen, auch wenn sie ausgebleicht oder abgenutzt waren. S fand diese Karten meistens ungeschickt, sentimental und altbacken, sie unterstellte ihm, dass etwas nur alt oder auf alt gemacht sein müsse, damit er sich davon angezogen fühle, es ihm das Gefühl gebe, etwas Gewichtiges in Händen zu halten, er mache eine Zeitreise in seinen eigenen Gefühlen anstatt in der Geschichte des Landes, er errege sich an Unmöglichem, anstatt das Mögliche im Wirklichen zu suchen, S verstand nicht, wie R ein so großes Interesse an solchen verfälschten Abbildern der Welt haben konnte, die vollkommen und umfassend vor Augen zu haben sie sich ohne jede Nostalgie wünschte. Seinem Geschmack reiche es, dass etwas fehlerhaft und misslungen aussehe, ein Zeugnis falsch bedienter oder schlecht funktionierender Technik sei, damit es ihn anspreche, er ihm einen Wert zubillige, seine Angst vor Perfektion, die ihm wie technischer Fortschritt zutiefst verdächtig sei, entlade sich an diesen Bildern in leerer Nostalgie. Manche Postkarten versuchten, Tradition vorzuführen oder nachzuspielen, andere zeigten Motive, die gar keine Motive waren, Ecken, Plätze in der Stadt, deren Besonderheit ganz und gar nicht erkennbar war, schon gar nicht für jemanden, der die Stadt nie besucht hatte und dem diese Postkarten nicht den kleinsten Grund vorführten, warum er dieses Land bereisen sollte, im Gegenteil von einem Besuch abzuraten schienen, weil die Bilder abgesehen von ein paar Details irgendwo hätten aufgenommen worden sein können, sie zeigten Ansichten von gewöhnlichen Orten, deren Bewandtnis unklar war, oft waren der Bildausschnitt schwer einzusehen und die Aufnahmen unscharf, die entweder so grelle Farben hatten, dass die starken Kontraste die Bildfläche wie bei Collagen zerstückelten, oder die Farben waren ausgewaschen und die Motive hinter Nebel kaum sichtbar. Die aufgenommenen Orte schienen meistens von einer anderen, als auf dem Bild sichtbaren Lichtquelle erleuchtet, sie strahlten von innen heraus oder waren wie von Leuchtkästen abfotografierte Diapositive von hinten beleuchtet, es waren Aufnahmen von transparenten Kulissen, Projektionen oder farbigen Folien, sie glichen einer Haut, die dem gesamten Motiv abgezogen und aufgespannt worden war, ohne dass sich der Betrachter vorstellen konnte, welche Verwüstung eine solche Häutung hinterlassen hatte. Auf manchen Postkarten bildeten die Farben einfache, zusammengesetzte Flächen, die nichts anderes als matte Farbe abbildeten oder von so grellem Licht umgeben waren, dass sie sich in Schwarzweiß auflösten, diese zweidimensionalen Flächen konnten plötzlich ins Räumliche kippen, Volumen und Tiefe vortäuschen, wenn sich jedoch die gestaffelten, ineinander verschmolzenen oder verwischten Farbfelder verdichteten oder wie unter Wasser aufquollen, drohten diese Farbgebilde die Landschaft und die Menschen zu verschlingen, die meistens bei alltäglichen Verrichtungen unscharf aufgenommen waren und von der ins Bild geratenen Situation völlig überfordert schienen. Die Fotos waren selten, dann aber lustlos inszeniert und zeigten die Porträtierten wie auf missratenen Familienfotos, die aussahen, als ob die Personen in die Szene hineingezwungen wären und all das ganz und gar nicht ihre angemessene Umgebung wäre, sie blickten mürrisch, gar aggressiv, starrten zu Boden oder ins Leere. Ausschnitt und Aufbau der Bilder zeugten dennoch von einem Auge, das sie ausgewählt hatte, und wenn die Postkarten unscharf waren, lag das nicht an der Ungeschicklichkeit des Fotografen, die eingesetzte Technik war am Motiv gescheitert, das seine Abbildung nicht verweigert hatte, sondern sich von allen Seiten gleichzeitig zeigen wollte und das ganze Bild verwackelte, nur ein verzerrtes Etwas war im Apparat gelandet, das wenig mit dem zu tun hatte, was sich wirklich vor der Linse zugetragen hatte. Während R diese gescheiterten Versuche, die nichts von ihrem Scheitern verbargen, manchmal belustigten, manchmal anekelten, wiegten sie ihn auch in der Sicherheit, am Unvorhersehbaren des Lebendigen teilzuhaben, in eben diesem eigenartigen Licht, das die Dinge zur Bühne ihrer selbst und gleichzeitig zur Kulisse eines Geschehens machte, das in seiner Grausamkeit, Verwüstung oder seinem Glück gleichzeitig nicht nachvollziehbar und unvorhersehbar war.

LETHE

SIE WAREN AN EINEM FLUSS ENTLANG einen Berg hochgestiegen und gespannt jeder Biegung der Schotterstraße gefolgt, R erinnerte sich nicht, was sie erwartet hatten, weit war bereits die Anfahrt gewesen, und der Aufstieg hatte sich seit dem frühen Morgen hingezogen, das Wasser war immer tiefer unter ihnen in dem Tal geflossen, dessen von der Morgensonne beschienene Seite sie hinaufgestiegen waren, bis sie einen in den Felsen gesprengten Tunnel passiert hatten und der Fluss wieder an ihrer Seite geflossen war, R versuchte sich zu erinnern, wohin die Straße geführt hatte, warum sie diese einsame Straße stundenlang hinaufgestiegen waren, ob sie einem Rat oder ihrem

Finger auf der Landkarte gefolgt waren, und er nahm immer wieder Anlauf, konzentrierte sich auf Einzelheiten, etwa des Ortes, an dem der Bus angekommen war, er erinnerte sich an den Markt mit seinem starken Grün und an andere Kleinigkeiten, die ihm nicht erklärten, warum sie diese Wanderung gemacht hatten, diese Kleinigkeiten zogen aber andere ins Gedächtnis, die grünen Blätter des Marktes zogen die Erinnerung an das müde Gesicht von S nach sich, die darauf bestanden hatte, diese Wanderung trotz ihrer Kopf- und Bauchschmerzen zu machen, dann erinnerte sich R an die Hochebene unter den schneebedeckten Bergen, sie waren durch die von Bächen und Wegen durchzogenen Obstbaumwiesen, die kleinen Felder und Blumenbeete gegangen, Kinder hatten auf der gegenüberliegenden Seite des Flusses gespielt, dessen Quelle wahrscheinlich nicht allzu weit entfernt gewesen war. An ihrem Ausflugsziel hatten sie nur kurz bleiben können, weil ihr Aufstieg zu lange gedauert hatte, auf dem fruchtbaren, kaum hundert Meter breiten Landstück, das sich zwischen fast unbewachsenen Berghängen das Tal hinaufzog, hätten sie sich gerne ein paar Tage aufgehalten, die Menschen waren freundlich gewesen, hatten gegrüßt und sie nicht weiter beachtet, auch die Kinder hatten nur ein paar Fragen gestellt, ohne aufdringlich zu werden, und so lange die Sonne geschienen hatte, war es warm genug gewesen, um unter Obstbäumen auszuruhen und zu essen, was sie mitgebracht hatten. Er musste mitansehen, wie seine Erinnerung aus dem Bergdorf einen paradiesischen Ort machte, ihm fielen nur wenige Gebäude, keine Gesichter ein, nichts, was sie wirklich dort gemacht hatten, er verspürte aber auch keine Lust, seiner Erinnerung später durch Fotos nachzuhelfen, wusste, dass die Erinnerung nichts verdeckte, außer der

Einfachheit, ja Banalität ihres Materials. Auf dem Rückweg hatten sie ein Auto angehalten, das außer ihnen später auch ein europäisches Paar mitgenommen hatte, und er erinnerte sich, dass diese Fahrt zwar unterhaltsam gewesen war, er aber bereits während der Begegnung gedacht hatte, dass er sich daran erinnern werde, obwohl er sich nicht daran erinnern wolle, was nicht ganz stimmte, denn die Gesichter der anderen Mitfahrer hatte er vergessen. Er gab es also auf, den Aufstieg noch einmal nachzuvollziehen, von dem sie auch keine Fotos gemacht hatten, mit denen er später diese zähe Unentschlossenheit der Erinnerung hätte herausfordern oder totschlagen können, hatte ihn der Apotheker doch gewarnt, dass der sirrend auf den Landstrich niedergehende Hundsspeichel von Sirius die Gehirne entzünden und Einbildungskraft und Gedächtnis trockenlegen würde, deren Bilder in Rs Kopf zu Staub zerfielen, ausgelaugt überlegte er, woran er sich von den letzten Reisetagen erinnerte und woran er sich nach der Reise erinnern werde, außer an Postkarten und die nach der Rückkehr entwickelten und abgezogenen Fotos, wenn er kein Reisetagebuch führte. In der Südprovinz gab es gar keine Postkarten zu kaufen, und sie hatten auf ihrer Reise auch nur wenige Fotos gemacht, weil die Weite der Landschaft, die Lichtverhältnisse und die staubigen Konturen ihre Kleinbildkameras überforderten und sie in dieser unwirtlichen Landschaft, die oft mehr einer Industriebrache, einem Abbruchfeld ähnelte, meistens den Fotoapparat vergaßen, dessen Bilder der Erinnerung kaum auf die Sprünge geholfen hätten, da die Reisenden schon kurze Zeit danach Schwierigkeiten hatten, die Orte auseinanderzuhalten, die Menschen den Plätzen zuzuordnen, an denen sie ihnen begegnet waren. Er begann einen Reisebericht anzulegen, in den er die

Route, Daten, Namen der Hotels und Anhaltspunkte wie Begegnungen, Ereignisse und Sehenswürdigkeiten eintrug, Beobachtungen, Gedanken und Bemerkenswertes aus der Geschichte und Kultur dieses Landes drängte er in Stichworten auf den rechten Seitenrand und versuchte den Beschreibungen von Orten, Menschen und Unternehmungen das Schwergewicht zu geben, so als ob er sich versichern wollte, dass er noch Erinnerungen hatte, die sich auf eine Vergangenheit bezogen, die er selbst erlebt hatte und mit wenig Konzentration notierte, während S schlief, die sich wasserlösliche Buntstifte und einen kleinen Malblock gekauft, aber nie damit angefangen hatte, Reisebilder auf Papier festzuhalten. Deshalb hatte R ein gemeinsames Zeichenheft angelegt, in dem sie bis zur Ankunft in der südlichen Provinz abwechselnd Merkwürdiges, Lustiges, Rührendes und Erschreckendes in kleinen Zeichnungen mit Sprechblasen festgehalten hatten, deren Anblick sie unwillkürlich zum Lachen brachte, manche hatten ihnen aber schon nach einigen Wochen nichts mehr gesagt, und sie mussten lange überlegen, bis ihnen der Grund der Zeichnung wieder eingefallen war.

IV

ARABESKE (1)

DAS KALEIDOSKOP BILDETE NICHT EINFACH mechanisch aus fallenden, transparenten Glasscherben eine begrenzte Anzahl von Mustern, sondern drehte sich unentwegt, die leuchtenden Farblinien und Formen, die geometrischen Strukturen änderten sich laufend, dehnten sich in verschiedene Richtungen aus, kreisten um verschiedene Schwerpunkte, die verrutschten und verschwanden, ohne dass die Organisationsform der ausfransenden, sich aufdröselnden Linie erhalten blieb. Im ersten Moment hatten sie gedacht, der Junge hebe einen Stock mit sich daran windenden Schlangen in die Höhe und fuchtele damit den anderen Kindern vor dem Gesicht herum, die erschreckt vor dem züngelnden Getier zurückwichen, auch ein zweites genaueres Hinsehen erlaubte nicht zu erkennen, worum es sich handelte, und die Wahrnehmung zu korrigieren, die recht unvernünftig erschien, wenn auch in diesem Land vernünftiger als in den ihren. Der Junge hätte diese Tiere mit den Schwänzen festnageln oder verknoten müssen, damit sie in einer so ineinandergreifenden Form um das Stockende gekreist wären, und bei längerem Hinsehen waren anstatt Schlangen, zu denen die Farben auch wenig passten, eher kreisende Farbfäden und Schlieren erkennbar, die dieser Stock auszustoßen schien, aber Farben konnten doch nicht nur Bewegung sein, mussten in eine Form gefasst sein, wenn sie nicht den Stock hinunterliefen und auf die Hände des Jungen tropften. Formen waren auch dann nicht auszumachen, als sie sich dem Jungen langsam näherten und zu sehen glaubten, dass das kreisende Ding weder lebendig noch flüssig, sondern leblos und in sich unveränderlich war, und erst die Bewegung des Stockes erweckte den Anschein, es wäre irgendwie lebendig, ohne dass sie mehr Eigenschaften identifizieren konnten, die ihnen erklärt hätten, worum es sich bei diesem Ding eigentlich handelte, dessen Farben zwar etwas vom Menschen Gemachtes nahelegten, aber die Farben dieses Landes hatten sie schon oft überrascht, und was wussten sie von dem Getier, das in dieser farbigen Erde lebte und von dem übermütigen Jungen gefangen, aufgespießt und dem Erstbesten fuchtelnd ins Gesicht gestreckt wurde, das vor Luftschlangen sicher nicht so zurückgeschreckt wäre, außerdem hätte sich Papier nicht so schön und glänzend gedreht wie dieses Geflecht, das sich als recht flach und fast eindimensional herausstellte, als sich die Bewegung des Stockes verlangsamte und sie jetzt nah genug herangekommen waren und besser sahen, was sich da in der Luft aufspielte, als wäre es eine schillernde Dornenkrone oder eben ein Stock der Dionysosjünger, vor dem die Betrachter schnell aus der Fassung gerieten. Die anderen Kinder wendeten sich von diesem Möchtegernschlangenbändiger sichtlich gestört ab, S und R, die auf den Stock in der Hand des Jungen starrten und jede Veränderung des Luftkreisels beobachteten, um daraus ihre Schlüsse zu ziehen, ließen sich ins Netz dieses Farbweben spinnenden Schaumschlägers ziehen, verloren sich in Phantasien, was diesem Junge, der sich etwas ungeschickt eckig bewegte, am Stecken kleben, wem er das Gehirn ausgeschlagen haben könnte, das jetzt lustig um seinen Stab tanzte, als wäre es die Opfergabe eines unzurechnungsfähigen Kultes, auf die S und R begierig stierten. Sie zogen in Betracht, dass Kinder mit rollenden Reifen spielten, die sie mit einem Stock in Bewegung hielten, beschleunigten oder verlangsamten, und die so lang liefen, bis der Reifen umfiel oder wegen eines Hindernisses gestoppt wurde, und wenn die Kinder nicht weit genug laufen konnten oder durften, versuchten sie sich so lang wie möglich mit dem Reifen im Kreis zu bewegen, dieses Kinderspiel wurde in dem Land, in dem sie sich aufhielten, häufig gespielt, und es gab verschiedene Varianten von Spielen mit Stab und Ring, zum Beispiel wurde der Ring an dem Stab entweder schnell zum Kreisen gebracht, um ihn dann möglichst weit zu werfen, oder langsamer, um den Ring im Flug über einen Pfosten, einen Ast oder einen Arm gleiten zu lassen. Diese Freude, ein Ziel anzuvisieren, Dinge in der Luft in Bewegung zu setzen, was auch mit dem bloßen Finger und jedem Gegenstand mit einem größeren Loch möglich war, trieb auch den Jungen an, der mit dem sich drehenden Etwas am Stab von einem Kind zum anderen ging, um es vom Spielen abzulenken und ihm sein wild achterndes und eierndes Gebilde vor die Augen zu halten, die Kinder erschreckte die ungewöhnliche Bewegung des grellen Farbdurcheinanders, das an mit großer Geschwindigkeit rotierende Steine eines Kaleidoskops erinnerte und die Kinder so schwindlig machte, dass sie sich ärgerlich abwendeten oder erst wie hypnotisiert in die sich bewegenden Farben hineinstarrten, um sich dann zu setzen und sich die Augen zu reiben, vor denen der Junge das farbige Etwas in wechselnder Geschwindigkeit weiterdrehte, das manchmal wie ein verhedderter Fadenknäuel aussah, dann wie ein Farbstrudel, der in der Sonne glänzte, etwas, das sich unkontrolliert bewegte, verformte, die Farben schillernd wechselte, anschwoll und sich dann schlingernd verdünnte, in die Länge zog und dann wieder in alle Richtungen auswarf. Je länger S und R die unerklärliche Fackel in der Hand des Jungen betrachteten, desto mehr hatten sie den Eindruck, dass diese den Jungen in Bewegung hielt und nicht umgekehrt, und er musste, wenn auch fröhlich und übermütig lachend, den Flammenstiel verkrampft umkrallen, damit er diese fast über seine Kräfte gehende Bewegung in der Hand halten konnte und nicht fallen ließ, denn der Junge hätte kaum aus eigener Kraft den ganzen Nachmittag über diesen Platz laufen und die anderen Kinder bei den Spielen stören können, bei denen sie sich nach dem Schulunterricht lautstark und überdreht Luft machten, ohne sich für dieses tanzende Wirrwarr zu interessieren, das, wenn sich die Geschwindigkeit etwas verminderte, in klaren, kreisenden Linien zu sehen war, die ineinander verschlungen in rhythmischen Bewegungen durcheinanderliefen und farbige Muster und unsymmetrische Strukturen bildeten, deren Veränderungen die Augen bei dieser langsameren Bewegung und durch den wechselnden Winkel des Stocks klarer erkennen konnten, den der Junge erst losließ, als es dunkelte und immer mehr Kinder den weiten Platz verließen, um zum Abendessen nach Hause zu gehen, und so lange, nämlich stundenlang, mussten S und R warten, bis dieses formlose, unverständliche, unbegreiflich lebendige Etwas, ihnen schien es wie ein Wesen, das in mehr Dimensionen des Lebens reichte als der Mensch, vor ihnen unbeweglich auf dem Boden lag. Da gingen sie ohne zu zögern auf den Jungen und seinen zu Boden gefallenen Stockdrachen zu und sahen in der Dämmerung ein flaches, rundliches Plastikgeflecht liegen, dessen grobe, harte Maschen an ein Sieb erinnerten, an dem die überflüssige Farbe von Malrollen abgestreift worden war, dessen Öffnungen unregelmäßig und verschieden groß, mal rund, mal eckig, geformt waren, dieses vielfarbige Geflecht aus Plastik oder Metall war vielleicht an eine Hitzequelle geraten, hatte sich in verschmierten Farben verzogen, verformt und verklebt und war dann aus dem

Abfall auf eine stark befahrene Straße gefallen und plattgefahren worden, bis der Junge es auf der Straße gefunden, aufgehoben und über seinen Stab gesteckt hatte, um auszuprobieren, an welchem der Löcher sich die Bewegung am gleichmäßigsten ausführen ließ und am besten aussah. Die Herkunft dieses Flugobjekts konnten sie sich so wenig wie seine Entstehung erklären, auch als sie es unter den misstrauischen Blicken des Jungen untersuchten und hin- und herwendeten, der es ihnen schließlich aus der Hand nahm und wieder über seinen Stock rutschen ließ, auf die Frage, worum es sich denn dabei handele, zuckte er nur die Schultern und ging mit dem Wundersieb fort, durch das ihre Blicke und Überlegungen ins Leere auf den sandigen Boden des Platzes fielen, ohne weder den Gegenstand noch seine sich in Bewegung verändernde Gestalt begreifen zu können.

STEINE (1)

IM FRUCHTBAREN NORDEN DES LANDES erhoben sich die Gebirge in so kräftigen und vielfältigen Farben, dass sie oft ihren Augen nicht trauten, auch Formen und Material hätten sie bei Gestein so nicht erwartet und konnten sich nicht zurückhalten, Steine aufzuheben, anzufassen und vielerlei darin zu sehen, zu phantasieren, was ihnen in der Hand lag, sie fingen also an, bei jeder Wanderung Steine zu sammeln, kamen mit schweren Rucksäcken, Taschen oder Tüten in die Hotels zurück und verglichen ihre Funde, die sie sich schon manchmal während des Tages stolz unter die Augen gehalten und sich so gegenseitig herausgefordert hatten, noch mehr, noch reinere Beispiele von bestimmten Farbigkeiten oder Formen zu finden, manchmal steigerte sich ihre Entdeckerfreude zu Goldgräbergefühlen, und es entbrannten Wettkämpfe, wenn sie beide Interesse an bestimmtem Gestein gefunden hatten, das sie besonders beeindruckte. S hatte chemische Kenntnisse, aber beide waren geologisch ungebildet, kannten die Bezeichnungen für die Gesteinsarten nicht und konnten sie nicht in Zusammenhänge einordnen, weder ihr Alter noch ihre Zusammensetzung bestimmen, da sie keine Ahnung von den Erdbewegungen hatten, auf denen sie entlanggingen, blieb ihnen nichts anderes übrig, als zu phantasieren und zu mutmaßen, aus welchen Substanzen die Steine bestanden, woher sie kamen, wie und wann sie sich gebildet hatten. Ohne sich im Mineralischen, in Fossilien oder sonst im Erdreich auszukennen, gingen sie nach ästhetischen oder imaginären Gesichtspunkten beim Sammeln vor, das sie in frischer Luft in Bewegung hielt, ihre Einbildungskraft anregte und zu einer Gewohnheit und Besessenheit wurde. Bereits aus dem Bus hielten sie Ausschau nach interessanten geologischen Formationen, ihre Augen richteten sich beim Aussteigen sofort auf den Boden, ob sie nicht schon hier an ungeteerten Haltestellen für Überlandbusse eine mineralische Besonderheit fänden, sie durchquerten die Orte, hoben ohne Hemmungen alles auf, was ihnen interessant erschien, gingen über die Stadtränder hinaus, um neue Exemplare der geologischen Eigenart des Landes zu finden. Auf dem Land oder in der Stadt, im Gebirge, in der Wüste oder an Ufern und Stränden hielten sie den Kopf geneigt, um ihre Taschen und Rucksäcke zu füllen, deren Gewicht ihnen im Eifer des Untersuchens und Sammelns entging, abends wunderten sie sich über Exemplare, an denen sie nichts Besonderes mehr entdecken konnten, und über andere, die zum weiteren Mitnehmen zu groß und zu schwer waren. Sie reisten auf dem Land- und

Wasserweg, trugen ihr Gepäck selbst oder ließen es transportieren, für dessen Gewicht sie keinen Aufpreis bezahlen mussten, aber bald wurden ihnen die überfüllten Taschen zu schwer, in denen sie ein paar Jahrmillionen Erdgeschichte mit sich herumtrugen, allerdings weniger logistische Gründe als der Wunsch, Platz für andere Stücke zu haben, zwang sie, Steine auszusortieren, von den verschiedenen Typen nur die schönsten und tragbaren mitzunehmen, und so hinterließen sie oft neben dem Papierkorb des Hotelzimmers eine Tüte mit Steinen, die sie im letzten Moment in die Blumen oder auf den Balkon legten oder auf die Straße schütteten, wo sie so fehl am Platz dalagen, dass Gefahr von ihnen auszugehen schien, als würden sie sich dafür rächen, dass sie aus ihrer Umgebung herausgerissen worden waren, als wäre es unmöglich, diese Fremdkörper von der Stelle zu bewegen, als ob sogar die Müllabfuhr daran scheitern und der Straßenfeger sich das Genick brechen würde. Die Steine wirkten bedrohlich, entwendet und zweckentfremdet, und S und R bereuten dann, sie gesammelt zu haben, aber nicht mitnehmen zu können, als hätten sie das Gestein ausgesetzt, das sie den ganzen Tag stolz gesammelt hatten, als hofften sie, die Steine würden mit ihnen ihre Weisheit teilen, es tat ihnen leid, die Fundstücke, die jetzt verwaist und sinnlos aussahen, aus ihrer natürlichen Umgebung herausgerissen und entführt zu haben, dumm erschien es ihnen, Steine aus ihren Mulden zu heben, von allen Seiten anzuschauen, anstatt sie in Ruhe liegen zu lassen, sie immer schwereren Schritts mit sich fortzutragen, ohne dass die Steine Verwendung fänden oder bearbeitet würden oder sie die Absicht hätten, die Fundstücke von einem Steinkundigen auf Bestandteile, zeitliche Entwicklung oder geschichtliche Funktion untersuchen zu lassen. Auch wenn das Gestein einen

Ausschnitt des bereisten Bodens vorführte, war es als Trophäe ihrer Reise nicht wirklich geeignet und würde zu Hause verstauben. S und R hatten das Gefühl, sie seien der unbelebten Natur auf den Leim gegangen, hätten nach Ködern gegriffen, die ausgelegt worden waren, um sie glauben zu lassen, in der Natur wirke eine Schönheit, an der sie teilhaben, eine Zielstrebigkeit, der sie auf die Schliche kommen könnten, ein versteinertes Lachen lag in diesen Steinen, über ihre Leichtgläubigkeit, ein bisschen Naturgeschichte mit sich herumzuschleppen genüge, um dabei ein Wörtchen mitreden zu können.

DER SCHAFSKIEFER

VON EINER REISE IN DIE HAUPTSTADT brachte S einmal einen Kiefer mit und legte ihn R stolz als den ersten von ihr abgenagten Schafskiefer geputzt vor, den er in einem Balkonkasten begrub, aus dem der Kiefer nach kurzer Zeit wieder aufstieg, als hätte er zehn Zentimeter unter der Erde nichts zu kauen, er konnte immer noch nicht sprechen, was kaum daran lag, dass er zwischen Löwenmäulchenwurzeln ein paar Zähne gelassen hatte, und lag als stummes Orakel da, ohne den geringsten Appetit und schnappte nicht einmal nach Spatzen, die sich auf dem Balkonkastenrand niederließen, ein fast zahnloser Bockskiefer, der keine Ruhe fand, während die Löwenmäulchen verblühten.

STEINE (2)

DASS STEINE HERUMLÄGEN und dem Wetter ausgesetzt seien, hieße noch lange nicht, dass sie bloß verwitterten, sich zerkleinert ablagerten oder im Boden versänken, wo sie durch die Kräfte des Erdinneren umgebildet oder aufgelöst würden, hart, träge und schwer und eben nicht organisch, seien sie noch lange nicht kraftlos, ihrem Schicksal ergeben, denn Steine bestünden aus Mineralien, also chemischen Elementen und Verbindungen, die auf die Zumutungen ihrer Umgebung reagierten, in jedem Mineral wirkten Kräfte, mit denen sie sich der Erosion nicht nur widersetzten, sondern sich wie ein organischer Körper, der auch nicht einfach aus sich heraus lebe und wachse, die äußeren Einflüsse zunutze machten, um an Stofflichkeit, Ausmaßen und Dichte zuzunehmen, was sich sehr langsam, ja ungeheuerlich langsam, aber ohne Unterlass vollziehe, es sei kein rasendes Wachstum und finde in Zeiträumen statt, die der Mensch nur selten überblicken könne, da höre jedes Zeitgefühl auf. Wachstum sei nicht nur bestimmten Formen des Mineralischen vorbehalten, Steine seien keiner niederen Stufe in der Ordnung der Natur zuzurechnen, sie hätten ein ihnen eigenes Wachstum, das sich von dem der Pflanzen und Tiere unterscheide, es sei nicht einzusehen, warum es dieser Lebensform unmöglich sein sollte, sich im Wachstum zu verausgaben. Wer an Steinen nur Statik und Verfall und nicht einmal eine zyklischen Dynamik ablesen könne, erkenne doch nur die eigene Machtlosigkeit und Vereinzelung wieder und gebe sich selbstmitleidiger Melancholie hin, als ob es sich um ausgestorbene Arten handelte, da solle man sich noch eher auf die elementaren Gewalten der Natur konzentrieren, die bei der Steinentstehung eine entscheidende Rolle spielten, um die es S aber weniger gehe, sie habe kein Interesse an diesen gewaltsamen Methoden, diesem durchgreifenden Durchformen, das vielem das Leben koste. Ihr gehe es gerade um eine andere Form von Veränderung und Entwicklung, das Modell organischen Wachstums sei nur die andere Seite von elementarer Umwälzung, eine blutige Revolution könne ihr gestohlen bleiben, sagte S und knallte den Rucksack voll Steinen lachend auf den Tisch, von denen gar nicht gesagt werden könne, sie seien tot, da sie nie organisch funktioniert, nie einen Blutkreislauf oder ein Nervensystem gehabt hätten, könnten sie auch nicht sterben, obgleich ein Leben in einem Stein wirke, er ein Alter habe und einmal entstanden sei. Wenn Steine bloß zerfallenes Urgestein wären, das die Erdgeschichte abtrage und die Weltgeschichte durcheinanderbringe, verharrten Steine in sich abgeschlossen und antriebslos, anstatt sich mit anderem Leben zu verbinden, dem sie lediglich ausgeliefert wären. Abnutzung und Verschleiß allein seien jedoch unökonomisch und dem Lebendigen in seiner Form unangemessen, solche Einbahnstraßen seien langweilig und Ausdruck beschränkten Auffassungsvermögens, eindimensionale Bewegung sei unlogisch, uneffektiv und kurzsichtig. Trümmerfelder ließen S kalt. Natürlich könne durch Verwitterung aus einem Gebirge ein Felsen und aus einem Felsbrocken ein Steinchen werden, natürlich verflüssige ein Vulkanausbruch Gestein und schmelze es um, natürlich ließen die Kräfte im Inneren der Erde das Gestein zirkulieren, entstehen und vergehen, das nicht nur durch den Erdmantel an die Oberfläche steige, sondern auch darin versinke. Im flüssigen Erdinneren würden Steine eingeschmolzen und den Gebirgen von unten zugeführt oder erhärtet nach oben zur Erdkruste getrieben, Steine würden in großen Tiefen nicht bloß durch Temperaturänderungen umgeformt und neu gebildet, unter Druck und im richtigen Milieu entstünden auch aus Gesteinsresten und Ablagerungen, pflanzlichem und tierischem Material neue Steine. Beide Bewegungsrichtungen, dass Berge Steine und Steine Berge werden könnten, seien einleuchtend, Steine träten in den Erdboden ein und neugeformt aus, würden zerrieben und lagerten sich unterirdisch ab, ebenso klar lägen jedoch andere Möglichkeiten in Steinen, die nicht nur der Willkür anderer Kräfte ausgesetzt seien. S sei keinem Geheimnis auf der Spur, glaube an keine geheimen Kräfte der Steine, vielmehr sei sie davon überzeugt, etwas erkannt zu haben, ihr gehe es um Spekulation, eine wissenschaftliche Erklärung könne ihren Behauptungen nichts anhaben, eher ihre Gedankenbewegung vorantreiben und zu neuen Erkenntnissen führen, denn ihr Interesse sei nicht rein naturwissenschaftlich, sie wolle Erscheinungen in ihrer denkbaren Entwicklung und ihren Möglichkeiten begreifen. Wenn Frost, Hitze, Wind, anorganische und organische Säuren dem Gestein zusetzten, Wasser darauf einwirke, verwittere es nicht zwangsläufig, die Steine lösten sich nicht unbedingt in ihre Elemente auf, sondern würden provoziert, zu jeder Zeit könnten ihre Kristalle tätig werden, in bestimmten Konstellationen von Kräften und Wirkstoffen könne es zum Wachstum von Gestein kommen, das an Volumen, Dichte und Gewicht zunehme. Bei diesem Vorgang bilde sich Materie nicht, indem Steine aufgelöst würden, was sich beobachten ließe, wenn Krusten aus ausgespülten Bestandteilen, neues Gestein aus abgelagertem Material entstehe, sich in Wasser gelöste Stoffe zu neuen Körpern verbänden, solche Vorgänge gebe es ja auch im menschlichen Körper, wo sich in ziemlich kurzer Zeit Steine in Galle, Blase und Nieren bildeten, die in den Organen durch Kristallisation entstünden, Stein bildende Substanzen müssten im Körper ständig unterdrückt werden, auch die Erde ließe ihnen nicht freien Lauf. Dass sich organische Stoffe in Stein verwandelten, sei bekannt, und eine umgekehrte Metamorphose, bei der sich Stein organisch verhalte, sei nicht im Interesse von S, anstatt die Schranken zwischen den Lebensformen einzureißen, bestehe S vielmehr auf den eigenen Formen steinernen Wachstums, bereits Formen der Oberflächenveränderung, Verfärbung und Kristallisation seien Reaktionen des Steins und setzten immer eine dem Stein innewohnende Kraft voraus, die es möglich mache, dass mineralische Substanzen Materie anziehen und sich damit verbinden könnten, aber sie denke nicht an magnetische Kräfte, die jedoch sehr wohl ein Beweis für die Aktivität der Erde, für Erdkräfte seien, die nicht ins Leere liefen und auf Verbindung aus seien. Obwohl Steine als das Getrennteste in der Natur gälten, sei S davon überzeugt, dass bei ihrem klirrenden Aufeinandertreffen ein chemischer Prozess ausgelöst werden könne, in dem sie einen Verbund bildeten, ein drittes Material könne als Auslöser, in einfachen Fällen als Klebstoff wirken, zum Beispiel wenn Steine durch Ton oder Kalk miteinander verbunden, in anderem Gestein eingebacken würden. Die Kristallverbindungen von Steinen, die miteinander reagierten, bewegten sich aufeinander zu, legten sich aneinander und ineinander, mischten sich in einer neuen Gestalt, die keinesfalls sofort solid oder aus einem Stück sei, so eine Vereinigung dauere lange, geschehe mit solcher Hingabe, dass die längste aller tierischen Kopulationen dagegen ein schnell hingewetztes Glück sei. Der Mensch verfluche die Steine zu einem traurigen, vereinsamten Dasein in Bewegungslosigkeit, aber gerade sie hätten Formen der Vereinigung, Verbindung und des Wachstums, die viel ergreifender und erstrebenswerter seien, als die organische Verzweiflung, die chemischen Prozesse in Steinen ähnelten weder denen in Pflanzen noch denen in Tieren oder Menschen, auch sie wandelten Stoffe aus ihrer Umgebung, einem bestimmtem Milieu um, aber keineswegs wie Früchte, die auf eine bestimmte Form zuwüchsen, ein Stein sei nur in seinem Material festgelegt, er könne jede Form annehmen, enthalte keine Idee oder Bestimmung und ein noch so kleiner Steinsplitter sei kein Teil eines zerstörten Ganzen, sondern ein befreites Versatzstück. Weniger die Entstehung von Steinen sei zu erforschen als deren Wachstum und Möglichkeiten, sich mit anderen Steinen zu neuem Gestein zu verbinden, also die Neubildung von Gestein, dessen vergangene Entstehung sie nur im Hinblick auf die gegenwärtige Erdgeschichte interessiere.

STEINE (3)

WÄHREND S DAS WERDEN DER STEINE zu begreifen suchte, fragte R nach dem Gewordenen, sie sah ihm an, dass er ihrer Kräftetheorie nur bedingt zustimmte, was nur daran lag, dass er in Steinen immer etwas anderes als Steine sah, Relikte von Vergangenem, das an den Steinen abzulesen war und oft das menschliche Deutungsvermögen überstieg, alle Steine waren für ihn Versteinerungen, die oft Mischformen von anorganischer und organischer Welt aufbewahrten, sie zeugten von vergangenen Ereignissen, einem mythischen Leben, das die Evolution verwirrt, auf den Kopf gestellt, rückgängig gemacht und andere Bahnen eingeschlagen hatte, er erkannte Beweise einer Vorgeschichte, in der die klare Trennung der Arten, Elemente und Materialen noch nicht geherrscht hatte, in der sich all das Getrennte so gemischt hatte, dass sich Möglichkeiten zu ungeahnten Entwicklungen eröffneten, die sich hätten verwirklichen können, oder er entdeckte Spuren einer Nachgeschichte, in der die Differenzierungen der Natur wieder verschwammen, die sich Überreste menschlicher Geschichte einverleibte, sie zu einer Kuriosität der Naturgeschichte machte. Er versuchte Indizien zu finden, dass Steine eigentlich etwas anderes waren, als sie vorgaben zu sein, etwa Reste von Katastrophen, Relikte von menschlicher Geschichte und Zivilisation, die mit der Zeit den Anschein von Steinen gewonnen hatten, Steine waren für R mutiertes menschliches Leben, das sich mit anderen Gattungen der Natur und mit seinen eigenen Kulturerzeugnissen ungehörig mischte, unbestimmbare Zwischenformen, in denen sich die Gattungen, Existenzformen kreuzten, Organisches von industriell Hergestelltem nicht zu unterscheiden war. Gesteinsbetrachtung war für R erdgeschichtliche Science-Fiction, die vor allem melancholische Gefühle und Schauer hervorrief, Zeugnis von bedrohtem, gescheitertem, verendetem menschlichen Leben, das sichtbar vor die Hunde gegangen war, er empfand Ärger über die menschlichen Vergehen an der Natur oder Beruhigung, dass der Mensch von der Natur zurückerobert worden war, die gleichzeitig menschliche Geschichte aufbewahrte, Landschaft war immer ein Trümmerfeld, bloße Natur hätte ihn gelangweilt. Wenn es in der Südprovinz, wo sie sich am Ende ihrer Reise aufhielten, Anhöhen und Abhänge gab, waren sie von hellem Grau, ähnelten oft Gesteinshalden, die zum Straßenbau verwendet wurden, fast Kiesgruben mit großen Steinen, an denen der Sand klebte, hier gab es nichts mehr zu sammeln, die versteinerten Muscheln und Schnecken in Kalk- und Sandstein, deren große Platten sich lösten und ins Meer stürzten, betrachteten sie aus der Ferne, und nachdem sie tagelang jeden Abend ihre Steinsammlung ausgebreitet, bewundert und über Tauschgeschäfte verhandelt hatten, kannten sie ihre Sammlung auswendig und hatten keine Lust mehr, die Steine anzufassen.

STEINE (4)

ALS S UND R IN DER ERSTEN KLEINSTADT, in die sie nach der Einreise in die Südprovinz gelangt waren, an den Rand der modernen, aus Stein gebauten Oberstadt kamen und den steil abfallenden Abhang, der zu der aus Lehm gebauten Unterstadt führte, hinunter und über die sich in Rauch und Nebel verlierenden Müllkippen blickten, bat sie ein Junge, ihm den Abhang hinunter zu folgen, er werde sie über die Straße, auf der kaum Autos, vor allem Fußgänger, Fahrradfahrer und ein paar Maultiere verkehrten, in seine Stadt führen, die er ihnen zeigen wolle, auch wenn es vielleicht keine Sehenswürdigkeiten im üblichen Sinn zu sehen gebe, aber sie würden etwas zu sehen bekommen, was sie bisher noch nie gesehen hätten, und weil sich der Junge wie ein vorbildlicher Schuljunge benahm, der sich vorgenommen hatte, das, was er erst heute gelernt hatte, in die Tat umzusetzen, folgten sie ihm willig und machten sich über seine versuchten Allüren eines Stadtführers lustig, mit denen er seine Hinweise unterstrich, dass die Straße vorsichtig zu überqueren sei, dies der einzige Brunnen und dies ein Baum sei. Er wies vor allem auf Gegenstände und Bauwerke hin und benannte, was sich meistens von allein erklärte, eigentlich alles schien ihm vor den Augen der Fremden benannt werden zu müssen, waren es doch Dinge, die er von Kindheit an kannte und die wie Mitglieder einer Familie zu seinem Kreis von Vertrauten gehörten, also vorgestellt werden mussten, denn um ihn zu kennen, mussten die Fremden sie kennen, das ist eine Straße, das ist eine Mauer, das ist ein Fahrrad, das ist ein toter Hund, hier spielen wir Fußball, aber das ist kein Fußballplatz, sagte er oder schienen seine Gesten zu sagen, während sie zu dritt durch die nicht geteerte, anfangs sandige, dann lehmige Straße gingen, an die rechts und links angrenzend direkt Häuser gebaut waren, einstöckig, aus Lehm, Stroh und Holz, und auf denen auch mal ein Auto fuhr, während sie so nah an diesen Häusern vorbeigingen, dass S und R nicht mehr das Gefühl hatten, durch eine Stadt oder ein Wohnviertel zu gehen, sondern auf dem Grundstück der Leute zu laufen, die diese Lehmhäuser bewohnten, ihnen zu nahe zu rücken, sie fühlten sich unwohl, argwöhnten, in fremdes Eigentum eingedrungen zu sein, die Grenzen des Privaten nicht respektiert zu haben, was aber die Bewohner nicht bemerkten, denn in den Hauswänden gab es keine Fenster, und die Türen waren aus rohem Holz, das keine Durchblicke erlaubte, dennoch erwarteten sie, dass plötzlich eine Tür aufginge oder sie schließlich bemerken würden, dass sie beobachtet wurden. Während sie versuchten, sich möglichst auf das Gespräch mit dem Jungen zu konzentrieren, um so das Unheimliche dieser kargen Welt verschwimmen zu lassen, durch die sie wie verfluchtes, bestraftes Personal des Königs tappten, schlossen sich ihnen andere Kinder an, die sie für Freunde des Jungen hielten, den diese aber nicht ansprachen und denen er auch nicht erklärte, was er mit den beiden Fremden hier tat, und wenn sie sich umdrehten, schienen die zu einer Gruppe angewachsenen Kinder gar nicht an ihnen interessiert zu sein, schauten an ihnen vorbei, spielten mit Stöcken, die sie vom Boden aufhoben, und schlugen einander, machten allerdings für eine Kinderschar ungewöhnlich wenig Lärm, stießen nur manchmal, als ob sie doch Aufmerksamkeit auf sich ziehen wollten, gequälte Laute oder ein Zischen aus, was S und R unangenehm in den Ohren nachklang. Ihr Stadtführer schien alle Worte, die er gelernt hatte, gesagt zu haben und war verstummt, und als sie fast am Ende der Siedlung ankamen, wo die Müllkippen und das im Rauch verschwommene Hinterland zu sehen waren, bog er ab und führte sie um einen größeren Platz herum, den ersten, zu dem sie kamen, vorher hatte es keine Abzweigungen gegeben, denn alle Straßen der Unterstadt schienen parallel laufende Lehmschneisen zu sein, die am Ende auf dem Platz zusammenführten, wo sie sich nicht recht umschauen konnten, denn der Junge war schneller geworden, wollte sich vielleicht verabschieden, die Zahl der Kinder in ihrem Rücken war weiter angewachsen, eine wild hampelnde Meute, die sich schwankend einhakte, lachend grob schubste, die Beine stellte und S und R manchmal etwas zuzurufen schien, wenn sie sich jedoch umdrehten, waren die Kinder nur mit sich selbst beschäftigt. Ihr überdrehtes Verhalten schien dem Führerjungen wenig zu gefallen, denn er warf ihnen über die Schulter missbilligende Blicke zu, von denen sich die Folgenden nicht beeindrucken ließen, sie hoben vom Boden immer wieder Stöckchen, Plastikfetzen oder Drähte auf, um sie sich um die Ohren, auf die Arme und Beine zu schlagen, und sie dann einem Kind über die anderen Köpfe hinweg an den Kopf oder die Schulter zu werfen, manchmal trafen die Flugobjekte auch ins Leere oder flogen versehentlich in ihre Richtung. Da immer öfter neben oder hinter ihnen ein Gegenstand wie zufällig in den Sand fiel, ihnen wie zum Spaß zwischen die Beine kullerte oder sie leicht an die Fersen traf, beschleunigten sie unwillkürlich ihren Gang, vor allem als sie plötzlich bemerkten, dass der Junge, der sie geführt hatte, verschwunden war, und sie ein Stein, der dicht neben ihnen einschlug, erschreckte, auch wenn er nicht scharf geschossen war, dann traf ein Stein Rs Knöchel, was sehr schmerzte, und als er sich wütend umdrehte, sah er, dass die Kinder Steine in den Händen hielten und sich gegenseitig damit bewarfen, was den Getroffenen offensichtlich wehtat, diese aber nicht weiter zu stören schien. R rückte etwas näher an S, als Steine immer öfter neben ihnen einschlugen und an ihnen vorbeiflogen, bis R ein weiterer Stein am Rücken traf und er sich umdrehte und wütend schrie, die Kinder sollten aufhören, was diese überhörten, sie eher anfeuerte, denn sobald er sich umgedreht hatte, trafen sie hintereinander mehrere Steine an den Waden, Oberschenkeln und am Rückgrat, die sie zu ignorieren versuchten, bis S ein Stein mit einem dumpfen Schlag am Hinterkopf traf und ihr die Tränen in die Augen schossen, ohne dass sie das Gleichgewicht oder die Fassung verlor, weil die dicke Wollkapuze den Schlag etwas abgedämpft hatte, und als R sich ein weiteres Mal zu den Angreifern umdrehen wollte, um sie zu vertreiben, spürte er den Luftzug eines Steins, der an seinem Kopf vorbeiflog, S zeigte ihm das Blut an ihrer Hand, die er ergriff, und gleichzeitig schrie er die Meute in ihrem Rücken an, sie in Frieden zu lassen, was diese nur anstachelte, immer öfter trafen sie für Kinderhände ziemlich schwere Steine, die mit zunehmender Wucht geworfen wurden. Links und rechts die Lehmmauern, keine Seitenstraße, keine offene Tür, kein offenes Tor, in die sie hätten fliehen und hinter denen sie Schutz vor den Steinen hätten suchen können, die jetzt ohne Unterlass abgefeuert wurden, sie beschleunigten ihre Schritte, so dass einige Kinder schon laufen mussten, um den Opfern zu folgen, was sie nicht daran hinderte, noch mehr Steine vom Boden aufzulesen, auf dem genug Steine lagen, um sie noch stundenlang mit steigender Frequenz und Gewalt zu bombardieren. S und R bekamen es mit der Angst zu tun und warteten schon auf den Steinwurf, der sie so stark am Kopf treffen würde, dass ihnen taumelnd Schwärze in die Augen schösse, die Hände nach Halt in die Luft griffen, die Beine schließlich einknickten und das Gesicht auf den harten Boden schlüge, und wenn sie versuchten, sich mit ganzer Kraft aufzustützen und wieder aufzurichten, würden die Kinder dann weiterlachend Steine werfen, oder würde ihnen, sobald ein Gegner zusammenbräche, das sich krümmende Wild auf dem Boden läge, die Lust vergehen, nachdem sie noch ein paar Steine auf den helfenden Begleiter geworfen hätten, der sich über den anderen beugte, bis auch er getroffen vornüber kippte. Aber der tödliche Steinwurf kam noch nicht, sondern plötzlich erschienen aus dem Nichts Erwachsene, stellten sich zwischen sie und die Verfolger, und da es ihnen nicht gelang, die Steiniger zu vertreiben oder aufzuhalten, blieben sie schützend hinter den beiden Fremden und wurden ebenfalls mit Steinen beschossen, denn die Kinder schienen vergessen zu haben, dass es Erwachsene aus ihrer Stadt waren, es sich um Eltern ihrer Kameraden oder um ihre eigenen handelte, warfen, von einem Rausch gepackt, immer mehr, ja Hände voll Steine, denen lebend zu entkommen immer unmöglicher wurde, die Erwachsenen schrien verzweifelt, S und R sollten endlich rennen, da sie jede Kontrolle über diese Kinder verloren hätten, die die Fremden töten würden, wenn sie nicht schnell genug liefen, die Erwachsenen zogen sich im Laufen ihre

Jacken aus, um sie den Fremden vor die Hinterköpfe zu halten, die Haustüren wollten sich nicht öffnen oder öffneten sich zu spät, und wenn es Steine in die Häuser hagelte, wurden die Türen schnellstens wieder geschlossen, ihnen schlug das Herz bis zum Hals, sie rannten mit ganzer Kraft und die Kinder so schnell sie konnten, und plötzlich sahen sie den Jungen an der Straße stehen, über die er sie sicher geführt hatte, und mit Schrecken und Erleichterung im Gesicht winkte er ihnen zu, weil er bereits ein Taxi angehalten hatte, als ob die Stadtführung jetzt zu Ende wäre und er die beiden zurück in ihr Hotel schicken wollte, natürlich nicht ohne ein verdientes Trinkgeld zu bekommen, und während sie ins Taxi stiegen, hielt er noch seine Jacke über ihre Köpfe und der Taxifahrer beschleunigte, um seinen Wagen nicht verbeulen zu lassen, von dessen Radkappen bereits Steine absprangen. S und R konnten nicht glauben, dass sie noch lebten, was ihnen passiert war, versuchten die Atemlosigkeit, die Nachwirkungen der Angst herunterzuschlucken, fragten sich, ob der Junge den Überfall organisiert hatte, es eine Stadtführung der besonderen Art gewesen war, oder ob sich Touristen hier normalerweise leblos vom Taxifahrer ins Krankenhaus fahren ließen oder auf der Müllkippe endeten. Schon nach ein paar hundert Metern war ihnen der Blick des Taxifahrers im Rückspiegel unerträglich, sie forderten ihn auf stehen zu bleiben und sie aussteigen zu lassen. Auf der Straße drehten sie sich zu der Unterstadt um, die jetzt wieder unter ihnen lag, und starrten auf die Lehmgebäude, vor denen immer noch die Kinder herumrannten und sich gegenseitig bewarfen, sie wussten nicht, was sie gegen die Todesangst, die noch in ihnen steckte, tun sollten, und versuchten, sie durch Bewegung zu vertreiben, erinnerten sich daran, dass sie zum Überleben atmen mussten. Bevor sie zu Fuß weitergingen, fragte er S, ob sie sich setzen wolle, ob ihr schwindlig sei, sie einen Arzt brauche und ins Krankenhaus gehen wolle, ob sie starke Schmerzen, vielleicht ein Gehirnerschütterung oder Ausfälle der Wahrnehmung habe, ihr schlecht sei, und sie fragte ihn, ob er etwas verwirrt sei, weil er so viele Fragen stelle, aber natürlich habe sie Schmerzen, sogar starke, ihr sei zum Heulen zumute, jedoch mehr vor Wut als vor Schmerzen, schwindlig sei ihr nicht, dennoch sollten sie so schnell wie möglich ins Hotel gehen, um sich hinzulegen und sich auszuruhen.

ZEITDRUCK

IHR KOPF SEI ERSCHRECKEND klar gewesen, von einer Klarheit, die ihr ein wenig Angst mache, vor der sie sich ekle, auch wenn ihr nicht schlecht sei, fing S an zu sprechen, als ob der Stein das Sprachzentrum getroffen hätte, plötzlich sei aus ihr aller Druck gewichen, unter dem sie seit jeher gestanden habe und der sich mit ihrem Aufenthalt im Ausland verschärft habe, denn sie sei in einen eigenartigen Zwiespalt geraten, den von zwei Zeiten, sie habe ständig unter einem doppelten Zeitdruck gestanden, dem ihrer Herkunft und dem des Auslands, in dem sie sich einer anderen Zeit anzupassen habe, aber schon vorher habe sie immer unter Druck gestanden, es sei eigentlich ein äußerer Druck gewesen, der auf ihr gelastet und dem ein innerer habe entgegenwirken müssen, um von dem übermächtigen Außendruck nicht erdrückt zu werden, der innere Gegendruck, der nie habe nachlassen dürfen und die Kräfte über die Maßen beansprucht habe, sei eine lebensnotwendige Maßnahme gewesen, die S gar nicht als solche hätte empfinden können, weil sie von Anfang an diesen Spannungen ausgesetzt gewesen sei, in denen sich einzurichten, ihr die Familie, die Mitschüler und Lehrer beigebracht hätten, eigentlich habe ihre Ausbildung darin bestanden, Wissen anzusammeln, wie sie Druckschwankungen jeglicher Art standhalten könne. Aber es gehe S gar nicht darum, verschiedenste Beispiele aus Schule, Beruf, Familie und Freizeit aufzuzählen, wann dieser Druck angestiegen oder plötzlich abgefallen sei, sondern um die Tatsache, dass es den Druck ununterbrochen auszuhalten und damit gleichzeitig hauszuhalten gegolten habe, was sie zum ersten Mal im Ausland bei einem Parkbesuch habe erkennen müssen. In ihrem Land habe sie noch nie viel Zeit in einem Park verbracht, denn dort seien öffentliche Parks schmutzig und nicht selten gefährlich, oft hätten Obdachlose dort ihre Lager aufgeschlagen, und die gepflegten Parkanlagen seien außergewöhnlichen Treffen an bestimmten Feiertagen vorbehalten, sonst seien es Zufluchtsorte für junge Liebespaare, aber im Ausland seien der Rasen so ansehnlich und die anderen Parkbesucher so gesellig gewesen, dass sie erst gedacht habe, sie blicke in ein Terrarium, zu dem ihr der Zugang verwehrt sei, weniger weil ihr die dort ausgestellten Arten hätten gefährlich werden können, als dass der hergerichtete Vegetationsausschnitt nicht für sie und ihre Bedürfnisse vorgesehen gewesen sei, denn die Menschen dieses Landes stünden unter ganz anderen Druckverhältnissen als sie, die den ihren wohl genau entgegengesetzt seien, und hätten auf der Parkwiese einzeln sorglos geschlafen und gelesen oder zu mehreren gegessen und sich fröhlich benommen. Dieser so herrlich bedeutungslose Flecken sei plötzlich so anziehend gewesen, sie habe in diesem Augenblick eine übermäßige Lust ergriffen, diese fremden Menschen nachzumachen und auch den Rasen zu betreten, die Lust sei so viel größer als jeder sie in ihre üblichen Bahnen drängende Druck gewesen, dass sie auch über den dunkelgrün gestrichenen, knöchelhohen Metallzaun gestiegen sei. Dieser Augenblick, in dem sie von dem steinigen Parkweg auf die etwas mitgenommene Parkwiese getreten sei, sei ein ihr Leben verändernder Schritt gewesen, den sie nicht bereut habe, obwohl er ihr Leben keinesfalls einfacher oder glücklicher gemacht habe, der ihr aber über Fragen von Glück und Unglück Klarheit verschafft habe, auch wenn er sie in einen recht unglücklichen Zustand befördert habe, denn die gewohnten Druckverhältnisse hätten sich schlagartig geändert, als sie versucht habe, ein wenig auf dem öffentlichen Grund zu verweilen und sich die Zeit auf diesem Rasenplatz zu vertreiben, was sie vorher bis zu diesem Lebensjahr noch nie gemacht habe, noch nie habe sie einen solchen Leerlauf riskiert. Sie habe sich nicht auf den Bänken, sondern auf dem Rasen erst auf ihre Jacke gesetzt, und sich dann ausgestreckt, aber sie habe sich gleich wieder aufgerichtet und sei aufgestanden, sie habe vorgetäuscht, einen geeigneteren Liegeplatz zu suchen, denn auf einen solchen Druckabfall sei ihr Körper nicht eingestellt gewesen, der ein Leben lang einem übermäßigen Druck angespannt entgegengewirkt habe, große Schwäche habe sie überfallen, und das Herz habe mit seiner ganzen Kraft weitergepumpt, wobei der äußere Druckabfall einen äußersten Anstieg des inneren Drucks hervorgerufen habe, sie habe eine Unruhe überkommen, das Herz habe ihr bis zum Hals hinauf geschlagen, und an sorgloses Herumliegen sei gar nicht zu denken gewesen, steif habe sie dagestanden und darauf gewartet, dass ihr schwarz vor den Augen werde, sie auf den Parkrasen falle und wenigstens so zum Liegen komme. Ohne einen

Schwindelanfall sei es aussichtslos gewesen, diesen ohne Anspannung und vorgeschriebenen Zeitplan orientierungslosen Körper zu einer grundlosen Rast zu bewegen, der sich überschlagende Herzschlag habe versucht, den Takt des sonst von außen vorgeschriebenen Zeitdrucks zu ersetzen, den sie immer mit dem Herzschlag verwechselt habe. In dem Moment, als der Herzschlag ihr das Bewusstsein zu rauben drohte, habe sie jedoch unter größter Angst bemerkt, wie sich ihr Herzschlag spaltete, und sie plötzlich einen Herzschlag und einen Taktschlag des Zeitdrucks gespürt habe, und als der Zeitdruck sich verflüchtigt habe, sei nur das panische Pumpen des Herzens übrig geblieben, sie habe die an einen Kreislaufkollaps grenzende Nervosität weder gedanklich noch körperlich bewältigen können, denn weder das Herz und die anderen Körperfunktionen, noch ihr Denken und ihr Entscheidungssinn hätten einen Rhythmus, ein Maß gefunden, nach dem diese hätten arbeiten können, sie habe versucht, diese Nervosität harten Takts auszuhalten, und an die Unsinnigkeit ihrer Reaktion, die Dummheit ihres Körpers gedacht, in solch alarmierendes Verhalten zu verfallen, Gefahr anzuzeigen, wo keine sichtbare Gefahr geherrscht habe. Sie sei in diesem Park wie in einen Raum gestürzt, der über kein tragendes Medium verfügt habe, gleich einem Schwimmbad, aus dem das Wasser verdunstet sei, aber natürlich habe sie eines tragenden Mediums bedurft, wenn sie sich nicht das Genick brechen wollte, und so habe sie mit ihrer stürzenden Schwimmbewegung auch das Medium schaffen müssen, das sie tragen würde und in dem sie sich bewegen könnte, sie sei aus der Zeit der Beanspruchung, des Drucks nicht in eine andere, etwa eine eigene, ihr angemessene Zeit, sondern sie sei ins Leere gefallen, sie habe das Gefühl gehabt, wie ein gestürzter Boxer ausgezählt zu werden, vor allem ihr explodierender Herzschlag habe sie in der Luft gehalten, mit ihr bis dahin unbekannter Kraft habe sie sich gegen den Blutdruck, Zeitdruck und Sinndruck angestemmt, die sie für einen Augenblick aus dem begrünten Terrarium des Zeitvertreibs habe herausdrängen können, und nur für einen kurzen Moment habe sie zeitvergessen ohne Druck auf dem Rasen gelegen. Dann seien aber die Bewegungen im Park für ihre Augen zu langsam gewesen, sie habe gedacht, die unerträgliche Nervosität oder der Druck im Kopf hätten eine Sehstörung zur Folge, durch die sie die Welt zu langsam wahrnehme, und sie habe sich schneller bewegen wollen, damit die Welt schneller aussehe, bald sei sie jedoch außer Atem gewesen und sie habe sich auf eine Stelle gesetzt, nicht mehr bewegt und sich gedacht, dass sich all das um sie herum doch bewegen solle, wie es wolle, sie habe sich vorgestellt, was für eine lächerliche Figur sie jetzt zwischen diesen knöchelhohen Metallgittern darstelle. Früher habe sie den Druck dargestellt und sie sei durch den anhaltenden Druck überhaupt erst zur Darstellung gekommen, als ob die Welt in endlosen Wehen gelegen hätte, um sie in eine vollendete Form zu pressen, und während sie immer den nie nachlassenden Druck dargestellt und unter dem ständigen Druck gestanden habe, etwas oder jemanden darzustellen, sei sie als möglichst reine Darstellung des Drucks austauschbar gewesen, habe nichts dargestellt. In dem Park habe sie jedoch eigentlich schrecklichst darunter gelitten, nichts darzustellen und vor allem nicht dargestellt zu werden, sie habe verzweifelt versucht, unter höchster Anspannung in dem Park eine ruhige, entspannte, auch zur Geselligkeit bereite Person darzustellen, aber natürlich genau das Gegenteil dargestellt, für jeden aufmerksamen

Betrachter sei sofort sichtbar gewesen, dass sie eine ganz und gar nervöse, angespannte, auf sich fixierte Person dargestellt habe, und sie habe nach einer Verpflichtung gesucht, die sie in die alte Lebenszeit zurückbringen könnte, sie habe gar nicht gewusst, was sie mit sich und dieser umzäunten, abgenutzten Welt und den sich fröhlich gesellig darstellenden Parkbesuchern anfangen sollte. Ein Sinndruck habe versucht, dem sich überschlagenden Herzen beizustehen und den abgefallenen Außendruck durch einen inneren zu ersetzen, aber es sei doch gar kein Sinn zu erkennen gewesen, die Zeit auf dieser Rasenfläche herumliegend zu verbringen, was der Verkehr mit Menschen, eine notwendige Rast oder bemerkenswerte Natur hätte rechtfertigen können, sie habe nach dem Wegfall des äußeren Zeitdrucks nur noch unter einem inneren Zeitdruck gestanden, der jedoch nicht mit dem Zeitdruck zu vergleichen sei, den sie vorher selbstverständlich ausgehalten habe, sie habe fürchten müssen, dass sie von dem Anspruch, diesen inneren Zeitdruck umzusetzen und zu entladen, überfordert werde, dass sie allein körperlich von diesem rasenden Leerlauf überbeansprucht und ihre bereits angeschlagene Gesundheit zerschlagen werde. Ihre vorherige aufgeregte Rastlosigkeit und eilige Geschäftigkeit seien zwar sinnlos, unverständlich geworden, aber sie finde bis jetzt außerhalb dieses rasenden Inbewegungseins keine Ruhe, vorher habe sie in der ununterbrochenen Betätigung, in der ständigen Anpassung an äußeren Druck, ihren Herzrhythmus gefunden, und jetzt sei sie aus der Beanspruchung herausgefallen, deren Sinnlosigkeit sie erkannt habe, ihre ehemaligen Arbeitskollegen würden sie um diese Parkruhe beneiden, die sie aber genauso wenig aushalten würden und die Grabesgeruch ausströme. Sie finde keine Ruhe, die es ihr ermögliche, einen klaren Gedanken zu fassen, ihre Vergangenheit oder ihre Möglichkeiten für die Zukunft klar zu sehen, vielleicht schlage sich ihre Liebe deswegen an R blutig, als ob ihr System überzogen sei und die überzogenen Antriebsfedern jetzt immer überdreht werden müssten, um friedlich zu laufen, und vielleicht seien sie für immer überdreht. Ohne den Schritt über den kleinen grünen Zaun, eher einen Stolperhaken oder eine Fußangel, wäre sie jetzt nicht hier, wäre mit R nicht so lange in dieses Land gekommen, hätte gar nicht die Längen und Leeren dieser eigentlich so erfüllten Reise ertragen, der Schritt auf die Parkwiese sei der Schritt zu R gewesen, obwohl ihre Liebe unter Zeitdruck stehe, eine Zumutung sei, seien diese Liebe, diese Reise letztendlich Zeit, die S für sich selbst beanspruche, ohne bisher dem Leerlauf entkommen zu sein und Muße gefunden zu haben. In dem Moment, als sie der Stein am Kopf getroffen habe, habe der Stein den Zeitdruck von ihr genommen, sie fühle sich erleichtert, spüre keinerlei Druck mehr. Ihr erscheine die Ruhe des Mineralischen am erstrebenswertesten, mit dem sie als Chemikerin so viel experimentiert habe und dessen Ruhe immer ein Zustand gewesen sei, bei dem es jederzeit zu explosiven Verwandlungen, Mischungen oder Verschiebungen habe kommen können, sie müsse mineralische Eigenschaften annehmen, um die scheinbare Zeitlosigkeit zu ertragen, zur Ruhe zu kommen und an einem anderen Zeitlauf teilzuhaben, sie beanspruche, aus der Zeitlosigkeit der Götter in die Zeit der Menschen einzutreten, und riskiere, aus Anmaßung von den Göttern in Stein verwandelt, von den Menschen gesteinigt zu werden, was beinahe passiert sei, aber sie sei dem Tod noch mal entgangen.

BEWEGUNGSUNWILLE

DENKBAR WÄRE ES, dass eine Verletzung des Nervensystems oder der motorischen Steuerung des Gehirns die Bewegungsunwilligkeit von S bedingt hatte, da sie jedoch unter großer Willensanstrengung ihre Gliedmaßen abwinkeln und ohne Schmerzen bewegen konnte, hatte der Stein nicht den Punkt am Hinterkopf getroffen, der Körperbewegungen steuerte, sondern eher den, der Bewegung des Körpers überhaupt vorsah, anstatt sie als eine die Willenskraft übersteigende Anstrengung auszuschließen. R war anatomisch recht ungebildet und konnte nicht genau sagen, in welchem Teil des Gehirns die Bewegung der Gliedmaßen gesteuert wurde, aber er hielt es für unwahrscheinlich, dass der Stein, der die hintere Kopfhaut blutig geschlagen hatte, ohne in den Schädelknochen eingedrungen zu sein oder ihn in Splitter geschlagen zu haben, ihr Gehirn so tief verletzt hatte, dass eine Lähmung der Extremitäten einsetzen oder eine innere Blutung die Hirnfunktionen beeinträchtigen und schließlich ertränken würde. Er hielt eine Gehirnerschütterung für wahrscheinlicher, auch wenn S nicht bewusstlos geworden war, und soweit zu erkennen war, litt sie an keinen Erinnerungslücken, eher hatte der Stein in ihrem Denken etwas ausgelöst, sie hatte die Erkenntnisse über den Druck, der ein Leben lang auf sie ausgeübt worden war, über die Ansprüche, die an sie gestellt worden waren, in Worte fassen können, auch wenn die Ausführungen kein strategischer Lagebericht waren, der einen Befreiungsschlag erlaubt hätte, ihre Art zu sprechen, sich an einzelnen Wörtern und an dieser Frage des Drucks festzuklammern, die doch eine der Freiheit war, machte ihn unsicher, ob ihr Gehirn wie vorher arbeitete, oder ob er sie besser zu einer Untersuchung ins Krankenhaus überreden sollte, der sie nie zugestimmt hätte, weil sie der Ansicht war, dass der Körper sich selbst heile, wenn ihm genug Zeit und Ruhe gegeben wurde.

PSYCHOMOTORIK

WÄHREND DER STEIN ALSO ihre überdrehte Ruhelosigkeit gebremst hatte, S nicht mehr getrieben wurde, war R bewegungssüchtig, hatte den Drang, auf dem Laufenden zu sein, sich nichts Neues entgehen zu lassen, nichts, was ihn aus der jetzigen Situation in eine andere befördern hätte können, war darauf bedacht, dass in seinem Kopf Bewegung war, während er unterwegs war, zu erkunden, zu besichtigen und zu bestimmen, auch wenn es nichts zu erkunden, zu besichtigen oder zu bestimmen gab. So war die Verständigung schwierig, zwischen einem der bewegt werden, auf vollen Touren laufen wollte, und einer, die sich jeder Bewegung verschloss, den Müßiggang so sehr auskostete, dass er von Faulheit nicht zu unterscheiden war, S war der Todsünde der Trägheit verfallen und drohte darin zu versinken, während er den ganzen Tag unterwegs war, lief, bis ihm die Füße wehtaten, die Hornhäute an den Fersen aufsprangen, die Augen von Wind, Staub und Mangel an Sichtbarem ermüdeten und das Gehirn surrte, lag sie den ganzen Tag in ihrem Bett, schlief so viel wie möglich, erging sich in dem bewegten Schwarz hinter ihren Augenlidern, als gäbe es dort Unmögliches zu entdecken.

SCHWARZ (2)

IM GEGENSATZ ZU IHREN SCHWESTERN und Freundinnen, die Farbenfrohes erfreute, malte S ausschließlich in Schwarz, versuchte immer schwärzeres, immer stärkeres, immer mehr Licht saufendes Schwarz zu mischen, trug es auf ihre Malblöcke auf, und wenn es getrocknet war, beugte sie sich darüber, brachte ihre Augen möglichst nahe an das Papier, während sie mit ihren Händen so viel Licht abzuschirmen versuchte, dass das Schwarz gerade noch sichtbar war, und es vor ihren Händen nicht einfach nur dunkel wurde, was ein schwieriges Unternehmen war, denn die richtige Position und Haltung der Hände zu finden, sie der Stirn und den Schläfen anzupassen, um das Licht zu dämpfen, bedurfte Zeit, und selten fand sie genug Zeit, das Schwarz im richtigen Licht anzusehen, ihre Augen und ihr Denken in Schwarz zu versenken. Wenn es ihr manchmal schwindlig wurde, genoss sie dieses Gefühl, den Boden unter sich zu verlieren und in dem Schwarz zu versinken, es von innen zu sehen, aber keinesfalls in seine Einzelteile zu zerlegen, denn sie wollte nicht das Gefühl haben, in einem Magen herumzustochern, um zu sehen, was dieses Schwarz verschluckt hatte, Reste von anderen Farben hätten sie aus ihren dunklen Träumereien herausgerissen, vielleicht war es ein Schwarz, das sie einmal gesehen oder geträumt hatte, und das sie wiederfinden wollte, oder sie hoffte, von dem Glanz des Schwarzes, von seinem Leuchten, das ganz anders als das der anderen Farben war, vollkommen umgeben zu sein, ohne dass dieses Glänzen von einem Schatz kam, den sie heben oder sehen wollte, sondern dieses Licht war das geheimnisvolle Rätsel selbst, das unlösbar und in seiner Unlösbarkeit hypnotisierend schön war, und um diese

Schönheit zu beschwören, hatte das kleine Mädchen angefangen, nur noch schwarz zu malen, sich in seine Forschungen über Schwarz so hineinzusteigern, dass sie jedes Ergebnis, jedes Schwarz lange und eingehend hinter vorgehaltenen Händen betrachten musste. Das Schwarz ließ sie alles vergessen, alle anderen Farben und den Rest der Welt, es war die Auflösung des Raumes, in dem sie saß, der Eintritt in eine andere Zeit, das Ende der kindlichen, schulischen, schwesterlichen, mütterlichen, sportlichen und körperlichen Zeit. Diese Leidenschaft, die solche Macht über das kleine Mädchen gewonnen hatte, beunruhigte Lehrer und Familie, die sich nicht erklären konnten, was es in dem Schwarz fand, was es hinter vorgehaltener Hand überhaupt sah, wie ein Mädchen, das in diesem Alter gewöhnlich helle und freundliche Farben bevorzugte, diese Farben als unfreundlich und zu grell empfinden konnte, sie machten sich Sorgen, wie sich so viel Schwarz auf das Seelenleben des Kindes auswirken würde, wie so viel Dunkelheit nicht das kindliche Gemüt schwärzen und verdunkeln sollte. Selbst wenn die Anziehungskraft des Schwarz noch kein Indiz seelischen Verfalls oder irgendeiner Fehlentwicklung war, musste sie Ausdrucks eines Mangels sein, während das Mädchen behauptete, dieses Schwarz tue ihren sonst nicht lichtscheuen Augen gut, war es den Erziehungsberechtigten, den mit der Erziehung Beauftragten das Anzeichen von etwas Ungesundem und Ungutem, das ernst genommen werden musste, damit das Kind nicht für ein Stück Schwarz alles stehen und liegen ließ, alles vergaß, was zu schulischen und familiären Pflichten eines kleinen Mädchen gehörte, das lernen musste, sich bestimmten zeitlichen Rahmen und Abläufen anzupassen, und das sich nicht in eine lichtlose Welt ohne Farbe zurückziehen durfte, die ihm vielleicht einfach erscheine, aber so wenig, wie man aus der Welt die Farbe wegdrehen könne, könne man mit dem Licht das Vergehen der Zeit aus der Welt schaffen, einen Raum mit scharfen Kanten, Ecken und Einteilungen in ein vages Dunkel auflösen, Behauptungen, denen S, wenn ihr die Worte zu Verfügung gestanden hätten, widersprochen hätte, nicht um sich zu verteidigen, sondern um den Sachverhalt richtigzustellen, dass das Schwarz, in das sie sich versenke, bisher nie das Schwarz, sondern ein Schwarz gewesen sei, das keinesfalls eine lichtlose Welt darstelle, sondern vielmehr von innen heraus leuchte, anstatt angestrahlt und beleuchtet zu werden, außerdem fühle sie sich von dieser leuchtenden Welt so maßlos angezogen, nicht weil sie einfach und flach, sondern im Gegenteil von einer Tiefe sei, die die Farben eigentlich verschleierten, und einen Reichtum an komplizierten Strukturen und Schattierungen berge, in denen sie sich erst mit der Zeit zurechtgefunden habe, und in die sie sich jedes Mal aufs Neue hineintasten müsse. Einige würden zwar sagen, sie erkenne darin nur, was sie darin erkennen wolle, womit sie vielleicht nicht unrecht hätten, aber nur weil diese Welt nicht eindeutig und klar festgelegt sei, sei sie nicht schlechter, verwerflicher als die farbige, die in ihren offensichtlichen Verlockungen doch viel gefährlicher sei als der Farbverzicht, den sie betreibe und der andere Räume öffne, als nur eckige, in denen sich zurechtzufinden viel Orientierungsvermögen und hohe Konzentration verlange, Hast und schnelles Reaktionsvermögen würden nichts helfen, sondern Aufmerksamkeit sei wichtig, die bei dem Zeitdruck, sich an einen Stundenplan anzupassen, fast unmöglich zu erlernen, jedoch bei der Versenkung hinter vorgehaltenen Händen das Selbstverständlichste sei, wenn sie einen jeden

Stundenplan ausblende, um sich der Zeit hinzugeben. Man müsse sich für die eine oder andere Zeit entscheiden, sie richte alle Gedanken darauf, diese Nähe zum Schwarz zu steigern, denn anfangs habe sie den Eindruck gehabt, dass das Schwarz ihre Blicke schlucke, ihr Blick an eine Grenze stieße, an der das Sehvermögen scheitere, sie habe gedacht, dass ihr Blick jedes Mal, wenn er in dieses Schwarz eindringe, abgebrochen werde und sterbe, das Schwarz sei für sie anfangs das Grab der Blicke gewesen, und diese toten Blicke schienen die Schluckkraft des Schwarz zu erklären, als schluckten sie die Blicke der Lebenden, um noch einmal etwas durch fremde Blicke sehen zu können, dann habe sie solche Märchen von sich geworfen, und ihren Blick auf das Schwarz konzentriert, habe standgehalten und sich sozusagen offenen Auges schlucken lassen, sie sei hypnotisiert worden, ohne dass ihr schwarz vor Augen geworden sei, auch wenn sie mehrmals fast in Ohnmacht gefallen sei, weil sie sich so angestrengt habe, den Blick auf das nahe Schwarz einzustellen, dass ihr Bewusstsein überfordert gewesen sei.

DER WASSERSTAND DES GEHIRNS

S LAG IN DEM ABGEDUNKELTEN HOTELZIMMER und gab vor, sich auszuruhen, sie las nicht, sah nichts an, schrieb nichts auf und zeichnete nichts, sie sprach mit niemandem, in ihrem Starrsinn wäre es ihr vielleicht gelungen, den Verkehr mit der Welt einzustellen, wenn R nicht immer wieder ins Hotelzimmer zurückgekehrt und sie aus ihrem Zustand gerissen hätte, um ihr zu erzählen, was er gesehen hatte, er brachte ihr etwas zu essen mit, das sie mit großem Hunger aß, wenn es nicht zu sehr im Fett schwamm, und wenn er sie dann in dem Hotelbett sitzen sah, fragte er sich, ob sie jetzt nicht das Gleiche suche, was sie schon damals als kleines Mädchen gesucht und erforscht hatte, als sie in das Schwarz und sein Glänzen eingedrungen war. Der Apotheker, dem R sich anvertraute, riet ihm, er solle ihr Zeit geben, sich in Ruhe zu erholen, und sie gut versorgen, damit sie wieder zu Kräften komme, aber sie sei sicher nicht die Erste, die das Klima nicht vertrage, ihre Antriebskräfte verloren habe und ganz und gar aus dem Zusammenhang ihres Lebens, ihres bisherigen Denkens und Fühlens herausgerissen worden sei und keinerlei Anstrengungen mache, in den alten Lebenszusammenhang zurückzukehren oder einen neuen zu finden, sogar Landsleuten ginge es so, die in dieser Gegend ankämen und sich sofort, noch vor Antritt ihrer Arbeit krankschreiben und schließlich beurlauben ließen, und die Arbeitsstelle, für die sie doch eigentlich in die Provinz gekommen seien, mit großer Verspätung oder eben nie anträten, was der häufigste Fall sei und zur Folge habe, dass die Verwaltung und Versorgung der Gegend immer schlechter funktionierten, ganz zu schweigen von denen, die zur Übersiedlung in diese Provinz gezwungen worden seien, weil die Regierung als weitere Besatzungsstrategie veranlasst habe, dass die Bevölkerung des besetzten Gebiets ausgetauscht oder wenigstens durch eigene Staatsbürger unterwandert werde, um das Gebiet auf diese Weise zu einem Teil des eigenen Landes zu machen, viele von diesen Umgesiedelten hätten sich in ihr Schicksal ergeben und allen Mut und alle Kraft verloren. Wenn sich ihr Zustand nach einer einwöchigen Ruhepause nicht bessere, könne er ihm selbstverständlich die nötigen Medikamente aushändigen, die sie wenigstens reisefähig machen würden, er habe den Eindruck gewonnen, die

Menschen, die dieser Landschaft nicht gewachsen seien, würden wie dieser Landstrich, glichen sich ihm an, verwandelten sich ins Mineralische, würden wie im Moment die ganze westliche Halbkugel von einer Trockenheit befallen, die ihnen sehr langsam, kaum merklich, das Wasser aus dem Leib ziehe, anfangs reduziere sich der Wassergehalt des Gehirns, das zum Denken reichlich Wasser brauche, und wenn der Wasserstand im Gehirn sinke, bemächtige sich dieses Gehirns zuallererst eine immer trockenere Bilderwelt, die sich immer mehr aus der Welt des Staubigen und Mineralischen speise, wie er es bei einem seiner Kunden erlebt habe, der ihn wegen seines krankhaften Zustands regelmäßig aufgesucht habe und dem er wichtige Erkenntnisse über die Wirkung des Klimas verdanke.

DIE APOTHEKE

DAS ERSTE MAL WAR R IN DIE APOTHEKE gekommen, um Desinfektionsmittel, Wundgitter, Verbandsstoff und Pflaster zu kaufen, nachdem er beim Fahrradfahren gestürzt war, bergauffahrend brach ein Pedal aus dem Gewinde, und er schlug mit dem Knie auf den groben Asphalt, der sich so tief ins Fleisch grub, dass er schwindelnd in der Hitze stand und S benommen zusah, wie sie in den Pedalen stehend den Hügel hinauffuhr, ohne bemerkt zu haben, dass er hinter ihr gestürzt war, er musste sich hinsetzen, um nicht noch einmal zu fallen, und rief ihr dann auf dem Asphalt der zum Meer führenden Wüstenstraße sitzend hinterher, schrie schließlich, weil sie alles um sich herum vergessen hatte und ihn nicht hörte. Irgendwann sah sie sich schließlich um und rollte den Abhang zu ihm herab, außer ein paar

Taschentüchern, mit denen sie das Blut von Knie, Schienbein und Wade wischten, hatten sie nichts dabei, um die Wunde zu reinigen. Bei dem Sturz waren Gebiss und Schädel unverletzt geblieben und nur Knie und Ellenbogen in Mitleidenschaft gezogen worden, während die leichten Schürfwunden heilten, hatten die tiefen Wunden angefangen zu eitern, weil sie mit flüssigem Teer verschmutzt nicht ausreichend desinfiziert worden waren, deswegen suchte R das zweite Mal den Apotheker auf, der sich anbot, die entzündeten Wunden zu reinigen und Verbände anzulegen, er warnte ihn vor einer Blutvergiftung und gab ihm ein Antibiotikum mit, das er sofort einnehmen solle, wenn er Fieber und möglicherweise Schüttelfrost bekäme, dann desinfizierte und verband er die geschwollene, eiternde Wunde. Sein Geschäft sah gar nicht wie eine Apotheke aus, sondern die weiß lackierten Wände, die kleinen quadratischen, offensichtlich später über Kopfhöhe eingebauten Fenster und die starke Neonbeleuchtung ließen eher an eine Erste-Hilfe-Station denken, an die auch die Glasvitrinen erinnerten, die rechts in dem großzügigen Raum zwischen dem Eingang und der Theke aus weiß lackiertem Holz standen, während R für einen Moment gedacht hatte, er sei in ein Ersatzteillager getreten, als er die parallel nebeneinander stehenden Regale in dem schwächer beleuchteten Hinterzimmer sah, das früher von dem Verkaufsraum durch eine Schiebetür getrennt war, deren Rahmen und Laufschiene über den eingezogenen Wandstücken noch sichtbar waren. Die Regale aus schwerem, grau gestrichenem Holz, das viel zu massiv war, um nur Medikamente zu tragen, hätten eigentlich als Betten dienen können, denn die Breite und Länge der Ablagen waren für einen ausgewachsenen Menschen groß genug, nur der Abstand der Regalplatten war etwas knapp bemessen, und der alle Medikamente ignorierende Schläfer hätte sich wohl jedes Mal beim Aufstehen den Kopf gestoßen, abgesehen davon war der Geruch von Medikamenten und Desinfektionsmittel, der so stark war, dass er vorsätzlich verbreitet zu werden schien, ebenso wenig einladend, hier ein Schläfchen zu machen, das man auch auf der grauen, mit Klebeband geflickten Liege links vom Eingang einfacher hätte machen können, manchmal setzte R sich darauf und fühlte sich, vielleicht weil er nicht wie ein Kind die Beine baumeln lassen konnte, wie ein amputiertes Knie, das darauf wartete, vom Rest seines Körpers abgeholt zu werden, der sich vor der Apotheke erbrach, deren Ähnlichkeit zu einem Erste-Hilfe-Container zwar Vertrauen erweckte, die aber eher praktisch als notdürftig eingerichtet, eher lieblos als unordentlich geführt wirkte. In regelmäßigen Abständen war das Geräusch des anspringenden Kühlschranks zu hören, der unter der Theke stand, wo sich wahrscheinlich auch ein verschließbarer Schrank befand, sonst wirkte der vordere Raum abgesehen von den Glasvitrinen, in denen sich Verbandsmaterial, Flaschen verschiedener Größe und Farbe befanden, ziemlich leer, und als R das erste Mal in die Apotheke gekommen war, hatte er sich gefragt, wo denn eigentlich die Medikamente aufbewahrt wurden, und festgestellt, dass die hintere rechte Raumecke durch eine weißen Vorhang abgeteilt war, hinter den der Apotheker Kunden zum Blutdruckmessen oder zu anderen Untersuchungen und Behandlungen bat, denn der Apotheker übernahm verschiedene Arbeiten eines Arztes, gab manchmal Spritzen oder nahm Blut ab, weil im Ort selbst kein Arzt ansässig war, so dass der Reisende den Eindruck gewann, an diesem Ort sei die Behandlung wichtiger als die Diagnose, sei die Behandlung die Diagnose, wenn nämlich die Behandlung anschlage und das Leiden schwinde, sei die Diagnose spruchreif und erfolgreich gestellt worden, später stellte sich jedoch heraus, dass die Behandlungen nur Beruhigung, vorläufige Maßnahmen, Andeutungen einer möglichen Behandlung waren, die eher einem Gebet als dem gezielten Angriff auf einen eindeutig georteten Feind glichen, lebenserhaltende Anwendungen, die die Zeit überbrücken sollten, bis die Nachforschungen des Apothekers so weit entwickelt, so umfassend geworden waren, dass das bisher Unternommene Sandkastenspielen gliche, was den Apotheker nicht daran hinderte, sofort zu helfen, wo er konnte, seinen Wirkungsbereich zu überschreiten und medizinisch tätig zu werden, denn er verließ sich nicht auf die Trennung von medizinischem und pharmazeutischem Wissen und dachte über die Gesamtheit der Zusammenhänge nach, in der das Leben an diesem Ort stattfand. In der Zeit, in der R den Apotheker aufsuchte, war es jedoch meistens ruhig, und es kam selten vor, dass er plötzlich zu jemandem nach Hause gerufen wurde, um etwa einen Notfall zu versorgen, damit der Patient den Weg ins Krankenhaus überlebte, und der Apotheker konnte sich vorwiegend seinen Nachforschungen widmen. Das gut einsichtige Hinterzimmer mit den zu massiven, zu hohen Regalen und der schwachen Beleuchtung wirkte unheimlich, denn was sollten diese übertriebenen, kaum ein Drittel vollen, teilweise mit Insektengitter bespannten Regale, die für landwirtschaftliche Geräte und vielleicht großzügig ausgebreitetes Operationsbesteck eines Veterinärs für Nutztiere gepasst hätten und an Rattengift oder Insektenvertilgungsmittel denken ließen, waren doch diese Regale für Keller, Lagerräume und Garagen gebaut, und nicht für vorschriftsmäßig zu lagernde, nach strengen Regeln herzustellende Heilmittel. Aber wahrscheinlich war nur der vordere Teil des Ladens Apotheken gemäß hergerichtet worden, während der hintere vom Vorgänger übernommen und nur apothekengerecht gereinigt worden war, was vielleicht die schwache Beleuchtung verbergen sollte, deren Lichtquelle nicht zu sehen war, vielleicht erhellten ein paar Glühbirnen oder Neonröhren in einer Ecke das Hinterzimmer vom Boden her, oder vielleicht gab es gar kein künstliches Licht und nur durch kleine Öffnungen in der Wand in Fußhöhe fiel das Licht, das unheimlich und unpassend, fast wie ein schlechtes Vorzeichen wirkte. Nur wenn die Abendsonne seitlich durch die hohen Fenster der nach Norden ausgerichteten Apotheke stieß und den Verkaufsraum grell erleuchtete, trat das Hinterzimmer zurück und zog die Aufmerksamkeit nicht mehr auf sich, bis die Sonne untergegangen war, und diese grelle Beleuchtung des Verkaufsraums war für den Apotheker meistens das Signal, R aufzufordern, er möge ihn auf die Straße begleiten, wo er eine Zigarette rauchte, und der Nichtraucher nicht recht wusste, wohin er seine Hände stecken sollte, um nicht unhöflich unbeteiligt neben dem Gastgeber zu erscheinen.

FREMDSPRACHE (2)

WÄHREND DIE ÜBER SECHZIGJÄHRIGEN BEWOHNER der Südprovinz eher die Sprache der ersten europäischen Kolonialmacht sprachen, hatten die Jüngeren die der zweiten Besatzungsmacht gelernt, die seit fast fünfzig Jahren das Land nicht mehr beherrschte, während die erste Kolonialmacht noch immer einen kleinen Teil des Nordens wohl einzig aus strategischen

Vorteilen als nationales Territorium beanspruchte und im ökonomisch interessanteren Süden zwar die militärische Kontrolle abgegeben hatte, aber durch Handelsabkommen, Pachtverträge und Investitionen ihre Interessen weiterverfolgte, was immer schwieriger wurde, nachdem sich diese Kolonialmacht zu räuberisch an den Fischgründen bedient und das vertraglich geregelte Höchstmaß an Fangmenge und Fangzeit überschritten hatte. Trotzdem sprachen die Älteren ihre Sprache gern, als ob sie ihre Erfahrung hörbar und die Sprecher charmant machen würde, während die Sprache der zweiten Kolonialmacht, die auch weiterhin sehr enge Beziehungen zu dem Land aufrechterhielt und die Jugend des Landes in gewissem Maß an ihren Universitäten zum Studium zuließ, zweite Landessprache und Verwaltungssprache geworden war, in der auch Fächer wie Mathematik in der Schule unterrichtet wurden und die von jedem Heranwachsenden zu erlernen war, was fast unbemerkt geschah, da sie die Sprache der meisten Fernsehprogramme war. Dieser Besatzersprache waren auch die beiden Reisenden mächtig und konnten sich so mit der Hälfte der Bevölkerung sprachlich verständigen, die lesen und schreiben gelernt hatte, zum Beispiel mit dem Apotheker, dem es eine besondere Freude zu machen schien, diese Sprache mit R zu sprechen und sich über Themen seines Interesses und seine Nachforschungen mit einem Ausländer verständigen zu können, dem die Materie unbekannt sein musste und der mit seinen unvoreingenommenen Reaktionen und Erfahrungen kein kundiger Kritiker war, aber einen entscheidenden Beitrag zu den Nachforschungen leisten konnte, indem er von seiner Reise berichtete, auf Fragen antwortete, selbst Fragen stellte, bei dem Apotheker Hilfe suchte und den Zustand seiner Begleiterin und seine Einschätzung so genau wie möglich darlegte, während der Apotheker seine Forschung sonst ganz allein und anhand der Symptome und weniger Berichte der Einheimischen voranzutreiben hatte, was ein recht einsames Unternehmen war, dem die anderen Ortsansässigen eher misstrauten, da es noch mehr Staub aufwirbelte, als schon in der Luft war, und anstatt neue Lösungen, Erkenntnisse und Therapien anzubieten, nur die Wunden nachschnitt. Dem Apotheker schien die Besatzersprache nicht nur nützlich, um mit einem Ausländer Gespräche zu führen, die seine Forschung ungewöhnlich bereicherten, sondern besonders angemessen, um seine Nachforschungen darzulegen und fortzuführen, obwohl R erst dachte, als er mit dem Apotheker sprach, dessen Art, die Besatzersprache zu sprechen, sei ironisch oder aber versuche, R die Ernsthaftigkeit und Bedeutung seiner Gedanken nahezulegen, ihm schien es fast selbstquälerisch, sich noch jetzt mit dem Maß der Kolonialmacht zu messen, um auch vor ihren Maßstäben bestehen und darauf hoffen zu können, in ihre wissenschaftlichen Kreise zugelassen zu werden, bis er bemerkte, dass der Apotheker keineswegs versuchte, vor aller Welt ein Exempel zu statuieren, sondern die Besatzersprache als Werkzeug benutzte, um seine Nachforschungen nachzuformulieren, während dieses Werkzeug gleichzeitig Gegenstand der Untersuchung war, denn die Kolonialmacht nahm in seinen Nachforschungen einen wichtigen Platz ein, und er richtete ihre Sprache gegen sie selbst, als setze er ihr ein Kontrastmittel zu, das ihre Sicht- und Ordnungsweise, ihre Urteile und Ansprüche sichtbar machte, die in seinem Mund ihre Objektivität verloren und die er so entmachtete, als Symptome einer Macht, die das Denken der Menschen in kolonial ausgeschlachtete Bahnen drängte.

SCHLAFKRANKHEIT

JE SÜDLICHER SIE GEKOMMEN WAREN, desto mehr hatte S geschlafen und desto unbeweglicher war sie geworden, sie geriet mehr und mehr in einen Zustand, den R für eine Krankheit hätte halten müssen, wenn sie nicht schon vorher so ausgiebig und gerne und auf der Reise nur noch ausgiebiger und noch lieber geschlafen hätte, denn schon vor der Reise war sie als Langschläferin bekannt gewesen, die den Tag gerne verschlafen hätte, wenn es ihr gelungen wäre. Sie hatte in ihrem Zimmer möglichst dichte Vorhänge angebracht, um dem Tag den Anschein von Nacht zu geben, und zusätzlich eine Schlafbrille mit Gummiband getragen, die sie immer, auch auf diese Reise mitgenommen hatte, um die Dauer ihres Schlafes zu verlängern, während ihre Ohren keinen zusätzlichen Schutz brauchten, um die Geräusche des Tages abzuhalten, im Gegenteil den Beweis zu liefern schienen, dass der Tag voranschritt und sie ihn wirklich verschlief, wie ihr auch der laufende CD-Spieler und Fernseher, der sich per Zeitschaltuhr automatisch abschaltete, halfen einzuschlafen, was ihr schon seit ihrer Jugend unerdenklich schwerfiel und jedes Mal ein Kampf war, der so viel Kraft kostete, dass sie das Schlafen genoss, und es eigentlich falsch war, sie vor dieser Reise eine Langschläferin zu nennen, denn an der Anzahl der Stunden gemessen, schlief sie nicht viel mehr als jeder andere auch, sondern sie kämpfte bis spät in die Nacht ums Einschlafen, versuchte es oft gar nicht, sondern legte sich erst mit der Morgendämmerung nieder und tat so, als ob sie dann gar keine andere Wahl mehr hätte, als zu schlafen, und sie geriet so in einen den üblichen Arbeitszeiten widersprechenden Rhythmus von Wachen und Schlafen, der auf der Reise fast zum Erliegen kam, weil sie nur noch schlief, wenn sie nicht kurz etwas zu sich nahm oder sich erleichterte, und er hatte schon in Erwägung gezogen, dass sie an der Schlafkrankheit leiden könnte, ohne zu wissen, was das eigentlich war, ob sie also von einer Tsetsefliege gestochen worden sei, die aber laut Apotheker in diesen Breiten gar nicht vorkomme, ihm zumindest noch nie ein Fall zu Augen oder Ohren gekommen sei, und der darauf hinwies, dass ein ungewöhnlich großes Schlafbedürfnis als Symptom keinesfalls ausreiche, sondern dass die Krankheit oft in drei Stadien verlaufe, nach Fieber und Schüttelfrost, die von Schwellungen und juckendem Ausschlag begleitet seien, sei der Kranke im zweiten Zustand verwirrt, könne seine Bewegungen nur schlecht koordinieren und leide unter Schlafproblemen und Krampfanfällen, erst im dritten Stadium setze dann ein Dämmerzustand ein, dem die Schlafkrankheit ihren Namen verdanke, der Tod des Infizierten trete nach ein paar Monaten, spätestens nach einem Jahr ein. Zwar könnten die ersten beiden Stadien übersprungen werden, aber es sei für Menschen, die an das hiesige fast tropische Klima nicht gewöhnt seien, ganz natürlich, dass ihr Organismus ermüde, sich durch den bloßen Aufenthalt in diesen Gegenden überanstrenge und Kraft zu gewinnen suche, indem er schlafe, auch wenn diese Erholung nicht immer erfolgreich sei, und dann komme der Betroffene oftmals nur mit dem Leben davon, wenn er diese Gegend verlasse, in der es ja keine Feuchtgebiete, nicht einmal trockene Savannen gebe, die im tropischen Afrika der Lebensraum der Tsetsefliege seien, des einzigen bekannten Überträgers der Schlafkrankheit. Er müsse zugeben, dass trockenen Savannen ähnliche Gebiete zu finden seien, die nicht ganz Wüste seien und einen gewissen Pflanzenbewuchs erlaubten, jedoch sei es unvorstellbar, dass sich so eine afrikanische Fliege hierher verirrt habe, die Tropen seien zu weit entfernt, auch wenn das hier herrschende Klima dem der trockenen Tropen ähnlich sei, überdies gebe es viele Regionen, wo sogar diese Fliegen aber keineswegs die Krankheit nachzuweisen seien. Natürlich sei es auch möglich, dass sich der Weg von S mit einer die Schlafkrankheit übertragenden Tsetsefliege gekreuzt habe, dann wäre aber der Schnittpunkt der Begegnung mit einem überaus schmerzhaften, geschwollenen Fliegenstich eindeutig sichtbar, und anders sei diese Krankheit nicht übertragbar, denn die Begegnungen müssten wirklich und nachweislich stattgefunden haben, schließlich sei ihm das Aussehen der Stiche bekannt, und obwohl er kein Arzt sei, würde er S jederzeit untersuchen, wenn sie es wünsche. Seiner Beschreibung nach gewinne er, der Apotheker, der, auch wenn sein Geschäft und die Ortschaft es nicht nahelegten, sehr wohl im Gebiet der Pharmazie universitär ausgebildet sei und schon einige Krankheitsbilder gesehen habe, die Touristen oder Geschäftsreisenden aus anderen Ländern vorbehalten seien, den Eindruck, dass sich bei seiner Begleiterin eine bereits im Heimatland bestehende Veranlagung, eine kaum ausgebildete Empfindlichkeit unter den ungewohnten, keineswegs lebensfreundlichen Bedingungen dieser Klimazone so sehr verstärkt, eine solche Macht über den Organismus gewonnen habe, dass sie krankhaft erschiene, zumindest kein alltagstaugliches Verhalten mehr zuließe, was im Übrigen für alle Gewohnheiten gelte, und gerade in diesem trostlosen Breitengrad, den zu besiedeln und gewinnbringend zu bewohnen, selbst für Einheimische größter Anstrengung bedürfe, ein Kraftaufwand, der so groß sei, dass es manchmal schwer sei, gewisse Tätigkeiten und

Verhaltensweisen als Gewohnheiten zu etablieren, während andere, wie zum Beispiel das Schlafen, sich wie von selbst etablierten und einen solchen Gewohnheitscharakter annähmen, dass dieser in seiner Störrischkeit und Macht weit über das hinausginge, was in anderen Gegenden als Gewohnheit hingenommen werde und dort längst zu den Krankheiten gerechnet würde, hier aber unter den gegebenen Lebensbedingungen als angemessen und zumutbar angesehen werde. Er denke jedoch nicht daran, diesen Ort zu verlassen, in dem er geboren sei, Gewohnheiten könnten Krankheiten verbergen, in seinem Fall seien vielleicht Gewohnheit und Dummheit manchmal nicht auseinanderzuhalten, denn er sei ganz und gar aus Gewohnheiten zusammengesetzt, die auch nur für einen Tag aufzugeben ihm die größte Mühe bereite, deswegen verlasse er auch so ungern seinen Arbeitsplatz, um zum Beispiel als Fischer tätig zu sein, eine Arbeit, die nicht unangenehm sei, auch wenn seine Hände keinesfalls Fischerhände sondern Apothekerhände seien, die nach allem riechen dürften, aber nicht nach Fisch, Tauen und Brackwasser, er schätze den Fischfang nicht, weil es nicht seine gewohnheitsmäßige Arbeit sei, und nichts sei schmerzhafter als seine Gewohnheiten zu verlassen. Obwohl zum Beispiel in diesem Landstrich wie in vielen anderen gesagt werde, dass auf den Winterschlaf die Frühjahrsmüdigkeit folge und die zur heißen Jahreszeit lebensnotwendige Siesta vom launischen Herbstgemüt abgelöst würde, das nur durch ein Mehr an Schlaf ausgeglichen werden könne, sei hier ein Übermaß an Schlaf, das selbstverständlich auch als Sünde eingestuft werde, keineswegs zu den bis ins Krankhafte übertriebenen Gewohnheiten zu rechnen, denn im Allgemeinen litten die Bewohner dieses Ortes unter Schlaflosigkeit und arbeiteten und tränken so verzweifelt, um sich zu ermüden und den Schlaf zu ermöglichen, und da erschiene es ihm, als ob Rs Begleiterin in dem Landstrich angekommen wäre, der ihr gemäß sei. Wenn sie nachts bisher nur schwer habe schlafen können, habe sie tagsüber wie die Einheimischen an Müdigkeit gelitten, die an das Klima gewöhnt sein müssten und trotzdem von Kindheit an keine Nacht durchschliefen, es ihr ganzes Leben nicht täten, es sei denn sie hätten sich einen Vollrausch angetrunken, mit dem Wodka, den die russischen oder dem Soju, den die koreanischen Schiffe mitbrächten, die hier nicht oft anlegten, aber in der Bucht vor der Küste lägen, während die gefangenen Fische, Riesenkraken und anderes Meeresgetier an Bord verarbeitet, eingedost oder getrocknet würden. Die Fischer gingen an Wochenenden an Land und verkauften den in ihrem Land hergestellten Schnaps an die Einheimischen, die sich also meistens an Wochenenden einen Vollrausch antränken, in dem sie ungestört eine Nacht durchschlafen könnten, den sie sich aber selten antränken, da sonst die harte Arbeit auf den Fischerbooten kaum durchzuhalten sei, die an diesem Ort wie in fast der ganzen Region die einzige Art sei, den Lebensunterhalt sicher zu verdienen. Er selbst habe manchmal in den Hauptzeiten des Fischfangs auf einem Boot gearbeitet, um seine Apothekerexistenz zu sichern, deren Einnahmen dürftig seien, weil die Bewohner sich von ihm oder einem Arzt in Notfällen zwar behandeln ließen, aber der Einnahme und Anwendung von Medikamenten sehr skeptisch gegenüberstünden, sie seien davon überzeugt, dass sie abhängig machten, ungewollte Wirkungen im Körper hervorriefen, die den Körper in lebensentscheidenden Momenten schwächen könnten, und behandelten sich deshalb lieber mit wohl dosierten Alkoholmengen, was ihnen auch überraschend gut gelinge, denn alt würden die meisten Bewohner dieses Ortes, wenn sie nicht einem Fischereiunfall zum Opfer fielen. Eine weitere Eigenheit, die S mit den Bewohnern teile, fügte R hinzu, denn auch sie habe eine ausgesprochene Abneigung gegen Medikamente, für deren Einnahme nicht die schnellere Heilung der entscheidende Grund sei, sondern die Unerträglichkeit des Zustandes, der eine Linderung erfordere, denn sonst meine sie, müsse der Zustand ertragen werden, um ihn zu erfahren, anstatt diesen Zustand von der Wirklichkeit auszuschließen und sich den Anschein von Heilung zu geben, die es in diesem Sinne gar nicht gebe, sondern nur das Übergehen von einem Zustand in den anderen, was zu erleben eine große Genugtuung sei.

DAS MEDIKAMENT (1)

MIGRÄNE DER KNOCHEN oder Nervenmigräne nannte S die Punkte hämmernden Schmerzes, die über ihre Knochen wanderten, als ob ihr Nägel ins Skelett getrieben, herausgezogen und in gleichmäßigen Abständen wieder eingeschlagen würden. Gegen diese stechende Krankheit nahm sie knallrote längliche Kapseln, die sie immer bei sich trug und von denen, da die Anfälle während der Reise häufiger als sonst auftraten, plötzlich nur noch eine überschaubare Menge übrig war, so dass ihre schmerzfreie Zeit für diese Reise begrenzt war, und sie versuchte, die Stechanfälle zu ertragen, die Einnahme des Medikaments hinauszuzögern, bis R auf die Einnahme bestand, weil S Gefühl und Maß für die eigene Schmerzverträglichkeit verloren hatte. Auch vorher hatte sie sich erst, wenn die Schmerzen immer stärker wurden und die Stiche mit jedem Mal länger ihren Gleichgewichtssinn und ihr Konzentrationsvermögen außer Kraft setzten, überwunden, eine der knallroten Kapseln einzunehmen, deren Nebenwirkungen sie fürchtete, dass das Medikament zwar gegen den Schmerz unempfindlich mache, aber Schaden in ihrem Körper anrichte, denn jedes Mal, wenn sie dieses Medikament nehme, werde sie erst unruhig, dann müde, manchmal werde ihr schwindlig und übel, immer habe sie sehr großen Durst, weil sich eine unangenehme Trockenheit in ihrem Körper breitmache, eine einzige Kapsel reiche jedoch aus, um dem Schmerz das Bedrohliche zu nehmen, wenn ihr die Nägel und Nadeln verschiedener Größe in die Knochen gestoßen würden und die Bedrohung unerträglich werde, nehme sie dieses Medikament, das, wie ihr der Arzt mitgeteilt habe, in der Leber abgebaut werde und deshalb keinesfalls mit Alkohol eingenommen werden sollte, der die dämpfende Wirkung zu einem vollkommenen Abgetrenntsein von Vorgängen im Inneren und außerhalb des Körpers steigern könne, was sie ausprobiert und als äußerst angenehm empfunden habe, aber bereits ohne Alkohol versetze das Medikament in eine gleichgültige Beziehungslosigkeit zur Welt. Trotz ihrer Sorge über Nebenwirkungen und ihrer Furcht, dass die Schmerzen sich bei zu häufigem Einsatz des Mittels nicht mehr lindern ließen, habe sie nicht aufgehört, dieses Medikament zu nehmen, weil es das einzige Arzneimittel gewesen sei, dass ihr überhaupt ein Arzt verschrieben und gegen ihre Knochenmigräne geholfen habe, sie habe großen Respekt vor diesem Medikament, das so genau den immer wandernden Punkt des Schmerzes treffe, oder vielmehr die Linie, auf der alle möglichen Schmerzpunkte lägen, die mit der ihrer Vorstellungskraft und ihrer ganzen Existenz aufs

Engste verknotet sein müsse, wie sonst könne ein Schmerz, der sie ganz und gar überfordere, gleichzeitig so existenzbedrohlich und bilderreich sein. Sie wisse, dass es vor allem in der Psychiatrie eingesetzt werde, und sie sich nicht über die Wirkungen auf ihre geistige Gesundheit im Klaren sei, anfangs habe sie sehr gezögert, dieses Mittel einzunehmen, weil sie als Jugendliche, bereits in diesem Alter habe sie an dieser Krankheit gelitten, und später als Studentin zu dem Arzt geschickt worden sei, mehr oder weniger gezwungen worden sei, zu diesem Arzt zu gehen, den zu sehen sie sich zuerst strikt geweigert habe, da er als Neurologe Nervenkrankheiten behandelt und als Psychiater Störungen des Verhaltens untersucht habe, die ihre Mutter ihr vorgehalten habe, als Jugendliche ihre Störrischkeit und als Studentin ihre Ungerührtheit und ihren ausartenden Genuss von Alkohol, der ihr über die Maßen geschmeckt und in dem sie ein wirksames Schmerzmittel entdeckt habe. Sie habe gezögert, das von diesem Arzt verschriebene Medikament einzunehmen, das doch wahrscheinlich nach Absprache mit der Mutter unter dem Vorwand, ihre Schmerzen zu bekämpfen, auf ihre Psyche einwirken sollte, die aber dieser Arzt als unauffällig diagnostiziert habe, so dass er eigentlich den Einsatz von sogenannten Psychopharmaka hätte ausschließen müssen, zu denen dieses Medikament zweifellos gehöre, was sie erst im Ausland gehört und einigermaßen überrascht habe, denn der Arzt habe es ihr verschrieben, als er ihr angeblich für ihre Mutter und ihre Umwelt schwer erträgliches Verhalten mit den Anfällen der stechenden Knochenschmerzen erklärt habe. Diese Neuigkeit habe sie im ersten Moment denken lassen, der Arzt hätte ihr nicht geglaubt, habe die von ihr beschriebenen Schmerzen für so genannte Phantomschmerzen, für von ihr erfundene gehalten, die mit normalen medizinischen Untersuchungsmethoden gar nicht nachgewiesen werden könnten, weil sie gar nicht wirklich existierten, auf keinen Entzündungsherd oder eine organische Störung zurückgeführt werden könnten, also eigentlich gar nicht der Schmerz, sondern ihre Vorstellung von Schmerzen, ihre Vorstellung von Einstichen in ihren Knochen, also eigentlich Wahnvorstellungen behandelt werden müssten, in denen sich eine zweite Persönlichkeit abspalte, die die Schmerzen empfinde, die ihre reale Person gar nicht habe, was nicht stimme, denn sie leide immer noch an sehr wohl realen Schmerzen. Sie habe jedoch andere Schmerzmittel ohne Erfolg eingenommen und nur diese roten Kapseln in manchmal hellerem, knalligem, manchmal in dunklerem Rot hätten gegen die Knochenqual geholfen, und es komme ja auf die Dosierung und die Regelmäßigkeit der Einnahme an, wie und worauf ein Medikament wirke, und ob ein Schmerz real oder nicht sei, sei insofern gleichgültig, als er in beiden Fällen unerträglich und in seiner Unerträglichkeit real sei, das Medikament habe jedenfalls stark sedierende Wirkung, und der Wirkstoff sei auch als Narkosemittel eingesetzt worden, teilte der Apotheker ihm mit, als ihn R das dritte Mal aufsuchte, um ihm das Medikament vorzulegen und zu fragen, ob er es vorrätig habe oder bestellen könne, denn ein anderes Medikament als dieses sei S nicht bereit einzunehmen, der Apotheker kannte das Medikament, das er leider nicht in seinem Sortiment führe, und erklärte R, dass es nicht irgendein, sondern das klassische Neuroleptikum sei, mit dem die psychopharmakologische Ära begonnen habe, am Anfang sei es gegen viele verschiedene Störungen eingesetzt worden und als Allheilmittel gegen jede psychische Abweichung bejubelt worden, wegen zu zahlreicher

Nebenwirkungen sei das Originalpräparat seit den achtziger Jahren in Europa nicht mehr im Handel, der in den fünfziger Jahren hergestellte Wirkstoffs Chlorpromazin bleibe aber eine Standardsubstanz in Psychopharmaka, mit denen schizophrene Psychosen behandelt würden, das Medikament greife auf verschiedene Weise ins Nervensystem ein, blockiere im peripheren Nervensystem die Nervenzellen und viele Information übertragende Stoffe, greife also in die chemischen Prozesse zwischen den Nervenzellen ein. Es sei richtig, dass dieses Arzneimittel bei seltener Einnahme beruhigend und lokalanästhetisch wirke, wenigstens zu einer Distanzierung gegenüber der Schmerzempfindung führe, das Schmerzerleben werde abgemildert, erst bei einer erhöhten Tagesdosis wirke es gegen psychotische und schizophrene Wahnvorstellungen und Halluzinationen, sei gegen verschiedene, abnorme Formen der Erregung, gesteigerte Stimmungszustände und gegen aggressives Verhalten einsetzbar, es sei also kein einfaches Schlaf- und Schmerzmittel. Wie S richtig gesagt habe, könnten Nieren und Leber auf Dauer geschädigt werden, es komme zu trockenem Mund, Unruhe und Verstopfung, die Nebenwirkungen bei hoher Dosierung seien zwangsläufig und könnten schwerwiegend sein. Das Medikament greife in die Wärmeregulation des Körpers ein, deren Störung zu Unterkühlung oder übermäßigem Anstieg der Körpertemperatur führen könne, in schlimmen Fällen verhärteten sich die Muskeln krampfartig, versagten die Organe und käme der Stoffwechsel zum Erliegen, eine Vorstufe seien Lähmungen, während die intellektuellen Fähigkeiten erhalten blieben, in leichteren Fällen werde der Patient antriebslos und apathisch, er stumpfe ab und leide unter innerer Regungslosigkeit, da das Medikament jeglichen Ausdruck, auch den durch

Sprache, jede spontane Bewegung erschwere oder unmöglich mache, schließlich könne die Wahrnehmung gestört werden. Er gehe nicht davon aus, sagte der Apotheker, dass solche Nebenwirkungen bei S einträten, nach Rs Darstellung zu urteilen, verwende sie das Medikament sehr sparsam und dosiere es verhältnismäßig schwach, da sie es aber regelmäßig und seit vielen Jahren einnehme, ohne dieses Medikament eigentlich nicht überleben könne, müsse er dennoch davon ausgehen, dass sich verschiedene der genannten Nebenwirkungen in mehr oder weniger starker Form nicht vermeiden ließen und sie bereits jetzt darunter leide, zumindest die Beschreibung ihres Zustands höre sich danach an, über den nur ein Blutbild genauere Auskünfte geben könne, das sich vielleicht als ganz unbedenklich herausstellen würde, er wolle R keinesfalls Angst machen, schließlich werde das Medikament in besonderen Fällen durchaus als Schmerzmittel eingesetzt, er sei dafür kein Spezialist und habe leider keine Packung dieses Medikaments in seinem Laden, wo immer die gleichen wenigen Arzneimittel vorrätig seien, da er ja, wie R selbst sehe, sehr wenig Kundschaft habe. Das Medikament werde in seinem Land noch verschrieben, aber er bezweifle, dass es irgendeiner der wenigen in der Südprovinz ansässigen Ärzte in seiner Praxis habe. Da dieses Medikaments für ihr Wohlbefinden so wichtig sei, werde er selbstverständlich auch ohne Rezept versuchen, es zu besorgen, was möglicherweise nicht so leicht sei, dennoch werde er mit dem Militärarzt Kontakt aufnehmen, R solle täglich in seine Apotheke kommen, um nach dem Medikament zu fragen, der Gesichtsausdruck des Apothekers verriet jedoch bereits, dass es, wenn es überhaupt zu einer Anlieferung käme, noch einige Zeit dauern würde.

DAS MEDIKAMENT (2)

BLUTENDER GEWEIHSTUMPF, dickes, dunkles Blut, das aus dem Kopf rann, das Mädchen musste es trinken, würgte, Blut auf den Lippen, fast schwarz, dickflüssig, zäh, ein Horn würde ihr im Leib wachsen, ein Horn würde ihr in den Leib gestoßen, von dem sich rächenden Hirsch, von sich rächendem Wild, das Horn würde nachwachsen, hatte man ihr gesagt, den Hirsch würde das schmerzen, aber nicht allzu sehr, sie sah den roten Stumpf, das hervorquellende dunkle, rote, fast schwarze Blut, das Geweih würde nachwachsen, das wusste sie, aus dem Blut, aus dem geronnenen, verkrusteten Blut brachen wieder Hörnerspitzen hervor, wenn sie nicht gleich wieder gestutzt würden, bevor sie zu einem harten und unempfindlichen Knochen verwachsen wären, Rosenstöckchen, ein Schnitt über dem kurzhaarigen Fell, und das Blut troff, sonst stieß er es sich selbst ab, wenn auch nie so blutig, nie so messerscharf, das Blut, das sie hätte gesund machen sollen, würde gerinnen, hart werden zu einem Horn, die Geweihenden würden sie stoßen, stechend durchbohren, die Knochen löchern, Männer saugten diesen bitteren, metallischen Saft in sich ein, in der Hoffnung, ihnen würde hirschbrünstig so eine Stirnwaffe aus dem Leib stehen, die Frauen, mit vielverzweigtem Geschlecht zu bespringen, bis sie einknickten wie Rehe, aber warum wurde solches noch warme Blut einem kleinen Mädchen eingeflößt, das sich sofort erbrechen wollte, der Mund wurde ihm zugehalten, damit es das frische Tierblut schlucke, das ihr hochkam und nicht in ihren Körper wollte, vielleicht hatte in dieser Stunde dieser klopfende Schmerz angefangen, dieses wandernde Stechen, das so zunahm, dass sie nicht mehr unterscheiden konnte, ob die Stiche von außen oder von innen kamen, dass sie kurz davor war, das Bewusstsein zu verlieren, angeekelt, ein stechendes Hirschhorn in sich ertragen zu müssen, das geronnene Hirschblut hatte sich abgelagert und angereichert und ein kurzes schmerzhaftes Geweihstück durchwanderte ihren Körper, um einen Punkt zu suchen, an dem es anwachsen konnte, um die Kräfte aus den Knochen zu ziehen und sich zu verzweigen, und das immer gewaltigere Geweih klopfte hämmernd die Knochen ab, setzte an, um nach außen vorzustoßen.

WACHS (2)

S VERWEIGERTE JEDE AUSSAGE, tat so, als ob alles mit rechten Dingen zuginge, überhörte Nachfragen und Ratschläge und nahm keine Hilfe in Anspruch, ihre Verwandlung verlief schleichend, und ihr Zustand, der schwer zu deuten war, hatte keine eindeutig organische Ursache, wie R anfangs gedacht hatte, denn er war erstaunt, wie schnell sie sich erhob, wenn sie plötzlich aufstand, um aufs Klo zu gehen, und wollte schon aufspringen, um sie aufzufangen, wenn ihr schwindlig und ihre Beine einknicken würden, aber in einer Bewegung schob sie sich über die Matratzenkante in die Plastikbadeschuhe und ging an ihm vorüber, als ob sie sich zum Ausgehen, zu einer Wanderung herrichten wollte, stattdessen lief sie aus dem Badezimmer wieder heraus, ohne die Tür zu schließen und schob sich lachend unter die Schichten von Bettdecken, die so zahlreich waren, dass man den Eindruck gewinnen konnte, sie wolle unbewegten Körpers träumen, denn auf ihre Bitte hin hatte R den Nachtportier nach ihrer Ankunft um Decken gebeten, die in dem Wandschrank des Gangs gestapelt waren, der zu ihrem Zimmer führte, und er hatte ihr drei zusätzliche Decken zu der unendlich schweren gebracht, die bereits über das Bett ausgebreitet war, als ob sie sich unter großem Druck und hoher Temperatur verformen wollte.

RÜCKZUG (1)

IHR INNENLEBEN ERSCHÖPFTE SICH bei alltäglichen Verrichtungen, Kleinem und Kleinstem, das eigentlich keine Entscheidung verlangte, von der Möglichkeit, Entscheidungen zu treffen, war dieser Erschöpfungszustand weit entfernt, R hatte anfangs gedacht, S fühle sich in dieser Gegend in die Enge getrieben und sei bei dem Versuch eine ihr Leben betreffende Entscheidung zu treffen blockiert worden, alle Entscheidungen schienen bereits getroffen, es war ein Zustand, der jede Entscheidung wirkungslos, anmaßend und kurzsichtig erscheinen ließ, was der medizinische Angestellte einer Reiseversicherung als Zivilisationskrankheit, kulturbeflissene Kraftlosigkeit übersättigter, von Hochglanzversprechen enttäuschter Ersteweltländler, Zersetzung eines überfütterten, ausgeleierten Selbst diagnostiziert hätte, wäre er tiefer durch die Seele dieser sinnlos herumliegenden, unglücklich herumhängenden Touristin gefahren, der die Abenteuerlust abhanden gekommen war, wäre er auf riesigen Unwillen zurückzukehren gestoßen, und die gleichzeitige Einsicht, dass es keine Chance gab, sich im Reiseland niederzulassen, auf vielfältige, sich widersprechende, wund laufende und kalt stellende Wünsche, bis er bemerkt hätte, dass es ein Rückzug aus den bisherigen Entscheidungen, ja Entscheidungsmöglichkeiten war, ein Zustand der Erschöpfung, der so abgeschottet war, dass er darauf wartete, dass etwas eintraf, selbst das war noch zu viel gesagt, er war da und es konnte eintreffen, sie war jetzt ein er, ein Zustand und war eine sie, eine Erschöpfung, und er und sie wollten es werden, das, was eintraf.

DRUCK

IHR ANHALTENDER AUFENTHALT IM BETT sei keiner Krankheit geschuldet, sondern dem Trotz, den sie dem Klima, der Landschaft dieses Landstrichs entgegenhalte, der für sie nicht zum Leben gemacht, in dem zu überleben ihr nur hinter Wänden und Vorhängen, unter Bettdecken und Augenlidern möglich sei, in diesem Landstrich, dessen Natur sich sofort gegen die ihre gerichtet habe, ja im denkbar stärksten Widerspruch zu der ihren stehe, seien Häuser, Verkehrswege, menschliche Regungen, Bewegungen und Aufbrüche eigentlich zu vernachlässigen, angesichts des Staubs, des Windes, der Trockenheit und der hohen Temperatur, die eine bösartige Allianz gegen alles Menschliche eingingen, das sich immer bedroht, in ständigem Kampf gegen das eigene Verschwinden verausgaben müsse, was jedoch nichts Großartiges einer Vernichtung oder eines Untergangs an sich habe, denn der Mensch habe hier nie oder nur halbherzig den Kampf gegen die Natur aufgenommen, vielleicht, weil jeder Kampf verweht werde. Es sei doch bemerkenswert, dass sich selbst die Einheimischen, sogar der Apotheker fehl am Platz vorkämen, obwohl der Fischfang, der geplante riesige Hafen, die riesigen Phosphatvorkommen, die Steuervergünstigungen, die die Leute in dieses besetzte Gebiet locken sollten, und dessen strategische Bedeutung den Bewohnern ein arbeitsreiches Leben bringe, sei von Wohlstand nichts spürbar, da der Reichtum nicht den Bewohnern dieses Ortes zu Gute komme, dessen Hafen wahrscheinlich nie gebaut werde, weil die Schiffe, diese schwimmenden Fabriken, gar keinen Hafen brauchten, Militär und Industrie ihre eigenen Anlegestellen hätten und die wenigen Touristen sich einfliegen ließen, oder eben wie sie, Tausende von Kilometern zu diesem Ort mit Bussen oder anderen Mitfahrgelegenheiten zurücklegten, wie ihnen ein Student berichtete, der an der Planung mitarbeitete, und der sagte, er zähle die Tage an diesem Ort, auch wenn die Planung dieses Großhafens ein gigantisches Vorhaben sei, das ihm hoffentlich einen guten Studienabschluss und viel Geld beschere, an dessen Realisierung der Student dennoch ehrlich gesagt nicht glaube. S spüre hier keine Kraft, die darauf schließen lasse, dass die Region unabhängig sein wolle oder mit der Besatzernation unzufrieden sei, die klimatischen Umstände, die hier aufs Ungesündeste mit den geschichtlichen verquickt seien, erstickten jedes Streben nach Unabhängigkeit und jede Erhebung gegen die offensichtliche Unterdrückung, gleichzeitig könne niemand ein ruhiges, ausgeglichenes Leben führen, das wenigstens erlaube, mit harter körperlicher Arbeit verdientes Geld fröhlich auszugeben, ihr komme die Gegend, in der sie bei der Ankunft augenblicklich Kopfschmerzen bekommen habe, die anhielten und kaum nachgelassen hätten, wie ein verseuchtes Gelände vor, und zwar in jeder Hinsicht verseucht, das könne von den klimatischen Gegebenheiten kommen, auf jeden Fall laste auf dieser Gegend ein unmenschlicher Druck.

RÜCKZUG (2)

MIT GROSSEM ERSTAUNEN HATTE R beobachtet, wie sich die Bewegungen von S verlangsamten, die sich doch immer gewundert hatte, warum Europa noch nicht paralysiert sei, sie habe den Eindruck, alle arbeiteten dort ungenau, ineffektiv, gelangweilt, seien arbeitsscheu und risikoängstlich, alle suchten überall ihren Vorteil, und sei es den der Bequemlichkeit, und auch zu R hatte sie gesagt, dass er zu langsam für die Verhältnisse gewesen wäre, in denen sie aufgewachsen sei, dass er dort mit der Geschwindigkeit seiner Verrichtungen und seines Denkens nicht hätte überleben können, sie könne seine Geschwindigkeit gedanklich nachvollziehen, aber eigentlich sei sie ihr unerträglich, und doch beherrsche sie sich, um sich von ihrer eingepflanzten Ungeduld nicht fortreißen zu lassen, ihr großer Liebesbeweis sei es, das Einfachste langsamer zu machen, was für sie das Schwerste sei, und jetzt war sie es, deren Organe sogar ihre Arbeit verlangsamten, und seine Geduld wurde zum Liebesbeweis. Zuerst hatte sie sich in ihrer Langsamkeit über sich selbst, dann über die Verhältnisse erhoben, aus denen sie stammte, etwa ihre Familie, der bereits die Länge der Reise unverständlich war, fast wahnsinnig und maßlos erschien, obwohl er ihr zuerst noch vorgeworfen hatte, bei den Forderungen der Familie zu kompromissbereit zu sein, sich Konventionen nicht entgegenzusetzen, geschweige denn sie zu übertreten, und S gesagt hatte, sie kenne sich gut genug, um zu wissen, dass sie dann vor schlechtem Gewissen krank würde, und stürbe. Anfangs hatte er gedacht, sie gefalle sich in einer Antriebsschwäche, einer Trägheit, die sich mit der Sinnlosigkeit des menschlichen Lebens schmückte, die Erregung mangelhafter Existenz auskostete, bis er begriff, dass die Bewegungslosigkeit keine bloße Verweigerung und Absage, sondern ein Rückzug von allen Bewegungsmöglichkeiten war, von allem, was recht und schlecht war, von allen Einschränkungen, zu den Möglichkeiten hin, die hätten da sein müssen, sich jedoch nicht geboten hatten, als hätte sie ihre Drohung, als Mensch anderen Geschlechts, anderer Kultur wiedergeboren zu werden, so ernst gemacht, dass sie jedem Geschlecht, jeder Kultur eine Absage erteilte, aber das hätte doch eine Komödie sein können, die in gnadenloser Selbstentblößung aufgeführt wurde, um sich bei der Erkundungsreise in einer ganz und gar fremden Kultur, in einem von Fußspuren aller Art zertrampelten Land das Fleißaufgabengewissen, die Schönschriftpsychologie und die Sparschweinmaske herunterreißen zu lassen, sich aller Möglichkeiten zu entblößen, die sich boten, die allerdings nicht die richtigen, gar keine Möglichkeiten, sondern Entscheidungen waren, die andere, Tote oder Lebende einmal gefällt hatten und die sich nicht bewährten, als ob die Komödie eine Tragödie wäre, die alle Möglichkeiten vernichtet hätte.

DIE ERINNERUNG DES VERGESSENS

FÜR EINEN SOLCHEN RÜCKZUG hätte es aber nicht genügt, dass ein göttlicher Finger vom Himmel her die Reset-Taste von Leib und Seele gedrückt hätte, um die Zähler wieder auf null zu stellen, eine neue Formatierung hätte, anstatt die Festplatte nur zu bereinigen und die alte Formatierung zu beseitigen, das Alte, die Vergangenheit als das, was auf keinen Fall passieren darf, von vornherein ausschließen müssen, S wollte alles vergessen, was sie einmal gesehen hatte, alles, woran sie sich erinnerte und woran sie sich einmal hätte erinnern können, denn sie wollte nicht alles ganz und gar vergessen, sonst hätte sie ja wieder genau das Gleiche sehen können, was sie bereits gesehen hatte, sie suchte ein Vergessen mit der gleichzeitigen Erinnerung an das, was gesehen werden konnte, aber nach dem Vergessen nicht mehr zu sehen sein sollte, das erinnernde Vergessen sollte von Vergangenheiten befreien, die das Leben verhunzt hatten und hätten verhunzen können.

V

DIE SÖHNE

DER APOTHEKER REDETE NUR EINMAL über seine beiden Söhne, die einfältig und in diesem Klima missraten seien, er habe die Lage zu spät durchschaut und schließlich begreifen müssen, dass seine beiden Söhne an diesem Ort nur haben missraten können, dennoch bereue er nicht, in einer Nacht zwei Steine gezeugt zu haben und die beiden armen Geschöpfe diesem Landstrich ausgeliefert zu haben, zwei Mädchen hätten sich vielleicht noch zu helfen gewusst, und gemeinsam aus den Fäden, in denen sie hingen, einen Strick gedreht, keineswegs, um sich zu erhängen, denn eine Landschaft des Selbstmords sei das hier nicht, die so grausam, ja hinterhältig sei, dass jeder Selbstmordversuch, wenn der entschlossene Selbstmörder Hand an sich lege, sofort lächerlich erscheine, jeder Selbstmörder sich im Moment seiner Tat lächerlich vorkomme, in dem es meistens noch nicht zu spät sei, um alle Spuren der Lächerlichkeit verschwinden zu lassen, also würden diese zwei Mädchen im Gegensatz zu den zwei Jungen vielleicht an Selbstmord gedacht, aber auch sofort die Lächerlichkeit einer solchen Bloßstellung in einem solchen Landstrich erkannt, Abstand genommen und sich aus einem Lebensrettungsreflex heraus davongemacht haben, um sich von diesem Ort zu entfernen, keine Eltern, keine Familie, keine Bindungen und Verpflichtungen mehr zu kennen, während diese beiden Söhne im Gegensatz zu seinen ungeborenen Töchtern, die zu zeugen er manchmal träume, an ihm geklebt hätten und die er wirklich von sich habe abschneiden müssen, auch wenn er sie zuerst in seinen Laden geholt habe, um sie zur Selbständigkeit zu erziehen, was aber nicht nur ein Irrtum, sondern eine Unmöglichkeit gewesen sei, da er sie nicht neben sich habe aushalten können, so sehr hätten sie seine Nähe gesucht, dass sie jede freiere, ausgelassenere, risikofreudigere Bewegung unmöglich gemacht hätten, außerdem hätten sie an schlimmster Antriebsschwäche und unter ständiger Angst vor ihren unvermeidbaren Fehlern gelitten, unvermeidbar, weil sie ungeschickt und unkontrolliert, vor allem aber ganz und gar unfähig gewesen seien, sich irgendetwas und seien es die einfachsten Handgriffe zu merken, und damit sei es also drittens unmöglich gewesen, sie zur Selbständigkeit zu erziehen. Er mache das nicht den beiden unbedarften, ganz und gar unschuldigen Söhnen zum Vorwurf, sondern zuallererst sich selbst und seinen Forschungen in diesem Landstrich, die er doch zum Wohl der Söhne hätte aufgeben müssen, was er nicht geschafft habe, und so sei innerhalb eines Tages seine Apotheke in eine solche Unordnung geraten, dass er die Söhne nicht noch einmal in den Laden habe mitnehmen können, obwohl sie ihn so sehr darum gebeten, ihm auf das Glaubhafteste versprochen hätten, sich Mühe zu geben, und ehrlichst gemeinte Bezeugungen ihrer Arbeitslust geäußert hätten, freilich habe er schon gewusst, wie ihre Arbeitslust, die nervöseste und ganz und gar unkontrollierteste, die man sich vorstellen könne, die Mühe, die sie sich zweifellos geben würden, zugrunde richten würde, ihre fahrige Arbeitslust würde dann in launenhaften Missmut umschlagen, der fast tobsüchtige Formen annehmen könne, so dass auch schon Glas zu Bruch gegangen sei und Kunden vor den scherzhaft gemeinten Ausfälligkeiten seiner beiden Söhne nicht mehr sicher gewesen seien, die ihm so erschreckend ähnlich sähen, dass er seiner Frau nicht einmal unterstellen könne, sie habe diese Söhne mit einem anderen gezeugt, was er sonst schon längst getan hätte, denn solche Menschen könnten doch nicht von ihm abstammen, wenn den beiden die Verwandtschaft eben nicht so offensichtlich ins Gesicht geschrieben wäre, dass seine Frau ihm vorwerfen könnte, er habe sie allein gezeugt, und sie sehe keinen Grund in diesen beiden fraglos gutmütigen, auf die Dauer jedoch ebenso fraglos unausstehlichen Jungen ihre Nachkommen zu sehen, mögen sie auch aus ihrem Bauch geschlüpft sein, den sie vor ihrer Geburt aufgewühlt hätten, wie kein anderes Kind einen Mutterbauch aufzuwühlen wagen würde. Seine Frau empfange ungern Besuch, wenn die beiden Söhne zu Hause seien, die jetzt eigentlich nur noch zu Hause blieben, gerade deshalb hätte den beiden eine Begegnung mit R vielleicht gutgetan, die jedoch wenig fruchtbar wäre, da die Söhne keine andere Sprache als die des Landes fließend sprächen, was also ein Gespräch ausschließe, er selbst rede wenig mit seinen Söhnen, die ihm, wie er zugeben müsse, etwas Angst machten, was bei der großen Ähnlichkeit zu ihm kaum verwunderlich sei, über die schon manche mit offenem Mund gestaunt hätten. Wenn die Söhne gar nicht mehr von ihm ablassen wollten, ihm gar nicht nahe genug kommen konnten und ihr Andrängen fast schmerzte, bekomme er fast den Eindruck, sie wollten in ihn eindringen, in ihm Zuflucht suchen, als ob er drei Schatten hätte und sie sein doppeltes Spiegelbild wären, das in ihn zurückkehren wollte, und wenn er sie anfahre, was sie denn wollten, antworteten sie, ihnen sei kalt, und wenn er sie zurückstoße, sagten sie, er liebe sie nicht, und er antworte, dass das nicht ganz richtig sei, aber ihnen müsse es wohl so scheinen, worüber sie schrill auflachten, sich einhakten und vor gespieltem Glück mit verzogenen Gesichtern im Kreis tanzten und ein Lied über die väterliche Liebe sängen, dann hätten sie etwas Durchtriebenes und Gewitztes, und er frage sich, ob sie sich über ihn lustig machten, er sie eigentlich unterschätze, und sie nur mit allen Mitteln der Welt versuchten, sich in keine Arbeitsdisziplin einzufügen, sich dem Eintritt in die Welt der Erwachsenen zu widersetzen und so deren Ernst, Anmaßung und Zwang zu entgehen. Seiner Frau seien die Streiche, Unruhe und Zudringlichkeit ihrer Söhne unausstehlich, ja widerlich, aber seine Einnahmen seien nicht so groß, dass er den zweien ein Leben lang eine Leibrente auszahlen könne, seine Geschäfte gingen schleppend, da den Menschen in dieser Gegend das Interesse an Gesundheit, ja der Überlebenswille abhanden gekommen sei, der sich in seinen beiden Söhnen so überschlage, dass sie in der wüsten Umgebung fast Vampiren glichen, die die anderen Bewohner ihres Lebenswillens beraubten, die Lebensenergie der ganzen Landschaft an sich gerafft hätten, um sie in Unsinn, Späßen und Schabernack verpuffen zu lassen und sich mit ihrem Übermut, ihrer hemmungslos guten Laune über ihre Umgebung lustig zu machen. Ihr ganzes Verhalten scheine zu zeigen, dass sie etwas ausgefressen hätten, was unbemerkt bleiben solle oder sie durch ihr überzogenes Auftreten vergessen machen wollten, ihr anzügliches, energiegeladenes Verhalten stehe in einem solchen Gegensatz zu dem ihrer Umgebung, dass es sich nur um ein Vergehen handeln könne, das gar nicht einzuschätzen sei. Wenn er also seine finanzielle Situation und den Ruf seiner Frau retten und verhindern wolle, dass sie vor Aufregung krank werde, müsse er seine beiden Söhne zum Arbeiten oder zu jemandem in die Lehre schicken, jedoch seien bisher alle Versuche, sie in einen Betrieb einzugliedern, ja eigentlich einzuschmuggeln, gescheitert und aufgedeckt worden, weil sie zum Beispiel, anstatt bei der Orangenernte zu helfen, mit den Früchten jonglierten, sie hin- und hergeworfen oder Boccia gespielt hätten, ihren Arbeitskollegen die Arbeit schwermachten, indem sie die körperliche Nähe der Frauen suchten und die Männer in Gespräche verwickelten, ihnen Streiche spielten, während sie vorgaben, von ihnen lernen zu wollen, Arbeit an der frischen Luft mit viel Bewegungsspielraum habe er für die passendste gehalten, aber ihren blitzartigen, von allem und jedem abzulenkender Geist bringe auch körperliche Arbeit nicht zur Ruhe, wenn sie nicht über eine gewisse Zeit ohne Unterbrechung ausgeführt werde, und das sei bei ihnen aussichtslos. Sie hätten sicherlich schauspielerisches Talent, dennoch würde sie niemand engagieren, wenn sie den Darstellerinnen dauernd mit Händen und Worten in den Ausschnitt griffen, den Regisseur korrigierten, an der Kamera rüttelten, sich ins Bild drängten oder Kommentare ins Mikrofon abgäben, bei ihnen könne man sich nicht des Eindrucks erwehren, dass sie es trotz ihrer Anhänglichkeit, Zuwendung und Wärme immer fertigbrächten, gegen jeden etwas im Schilde zu führen. Militärdienst würde also mit sicherer Internierung enden, um gute Touristenführer zu sein, fehlten ihnen die Sprachkenntnisse, ohne die sie die Besucher aber immerhin weniger in die Irre schicken könnten, als mit Lügengeschichten, die sie kundtäten, wenn sie könnten, zum Betteln könne er sie auch nicht schicken, die Vielfalt der Eindrücke, die sie dort auf der Straße zu sehen und zu hören bekämen, gäbe auch ihrer Aufgeregtheit und ihrem Drang, alle Abläufe zu stören, zu verlangsamen, von ihren Zielen abzulenken und leerlaufen zu lassen, zu viele Einsatzmöglichkeiten, sie würden zum öffentlichen Ärgernis, von der Polizei verhaftet und mit Gewalt ruhiggestellt, was er ihnen unmöglich zumuten könne, so sehr hänge er doch an ihnen, auch wenn er bei ihrem Anblick oft genug das Gefühl habe, er schleife seine eigene, mittlerweile in die Jahre gekommene Nachgeburt hinter sich her. Wenn er recht überlege, seien die beiden ja eigentlich immer noch Kinder, nur ihm erschienen sie auf Grund ihres Verhaltens viel älter, manchmal wegen ihrer Unfähigkeit, einer geregelten Arbeit nachzugehen, älter als er selbst, und er sei ihre Nachgeburt, sie machten sich über ihn lustig und ließen ihn für sich arbeiten. Auch als Apotheker wisse er sich in der gegenwärtigen Situation nicht zu helfen, überlege, ob er es noch einmal mit einem Arbeitstag versuchen solle, frage sich, ob die beiden in einer eigenen Wohnung lebensfähig wären, habe aber, da ihm seine Frau noch kein Ultimatum gestellt habe, keine endgültigen Schritte unternommen. Er wisse meistens nicht, ob den beiden nichts ernst sei, sie sich über alles lustig machten, oder ob sie im Gegenteil vor allem Angst hätten, nichts zu bewältigen vermöchten, er habe sich doch am Anfang immer für eines von beiden entscheiden wollen oder geglaubt, sich entscheiden zu müssen, um ihnen gewachsen zu sein, aber heute sehe er ihre Überlegenheit, Verspieltheit und ihren Spaß als die Rückseite ihrer Angst, Ungeschicklichkeit und hektischen Unruhe, ihre Anhänglichkeit und Zuwendung als Rückseite ihrer Zudringlichkeit und ihres gierigen Anspruchs auf Liebe, also anstatt ihnen einerseits bewusste Absichten und gewollte Provokationen und andererseits von Gefühlen übermanntes Dahinkriechen zu unterstellen, unterstelle er ihnen gar nichts mehr, was nicht heiße, dass er sie jetzt kontrolliere oder sich nicht mehr selbstmitleidige Vorwürfe anhören müsse, wenn er sie zu hart behandele, denn ihr Appetit sei einfach zu groß, sie könnten nicht genug bekommen, und in ihnen sei eine ständige Erregung, die verlange, dass sie in Bewegung seien, sich vergnügten, in einem Nichts könnten sie ein Vergnügen finden, aus einem Nichts ein Spiel erfinden, über ein Nichts in größte Aufregung geraten, während sie vor gewaltigen, mächtigen Dingen und Menschen große Unsicherheit überfiele, sie bekämen Angst, stellten sich tot, würden kindlich, und ihr kindischer Übermut, der ihnen sonst das Zwerchfell aus dem Mund springen lassen möchte, sei wie weggeblasen, sie würden zahm, gingen zur Hand und wären die besten Diener der Welt, sobald sie aber die Situation übersähen und das Menschliche dieser Situation erkannt hätten, fingen sie an, ein wenig zu schielen, so groß sei der Druck, der aus dem Inneren in ihren Kopf, ihre Sinne und ihr Gehirn steige und sich entladen müsse, dass sie sich zuzwinkerten, und erst später verlören sie ihre Dienermanieren, als Kellner bei einem Familienfest bleibe ihre Aufmerksamkeit schnell zum Beispiel am Knopf eines Gastes hängen, sie polierten das Metall unter dem Vorwand, es zu bestaunen, machten erst Komplimente und brächen dann über das auf den Knopf gravierte Motiv in solches Gelächter aus, dass der Gast es kaum mehr als Bewunderung auffassen könne, vor allem wenn sie den Knopf ergriffen, unvorsichtig am Ärmel zögen, um den Knopf den anderen Gästen auf der anderen Seite des Tischs zu zeigen, und der Zugeknöpfte erhebe sich erst etwas vom Stuhl, um nicht die Fassung zu verlieren, wolle dann den Ärmel samt dem Knopf wieder unter seine Kontrolle bringen und ziehe ihn etwas zurück, was die beiden ausnützten, um den Knopf des anderen Ärmels und schließlich alle Jackettknöpfe zu polieren, natürlich nicht ohne kräftig daraufzuhauchen und das Motiv immer wieder zu bestaunen, was der Bedrängte wiederum auszunützen versuche, um sie in ein Gespräch zu verwickeln, vielleicht schon ahnend, dass sich mit den beiden Knopfputzern in so einer Situation gar kein Gespräch führen lasse, so sehr sei ihre Aufmerksamkeit von den Knöpfen gefangen genommen, dass sie vergäßen, dass da einer mit seinem Jackett daran hänge, als ob sie es mit den wertvollsten Knöpfen zu tun hätten, denen so nahe zu sein, die pflegen zu dürfen, die größte Freude bereitete, die so überschäumend sei, dass kein Mensch wisse, was er davon halten solle. Von der Aufregung angezogen kämen Hunde herbeigelaufen, wedelten, schüttelten sich und bellten, und dann kämen natürlich die Kinder und lachten mit, während sich der Herr übergangen fühle, der sich doch mehr Aufmerksamkeit erwarte als seine Knöpfe und den beiden Polierern seine Serviette ins Gesicht schlage, aus dem seinen weiche die Freundlichkeit und er sage, das sei jetzt genug, und wenn die beiden einen Schwanz am Steiß hätten, zögen sie ihn unters Gesäß ein und entfernten sich mit beleidigten Gesichtern so weit wie möglich von dem Verknöpften, um sich in eine Ecke des Saals zu verziehen und lautstark ihre Verwunderung auszudrücken, wie es möglich sei, dass jemand auf ihre zuvorkommende Behandlung so ungehalten und verachtungsvoll reagiere, dass so einem das Misstrauen das Herz und der Dünkel den Witz zerfressen habe, schließlich schienen sie ihre anfänglichen ängstlichen Gefühle vergessen zu haben, und wenn der Vater als Gastgeber keine Kunden und Freunde verlieren wolle, müsse er einschreiten, obwohl er sich dem ungeheuren Appetit dieser beiden gar nicht gewachsen fühle, der an manchen Tagen mit nichts zu stillen sei. Aber das sei nicht immer so gewesen, denn die ersten Jahre nach ihrer Geburt seien sie von einer so schlimmen Trägheit gewesen, dass sie die meiste Zeit auf dem Boden herumgelegen, geschlafen oder an die Decke gestarrt hätten, wenn sie nicht auf etwas herumgekaut hätten, was zufällig in ihrer Reichweite gelegen habe, die Leblosigkeit habe den Eltern große Sorge gemacht, da sie auf Mund und Hirn gelastet habe, in einem Alter, in dem andere Kinder nicht genug Finger hätten, um auf alle Dinge zu zeigen, deren Wörter sie bereits sagen könnten, hätten seine Söhne, wenn man sie bei ihren Namen gerufen habe, kaum den Kopf gedreht, die Eltern hätten darüber nachgedacht, ob der Schädelknochen nicht zu schwer für ihren Körper sei oder eine andere körperliche Missbildung ihre Behäbigkeit verursache, ob die jungen Knochen versteinert seien, den Organen verböten, sich zu entwickeln, und den Gliedmaßen, sich zu bewegen. So angenehm diese ruhigen Kinder für die Eltern gewesen seien, hätten sie doch Ärzte in der Hauptstadt aufgesucht, um zu hören, dass sie nichts zu befürchten hätten, zumindest könne weder an Knochenbau noch der Entwicklung von Organen und Gliedmaßen etwas Ungewöhnliches festgestellt werden, was dem Alter der beiden Jungen nicht entspreche, die möglicherweise etwas zurückgeblieben seien, was aber bisher nicht nachweisbar sei, und der Apotheker und seine Frau hätten sich daran gewöhnt, zwei pflegeleichte Kinder aus Stein in ihrer Wohnung zu haben, die sie manchmal dankbar, manchmal hassenswert gefunden hätten, wenn sie ihre Lebenszeichen so ganz auf das Notwendigste beschränkt hätten, was auch ein Klimawechsel oder besondere Zuwendung nicht geändert habe, aber im Vorschulalter hätten sie sich dann immerhin einigermaßen äußern können und seien später ziemlich gleichgültig im Unterricht herumgesessen. Wegen ihrer Ausgeglichenheit und Disziplin seien sie trotz ihrer mittelmäßigen Leistungen bei den Lehrern beliebt und wegen ihrer Unerbittlichkeit und Stärke bei den Mitschülern gefürchtet gewesen, und so seien sie fast das ganze erste Jahrzehnt ihres Lebens versteinert herumgelaufen, bis sie eines Tages der

Blitz getroffen habe, vielleicht habe sich die Spannung der seit Jahren in ihnen eingeschlossenen, angesammelten Kräfte in einem Kurzschluss entladen, und seit diesem Tag, den der Apotheker ihre zweite Geburt nenne, hätten sie die Schwankungen überfallen, denen sie kaum Herr zu werden vermöchten und die sie immer wieder so erschöpften, dass sie ganz zutraulich wie kleine Kinder an irgendjemands Seite schliefen. R unterbrach den Apotheker bei der Beschreibung seiner beiden Söhne, denn er müsse die ganze Zeit an S denken, wie sie in ihrem Hotelbett liege und den Zwillingen in ihrer Kindheit gliche, und er fragte den Apotheker, ob sie sich nicht in dem gleichen Zustand befinde, in dem seine beiden Söhne ihre Kindheit verbracht hatten, was der Apotheker durchaus für möglich, ja für wahrscheinlich hielt, und ob es denn dann nicht auch wahrscheinlich sei, dass sie von ähnlich zügellosen Energieschüben befallen, ihr Zustand wenigstens zeitweise in sein Gegenteil umschlagen werde, und der Apotheker gab zu, den gleichen Gedanken zu haben, seit er ihm von seiner Begleiterin und ihrem bewegungslosen Leben erzählt habe, und er habe jeden Tag gehofft, ihn mit einem strahlenden, entspannten Gesicht in seine Apotheke kommen zu sehen, und von ihrer Wiederbelebung, ja Auferstehung zu hören, was ja bisher ausgeblieben sei, aber eine zehnjährige Inkubationszeit wie bei seinen Söhnen sei wohl nicht zu erwarten, bis der Funken überspringe. Die drei sah R einmal wirklich hintereinander querfeldein in Richtung Meer gehen, als wolle der Vater seine Söhne auf einem der riesigen, asiatischen Fischereiboote einschiffen, die vor der Küste lagen, der Vater ging eilig ein paar Schritte voraus und die immer wieder ausschwärmenden Söhne liefen hinter ihm her, versuchten ihn zu überholen und ihn mit wilden Gesten, zum Himmel ausgestreckten, über dem Kopf zusammen und in alle Winde geschlagenen Armen zum Anhalten, Umkehren und Abblasen seiner Entscheidung zu bewegen, und schubsten sich dann aber immer wieder lachend gegenseitig auf dem sandigen Boden vorwärts oder stellten sich bei ihren übertriebenen Gesten ein Bein, offensichtlich setzte ihnen das Vorhaben des Vaters, seine Entscheidung über ihr weiteres Leben als Hilfsmatrosen doch nicht so zu, wie sie glauben machen wollten, aber R sah schon an der nachlassenden Geschwindigkeit der Schritte des Vaters, dass er es nicht über das Herz bringen würde, die Söhne als Bordclowns zu verdingen, die er heimlich für ihre Unbeschwertheit und Erfindungsgabe, dem Unscheinbarsten so große und erheiternde Bedeutung zu verleihen, beneide, mochten sie ihm auch unerträglich sein, weil eine Verständigung nicht möglich, die Zwillinge nicht zu ändern seien, mit denen er in ihrer kindischen Art, ihrer Unfähigkeit, ein geregeltes, selbständiges Leben zu führen, nicht tauschen wolle, aber eigentlich seien alle seine Aussagen und Gedanken über die beiden reine Spekulation, denn er habe gemerkt, dass er sich ständig in ihnen getäuscht habe, und sie nicht immer nur das Gegenteil von seinen Erwartungen und Anforderungen täten, vielmehr in ständigem Wechsel begriffen, unberechenbar seien, es sei wirklich unglaublich, welche Macht die ehemals so faulen und leblosen Kindern auf ihre Art innehätten.

DAS ERBE (2)

NATÜRLICH SEI DIE APOTHEKE SEIN STOLZ, vor ihm habe es in diesem Ort keine Apotheke gegeben und werde es wohl nach seinem Tod auch keine mehr geben, denn seine Erben seien weder vertrauenswürdig noch der Pharmazie kundig, und trotz der Aussichtslosigkeit des Unterfangens habe er sich vorgenommen, eine Reise in die Hauptstadt zu unternehmen, wenn seine Arbeit anfinge, ihm schwerzufallen, um einen Nachfolger zu suchen, den er am pharmazeutischen Institut einer Hochschule zu finden hoffe, denn es müsse fraglos eine angehende Pharmazeutin oder ein angehender Pharmazeut sein, die Mut hätten, sich keine Illusion über ihre zukünftige Arbeit machten, und bereit seien, seine Nachforschungen weiterzuführen, die ja sein eigentliches Erbe seien. Wenn aber eine solche Studentin oder ein solcher Student einmal in einer Apotheke der Hauptstadt oder der eigenen Familie, sei sie auch in einer kleinen Stadt gelegen, gearbeitet hätten, seien sie unweigerlich bereits zu verwöhnt und anspruchsvoll, um an einem Ort wie diesem eine Apotheke zu führen, die doch den anspruchslosesten Geschäftsleiter verlange, denn ohne eine gewisse Härte und Strenge sei weder der Laden zu halten, noch seien die Forschungen weiterzuführen oder gar zu Ende zu bringen. Wenn ein angehender Pharmazeut an diesem Ort, der keinerlei Abwechslung biete, sein erstes Wirkungsreich finde und ohne jede Ablenkung bereit sei, sich diesem Reich ganz zu überlassen, wenn er die Augen vor der Welt verschließe, denn jede andere Apotheke verspreche mehr Leben, mehr Vergnügen und Möglichkeiten, den Ehrgeiz eines Berufanfängers zu befriedigen, als dieser verlassene Ort, und wenn dieser das Erbe annehme, wenn das alles passiere, habe er einen ernst zu nehmenden Nachfolger gefunden, was niemandem ohne moralische Bedenken zuzumuten sei und auch naturgemäß nicht passieren könne. Das Denkbare sei aber in seiner Wissenschaft auszuschließen, also weg- und zu Ende zu denken, warum er übrigens das Wort der Heilkunst für seine Beschäftigung das angemessenste finde, daher werde er sich eines Tages auf die Suche machen, weil es undenkbar sei, dass er sein Erbe zufällig an einen Mann oder an eine Frau bringe, die er übrigens vorzöge, Frauen traue er mehr Leidenschaft zu als einem aufsässigen, von Interessen zerrissenen Studenten. Er werde sich kaum an Professoren wenden, die ihm wahrscheinlich nicht behilflich wären, denn warum sollte ein Professor seine Schüler in eine Wüstenapotheke schicken, die nichts von dem dramatischen, abenteuerlichen Einsatz habe, den der Name vielleicht verspreche, ebenso wenig seien Stellenanzeigen ein geeigneter Weg, denn eine Karriere könne er in seiner Apotheke nicht bieten, höchstens ein Risiko jeglicher Art, und Kurzentschlossene, die für einige Zeit ein Klosterleben suchten, um sich Fehlschläge aus dem Kopf zu schlagen, seien sicherlich nicht die richtigen Kandidaten, denn die Leitung einer solchen Apotheke zu übernehmen, sei doch ein Fehlschlag in jeder Hinsicht, wenn man diese Aufgabe von außen, also aus akademischer, geschäftlicher, ja menschlicher Sicht beurteile, aber die Aufgabe, diese Wüstenapotheke zu leiten, müsse von innen betrachtet werden, ohne dass er wisse, wie er in dieses Innen hineingekommen sei, das doch eigentlich von der Hauptstadt aus gesehen, von allen anderen Apothekern, Pharmakologen und Heilkundigen betrachtet außerhalb liege. So aufgeregt wie er dem Undenkbaren folge, werde ihm kein junger Mensch folgen, der das Studium mit der Leidenschaft beendet habe, die Welt zu heilen und mit heilenden Mitteln zu überschütten, von Heilung sei dann gar nicht mehr die Rede, sondern nur noch von Gesundheit, kein Arzt oder Pharmakologe werde mehr gebraucht, sondern der Pharmazeut, der die Körper rüste und mit dem ausstatte, was ihnen zum Schutz fehle. Kein junger Mensch mit einer solchen Studienabschlussheilungswut werde an einen Ort gehen, wo es eigentlich nichts zu heilen gebe und die höchste Aufmerksamkeit der Unmöglichkeit zu heilen, der Unheilbarkeit gelten müsse, an der es sich zu messen gelte, der seine Nachforschungen hinterherhechelten und die der Wesensgrund dieser Landschaft sei, was ja nur die höchste Herausforderung darstelle, der er sich als Apotheker stellen könne, denn die Unheilbarkeit sei naturgemäß nur die Unheilbarkeit des Menschen, und die Unheilbarkeit des Menschen sei letztendlich die Unheilbarkeit des menschlichen Denkens, was wiederum nur eine Diagnose des unheilbaren menschlichen Denkens sei, das sich so selbst als unabdingbares Allheilmittel verschreiben wolle, das aber eben seine eigene Unheilbarkeit an diesem Ort diagnostizieren müsse, der jedem Jungakademiker den ganzen Heilungsidealismus raube und ihm nicht das Gefühl gebe, einen Wirkungsreich zu betreten, sondern ein sich seiner bemächtigendes, ihn erschöpfendes Reich, in dem nichts wachse, schon gar nicht sein Erfolg, sondern in dem sich alles auflöse, vor allem sein Wissen, in dieser ganz und gar heilpflanzenlosen Landschaft werde es einem Apotheker unmöglich, Krankheit nur als Wechselfall eines eigentlich gesunden Körpers, als Störung eines sonst gewährleisteten Wohlbefindens zu behandeln, das die Existenz seines Geschäfts bedrohe. In dieser Hinsicht müsse diese Gegend und diese Apotheke doch ein Ort der Erleichterung sein, oder wenigstens von einer Anziehungskraft, die es schwermache, sich diesem Ort zu entziehen. Er wolle ihn nicht weiter vor den Kopf stoßen oder gar verärgern, aber er wolle R danken, dass er in seine Apotheke geraten sei, anfangs aus lebensrettender Absicht und mittlerweile aus Absichten, die ihm im Verborgenen lägen, denn R habe ihm gezeigt, dass es nicht ganz unmöglich sei, einen solchen Erben zu finden, und wenn R diese Apotheke einmal übernehmen wolle, sei er bisher der Einzige, dem er sein Erbe zusprechen würde, obwohl ihm jede pharmazeutische Kompetenz fehle, seine regelmäßigen Besuche zeugten doch nicht nur von Interesse an Apothekerwissen, von dem Bedürfnis, sich über die Lage und Lebensweise dieses wüsten Ortes zu erkundigen und von Einsamkeit, sie zeugten von mehr, seien eine Prophezeiung, dass er einen Erben finden werde, der diese Apotheke weiterführen werde, und allein diese Vorstellung mache seine Apotheke zu mehr als einem einfachen Medikamentenladen, die sein umso größerer Stolz sei.

APATIT

VERSCHIEDENSTE ARTEN VON STAUB würden ohne Unterlass in diese Ortschaft geweht, in die der Wüstenwind außer Sand zum Beispiel Phosphatpartikel von den bis zu mehreren hundert Kilometern weit entfernten Minen trage, beim Abbau, Transport und bei der Weiterverarbeitung von Phosphat werde der Staub von den Stätten des Tagebaus und einem mehrere hundert Kilometer langen Fließband abgeweht, das die Steinbrüche und Minen mit dem Hafen verbinde und auf dem das abgebaute Erz zu den Schiffen transportiert werde, der Wind habe dort eine weite Angriffsfläche, über der immer eine Wand des in die Höhe gewehten Staubs aufsteige. Der Staubniederschlag auf den Ort habe sich von heute auf morgen stark verringert, als kurz nach dem Bau des Fließbands Anschläge der Guerilla die Förderung so erschwert hätten, dass sie zurückgefahren und oft ganz eingestellt worden sei, die Angriffe auf Arbeiter, die Manipulation an Förderband, Maschinen und Fahrzeugen hätten die Arbeit riskant gemacht und sie habe nur unter militärischem Schutz fortgesetzt werden können, was der beteiligten kolonialen Firma angeblich zu heikel geworden sei, und sie habe immer wieder angekündigt, sich zurückzuziehen, ohne es wirklich zu tun, denn auf staatliche Anordnung sei das Fließband wie auch alle Phosphatlager mit Mauern umgeben und militärisch ausgerüstet worden. Nichts sei dem damaligen König zu lang gewesen, um eingemauert zu werden, er sei vom Einmauern besessen gewesen, mit einer Tausende von Kilometern langen Mauer sei die Grenze zum östlichen Nachbarland abgeschlossen worden, um zu verhindern, dass die Guerilla Kontakt mit der dorthin geflohenen Bevölkerung aufnehme und ihre Angriffe von dort aus organisiere, die Armee habe die eingemauerte Wüstenprovinz mit hundert, ja tausend Kilometer langen, wandernden Mauern in ihre Gewalt bringen können, bei jedem weiteren Vorrücken der Besatzungsarmee seien die Mauern immer wieder neu errichtet und in Abständen von fünf bis zehn Kilometern Forts erbaut worden, die mit bis zu zweihundert Soldaten besetzt gewesen seien. Bis zu fünfhundert solcher Festungsanlagen hätten die längste der nach Süden vorrückenden Mauern geschützt, die nicht bloß der Verteidigung gedient hätten, sie hätten die schlecht ausgerüstete Befreiungsarmee zu einem klassischen Stellungskrieg gezwungen, dem die wie ihre Vorfahren zu Nomaden gewordene Landesbevölkerung nicht gewachsen gewesen sei, denn ihre beiden Verbündeten, eine Großmacht und das östliche Nachbarland, hätten sie nur mit wenigen Panzern, Unimogs und Geländewagen ausgerüstet, und bevor sie eine Mauer durchbrechen oder untergraben hätten können, habe sie ein Radarsystem erfasst und ins Visier genommen. Keine Mauer sei für die Ewigkeit vorgesehen gewesen, keine chinesische Mauer, kein Limes, den Barbaren eines Tages stürmen würden, kein Bollwerk, das sich belagern ließe, denn die Eroberungstruppen hätten sich nicht verstecken oder abgrenzen wollen, die Mauern seien aufgeschüttet worden, um dem nächsten Mauerbau Rückendeckung zu geben, so lange bis die letzte, die Grenze zum südlichen Nachbarland abschließende Mauer gebaut worden sei, die anderen Mauern würden aber keineswegs wieder eingeebnet, Material zum Mauerbau gebe es in einer Geröllwüste genug. Das eingemauerte Wüstenreich umschließe und durchziehe, zerteile ein vielfältiges System von Wällen und Wallanlagen um Städte, Oasen, Phosphatgruben, militärisches Gelände, Gefängnisse, Grenzgebiete und das Stück Land, in das die Guerillaarmee verbannt worden sei, um sie mit sich allein Krieg spielen zu lassen. Heute stehe die Provinz ganz unter der Kontrolle der Besatzungsmacht, jede Förderstätte sei eine Festung und die Gebiete der Ausbeutung der Bodenschätze seien Angreifern nicht mehr zugänglich, der Wind trage immer mehr Staub herbei und die Achtlosigkeit, mit der der Phosphatstaub dem Wind überlassen werde, lege die Vermutung nahe, die besetzte Provinz werde vorsätzlich verseucht oder wenigstens gezielt betäubt, um alle Widerstandskräfte einzuschläfern und das erneute Aufflackern des Widerstandkampfs zu ersticken, die Luft sei von Staub erfüllt, den einzuatmen jeder gezwungen sei, der in diese Gegend komme, und wenn er längere Zeit hier bleibe, ließe sich gar nicht vermeiden, dass ein äußerst ungesunder Rückstand von Phosphat und giftigen Schwermetallen in seinem Körper nachzuweisen sei. Auch die zunehmende Unbeweglichkeit von S sei wahrscheinlich eine Folge des Phosphatstaubs, sagte der Apotheker, der Rs Besuche nutzte, um mit ihm auf einer Zementbank vor seinem Geschäft zu sitzen und zu rauchen, denn die dauerhafte Staubeinwirkung könne Krankheiten und chemische Kurzschlüsse im Körper hervorrufen. Natürlich sei die schädliche Wirkung von Phosphaten in raffinierter und roher Form oder als Dünger untersucht, der Staub führe zu akuten und chronischen Erkrankungen, zerstöre die Haut, Atemwege und das Verdauungssystem und löse Missbildungen der Organe aus, wenn zum Beispiel staubige Lebensmittel verzehrt würden, werde die Widerstandskraft des Körpers geschwächt, der äußerst anfällig für Krankheiten werde. Die Wirkung auf den Menschen und seinen Körper sei unbestreitbar, und Rs Begleiterin sei ein Bespiel dafür, das in seiner Art typisch, in seiner Stärke jedoch ungewöhnlich sei. Das in Phosphaten gebundene Element Phosphor sei gleichzeitig ein unverzichtbarer Grundstoff der Natur, er diene der Bildung von Blüten und Früchten, die wachstumsfördernde Kraft von Phosphaten sei der Grund, warum sie als Dünger eingesetzt würden, überdies sei Phosphor ein wichtiger Bestandteil des menschlichen Erbguts und Energiestoffwechsels, ohne den die Zellen keine Energie produzieren und keine Informationen zwischen den Nervenzellen ausgetauscht werden könnten. Der Mineralstoff, der auch in Knochen und Zähnen vorkomme, wirke am Aufbau des Skeletts mit und reguliere Herz und Nieren, er sei lebensnotwendig, allerdings löse zu viel Phosphor ein übermäßiges Wachstum des Bindegewebes aus, das Stützgewebe werde hart und alle inneren wie äußeren Bewegungen versteiften sich, es komme zu Kalziumablagerungen und schließlich zur Zerstörung der Knochen und Lähmung des Organismus. Ein Übermaß an Phosphat verwandele den Menschen in einen Haufen Kalk. Selbst wenn es nur wissenschaftliche Untersuchungen an Ratten gebe, sei die eingeschränkte Bewegungsfreiheit von S wahrscheinlich auch eine Folge des mineralischen Staubs, der die Knochen angreife und anfällige Menschen mit der Zeit in knöcherne Gewebeklumpen, in menschliche Steine verwandele. Die Gründe für den Zustand von S könnten vielfältig sein, viele Arbeiter erkrankten jedoch wegen des hochgiftigen und radioaktiven Gipsstaubs schwer, der entstehe, wenn Phosphat aus Erzen gewonnen werde, von denen das wichtigste in dieser Gegend wie im Rest der Welt Apatit sei. Die Bezeichnung gehe auf das griechische Wort apate zurück, das Täuschung bedeute, da dieses Erz leicht mit anderen Mineralien verwechselt werde, es könne transparent oder undurchsichtig sein und viele, eigentlich alle Farben haben, farblos, gelb, rot, oft grün, blau, violett, rötlich braun oder weiß könne Apatit sein, in dem das meiste Phosphat gebunden sei. Apatit stamme in der Provinz nicht aus magmatischen Lagerstätten, sondern sei organischer Herkunft, die Knochen und Gräten vor Millionen Jahren gestorbener Meerestiere hätten sich abgelagert und in Verbindung mit anderen Mineralien Sedimentgestein gebildet, das heute als Rohphosphat genutzt werde. Indem die Knochenablagerungen in Schwefelsäure gelöst würden, würde Rohphosphorsäure gewonnen, wobei als Abfallprodukt giftiger und radioaktiver Gips entstehe, da in Apatit Uran an Phosphat gebunden sei und bei der Gewinnung von Phosphat angereichert werde. Der Urangehalt von Rohphosphat fossilen, sedimentären Ursprungs sei höher als der magmatischen Ursprungs, und in dieser Gegend seien riesige solcher uranhaltiger Rohphosphatlagerstätten zu erschließen, über die jetzt die Besatzungsmacht verfüge, was der entscheidende Grund gewesen sei, in diesen Landstrich einzumarschieren und ihn gegen so große Widerstände bis heute zu besetzen. Die Staubfahne über dem Fließband sei zu einem Alibi geworden, dass in diesem Land kein Rohphosphat raffiniert und kein Düngemittel hergestellt werde, die Regierung behaupte, dass Rohphosphat nicht vor Ort verarbeitet, sondern außer Landes geschafft werde, eine Urananreicherung zu militärischen Zwecken sei also gar nicht möglich, da nach staatlichen Angaben gar keine Düngemittelfabriken existierten, in denen die Besatzungsmacht Uran produzieren und so langfristig zur Atommacht werden könne, während andere Staaten durch den anfallenden radioaktiven Phosphorgips bereits zu dem angereicherten Uran gelangt seien, der Voraussetzung sei, um Kernenergie herzustellen und atomare Waffen zu bauen. Dem Besatzungsstaat dienten also höchstwahrscheinlich die weitläufigen Sperrbezirke dazu, Uranaufbereitungsanlagen als Düngemittelfabriken zu tarnen und unter dem Deckmantel des Rohphosphatabbaus zu betreiben, auch wenn das ein sehr teures Verfahren für dieses eigentlich arme Königreich sei, das viel Geld für die Ausrüstung der Besatzungsarmee ausgebe, gerade angesichts der anderen Uranvorkommen dieser Provinz, von denen er nicht wisse, ob sie bereits erschlossen seien. Phosphatvorräte, die in wenigen Jahrzehnten erschöpft seien, hätten dieses Land reich machen können, aber der jetzige Besatzer habe die Ausbeutung einer Kolonie von den eigenen europäischen Besatzern gelernt, die er sogar am Abbau der Erze beteilige, und behalte sich vor, den Erdboden und große Teile des Meeres auszubeuten, in dem seit Kurzem nach Erdöl gebohrt werde. Dieser Staat verschaffe sich unrechtmäßig einen wirtschaftlichen Vorsprung zu anderen Ländern des Kontinents, während die Zustände der besetzten Provinz unsäglich seien, wie R ja selbst sehe, außer ein paar Datteln, wenig Gerste und Mais sei hier nichts anzubauen, nur ein paar Schafe, Ziegen und Kamele würden gehalten, vor allem das Meer liefere die nötige Nahrung, das aber größtenteils von europäischen und asiatischen Flotten abgefischt werde, die sich Fangrechte ergaunerten und mit feinmaschigen Netzen und ohne Rücksicht auf Schonzeiten die Bestände der Fische auszurotten drohten.

DER SCHATTEN DES DENKENS

AUF JEDEN FALL RATE ER R, die Gegend zu verlassen, solange S noch einigermaßen beweglich sei, und nicht darauf zu hoffen, dass der Körper die lähmenden Stoffe an dem Ort abbauen könne, an dem er ihnen im Übermaß ausgesetzt sei, und wenn sie versuche, die Abreise hinauszuzögern, oder diese verweigere, liege es keineswegs an einer eindeutig körperlichen Bewegungseinschränkung, sondern an einer Lähmung der Antriebskraft, derjenigen Kraft, die jede Bewegung auslöse, aber jetzt gegen den eingebildet unüberwindlichen Widerstand von Muskeln, Sehnen, Bändern und inneren Reflexleitungen nicht ankomme und vor einem bloßen Bewegungsversuch, ja der bloßen Vorstellung eines solchen Versuchs zurückschrecke, als ob die kleinste Bewegung größten Schmerz zufügen und das Leben kosten könnte, Körper und Denken ritten sich gegenseitig in einen Zustand hinein, der Bewegung unmöglich mache und der gleichzeitig eine Krankheit des Körpers und des

Denkens sei, denn es erscheine als ein Problem der Einbildungskraft und des Denkens, was eigentlich ein Problem des Körpers sei, dessen Bewegungsbehinderung sich das Denken aneigne, indem es sich ein Bild vom Körper mache, das es für den Körper selbst halte und zu beherrschen meine. Umgekehrt könne man auch den Eindruck gewinnen, der Körper löse im Denken Bilder aus, spiele so dem Denken eine Illusion zu, die das Denken für den Körper selbst halte, und da sie aus seinem eigenen Stoff gemacht sei, bilde es sich ein, darüber zu verfügen. Der Körper schicke das Denken auf falsche Fährten, lasse es mit Schattenbildern kämpfen, damit es seine Ruhe nicht angreife, der Körper nehme Form und Materie des Denkens an, um ihm die Illusion zu geben, es wäre die beherrschende Instanz und Entscheidungsgewalt, sogar die über Gesundheit und Krankheit, während dieses Denken eigentlich nur eine Krankheit des Körpers sei, das sich im Kreis drehe, nur die ganze Zeit gegen sich selbst kämpfe und Scheinsiege erringe, Scheinbewegungen ausführe, Scheinentscheidungen treffe und Scheinheilungen vollbringe. In seiner Bewegungsbehinderung bilde sich das Denken ein, es wäre der Angelpunkt, stelle aber in der Wirklichkeit des Körpers alles ruhig, es vergrößere den Abstand zwischen der Entscheidung und dem Anlauf zur Bewegung endlos und mache eine Entscheidung zu einem bloßen Akt des Denkens, ohne in Wirklichkeit Einfluss auf einen körperlichen Akt zu haben. Um in seiner Ohnmacht recht zu behalten, stelle es dem Körper den Schmerz in Aussicht, sollte er sich aus seiner Versteinerung lösen, und der Körper erliege selbst der Täuschung, mit der er das Denken irregeleitet habe, er falle auf die Warnung des Denkens herein und halte den drohenden Schmerz, den die Bewegung auslösen könnte, für eine reale Gefahr, die

Vorstellung von Schmerz beherrsche dann Denken und Körper und beide würden dem krankhaften Zustand der Bewegungsunfähigkeit erliegen, und so blockiere dieses Hexenschussdenken wirklich die Bewegung. Obwohl es ein Problem des Körpers sei, werde es wie eines des Denkens behandelt, auch von den duldsamen, irregeleiteten Körperfunktionen, die keineswegs Funktionen des Denkens seien, das die Schatten, die es auf den Körper werfe, für den Körper selbst halte. In einem Theaterstück, in dem sich das Denken selbst inszeniere, lege es seine Wörter in einen Mund, seine Bilder in Augen, seine Gefühle in ein Herz und lasse sie von einem Körper tragen, der eigentlich ein Schatten sei, umgekehrt dürfe nicht vergessen werden, dass die Bewegungsbehinderung des Körpers das Denken anstecke, der Körper sei es, der sich vorsätzlich dem Denken entziehe, und es so zu einem ganz unkörperlichen, also bewegungsbehinderten mache, denn das Denken sei wegen seiner Unkörperlichkeit keineswegs beweglicher, so etwas sei für einen Apotheker nicht vertretbar, der immer an die Beschränktheit, ja Behinderung des menschlichen Denkens glaube, was wiederum an der Bewegungsbehinderung des Körpers selbst liege.

PHARMAKOLOGIE

DIESE LANDSCHAFT, IN DER ER LEBE, habe ihn erst zu solchen Fragen getrieben, müsste einen jeden zu solchen Fragen treiben, auch der Zustand von S habe R sicher schon auf diese Fragen gebracht, denn die Frage der Gesundheit und die des Überlebens seien doch aufs Engste mit denen von Körper und Denken verbunden, sein Begriff von Pharmakologie sei ein umfassender, er verstehe darunter nicht nur Arzneimittelkunde, die sich mit der Wirkung, Entwicklung und Anwendung von Arzneimitteln beschäftige, sondern die Lehre von den Wechselwirkungen zwischen Lebewesen und Stoffen überhaupt, bei denen es sich ebenso um körperfremde wie um körpereigene Stoffe handeln könne und die sich nicht unbedingt unmittelbar als heilsam oder schädlich erwiesen, außerdem dürfe R bei solchen Einteilungen nie vergessen, dass die falsche Dosierung ein Heilmittel zu einem Gift machen könne. Ohne ihn mit seinen philosophisch pharmakologischen Ausführungen langweilen zu wollen, versuche er das, was er zu sagen versucht habe, noch einmal auf den Punkt zu bringen, diese Landschaft sei der Punkt, wo sich Denken und Körper unter außergewöhnlichen atmosphärischen Umständen träfen, der Punkt, an dem es zwischen Körper und Denken zum Duell komme, bei dem sich Körper und Denken einander Möglichkeiten vorspielten, die sie nie gehabt hätten und nie haben würden, Körper und Denken tauschten die Rollen und existierten nur als Projektionen des einen auf das andere, das Denken sei eine körperliche und der Körper eine gedankliche Projektion, beide seien nicht voneinander zu unterscheiden, also scheinbar eins. Wenn das Denken Körper und der Körper Denken zu sein vorgebe, Denken und Körper einander verwechselten und sich gegenseitig stillstellten, erstarre der Mensch und verwandele sich in einen Stein, der, so laute die ganz und gar unbewiesene Hypothese des Apothekers, nicht eine bloße Folge der hohen Phosphatkonzentration im Körper sei, sondern in dem die Trennung von Körper und Geist aufgehoben sei, was zweifellos ein lebensgefährlicher, todesnaher Zustand sei. Laut seiner Annahme, die er noch zu beweisen hoffe, sei eine Verwandlung in eine solche steinerne Existenz gleichzeitig ein Schritt zurück und voraus, möglicherweise könne er eines Tages mit dem widersprüchlichen Charakter von Phosphat erklären, dass es sich um einen Verzicht auf alle bisherigen Möglichkeiten und eine Öffnung auf alle nicht realisierten, nicht realisierbaren handele, jedoch könne diese Erfahrung nur im besten Fall, wenn sie nicht tödlich ende, ebenso schrecklich wie wundervoll und heilsam sein. R müsse entschuldigen, dass er seine Ausführungen so allgemein halte, er kenne die Lebensgeschichte und die Krankheit seiner Begleiterin jedoch nicht genug, ihm sei ein Fall wie S noch nie vorgekommen, mit dem sich seine Forschungen möglicherweise bestätigten und zu ihrer letzten Erkenntnis gelangten, er wage zu behaupten, dass es sich bei dem Zustand von S nicht zwangsläufig um ein Unglück handele, wozu er aus medizinischer Sicht selbstverständlich verpflichtet wäre, jedoch habe ihn die Geschichte seiner Söhne einen anderen Ausweg gelehrt, deren langjährige leblose Trägheit plötzlich in höchste Lebendigkeit umgeschlagen sei, deshalb sei er auch davon überzeugt, dass dieser arme Landstrich zu seinen Widerstandskräften finden und sich sein Recht und den Zugang zu seinen Reichtümern verschaffen werde. Auf keinen Fall dürfe R aber vergessen, dass es sich nur um die verzweifelten Einsichten eines kleinen Apothekers handele, keines Großstadtapothekers, nicht des Inhabers einer kleinstädtischen Apotheke, nicht mal einen Dorfquacksalber könne er sich nennen, wenn er sich selbst einen Titel geben müsste, würde er sich Apotheker am Arsch der Welt nennen, alle bisherigen gewöhnlichen Ordnungen und Möglichkeiten verlören hier ihren Sinn, was für S und R sehr hart sein müsse, weil sie ihre Reise für ganz und gar verfehlt halten müssten, wenn sie ihre Gesundheit in dieser grausigen Landschaft riskierten, in der alles vor die Hunde ginge, die aber gleichzeitig als Kur besonderer Art wirken könne. Die ungewöhnliche, ja unglaubliche Mischung und Verschränkung von Faktoren, der Phosphatabbau und die ungeklärten chemischen Experimente, das Klima und die mitgeschleppte Seuche, die Ödnis und Monotonie der Landschaft, die geschichtliche und politische Situation hätten eine zweifellos zerstörerische, die Gesundheit angreifende, den Körper schädigende, zermalmende Wirkung, könnten im Organismus allerdings auch einen Kurzschluss auslösen, bei dem die in den Körper geratene Lebendigkeit, die freigesetzte Energie diesen zu zerstören drohe. Er müsse sich ein weiteres Mal entschuldigen, denn er gerate ins Phantasieren, löse sich von den Tatsachen, vor allem denen, die seine Begleiterin beträfen, R müsse seine Ausschweifungen nicht als bewiesen hinnehmen, außerdem sei es doch gar nicht möglich, dass er sich für die Nachforschungen eines verzweifelten, in seinem Beruf eigentlich gescheiterten Apothekers interessiere, und er sehe in seinen Reaktionen mehr Verständnislosigkeit, gar Misstrauen als Anhaltspunkte, dass R seinen Ausführungen überhaupt gefolgt sei, vielmehr sei er selbstverständlich ganz mit dem Wohl seiner Begleiterin beschäftigt, deren Zustand seine wirren Äußerungen in keiner Weise verbesserten und mit der er diesen Ort doch möglichst schnell zu verlassen habe, er wiederhole diesen Rat ausdrücklich, sonst müsse R den Eindruck gewinnen, er wolle seine Gefährtin zu seinem Versuchsobjekt machen, auch wenn er kein Arzt und eine Ferndiagnose sowieso nicht ernsthaft sei. Allein die Beschreibung der Symptome habe seine Spekulation über die Maßen angeregt, denn er müsse gar kein Arzt sein und kenne diesen Landstrich so gut, dass er erkenne, dass sich im Fall von S die für diese Gegend typischen Symptome ungewöhnlich verstärkten und ihr Zustand durchaus lebensbedrohlich werden könnte, und er müsse zugeben, dass er über kein lebensrettendes Medikament verfüge, das dieses viel zu komplexe Leiden lindern könnte, weder ein registriertes, im Handel erhältliches, noch ein so genanntes Hausmittel der einheimischen Medizin, die in diesem Landstrich gar nicht existiere, weil bis vor zwanzig Jahren hier niemand gelebt, es höchstens an der Küste eine kleine Ansammlung von Fischerhütten gegeben habe. Die mutwillige, kleinherzige Besiedlung dieses Ortes sei der militärischen Stationierung und dann der wirtschaftlichen Landnahme, also dem Bau von Kasernen und Bergwerken gefolgt, denn es gebe keinerlei menschlich zu nennende Gründe, hier eine Stadt zu gründen, jeder andere Ort sei besser, und sogar Nomaden seien zwar durch diesen Landstrich gezogen, hätten aber nicht einmal ihr Lager hier aufgeschlagen. R müsse sich ja bereits darüber gewundert haben, dass von einer Stadt eigentlich nicht die Rede sein könne, denn der Bau der Häuser sei nie aufeinander abgestimmt worden, die meisten Häuser würden nie vollendet, weil die Erbauer vorzeitig wieder wegzögen, nicht das Geld oder nicht die Kraft hätten, den Hausbau fortzusetzen oder nie eingezogen seien, da stünden Mauern mit Fenstern herum, die kein Haus bildeten, als ob sich jemand eine Mauer gebaut hätte, um Fenster zu haben, aus denen er herausschauen könne auf die Welt, es gebe keinen Markt, alles geschehe auf oder an den Straßen, die zu der Kaserne, den Minen oder zum Meer führten, die öffentlichen Gebäude seien geschlossen oder unzugänglich, Fragen der Verwaltung oder öffentliche Entscheidungen seien zu militärischen Aufgaben erklärt worden und würden in der Kaserne erledigt, wovon die hier Ansässigen nichts mitbekämen. Wenn sie die Gestalt des Königs nicht manchmal im

Fernsehen sehen würden, der ja gleichzeitig der Oberbefehlshaber des Heeres sei, von dem sich in dieser Provinz nicht einmal die im Rest des Landes üblichen Fotos fänden, denn niemand hier nehme diesen König ernst, hielte ihn für den seinen, müssten sie das Gefühl haben, es gebe kein Machtzentrum und keine politischen Instanzen in diesem Land, das Leben werde von Abmachungen der Leute, Zufällen, militärischer Willkür und ökonomischer Notwendigkeit geregelt, ein öffentliches Leben, gemeinsame Interessen seien nicht vorhanden, jeder tue selbst das Nötigste, um zu überleben, was nicht heiße, dass es zwischen den Bewohnern keine freundschaftlichen Beziehungen gebe, im Gegenteil verbänden die Bewohner freundschaftlichere, herzlichere und engere Beziehungen als in anderen, besser verwalteten Gegenden, die Menschen könnten sich hier aufeinander verlassen, Intrigen und Gewalt seien ebenso selten wie Leidenschaft. Die Gemeinschaft habe etwas Wehmütiges, als ob sie nie existiert hätte, da sich die Menschen hier ununterbrochen fragten, was sie hier zusammen täten, ob die anderen wirklich oder nur Phantasien seien, die den Aufenthalt weniger einsam gestalteten, denn eine Zusammenarbeit erfordere hier nichts, natürlich seien sie bis zu einem gewissen Grad aufeinander angewiesen, seine Kunden und er zum Beispiel, aber das sei auch schon alles. Alle dächten nämlich, dass mit den anderen etwas nicht stimmen müsse, da es sie hierher verschlagen habe und sie es hier aushielten, und alle seien davon überzeugt, dass sie selbst, auch wenn sie an diesem Ort Familie oder Verwandte hätten, nur auf der Durchreise seien, was immerhin auf die eine Hälfte der Leute zu Lebzeiten und auf die andere für die Zeit nach dem Tod zutreffe, denn es gebe, wie er vielleicht bemerkt habe, in diesem Ort keinen Friedhof, der doch sonst zu jedem Dorf gehöre, hier seien die Menschen jedoch gezwungen, sich in anderen Orten Grabstellen zu suchen, was den meisten, wie auch der Transport der Leiche und das Begräbnis für die Hinterbliebenen, äußerst lästig und vor allem peinlich sei, und er frage sich, ob ein solcher Zustand der Anfang oder das Ende von Zivilisation sei. Wenn jemand wegzöge, sei den Zurückgebliebenen der Rest der Welt der Friedhof, der diesem Ort fehle und von dem keiner zurückkehre, da von keinem erwartet werden könne, aus dem Reich der Toten wiederzukehren, was man dem Weggegangenen zwar übelnehme, aber so habe man einen Vorwand, ihn aus der Erinnerung zu streichen.

UNIVERSELLE STUDIEN

ALS APOTHEKER GEHE ER HIER einer eigenartigen Beschäftigung nach, der doch seine Medikamente zuallererst aus Pflanzen gewinne, die es in diesem Landstrich nur in einer sehr beschränkten Anzahl von Arten und in nur sehr wenig entwickelter Form gebe, schon am Tag seiner Ankunft habe er sich gefragt, ob eine Behandlung mit pflanzlichen Mitteln an diesem Ort überhaupt angebracht sei, ob die diesem Ort eigenen Leiden nicht mit mineralischen Mitteln behandelt werden müssten, und ihm sei dann aufgefallen, dass die Menschen in dieser wüsten Umgebung wirklich stärker auf pflanzliche Wirkstoffe reagierten, als ob schon diese getrocknete Form von Vegetation ein Schock für den Körper sei, der hier nur von wenigen Pflanzen und Tieren, vor allem von Mineralischem umgeben sei. Auch wenn die Erdoberfläche keinen fruchtbaren, dem Menschen heilsamen Eindruck vermittle, habe er sich an diesem Ort sofort auf seinem Posten gefühlt, an dem er ungeheure Erkenntnisse über die menschliche Gesundheit und Heilung gewonnen habe, jeder menschliche Zustand sei ein verzerrtes Abbild der Kräfteverhältnisse dieses Landstrichs, der ihn zwinge, über die Zusammenhänge nachzudenken, in denen sich die menschliche Existenz vollziehe, alles gelte es zu überdenken, alles sei in Verbindung zu setzen und gehe durch den Menschen hindurch. Anfangs habe er gedacht, an diesem Ort entstünden neue, bisher unbekannte Krankheiten, könnten im Moment ihres ersten Auftretens untersucht und sofort bekämpft werden, mit der Zeit habe er den Eindruck gewonnen, die Menschen erkrankten hier immer nur an einer Krankheit, die nicht irgendeine Krankheit, sondern DIE KRANKHEIT sei. Angesichts der vielfältigen Belastung, ja Verseuchung, der extremen Bedingungen dieses Landstrichs sei Gesundheit eigentlich gar nicht denkbar, er habe den Eindruck, Heilung gegen alle Tatsachen und Denkbarkeiten zu proklamieren, eigentlich zu prophezeien, hieße Möglichkeiten in die Welt zu bringen, die der bestehenden grundsätzlich widersprächen, als Pharmakologe habe er eine revolutionäre Rolle, im Gegensatz zu einem Arzt, der immer bereits bestehenden Diagnosen und Rezepten aufsäße. Es sei also nicht erstaunlich, dass sie das Hotel, in dem sie abstiegen, für ein ehemaliges Krankenhaus hielten, da es in diesem Landstrich keine Gesundheit gebe, der Besetzung, der Nähe des Militärs, dessen unklaren Machenschaften, dem Phosphatstaub und einem ungewöhnlichen, unkontrollierten Zusammenkommen von all diesen Komponenten seien die Menschen ungeschützt ausgeliefert, würden besonders anfällig und nachlässig, wie bei S werde die eigene Gesundheit unbedeutend angesichts der Vorgänge, in denen man sich befinde und denen man unterworfen sei. Vielen, eigentlich allen entgingen diese Vorgänge und Zusammenhänge, er sei der Wachsamste an diesem Ort, denn es gebe hier keinen Arzt, nur in einiger Entfernung ein Militärkrankenhaus, das Unfallkrankenhaus genannt werde und in das die Menschen sich nur einliefern ließen, wenn sie das Bewusstsein verloren hätten oder eine Operation unumgänglich sei, ihm seien nur verunglückte Minenarbeiter, Fischer oder Soldaten bekannt, die nach einem Unfall nicht anders konnten, als sich in die Kaserne bringen und ärztlich versorgen zu lassen, was keiner der Zivilisten gerne tue, die alle Groll gegen das Militär im Allgemeinen und diesen Stützpunkt im Besonderen hegten, als ob es dessen Schuld wäre, dass sie sich in dieser Gegend befänden und auch noch verunglückten. Keiner berichte viel über seine Krankenhauszeit, manchmal werde nach der Versorgung gefragt, manchmal ob das Pflegepersonal des Lazaretts Frauen seien oder sich ausschließlich Männer um die Kranken kümmerten, als suchte der Frager nach einem Grund, der doch für einen Krankenhausaufenthalt sprechen könnte, aber die Antworten seien so einsilbig und vieldeutig, dass schnell wieder vom Grund des Krankenhausaufenthalts, dem Unfall und den Verletzungen die Rede sei, obwohl es ja selten genug vorkomme, dass ein Genesender das Krankenhaus verlasse, ja überhaupt ein möglicher Verletzter in die Ortschaft komme, denn die Berufsgruppen, die vom Verunglücken bedroht seien, kämen nur selten hierher, Fischer blieben in ihren Hüttensiedlungen am Meer unter sich, Soldaten und Minenarbeiter hätten nur begrenzte Ausgangszeiten, und sogar die Vergnügungen trieben sie kaum in diesen Ort, viel weitere Entfernungen nähmen sie in Kauf, um sich in kaum größeren Orten zu unterhalten. Er beliefere die

Lazarettapotheke nicht mit Arzneimitteln, Flugzeuge, die auf dem Militärflughafen landeten, transportierten seine Lieferungen, die ihm mit dem Postauto zugestellt würden, und in sehr seltenen Fällen könne es passieren, dass er beim Lazarettarzt oder der Lazarettarzt bei ihm wegen Medikamenten anfrage, öfter rufe ihn der Arzt an, um seinen Rat einzuholen oder sich nach seinen Nachforschungen zu erkundigen, so dass er innerhalb der Ortschaft und der Region, die sich ja über mehrere hundert Quadratkilometer erstrecke, als derjenige angesehen werde, an den man sich in Fragen der medizinischen Diagnose und Behandlung, der Anwendung und Dosierung von Arzneimitteln wende, was natürlich auf die Abwesenheit von anderen Heilkundigen zurückzuführen sei, auf seine Erfahrung und seine hartnäckig immer weiterverfolgten Nachforschungen, die er auch in den Gesprächen mit ihm weiterverfolgt habe, anstatt R über seine Arbeit, sein Land, seine Familie und seine Begleiterin auszufragen, was ihm natürlich große Freude bereitet hätte, er denke nur immer erst im Nachhinein an andere Angelegenheiten, über die man sich hätte unterhalten können, denn er spreche fast sofort über diesen Landstrich, wie über einen König, ja einen die Leben der Menschen bis ins Kleinste, wenn auch keineswegs zum Besten und Bequemsten bestimmenden Diktator, und setze dabei seine Studien fort, deren Behauptungen ebenso bruchstückhaft seien wie deren Begründungen, und die er durcharbeite, während er sie R unterbreite, um auf neue Kombinationen, neue Bruchstücke zu stoßen, allein der Redefluss und Rs Fragen, Berichte über seine Wanderungen, seine ungläubigen Reaktionen und Kommentare brächten seine Studien voran, ohne dass er genau sagen könne, in welchem Bereich sie angesiedelt seien, je länger er sich mit diesem Landstrich beschäftige, umso mehr verstärke sich seine Neigung, von universellen Studien zu sprechen, die doch eigentlich nichts, was dem Menschen erkennbar sei oder zustoße, ausschlössen, aber er maße sich nicht an, diese Studien zu vollenden, denn er befürchte, dass sie seine Geisteskraft überstiegen und er in den gleichen Zustand wie S gerate, so dass er sich zwischen seinem Weiterleben und den Studien entscheiden müsse, was naturgemäß eine vollkommene Scheinentscheidung sei, denn er könne gar nicht anders als sich für seine Nachforschungen zu entscheiden, selbst wenn sie tödlich endeten, worüber er ja eigentlich gar nicht habe sprechen wollen, sondern er habe nur die Absicht gehabt, ihm seine Zuständigkeit für medizinische Fragen in dieser Gegend zu verdeutlichen.

DIE GRENZE

GEOGRAPHISCH GESEHEN seien S und R in eine Sackgasse geraten, sagte der Apotheker lachend, denn es sei schwierig wieder aus diesem Land herauszukommen, das im Westen vom Meer, im Süden von Wüste und einer Militärgrenze abgeschlossen werde, im Osten liege hinter einer zugemauerten Grenze ein Nachbarland, in dem Bürgerkrieg herrsche, S und R seien in ein besetztes Land eingereist, das zu einem großen Teil Sperrgebiet sei, im Rest des Landes, der der Bevölkerung zugänglich sei, werde von den Sicherheitstruppen jede Ein- und Ausreise, jede Ortsveränderung kontrolliert und registriert, in diesem Krisengebiet herrsche Kriegsrecht, obwohl die Region wie die ganze Provinz offiziell befriedet und keinerlei Unruhe spürbar sei, dennoch weise einiges auf den Ausnahmezustand hin und die anhaltende Krise sei nicht zu leugnen, R dürfe nicht vergessen, dass sie sich in einer militärischen Zone befänden, die einmal ein unabhängiges Land gewesen sei, das jetzt vom Nachbarstaat besetzt sei, den R mit seiner Begleiterin von Norden nach Süden bereist habe, sie befänden sich also eigentlich gar nicht im Grenzgebiet dieser Besatzermacht, sondern an einer von diesem Staat militärisch durchgesetzten, eigentlich ungeklärten Grenze zwischen dem seit Jahrzehnten in Besitz genommenen Gebiet und dem Nachbarland, das auch einmal Ansprüche auf dieses annektierte Land erhoben, sich aber daraus zurückgezogen habe. Viele Länder hätten die besetzte Provinz als eigenständigen Staat anerkannt und weigerten sich die Grenze zu legitimieren, die die militärisch gezogene Grenze eines Staates sei, der sich ein Land einverleibt habe, um es von der Weltkarte verschwinden zu lassen, sie sei also keine übliche Ländergrenze und werde mit großem militärischen Aufwand gesichert, wie auch die Grenze zum östlichen Nachbarland, die durch eine Hunderte von Kilometern lange Mauer ganz abgeriegelt sei. Der südlichste Punkt ihrer Reise liege wenige Kilometer von dem militärischen Sperrgebiet, das diese Grenze einschließe und nur mit Militärfahrzeugen im Konvoi fahrend durchquert werden dürfe, in dieser Zone sei die unrechtmäßige Grenze für die Bevölkerung zum Verschwinden gebracht worden, die nur von wenigen aus Gründen der Arbeit oder Politik überschritten werden dürfe, und die zu überqueren sich S und R sowieso wohl kaum wünschten, da ihnen bereits dieser Breitengrad zusetze und ein südlicherer der gleichen Klimazone verspreche keine Besserung des Zustandes von S, der dem Apotheker ja als Anlass für seine Ausführungen diene. Diese Grenze verlaufe zwischen Stämmen, Sprachgruppen,

Völkern und Ländern, gleichzeitig sei sie eine viel tiefere und ausgedehntere Grenze, die Kontinente und Hemisphären, eigentlich Welten trenne, bereits im Norden des Landes rechneten sich viele zur nördlichen Hemisphäre, sähen den Süden als etwas Bedrohliches und Kulturloses an, da sich dieser Süden nicht in Luft auflösen lasse, phantasiere der Norden des Landes hoffnungsfroh, dass er den Rest des Kontinents abstoßen und die Seite wechseln werde, um nicht mehr der nördliche Süden, sondern der südlichste Norden zu sein, die Grenze zwischen Nord und Süd grabe sich als Spalte in die Erde, die dem Norden als Insel die Freiheit gebe, sich zu rechnen, zu wem er wolle, ohne die Vorteile einer bodenschatzreichen Kolonie aufgeben zu müssen. Die Flucht in solche Phantasien sei ihm zuwider, denn es sei doch unsinnig, wenn die wirkliche Flucht der einen die anderen dazu bringe, sich in Phantasien zu flüchten. Natürlich handele es sich geographisch um eine innerkontinentale Grenze, aber wie R wohl wisse, habe sich das Königreich, das sie bereisten, zur Aufgabe gemacht, sein Verhältnis zu Europa zu verbessern, seine unrechtmäßige Grenzziehung von den europäischen Ländern legalisieren zu lassen, indem es besondere Grenzsicherung betreibe, sich als Hürde auf dem Weg nach Europa auszeichne, nach Aussagen des Mauer bauenden Generals würden die während der Eroberung errichteten Mauern Europa jetzt vor Flüchtlingen schützen, während sie früher den Angriff des Sozialismus abgewehrt hätten. Dabei sei es äußerst schwer, fast aussichtslos eine solche Wüstengrenze zu sichern, wenn man neben dem unwegsamen Gelände und der Witterung auch noch die Bestechlichkeit der Grenzsoldaten und die Schleichwege der Schlepper in Betracht ziehe, die viele ausnützten. Um diesen undichten Stellen Herr zu werden, versuche das Militär laut eines Gerüchts, das Grenzgebiet neben den üblichen Mitteln der Grenzsicherung mit chemischen Waffen zu kontrollieren, oder es erprobe wenigstens deren Einsatz, um heimliche Eindringlinge unschädlich zu machen, was von Militär und Politik geleugnet und verurteilt werde, die Besatzungsmacht habe aber bereits am Anfang der Besetzung Flüchtlingslager mit Napalmgas und Phosphorbomben bombardiert, als ob es nicht ausreichen würde, Mauern zu errichten und Radaranlagen aufzustellen, die jedes Lebenszeichen registrierten und auf einem Bildschirm sichtbar orteten. Er selbst habe jedoch Veränderungen in der Atmosphäre bemerkt, wenn der Wind aus Süden oder Südosten komme, habe er immer wieder Gerüche wahrgenommen, die keineswegs nur die von Leuchtbomben oder anderen militärischen Aufklärungswaffen gewesen seien, er könne nichts nachweisen, kenne sich in der Verwendung chemischer Waffen und Grenzsicherung nicht aus, aber an Tagen, an denen der Wind vom Land her wehe, nähmen die in diesem Landstrich weitverbreiteten Symptome von Kopfschmerzen, Schwindel und Gemütsschwankungen über die Maßen zu, steigerten sich zu Anfällen von Atemnot, Asthma und Ohnmacht, die These, dass es sich um das an diesem Ort übliche Unwohlsein handele, das sich mit dem Landwind und dem von ihm transportieren Phosphatstaub und Sand verschärfe, deren Einfluss auf die Atmosphäre der Region er ihm bereits dargelegt habe, sei naheliegend, aber unzureichend und werde nur von Leuten mit entsprechenden staatlichen Interessen verbreitet, denn die zahlreichen Probleme der Atemwege und des Herzens träten so plötzlich auf wie sie verschwänden und seien so lebensbeeinträchtigend, ja lebensbedrohlich, dass seiner Ansicht nach militärische Experimente durchgeführt würden, um Waffen zu entwickeln oder zu testen, Tagebau oder chemische Raffinerien existierten nämlich gar nicht in diesen Himmelsrichtungen, im Grenzgebiet werde aus strategischen Gründen auf jede Form von Abbau der auch dort reichlich vorhandenen Bodenschätze verzichtet. Wenn es nicht auf Manöver oder Maßnahmen der Grenzsicherung zurückzuführen sei, die für seine Begriffe bereits unmäßig sei, müsse es sich um Versuche mit radioaktivem Material oder chemischen Waffen handeln, wie Gerüchte behaupteten, in jedem Fall wolle dieses Königreich die Bevölkerung einschüchtern und fürchte erneute Angriffe der Partisanen und der geflüchteten Bevölkerung, der vom östlichen Nachbarstaat ein großes Stück Land überlassen worden sei, wo sie die Unabhängigkeit ihres Landes ausgerufen und eine Regierung eingesetzt habe. Die Besatzungsmacht wolle verhindern, dass der Bürgerkrieg des Nachbarlandes auf die Provinz übergreife, die Bevölkerung von der Kriegsbereitschaft angesteckt werde, allein der anhaltende Niederschlag von uranhaltigem Phosphatstaub sei als Abwurf, eine Art chemischer Waffe anzusehen, die Wüste biete sich als Versuchsfeld an, und als Ausrede diene die Abschreckung und Vertilgung von Grenzgängern, die unbemerkt das Land durchqueren und dann die Flucht nach Europa mit dem Schiff fortsetzen wollten, das Verschwinden dieser Flüchtlinge, die nichts zu verlieren hätten und sich kaum abschrecken ließen, würde niemand beanstanden, ja nicht einmal registrieren. Er müsse zugeben, dass er überhaupt keine Ahnung habe, wie diese Grenze aussehe, von der er manchmal träume, denn er könne sich kaum vorstellen, wie diese Hunderte von Kilometern lange Grenzlinie gesichert und ständig überwacht würde, so sicher könne sie nämlich nicht sein, denn für die ausländischen Flüchtlinge, die irgendwo im ganzen Land aufgegriffen würden, sei ein Lager in einiger Entfernung ihres Aufenthaltsortes im militärischen Sperrgebiet eingezäunt worden, das er nicht selbst gesehen habe, das aber existiere. Es handele sich eigentlich um ein Abfanglager und nicht um ein Auffanglager, anders als ein weiteres, zweites Lager, das den gleichen Namen wie das erste Lager und die Ortschaft trage, in der sie sich gerade aufhielten, und auf keinen Fall mit dem ersten Lager und diesem Ort verwechselt werden dürfe, denn geographisch betrachtet liege es mehrere Hundert Kilometer nordöstlich im Nachbarland und sei ein Lager, in das die ehemaligen Bewohner dieses Landstrichs vor den Truppen des nördlichen Nachbarlands geflüchtet seien, das sich ja, wie er ihm schon mehrmals beschrieben habe, den Rückzug der europäischen Kolonialmacht zunutze gemacht und das Land besetzt habe, obwohl es der Internationale Gerichtshof den ehemaligen Bewohnern zugesprochen und ihnen die Unabhängigkeit versprochen habe, die sich Guerillagruppen mit Waffengewalt hätten erkämpfen wollen. Dieser aussichtslose Krieg sei auch ein Bürgerkrieg gewesen, denn die bewaffneten Gruppen hätten jeden ermordet und verhaftet, der sich ihren Unabhängigkeitsbestrebungen zu entziehen oder zu widersetzen versucht habe. Während dieses Krieges seien Zehntausende über die Grenze in mehrere Lager geflüchtet, denen sie die Namen ihrer ehemaligen Heimatstädte gegeben hätten, daher gebe es drei Orte gleichen Namens, die stadtähnliche Ansiedlung, in der sie sich gerade aufhielten, das Flüchtlingslager und das Lager im östlichen Nachbarland, das aus Lehmhütten und Wohnzelten bestehe und auch nach drei Jahrzehnten nur zum Abbauen aufgebaut aussehe, und dennoch trotze es der Wüste, wie seine Ortschaft, die ja ebenso planlos angelegt worden sei, aber in der immerhin Gebäude zu finden seien, an denen sich verschiedene Zeiträume des Ortes ablesen ließen, die Gebäude der Kolonialzeit, die der kurzen, eigentlich nicht stattgefundenen Unabhängigkeit und die in den Jahren der Besetzung aus grauen Steinen erbauten, kaum verputzten Häuser. Er könne ihm natürlich nicht garantieren, dass seine Angaben richtig seien, er wisse nicht genau, wo das erste Lager auf dem Boden dieses Königreichs liege, es sei strategisch naheliegend, dass es sich im Umkreis des nahen militärischen Stützpunkts befinde, die geographische Lage und eigentliche Funktion dieses erst in den letzten Jahren errichteten Flüchtlingslagers würden jedoch von staatlicher Seite vorsätzlich falsch angegeben, um weitere Probleme mit der Bevölkerung zu vermeiden. Genau genommen gebe es fünf Orte des gleichen Namens, der auch gleichzeitig der Name des Militärstützpunkts und der ganzen Region sei, in der es nur wenige zivile Ansiedlungen wie den hiesigen Ort gebe, der wie das Lager im Nachbarland, das er auf Fotografien gesehen und über das er Berichte gehört habe, frei zugänglich sei, während das Lager in der Nähe des Ortes in militärischem Sperrgebiet liege, über das er keine weiteren Nachforschungen anstelle, die für seine Familie, ihn selbst und sein Geschäft viel zu gefährlich seien, höchstens könnte sein Geschäft diesem Lager nützlich sein, indem er die Versorgung mit Medikamenten leiste, die kaum das Militär übernehme und er natürlich nicht unentgeltlich anbieten könne, R sehe selbst, wie es mit seinem Laden stehe, aber er habe der Militärverwaltung bereits einen entsprechenden Antrag unterbreitet. Er erzähle ihm all das nicht, um ihn zu erschrecken, sondern um ihm ein möglichst umfassendes, wenn auch verschlungenes, schwer zu überblickendes Bild des Gebiets zu geben, in dem sie sich aufhielten, und in dem nichts naheliegender sei als unbeweglich oder krank zu werden, denn die Last, die dieser Ort zu tragen habe, sei groß, und wenn sie sich nur ein wenig die Wüste hätten ansehen wollen, wie sie sich in sandigem Ocker elegant faltet, hätten sie tausend Kilometer nördlicher bleiben und sich die weite Reise ersparen sollen, die ihnen wohl nichts bringe, es sei doch ein ganz und gar bedeutungsloser Ort, an dem er, nur weil er hier lebe und ein Apotheker dringend gebraucht werde, zu leben sich entschieden und angefangen habe, Bedeutung zu suchen, aber eine Bedeutung, die nie die ihre seine könne.

DIE EINLADUNG

OBWOHL DAS VERSPRECHEN DES APOTHEKERS, er werde R und seine Begleiterin, wenn sie sich zum Aufstehen bewegen lasse, einmal zu sich einladen, mit großer Herzlichkeit und Gewissheit ausgesprochen wurde, kam es nie zur eigentlichen Einladung, die einmal wirklich auszusprechen der Apotheker regelmäßig versprach, er machte sich mit dieser versprochenen Einladung immer wieder Mut, nahm Anlauf, die eigentliche Einladung auszusprechen, die aber nie aus seinem Mund zu hören war, und der erklärte Wunsch, S und R einmal einzuladen, glich in seiner Wiederholung der Bitte, ihm endlich die Einladung abzunötigen oder mit der Frage nach Adresse und Uhrzeit dieses im Allgemeinen einfache Vorhaben auch für ihn in die Dimension des Realisierbaren zu ziehen und ihn zur Verwirklichung dieser alltäglichen Möglichkeit zu zwingen. Da R aber die häusliche und familiäre Situation des Apothekers nicht genug kannte, konnte er aus dessen wiederholten Versprechen nicht ablesen, ob es sich um eine Floskel handelte, die ihm sein Vertrauen ausdrücken und die Vertrauenswürdigkeit seiner Ausführungen versichern sollte, oder ob der Apotheker tatsächlich den Wunsch hatte, sie einzuladen, was jedoch aus bestimmten Gründen nicht möglich war, die zu erklären, er zu aufdringlich fand und hoffte, R werde die Einladung zu ihm nach Hause ausschlagen, um diese in die einzige Bar verlegen zu können, was wiederum unsinnig erschien, denn gerade in der Apotheke konnten sie sich ungestört unterhalten, und der besondere Geruch nach Medikamenten, Verbandsmaterial und Desinfektionsmittel erhöhte die Konzentration, schien sie von der Welt abzuschließen, und die seltenen Kunden, die die Apotheke betraten, brachten sie auf neue Gedanken, trieben ihr Gespräch voran, das doch oft genug an einem Punkt hängen blieb und sich dann im Kreis drehte, was keineswegs hieß, dass sie sich langweilten, im Gegenteil hatten sie das Gefühl, der Punkt, an dem sie sich verfangen hatten, wäre ein Sog, der sie in die Tiefe oder Höhe zog, während sie schwindelnd rotierten, auf- und abschwankend, sinkend und aufsteigend, federnd, und aus Freude an den wechselnden Geschwindigkeiten des Gesprächs versuchten sie sich zu bremsen oder anzutreiben, bis sich das scheinbar festgefahrene Gespräch löste, wobei sie der Lärm der Bistrobesucher, ihre interessierten Blicke und Fragen sicher nicht gestört hätten, aber es wäre in dem neuen Rahmen, in dem sie sich nicht mehr als Kunde und Berater, Patient und Heilkundiger gegenübergesessen wären, schwierig gewesen, das Gespräch so weiterzuführen wie bisher, denn sie hätten sich verpflichtet gefühlt, ihre Unterhaltung dem Ort anzupassen, über andere, persönlichere Themen zu sprechen, was sie beide in Verlegenheit und zum Schweigen gebracht hätte, vielleicht hätten sie fröhlich Bier getrunken, um sich so von ihren üblichen Gesprächsthemen möglichst schnell und weit zu entfernen, was vielleicht einmal gelungen wäre, dennoch hätten sie mit Ungeduld die Fortsetzung am gewohnten Ort erwartet. Von einem Gespräch konnte eigentlich gar nicht die Rede sein, redete doch vor allem der Apotheker, dem R gerne zuhörte und immer wieder Fragen stellte, die der Apotheker zu beantworten vorgab, aber eigentlich seine Ausführungen fortsetzte, die in seinem Haus in Gegenwart seiner Frau oder vielleicht seiner Kinder kaum hätten weitergesponnen werden können. So stellte R fest, dass sie sich außerhalb der Apotheke gar nichts zu sagen gehabt hätten, und die Versprechen, ihn einladen zu wollen, Entschuldigungen waren, dass sie andere Begegnungen besser vermeiden sollten, weil sie sich außerhalb ihrer bereits gewohnten Gesprächsumgebung fast feindlich hätten gegenüberstehen müssen, und die Eigenarten, die sie am anderen zu entdecken gezwungen gewesen wären, hätten die ausgetauschten Nachforschungen wie einen Verrat erscheinen lassen. R beschloss, auf die Einladungsversprechen mit einem freundlich lächelnden Nicken zu antworten und überlegte, eine Flasche Whiskey in die Apotheke mitzubringen, den der Apotheker gerne trank, wozu es nie kam, denn eines Abends teilte der Apotheker ihm mit, seine Mutter sei gestorben, und er müsse sich jetzt damit beschäftigen, dass sie möglichst schnell beerdigt werde, was ja, wie er ihm erklärt habe, nicht an diesem Ort geschehen könne. Obwohl er schon vor längerer Zeit auf den ausdrücklichen Wunsch der Mutter ihr Grab reserviert habe, sei ihm jetzt bei der Ankündigung der Beerdigung mitgeteilt worden, dass das Grab an einen einheimischen

Toten weitergegeben worden sei, der nach geltendem Recht ein Vorrecht auf eine Begräbnisstelle habe. Natürlich gebe es genug Platz auf dem Friedhof, aber wenn ein Einheimischer eine von einem Fremden vorgemerkte Grabstelle für sich beanspruche, könne der Friedhofsverwalter die Forderung nicht zurückweisen, der ihn aus Nachlässigkeit nicht informiert habe, jedoch wolle er ihn nicht weiter mit der unangenehmen Geschichte beunruhigen und sich von ihm verabschieden, denn es bestehe wenig Aussicht, dass sie einander wiedersehen würden, und so reichte der Apotheker R die Hand und verschwand sichtlich um Haltung ringend in der Apotheke, deren Metallrollladen er bereits halb heruntergezogen hatte.

ARABESKE (2)

R SOLLE ALLES, was der Apotheker ihm über diesen Ort und diesen Landstrich erzählt habe, im Kopf behalten und sich dieses Land einmal von oben gesehen vorstellen, welche Bewegungen durch dieses Land gegangen, welche Anstrengungen über Jahrhunderte unternommen worden seien, diesem Land Herr zu werden, und welche Interessen den Boden gezeichnet hätten, deren Spuren heute noch sichtbar seien, ein Gewirr von immer wieder abgetragenen Linien, die jetzt mit immer größerer Gewalt, mit immer größerem technischen Aufwand in die Landschaft gezogen würden, er müsse sich nur die mit dem Lineal in die Landschaft gezogenen Grenzen zu den beiden Nachbarländern ansehen, die der Gebiete, die den gewaltbereiten Freischärlern im Südwesten der Provinz und den Flüchtlingen der Landesbevölkerung im Südosten des Nachbarlandes überlassen worden seien, er müsse sich all die Mauern und Wälle vorstellen, die sich durch dieses Land zögen, acht Mauern teilten die Provinz auf ihrer ganzen Länge, an denen sich das Vorrücken der Besatzungstruppen ablesen lasse, eine neunte schotte sie von den Nachbarn ab und sei eine fast dreitausend Kilometer lange Militäranlage, die acht aufgegebenen, stehen gelassenen Gefechtslinien, die sich aus einer Vielzahl im Zickzack aufeinandertreffender Befestigungsanlagen zusammensetzten, seien wiederum durch sich kreuzende Aufschüttungen und zusammengestückelte Wälle verbunden, außerdem seien alle für die Besatzer wichtigen Orte mit Einfriedungen und die Lager, Gefängnisse und Kasernen mit Absperrungen umgeben. R solle sich vorstellen, wie es zur Aufteilung der Gebiete, der zurückeroberten oder verlorenen Landstriche gekommen sei, er solle die Ruinen zerstörter, verlassener und im Krieg aufgegebener Siedlungen, die sich verschiebenden Schlachtlinien vor sich sehen, die Fluchtlinien der Bevölkerung, die nicht zwischen die Fronten der um das Land kämpfenden Gegner habe geraten wollen, weder in die Hände der Landsleute, die sie mit allen Mitteln des Schreckens und der Folter zu zwingen versuchten, an ihrem Befreiungskampf mitzuwirken, noch in die der neuen, militärisch überlegenen Besatzer, die sie zwar freundlich, aber als Kriegsgefangene behandelten. Diese immer wieder aufflammenden Linien von Flucht und Krieg schnitten sich mit den immer wieder wechselnden, kreuz und quer gezogenen Grenzen und Verkehrswegen, mit den alten Strecken weniger Karawanen, die die Gegend wegen der Überfälle und Zölle kriegerischer Nomaden gemieden hätten, mit deren ehemaligen Wegen, auf denen sie mit ihrem Vieh dem Regen hinterherzogen, und mit den

Verbindungen, die die europäischen Besetzer sich seit dem 15. Jahrhundert erkämpft hätten, und alle diese Linien suchten die Fluchtlinien der Grenzgänger zu umgehen, die sich als verhängnisvolles Netz über den ganzen Kontinent ausbreiteten, also auch über diesen Landstrich, in dem die Ausbeutung der Bodenschätze erst am Anfang sei. Und wenn er sich diese übereinander- und ineinandergezeichneten Linien geschichtlicher Bewegungen vorstelle und sie sich in die Landschaft zeichnen sehe, um ein Wirrwarr von Bahnen zu ziehen, dann werde ihm schwindlig, und er hoffe heimlich darauf, dass dieses wirre Linienspiel eine sichtbare, verständliche Auflösung fände, ein Zeichen, ein Muster, wenigstens ein Bild darstellen würde, aber nichts dergleichen sei zu sehen, weder im Wachen noch im Traum, die wirren Linien kreisten durcheinander, kreuzten sich, liefen ineinander, verliefen sich, fransten aus, verzweigten sich in Sackgassen, liefen in Schlangenlinien gegen unüberschreitbare Geraden an, bewegten sich im Zickzack durch eingezwängte Gebiete ohne Ausgang, kreisten um Punkte, pendelten hin und her, oszillierten in tödlicher Unruhe und trieben sich auf der Stelle tretend in den Boden, ein trostloses, planlos zerrissenes Netz. Er selbst verliere den Boden unter den Füßen, wenn er sich diesen strategisch verwaltenden Umgang mit dem Landstrich vorstelle und mitansehen müsse, wenn dieser Landstrich anstatt ein Lebensraum zu sein, ein Verwaltungsfeld sei, anstatt ein Ort zu sein, an dem er Arbeits- und Wohnraum habe, ein strategisches Spielfeld sei, auf dem die Koordinaten, ja die Dimensionen seiner Existenz eigentlich nicht vorkämen, ihm werde schwindlig, wenn er feststelle, dass seine Lebenswirklichkeit nur ein farbloser Schleier um die militärische Einrichtung des Landstrichs, eigentlich der von dieser Einrichtung aufgewirbelte Staub sei, der eine Randerscheinung sei, die jederzeit fortgeblasen und verschwinden könne, eine international geduldete Folgeerscheinung, die aber nicht selbständig existiere, er müsse dann tief die Luft seiner Apotheke einatmen, um sich ihrer Wirklichkeit zu versichern, und wie dankbar sei er in diesen Augenblicken seinen sonst so lästigen Söhnen, die ihn schnell von einer Lebendigkeit überzeugten, die sich nicht von den Brettspielen militärischer Phantomlager in die Schranken weisen ließe, auch wenn er das Gefühl nicht loswerde, dass das Leben an diesem Ort ganz und gar auf fremdem Mist gewachsen sei, den nur fremder Kot zusammenhalte, aber die Sympathien für seine Söhne könnten schnell in harte Verweise umschlagen, als ob er mit deren Hilfe diesen Mist loswerden könnte. Höchstwahrscheinlich habe auch S etwas von diesem Schwindel erfasst, eben nicht nur, weil der Horizont flirre, rutsche der wirkliche Wüstenfußboden ins Unwirkliche, sondern der Raum organisiere sich nicht freundlich um den hier Ansässigen, füge sich diesen ein und rücke ihn zurecht, mit den Militärkontrollen und der Militärgegenwart werde deutlich, dass das Gelände eigentlich anderen Zwecken diene, mit anderem Maß gemessen werde als der Augenhöhe von Lebendigem, und auch S müsse das Gefühl haben, ihr werde der Boden unter den Füßen weggezogen.

KLIMBIM DES SCHICKSALS

S HATTE IN DEM GLAUBEN GELEBT, sich ständig zu verändern oder wenigstens sich ständig verändern zu können, und war über die Zähigkeit der Verhältnisse, in denen sie lebte, über die Beständigkeit ihres Charakters über die Maßen erzürnt gewesen, sie hatte verzweifelt nach kleinen und kleinsten Indizien von Veränderungen gesucht und die Hoffnung nicht aufgegeben, dass ihr diese Verhältnisse, dieser Charakter oder all das andere Klimbim, das ihr Schicksal spielte, wie ein Stein vom Herzen fallen würde. Aber wie sollte ihr Herz in Ruhe schlagen, wenn Sand zwischen die Klappen geraten war und das Schaben, Schleifen und Knarzen den Kreislauf durchdrang und hypnotisch alles austrieb, was menschenmöglich wäre?

STEINIGUNG

R FRAGTE SICH, warum ihm ihre Veränderungen nicht krankhaft erschienen seien, sondern er sie vielmehr als eine Art Fortschritt für S gesehen habe, ob sich das, von dem er glaube, dass es sich so zugetragen habe, wirklich zugetragen habe, oder ob er sie nicht in ihr Land habe zurückkehren lassen, von ihrem angeschlagenen Gesundheitszustand habe profitieren wollen, um sich ihrer zu bemächtigen, ob ihm seine Erinnerung an die Liebe zu ihr etwas vorspiegele, denn warum seien sie nicht rechtzeitig abgefahren, sie sei zu schwach und zu müde gewesen, und er sei von diesem Ort übermäßig angezogen gewesen, als ob er zum Ort seines Verbrechens werden müsse, und dann dachte er, er habe sie für stur oder beschränkt gehalten, denn alles sei so untragisch, so nebenbei passiert, dass sie es fast selbst verpasst, dass sie diese Verwandlung erst an einem Punkt bemerkt habe, als man sie durchaus schon mineralisch habe nennen können, ohne dass sich ihr Äußeres grundsätzlich verändert habe, wenn ihre Züge auch etwas härter geworden seien, so untragisch, weder vom Schlag noch vom Blitz getroffen, noch verflucht, noch von den himmlischen Heerscharen entleibt. Dennoch habe es Anhaltspunkte in der Vergangenheit gegeben, dass sie sich auf diese unmenschliche Art verhärte und sich jeder menschlichen Begegnung verweigere, auch ihm gegenüber sei sie immer entschiedener und kompromissloser aufgetreten, ihre einsetzende Verhärtung habe er zuerst in ihrem Verhalten beobachtet, die er anfangs als eine Verschärfung ihres Humors und ihrer Denkart als aufregend, herausfordernd und erfrischend, als Zeichen ihrer besonderen Lebendigkeit erlebt habe, denn ins Deuten sei er damals nicht gekommen, so überraschend seien ihre Einsichten und Aussprüche gewesen, die sie gerne wie Steine in die Runde geworfen habe. An dem Abend, als sie sich das erste Mal begegnet seien, sei er auf jenem Fest am Meer über ihren maßlosen Genuss von gegrilltem Fleisch und Alkohol verwundert gewesen, was ihre Freunde ihre normale Ausgelassenheit nannten und S lachend damit begründet habe, dass sie auf Vorrat essen müsse. Kieselsteine nach R zu werfen, sei ihre Art der Kontaktaufnahme gewesen, die sie wegen des Abstands, er habe auf der andere Seite des Feuers gesessen, ziemlich unentschlossenen begonnen habe, Steine in die Glut und in alle Richtungen werfend, sei sie aufgefordert worden aufzuhören, und dann habe sie sich auf R eingeschossen, ohne dass er gewusst habe, ob sie ihn überhaupt als Person oder nur als freundliche Zielscheibe wahrgenommen habe, die nicht einmal verärgert gewesen sei, wenn sie ein Stein getroffen habe, schon damals hätte er ahnen können, dass sie nicht gewusst habe, ob sie Männer lieben, steinigen oder selbst gesteinigt werden sollte, aber vielleicht hätten sie sich genau in dieser Unentschlossenheit und Zerrissenheit der Bedürfnisse und Ansprüche gefunden, schließlich habe er auch zurückgeworfen und mindestens einmal, nicht nur aus Freude, sich auf solche Art näherzukommen, sondern aus Ärger und Überraschung, von einem zu fest geworfenen Stein schmerzhaft getroffen worden zu sein, wütend und zu fest zurückgeworfen und sie auch getroffen, so dass sie sich bei dieser ersten Begegnung blaue Flecken zugefügt hätten, und sie über seine Reaktion habe lachen, jedoch auch habe bemerken müssen, wie sehr er sich bereits im ersten Moment in sie verliebt habe, an den sie sich angeblich nicht mehr erinnerte und behauptete, er sei ihr an diesem Abend nicht aufgefallen, was er glauben könne oder nicht, denn sie habe manchmal, um ihn zu ärgern oder zu verletzen, genau das Gegenteil von dem gesagt, was er gern gehört hätte, schließlich habe sie seine Bedürfnisse durchschaut, aber ihn deswegen nicht weniger geliebt, und doch gehofft, ihm mit ihren Antworten seine Liebe auszutreiben, ihn zu steinigen, wie sie es bereits am ersten Abend versucht habe, was ihn nicht gestört habe, so wenig er den Gedanken gehabt habe, sie wolle sich an diesem Abend, wenn nicht die Seele, so etwas anderes aus dem Leib saufen, sie wolle sich mit gegrilltem Fleisch überfressen, sich so eine tierische Natur einverleiben, die das Steinewerfen nicht nötig habe, und den Männern an Körperkraft und geschlechtlichem Übermut überlegen sei.

DORNRÖSCHEN

R LIEBTE NICHTS MEHR, als geblendet zu werden, damit sich seine Liebe an seinen Vorstellungen nähre, bis sie Wirklichkeit würden, als wäre er der schlafende

Prinz gewesen, den das überwache schlaflose Dornröschen mit Steinen zu wecken versuchte, damit er die Prinzessin küssend aus ihrem dornigen Schloss befreite, in dem sie, seitdem die Nadel grausam zugestochen hatte, in Schlaflosigkeit verfallen war, und mit seinem Kuss würde sich die alles überwuchernde, unerträglich üppig und geruchsstark blühende Natur auf menschengerechte Größe zurückbilden, und das viel zu große, leere Schloss ohne Königreich in einen bewohnbaren, zu bewirtschaftenden Lebensraum verwandeln, aber vor ihrem ersten Steinwurf, bevor die Gefühle für sie wuchsen, hätte er dieses Dornröschen zu Tode küssen müssen, um ihr den Traum zu erfüllen, und jetzt lag er neben dieser gar nicht märchenhaft in Stein entschlafenen S und fragte sich, ob er sie nicht doch noch wachküssen könnte, wenn er nur die richtige Stelle träfe.

DER STEIN IM BETT

ALS OB ES DAS SELBSTVERSTÄNDLICHSTE DER WELT WÄRE, dass ein Stein gebettet war, lag in dem Hotelbett, ohne durch den Lattenrost zu brechen, ein Gesteinsbrocken, der das menschliche Gesicht von S noch nicht verloren hatte und auf dem R immer wieder seine Postkarten und ihre Lieblingssteine ausbreitete. Was würde passieren, wenn bekannt würde, dass ein Stein in seinem Bett lag, den keine fünf Männer die Treppe hinauf zu diesem Bett getragen haben konnten, ohne dem Portier oder einem Gast aufgefallen zu sein, und da kein Loch in Dach und Zimmerdecke zu sehen war, konnte er nicht vom Himmel gefallen sein, außerdem sah man, wenn man genauer hinschaute, die Gestalt einer Frau, und wenn man sich auf das Gesicht konzentrierte, war zu sehen, dass die Gesichtszüge keiner Frau aus diesem Land, von diesem Kontinent gehörten, eine Ausländerin war in dieses Land gekommen, um sich in einen Stein zu verwandeln, eine Frau war aus der Fremde gekommen, hatte sich bis in diesen unbesiedelten Süden, den unwirtlichsten Teil des Landes verirrt und war zu Stein geworden, die steinerne Frau im Bett, der ein solches Wunder widerfahren war, konnte nur eine Heilige sein. Wie sehr mochte sie die göttlichen Kräfte herausgefordert haben, dass sie die organische Zeit verlassen hatte und ihr in Stein Dauer verliehen worden war, und bevor ein Priester den Ort weihen oder ein Schamane die Unbedenklichkeit des Gegenstands und die Abwesenheit böser Geister bestätigen konnte, waren Menschen vor dem Stein und Rs Bett in die Knie gegangen, hatten sie vorsichtig berührt und ein Gebet gesprochen, und einige hatten Schmuck aus getrockneten und frischen Blumen, Grünpflanzen und Schalen mit Nahrungsmitteln aufgestellt. Als sich vom Gehsteig die Treppe hinauf bis in Rs Zimmer eine Schlange von Menschen gebildet hatte, die sich anstellten, um die Steinfrau zu sehen, plötzlich Hoffnung hatten oder den Mut, ihre Wünsche auszusprechen, verwandelte sich das Hotelzimmer in ein Tempelgemach, in dem alles so zu belassen war, wie man es nach dem Wunder vorgefunden hatte, und das von den Kräften der Verwandlung aufgeladen war, und so wurde sie zu einer Bewohnerin der Ewigkeit, die mit den Göttern zeitlose Gefilde teilte, obwohl sie hatte beweisen wollen, dass auch Steine sich veränderten, wuchsen und keine bloßen Produkte ewigen Zerfalls, sondern ewigen Werdens waren, sie hatte sich ganz auf die Entstehung und das Wachstum von Steinen konzentriert und darüber nachgedacht, ob ihr chemisches Wissen sie nicht befähige, auch geologische

Studien zu treiben, in denen sie andere zeitliche Maßstäbe und Wirkungsweisen der Kräfte ansetzte, als es Geologen sonst taten, aber bevor sie mit den Forschungen, ja mit dem eingehenden Studium der Geologie hatte beginnen können, war sie in die Welt der Steine eingegangen, war ihr Selbstversuch der Verwandlung eines Menschen in einen Stein gelungen, aber die Rückkehr gescheitert. R war als ihr Tempelwächter ausgewählt worden, in der ersten Zeit war es eine sehr harte Aufgabe gewesen, die Versteinerte gegen die Angriffe vor allem von Männern zu schützen, die sich eine Ecke von ihr abbrechen, sich überzeugen wollten, ob sie ganz und gar aus Stein bestehe oder noch das eine oder andere Weichteil zu finden wäre, ob sie nicht wachzuküssen oder wachzulieben wäre, mit dem Stein nicht noch Nachkommen zu zeugen wären, denen das Geschick von Propheten oder Wohlstand verheißen wäre, andere schlugen sich den Kopf an ihr blutig, wollten sie zu mehreren entführen oder auch zerstören, weil die öffentliche Moral, aber vor allem die religiösen Vorstellungen und Gewohnheiten sich bedenklich unkontrolliert entwickelten und solchem massenhaften Aberglauben, solchem erregten Eifer mit Gewalt zu begegnen sei, R musste selbst um sein Leben fürchten und darüber nachdenken, sie hier zurückzulassen oder einen Transport nach Europa zu organisieren, der eine eigenartige Reise über Land geworden wäre. Was für eine Liebe, was für ein Leben war das, mit der lebendigen Geliebten losgefahren zu sein und mit einem Steinbrocken zurückzukehren, wäre es da nicht besser gewesen sie zu begraben, anstatt auf ihre Wiederauferstehung zu hoffen, außerdem hätte er vorher herausbekommen müssen, um was für einen Stein oder ob es sich überhaupt um einen Stein handelte, vielleicht war darin noch organisches Leben nachzuweisen, oder es war ein Mineral, das in diesem Land überhaupt nicht vorkam, wohl gar nicht zu bestimmen war, was die Verzollung kaum erleichtert, sondern die Polizei auf seine Spur gebracht hätte, die ihn verdächtigt hätte, er habe sie umgebracht, Motive hätte er nachweisbar genug gehabt, selbst wenn er jedoch eine so elegante Art beherrscht hätte, sie umzubringen und zu konservieren, hätte er trotzdem nicht daran gedacht, sie mitzunehmen, und bis jetzt lag sie auf diesem Bett, niemand hatte sie als verehrungswürdigen Stein erkannt und die Welt wusste nichts mit ihr anzufangen, bis die Ermittler kommen würden. Der Nachtportier musste wegen seines seltsamen Benehmens längst Verdacht geschöpft haben und würde schließlich die Polizei rufen, die eine gerichtsmedizinische Untersuchung anordnen würde, um zu klären, was neben diesem jungen Mann im Bett liege, der sich über seine Gefährtin eher vorwurfsvoll als schuldbewusst geäußert habe und stolz auf seine Unabhängigkeit gewesen sei, die er ihr gegenüber erkämpft habe, dass sie keiner vernünftigen Rede mehr zugänglich gewesen sei, habe er mit einer gewissen Genugtuung gesehen, denn so habe sie es ihm leichter gemacht, sich von ihr zu trennen, nicht er habe sie entstellt, damit sie bei ihm bliebe, sondern sie habe sich entstellt, damit er ihr nicht nachtrauere, was die Ermittler wenig interessieren würde, zwischen denen ein Streit entbrennen würde, ob der Stein, von dem bereits Proben abgenommen worden seien und der später je nach Untersuchungsergebnis angebohrt werden solle, was R mit allen Mitteln verhindern wollte, in dem Hotelzimmer gelassen werden könne, oder ob die Gefahr bestehe, dass Beweismaterial zerstört, unkenntlich gemacht oder beseitigt werde, was der Kommissar vor Ort als absurd bezeichnen würde, niemand könne einen solchen Stein, nicht einmal mit Handwerkszeug abtragen oder abtransportieren, aber dass hier höchstwahrscheinlich ein Verbrechen vorliege, wäre auch ohne die Aussage des Nachtportiers naheliegend, denn wie sonst käme dieser allzu körperähnliche Stein in dieses Bett, das doch laut des bei der Anreise ausgefüllten Formulars auch von einer Frau belegt sei, die das Hotel mehreren Augenzeugen zufolge lebend betreten und nicht wieder verlassen habe, was auch das Gepäck, der Pass und die Kreditkarten bezeugten, die im Zimmer gefunden worden seien und die der Begleiter hätte an sich nehmen oder beseitigen können, wozu er offensichtlich keinen Grund gesehen habe, denn ein solche Tat wäre nicht nur aufgefallen, sondern hätte einen zusätzlichen Verdacht auf ihn gelenkt, der aber auch so auf ihm laste, solange noch keine gerichtsmedizinische Untersuchung durchgeführt worden sei, der Kommissar wolle nicht Autopsie sagen, weil er nicht wisse, ob dieser Stein lebe, aber für ihn sei aus beruflichen Gründen nicht statthaft, an wunderliche Verwandlungen zu glauben, und seien sie auch krankhafter Natur, für ihn sei es naheliegender, an Säure zu glauben, mit der R die Frau übergossen und in diesen Zustand gebracht habe, und die er problemlos von dem säurekundigen Apotheker habe erhalten können, mit dem er regelmäßig in Gespräche, ja Wortgefechte vertieft gesehen worden sei, und der bereits zu einem Verhör vorgeladen und dem das Verlassen der Stadt auf Grund der Verdachtsmomente verboten worden sei, denn natürlich handele es sich nicht um einen verbrannten Körper, das sei auch für den Kommissar sofort erkennbar, man habe auch nicht bloß versucht, das Opfer in Säure aufzulösen oder damit unkenntlich zu machen, im Gegenteil handele es sich hier um die

Arbeit eines Spezialisten, der die chemischen Reaktionen des menschlichen Körpers vor und nach dem Ableben genau einzuschätzen wisse, und der es verstanden habe, alles Menschliche aus diesem Körper zu entfernen, ihn gleichzeitig zu konservieren und in eine andere Daseinsform, eine andere Ordnung der Natur zu überführen, ihm also ein scheinbar ewiges Leben zu schaffen, was im Fall des Apothekers leicht auf Motive schließen lasse, der die seltene Gelegenheit nicht habe ausschlagen können, seine in dieser steinernen Gegend gewonnenen wissenschaftlichen Erkenntnisse zu überprüfen, in die Tat umzusetzen, denn es sei seit Langem bekannt, dass der Apotheker chemische Experimente durchführe, bei denen pharmazeutische oder medizinische Fragestellungen nebensächlich seien, und er sich mit dem Auftauchen derselben chemischen Grundstoffe in verschiedenen Lebensformen beschäftigt habe, was ihm bereits Anfragen von den militärischen Behörden eingebracht habe, die ihn für sich arbeiten lassen wollten, und sich neue Einflussmöglichkeiten auf die Natur im Allgemeinen und die menschliche im Besonderen erhofft hätten, was dieser ausgeschlagen habe, obwohl er unter unerhörten Druck gesetzt worden sei und in Untersuchungshaft gesessen habe, da man ihm die Zusammenarbeit mit der einheimischen Guerilla unterstellt habe, aber er habe sich irgendwie aus der Affäre gezogen, und wenn er jetzt über diesen ehrenwerten, so tief in die Zusammenhänge alles Lebendigen blickenden Mann spreche, scheine es ihm doch sehr unwahrscheinlich, dass er an dieser Versteinerung einer Ausländerin mitgewirkt habe, auch wenn ihm dessen Mitwirken zur Lösung des Falls und dieses Phänomens überhaupt notwendig erscheine, während im Hinblick auf den Ausländer reichlich Motive vorstellbar seien, er aber sein Mitwirken beim Akt der Verwandlung kaum für notwendig, eigentlich für unmöglich halte, Fingerabdrücke, Spuren von Haut und anderen Körperflüssigkeiten bewiesen in diesem Fall kaum ein Verbrechen, denn die innige Beziehung leugne der Begleiter keineswegs, brüste sich fast damit, so dass er auf ein klärendes medizinisches Gutachten hoffe, das die Version des Ausländers bestätigen würde, die er bereits zu Protokoll gegeben habe, dass er seine Begleiterin nicht kalziniert habe, um sie nach alchemistischer Technik in den Stein der Weisen zu verwandeln, es sei ihm nicht einmal in den Sinn gekommen, diesen lebendigen, organischen Körper in einen toten, anorganischen zu verwandeln, um daraus Mineralien oder Spurenelemente zu isolieren, wozu sie als Chemikerin vielleicht selbst fähig gewesen wäre, aber keinesfalls er, und außerdem müsse der Kommissar zugeben, dass die steinernen Formen eigentlich längst nicht mehr als weibliche, ja nur bei angestrengter Betrachtung als menschliche zu erkennen seien, nicht mal den abgegossenen Körpern eines Vulkanausbruchs ähnelten, über deren Lebensnähe man staune, bei diesem Stein handele es sich jedoch vor allem um einen Stein, und daran lasse sich nicht zweifeln. R verwünschte S, die sich so ungeschickt in diesen Stein gebogen habe, dass er nicht einmal als Selbstmordinstrument dienen könne, sondern R in jeder Hinsicht belaste, und nach ihrem Verschwinden mute sie ihm auch noch die polizeiliche Drohung staatlicher Bestrafung zu, aber er fürchte nichts, auch nicht dass dem Kommissar seine Aussagen wirr und unglaubwürdig erscheinen könnten, und dieser sich gezwungen sehe, da er mit diesem Stein naturgemäß überfordert sei, den Fall der Militärpolizei zu übergeben, denn es gehe hier tatsächlich nicht mit rechten Dingen zu.

NULLPUNKT

WÄHREND DIE RADIOS, Fernseher, Computer, Funkgeräte und Telefone an diesem entlegensten Winkel der Welt sendeten, kreischten, bekanntgaben, berichteten, empfahlen, erklärten, waren in dem Radio von S die Batterien endgültig leer, in die sie immer wieder hineingebissen hatte, um sie wieder zum Stromerzeugen zu bringen, und R hatte immer wieder gehofft, auch sie durch solche Bisse wieder zum Leben erwecken zu können, aber keine Bewegung mehr an der Oberfläche, Bewegungslosigkeit, Stein, Stille, Nullpunkt.

IN HÖCHSTEN TÖNEN

UND HÖRT, SIE SPRACH NICHT MEHR, aber sie machte die Katze, gasförmig ließ sie ihr Innerstes in höchsten Tönen vom Wunder menschlicher Existenz zeugen, die ein Stein geworden war und dennoch die Musik des Lebendigen in sich trug, die ihr ausgekommen war, weil sich die innere Spannung so sehr gesteigert hatte, dass sie sich entwindend zum Ausdruck zwang, kein piepsender, quietschender, pfeifender oder rülpsender Stein, ein maunzendes, ein schnurrendes Mineral, das ihn erheiterte, zum Lachen brachte, du hast die Katze im Sack gekauft, jetzt hole sie auch raus, damit sie dir trotz ihres zurückgezogenen, verhärteten Zustands ihre innerste Zuneigung aufs Tierischste ausdrücke, Zuneigung von vielfältiger Spannung, miauendes Arschloch, die Schnurrhaare werde er ihr stramm ziehen, um darauf über die Tonleiter hinaus die Hymne ihrer Liebe zu spielen, wenn er denn mal das Blasloch fände, würde er ihr mit Engelszungen irdische Luft ins

Heiligtum, die verwunschenen Darmschlingen abstaubend, bis ins Herz pusten, ein Zoo werde ihr aus dem Leib singen, mit sich steigernder Tonhöhe und Erregung, der Stein werde beim höchsten aller Töne springen, Zeichen von Liebe und Leben, kein Laut der Erschöpfung, höchste Konzentration inneren Lebens, der Gesang der Liebe werde die kristallinen Pforten öffnen, sie der Welt der Menschen zurückgeben, keine leeren Worte, duftend schmachtende Musik im Überschreiten steinerner Ruhe, die sich in höchster Spannung des keiner Bewegung fähigen Körpers entwand, warum muss ich sein, was kann ich sein, was muss ich, was darf ich, was kann man mir, da gab sie ihre Antwort im leibhaftigsten aller Klänge, pfiff auf alle benebelnden Freiheiten, aus dem Erdinneren stießen die Laute hervor, doch war es ihr singendes Geschlecht oder die klangvoll ausatmende Rosette, woher dieses kichernd quietschende Pfeifen des Lebendigen auch kam, auf den Mund war sie, tagelang ohne Nahrung auf dem Bett erstarrt, nicht gefallen, diese Töne hätten Steine erweichen können, denn was sie vor ihrer Versteinerung erlebt hatte, war entwichen, hatte gasförmige Natur angenommen und war im längsten (er hatte gedacht, es werde nie enden), höchsten (er traute seinen Ohren nicht und dachte, die Luft stünde unter elektromagnetischer Spannung wie beim Besuch von Außerirdischen, fürchtete sein Hirn werde davon zersetzt und er würde den Ton nicht wieder los), duftendsten (es konnte also nicht davon die Rede sein, dass sie sich selbst verdaute, sie hatte alles, was in ihr gewesen war, in heiße, melodische Luft verwandelt) aller Fürze, die jemals gehört wurden, in die Atmosphäre entlassen, aus welcher ihrer undichten Öffnungen auch immer, und im ersten Moment hatte er gedacht, ihr wäre auch die Seele entwichen, ausgeblasen das Lebenslicht vom gestauten, gasförmigen Geisteszustand, der letzte Seufzer, der letzte Atemstoß zum Hinterausgang hinaus, das letzte Mal Durchzug in leeren Hallen, so als wäre der Körper nie benutzt worden und doch zu Tode überstrapaziert, über Jahrhunderte, deren Alptraum sich nun in Luft aufgelöst hätte, da war nichts mehr, der Stein konnte wachsen oder ein anderes Leben, sie schien entspannt dazuliegen, ausgestreckt auf dem Rücken, nicht zusammengekauert und auf der Seite wie vorher, fast lächelnd, schien sie menschlichere Züge angenommen zu haben, als ließe sich die Leblose doch noch wiederbeleben, könnte noch einmal entkommen, wo ihre kitzligste, vorlauteste Stelle war, hatte sie selbst hinausposaunt, in den unter Staub dahindämmernden Landstrich, und er müsste die Allerwerteste nur küssen, damit sich eine Märchenszenerie auftäte, sie die Augen öffnen und lachen würde, als hätte sie einen Witz gemacht und sich nur tot gestellt, ohne zu wissen, wie er ihrem Gesicht ansähe, was eigentlich passiert war, und dann zöge sie ihn an ihre Lippen, als müsste S R wachküssen.

APATIT

I

II

III

IV

V

AXEL RUOFF, geboren 1971 in München, studierte Literaturwissenschaft, Philosophie und Kunstgeschichte in Berlin und Aix-en-Provence. Seit 2005 lebt er, nach fast einem Jahrzehnt in Marseille, wieder in Berlin. Er schreibt, dreht Filme und unterrichtet Deutsch-als-Fremdsprache.

Verlag Bibliothek der Provinz

Literatur, Kunst und Musikalien